2022
中国少数民族
文学之星丛书

艾琳的洗澡大业

周燊 著

作家出版社

编委会名单

主　任：邱华栋

副主任：彭学明　黄国辉

编　委：刘　皓　赵兴红　翟　民　党然浩

以民族的情意，打造文学的星辰

——"中国少数民族文学之星"丛书总序

邱华栋　彭学明

　　"中国少数民族文学之星"丛书是中国作家协会少数民族文学发展工程的一个新项目，于2018年开始实施，由中国作家协会创作联络部具体组织落实。出版"中国少数民族文学之星"丛书的目的，是重点培养少数民族文学中青年作家，打造少数民族文学精品，为那些已经在少数民族文学界和全国文学界成绩斐然、广有影响的少数民族中青年作家再助一力，再送一程，从而把少数民族文学最优秀的中青年作家集结在一起，以最整齐的队伍、最有力的步伐、最亮丽的身影，走向文学的新高地，迈向文学的高峰，让少数民族文学的星空星光灿烂，少数民族文学的长河奔流不息。以文学的初心，繁荣民族的事业；以民族的情意，打造文学的星辰。

　　入选"中国少数民族文学之星"丛书的作家，必须是年龄在50岁以下的、在少数民族文学界和全国文学界广有影响的少数民族作家。不管是否出版过文学书籍，只要其作品经过本人申请申报、各团体会员单位推荐报送、专家评审论证和中国作协书记处审批而入选的，中国作协将在出版前为其召开改稿会，请专家为其作品望闻问切，以修改作品存在的不足，减少作品出版后无法弥补的遗憾。待其作品修改好后，由中国作协统一安排出版，并进行广泛的宣传推广。

中国是一个多民族的大家庭。每一个民族都沐浴着党的民族政策的光辉、感受着党的民族政策的温暖，都在党的民族政策关怀下，蓬勃发展，欣欣向荣。在这个伟大的新时代，我们正创造着中华民族的新辉煌。每一个民族的发展与巨变，每一个民族的气象与品质，都给我们提供了生生不息的创作源泉。我们每一个民族作家，都应该以一种民族自豪感，去拥抱我们的民族；以一种民族责任感，为我们的民族奉献。用崇高的文学理想，去书写民族的幸福与荣光、讴歌民族的伟大与高尚；以文学的民族情怀，去观照民族的人心与人生、传递民族的精神与力量。

我们期待每一位少数民族作家，都能够到火热的生活中去，到广大的人民中去，立心，扎根，有为，为初心千回百转，为文学千锤百炼，写出拿得出、立得住、走得远、留得下的文学精品。不负时代。不负民族。不负使命。

目 录

温婉的凝视与回望

——周燊小说漫议

王宏图

常道是自古天才出少年，这在文学创作中表现得尤其明显。周燊便是这样一个天赋才禀极高的神童，她早慧早熟，七岁时便开始了创作，到考入大学前已发表了大量的诗歌、散文和小说作品。回顾自己早先的创作，周燊曾这样说："最开始时，我的构思通常是一种'想当然'的状态，虚构色彩严重，不符合生活逻辑且不自知。"她在复旦创意写作专业学习时的毕业作品是一部中篇小说，对几个男女在数十年间复杂暧昧的情感纠葛做了大胆的铺陈展示，尽管其中某些情节设置有违人伦，但它对人性深处幽微之处的探索显示出了一个青年作家的锐气。其缺陷在于人物与其生活环境之间缺乏有机的联系，他们似乎生活在超越历史情境的真空中，酣畅淋漓地敷衍着人世间一幕幕令人扼腕叹息的悲欢离合。周燊较其他作家的不同之处在于她能不断地反思自己，发现自己在创作过程中的不足，因此她进步的速度非常快，是当代青年作家中的一匹黑马。

这部作品集虽然不尽完美，但却充分展示了周燊的艺术才华。受到阅历学养等等因素的限制，她还不能熨帖自如地将角色安置在令人信服的背景中，但其丰沛的想象力却跃然纸上。仿佛透过一道门缝、一个豁口，她便能神奇地窥见其间的玄奥，尽管描画而出的轮廓还有点模糊，细节有点失度，镜头有点失焦。她在毕业后的五年多时间，持续不懈地写作，锤炼技艺，提升境界，在各类刊物上发表了诸多作品，收在这本集子中的小说见证了她近期在写作上的实绩。

在《创作谈：小说的气象》中，周燊阐明了她对小说气象的认识与追求。在她眼里，气象可以指涉某部艺术作品的风格和情韵："写一篇小说，从某种程度来说，是给主角创造一片天，上面有风云、雨雪、虹晕、雷电等。同时在笔法上，也要讲究一种只属于作者本人的、独一无二的气质。"细察之下，不难发现，在周燊小说作品中，成为叙述主基调的是一种温情脉脉的诉说，它深情地打探着周围的世界和喧哗不息的众生相，以极富诗意的笔调叙述着青春成长的经历，展示着几代人之间的隔膜、抵牾与最终的和解，触及到人性深处的奥秘与意义。周燊在讲述这一切时，摆出的是波兰女作家托卡尔丘克所说的"温柔的讲述者"的姿态，并无愤世嫉俗的尖刻与戾气，也没有乌云垂照的忧郁与悲怆，她以明亮轻快的笔调精心酿造出一个富于诗意与幻想的世界，尽管它不乏冲突、撕裂。

《韭菜湖》可谓周燊近年来的代表性作品之一。乍看之下，它叙述的是一个老掉牙的故事，由于母亲与人私奔出走，女孩美娇与父亲相依为命。虽然父亲将万千宠爱倾注在她身上，但仍无法弥补母亲缺失导致的缺憾。作品耐人寻味之处在于，周燊为我们展示了女主人公美娇的心理演化历程。起先她感到庆幸，母亲一离开，曾加诸在她身上的种种束缚一扫而光，她获得了前所未有的自由。随着年岁的增长，她渐渐对母亲产生了共情，慢慢理解了母亲的苦衷，在精神上与母亲达成了和解。

如果仅止于此，这篇小说的出彩之处便会大打折扣。颇富戏剧性的是，在美娇与母亲和解之际，她与父亲的关系却变得紧张起来。父亲另找了一个年轻的女人刘梦梦，在美娇眼里，这成了她难以饶恕的背叛。她对刘梦梦先是极力排斥，后来才慢慢接纳。让她始料未及的是，刘梦梦与她母亲间竟有着很多相似之处，尤其她们俩都爱绘画，追求着精神上的飞翔。最后刘梦梦与母亲的形象合二为一，美娇与她也达成了和解：这一漫长艰难的和解之路也是美娇的成长之路，通过与母亲及刘梦梦的和解，她慢慢臻于成熟之境。

这一主题同样鲜明地体现在《灵芝土》中。全篇开头便设置了一个悬念，女主角启蓝大学毕业后淡出社交圈，云游四方，给人一种神神道道的感觉。随着叙述的推展，读者渐渐明白她之所以这样是为了给身患绝症的母亲寻觅救命良方。母亲去世之后，她去北京与离别二十年之久的父亲会面，父女间的隔膜如一堵墙横在了他们俩之间。在这里，父亲的所作所为与《韭菜湖》中的母亲何其相似，当年他狠心地抛弃了妻子女儿，独自一人北上。但其中的原委并不是世人司空见惯的男女私情，而是在于启蓝的外婆认定祖传的灵芝被人偷了。为了不让妻子与其母亲产生难以控制的冲突，父亲承担下了偷窃灵芝的恶名。而启蓝的外婆是个心理极度扭曲、性情阴鸷的女人，由于自己一辈子得不到幸福，因而也不让儿女辈赢得幸福。母亲在这样阴郁压抑的环境中长大，性格上也变得喜怒无常。临近篇尾时真相大白，启蓝与父亲之间的芥蒂冰消雪融，在与父亲达成和解的同时完成了自己的成人礼。

除了上述两代人间的和解共情之外，《无边之旅》聚焦老年妇女马颖娉的遭际，展示了老年生活的方方面面，触及到人性深处某种幽微的症候。随着人们预期寿命的延长，老年人在整个社会中的占比愈来愈大，对老年生活的书写也成了文学进一步开拓的领地。周燊笔下的老马，尽管日常生活无忧，但长年的独身也带来了诸多难以摆脱的困境。

她一时间放飞身心，去万里之遥的挪威旅游，旅行团中的昌先生似乎点燃起了她心中的热情。但他们毕竟不是花样的少男少女，有着种种顾虑与有形无形的障碍，感情的阵阵波澜中夹带着浓浓的酸涩味。在得悉弟弟患了癌症后，老马心里残留的亲情被唤醒，她开始悉心照顾弟弟，而在随后突如其来的变故中，她与弟弟、老唐、昌先生同处一个屋檐下，在这个迷你的共同体中互助互帮，老马和其他人一样，再次沉浸在浓浓的亲情中，为此彻底打消了移民的念头。

不难发现，这堪称是一个洋溢着田园诗情调的结局。读者能分明感到隐伏在文本背后的那个温柔的讲述者，在托卡尔丘克看来，"温柔是自发的、无私的，远远超出共情的同理心。它是有意识的，尽管也许是有点忧郁的对命运的分享。温柔是对另一个存在的深切关注，关注它的脆弱、独特和对痛苦及时间的无所抵抗"，而"文学正是建立在对自我之外每个他者的温柔与共情之上"。

然而，千万不能以为周嘉对于周围世界与人事的温柔的讲述仅仅是一串岁月静好的牧歌，她的目光也不时直视人世间触目的伤痛与难以排遣的惆怅迷惘。《印象派》中的男主角李映真本是一名大学教师，因路见不平出手相助，致肇事者重伤而蒙受牢狱之灾。他出狱之后，原先的一腔豪气热情荡然无存。他与住在邻屋的租客的妻子产生了微妙的情感共鸣，直至悄然间爱上了对方。他无从表露真情，只得以写诗来传达。后来租客对妻子滥施家暴，这次李映真没有像以前那样勇敢地伸出援手，只能坐看对方受辱受难。昔日牢狱生涯的记忆瘫痪了李映真的勇气，他只能沉溺于难以自拔的苦痛的压抑之中，无从找到新生的路径。

《在人民广场站踟蹰》着力展现的是留英归国女白领管正内心弥漫的迷惘与无奈。她在英国完成学业后没有如愿找到工作获得居留证，也没有钓到金龟婿。在上海她偶遇开了一家主题工艺品小店的英国人炮福。两者的追求其实是相背而行，炮福的前妻是名中国女性，虽然已离异，但他对中国文化的痴迷不改初衷；而管正则向往英伦的生活方式，期望她苦心习得的皇室英音能助她大展身手。不难发现，她潜意识中对炮福怀有期待，因而想以女性的魅力吸引他，但又明知横亘着众多有形无形的障碍。这两个人物间的心理距离成了中西文化交流的缩影。周燊近年来对中西文化冲突这一题材产生了强烈的兴趣，收在集子中的《佳肴》《天色向晚》在数百年中西交流史的长河中撷取了几片剪影，揭示出中国这一古老的文明大国与外部世界交流中的种种龃龉冲突，但作者是从小处入手，诸多细节栩栩如生，妙趣横生，使人在莞尔一笑中步入更深层次的思索。如果单是这样写，《在人民广场站踟蹰》在同类文本中并不显得出彩。有趣的是，周燊巧妙地引入了狐狸的意象，将它作为一个醒目的意象统辖全篇。管正在英国猎狐的经历化成了内心隐伏的创伤，成为她事业不顺遂的寄寓物。在中国文学看来，狐狸富于多重含义，它机敏灵动，富有魅力，常常喻示着爱情，这在《聊斋志异》中有充分的体现；但另一方面，狐狸常与狡诈鬼祟相关联。狐狸这一双重的特性在周燊的笔下得到醒目的体现，它让人联想起管正向往的与洋人的爱情、优雅高贵的英伦生活，但同时它又成了扰乱她精神世界的邪魔。全篇设置了一个开放性的结局：深夜时分，炮福给管正来电，这一意外之举为她的未来打开了一道门，但是吉是凶，尚在未知之中。

周燊从事写作已有二十余年，她的作品已触及多种题材，富有很大的潜力。祝愿她在日后的写作中更上一层楼，创作出更精彩的作品。

艾琳的洗澡大业

艾琳是在海滩到机场的出租上把头发吹干的。她摇开车窗把脸埋进风里，所有发丝都飘在脑后，只有一缕钻进嘴里，她就着波士顿城市的阳光仔细品了品这缕头发——咸咸的，是大西洋的味道。候机时她抱着一大块快餐店炸鸡，表情夸张地嘬着每一根手指，虽然父亲告诉她国内也有，她仍对此表示怀疑。

家乡的一切都令她留恋——朋友、食物、海滩……可是父母总是纠正她："美国不是你的家乡，我们的家乡在中国。"作为一个"土生土长"的美国姑娘，虽然父母在三十岁以前一直生活在中国，可这个概念对于艾琳来说着实难以理解。可能由于历史上著名的"波士顿倾茶事件"影响，艾琳降生在一个觉醒之地，她的脊背第一次触碰的东西就是产房那块因缺乏信任而沉默的床板。

此行他们全家的目的地是天津，这里是爸妈的老家，亲戚们也生活在这里，不过艾琳从没见过这些人。她也不好奇，和大多数美国孩子一样，他们总认为中国孩子都是机械的。飞机落地后，艾琳产生了一种莫名其妙的骄傲感，在都是美国人的地方她从没有这种感觉，在都是中国人的地方，这种感觉就油然而生。她觉得自己的黑头发比别人更亮，自己的黑眼睛比别人更深邃。她戴上耳机，故意调高嗓门流畅地跟唱着rap，努力把自己和机场里其他十五六岁的孩子做出区别。因为父亲的工作问题，未来三年她将要在天津这座城市读高中，艾琳不确定在课业上自己会面临怎样的处境，但她坚信在交朋友方面自己绝对会备受欢迎。

然而她的那些暑假计划正在一步步被母亲剥夺。她以为她会有一辆自己的车（来之前父亲答应过她，现在看来实属哄骗）。她会一个人游遍这座中国的历史文化名城，还会找个地方打工，去属于年轻人的酒吧交几个朋友……事实却是她已经来这里十几天了，天津特产煎饼馃子她还没有尝过什么味。妈妈给她报了好多补习班，生怕她跟不上国内的高中课程。每天从早到晚艾琳都要不停地辗转于各种课堂，有做不完的作业和说不尽的怨言。

"你已经十几天没洗澡了，臭死了！"妈妈责令她去洗澡，自从下飞机，这个可怜的女人就没见自己的女儿洗澡。在炎热的夏天她很怕女儿因为体臭受到别人嘲笑。确切地说，她怕这种嘲讽是自己无意间从邻居那儿听到的。和大多数中国妈妈一样，未雨绸缪、防患于未然是她们共同的教育宗旨。

"除非你带我去海边。"艾琳回应道。去看渤海也是父亲答应她的，他们不能连这个承诺也收回。可出乎她意料的是，在天津市区根本看不到海，只有去塘沽才能看到。想去塘沽至少要开车一个小时，母亲便以没时间为由一直拒绝她。

"所以你就以不洗澡进行抗议？"妈妈愤怒地问。

艾琳懒得和她争论。她太累了，虽然在美国时她也是只陀螺，可那时候妈妈并没有把她"抽"得多么狠，现在好了，这个女人似乎失明了，完全看不见自己究竟对女儿做了多少过分的事情。她的女儿似乎被架在了火堆上，如果每天不完成大量的作业（尤其是中文课），这个女人随时会往女儿身上撒盐巴，然后看着女儿一点点变酥脆——最后大口地吃掉她。

好在上网的权利艾琳还是拥有的。她注册了几个在中国适用的社交账号，交了一大堆不明身份的"朋友"，其中很多都是没说过话的，有一个昵称为"渣女结"的则是例外，她的定位显示为"天津和平区"，与艾琳相距不远，看头像是一个不到三十岁的漂亮女人，笑起来十分迷人。两个人你一句我一句还蛮聊得来，渣女结倒也诚实，向艾琳坦白自己是一个不愁吃穿的无业游民，艾琳也慢慢地向她倾诉烦恼。很快艾琳就发现这个姐姐十分会宽慰人，二人可以无话不谈。

渣女结问艾琳拒绝洗澡的真正原因，艾琳回复："你知道大西洋与太平洋的海水是无法融合的吗？它们的交汇处有一道明显的分界线。我见过那条线，像条长长的伤疤一样。"

"海水会有伤疤？哈哈。"渣女结回复。

"真的是那样，不信你可以看。"艾琳在网上搜索了一张图片发给对方，在大西洋与太平洋中间真的有一道长长的分界线，一边海水是深蓝色，一边则是淡蓝色。

渣女结看到图片后发来一个惊讶的表情："那它们是谁在伤害谁呢？"

这个问题惹笑了艾琳，她说："不清楚，据说是因为两边的海水密度不同。我来中国之前特意在波士顿湾里泡了很久，大西洋的水已经印在了我身上。现在我想去渤海泡澡，看看这最后汇入太平洋的海水会对我身上的大西洋做什么。"

就是这样一个莫名其妙的理由，艾琳始终拒绝告诉母亲。她宁可忍受自己的熏天臭气也不讲出来，她也不知道为什么，就像一个沉默的俘虏那样。

渣女结向艾琳发出邀请，礼拜日的晚上开车来接她一起去洗海水浴，还嘱咐艾琳一定要打扮得漂亮一些，因为那将会是一个奇妙的"女人之夜"。正巧艾琳这周末晚上有一个空当，二人愉快地达成了约定。她没有告诉家人要约见网友，她知道父母是绝对不会同意的。他们除了失信和专制以外什么都不会展现给她。

晚上七点钟，艾琳和渣女结在一处商贸广场见面了。渣女结开着一辆白色的宝马，名牌傍身，一条粗黑的马尾辫高高地吊在头顶，妆容厚重但精细。她下车来给了艾琳一个大大的拥抱，仿佛二人不是网友而是失散多年的亲姐妹。艾琳很快被她的亲切感染，之前的顾虑烟消云散。其实见网友这个事情无论是在美国还是中国都有一定的风险，艾琳觉得自己还算幸运，眼前这个姐姐看起来怎么也不像是坏人。

车子在两个女孩的欢声笑语中飞驰，渣女结播放的音乐正好也是艾琳喜欢的，这让两人的姐妹情又进了一步。很快，"塘沽"两个大字出现在了高速公路上，艾琳本以为已经到了，可是渣女结却故作神秘地对她讲："我们去另一个地方，这里不好玩。"于是她们又继续行驶了差不多一个小时，艾琳是个路痴，完全不知道车子是在向南行驶还是向北。天已经黑了下来，时间也快到晚上九点。艾琳有点着急，妈妈嘱咐她必须在十二点前回家。

"到了，就是这里。"渣女结把车停下，艾琳从车门后钻出来——眼前是一片在月色下泛着璀璨光影的大海，汹涌着神秘的涛声，有一小片石头和沙子交杂的滩涂。艾琳跑上前深深地吸了一大口气，如果说波士顿湾的海水像烘焙坊里的酵母水，那么渤海的海水就像煮饺子时的饺子汤。以前妈妈在美国时经常会包饺子，每次吃完她都要给全家舀饺子汤，说这是"原汤化原食"，此刻艾琳就闻到了这种让胃很舒服的味道。

"这是哪里？"

"这是我的'秘密基地'，"渣女结故作神秘地说，"大概天津人都不知道还有这么个地方。"

"你是怎么找到的？"

"我总能找到别人找不到的东西，天赋使然吧。"说着，渣女结爽朗地笑了起来。

"真好！"艾琳高兴地说，她已经准备开始换泳衣了。

"这里算是片野海吧，我常来。"渣女结说，她盯着艾琳把上衣脱掉，只剩下一件白色纯棉蕾丝边的内衣，她看着少女刚刚成熟的胸部，眼神里有种意味深长的感觉。不过艾琳没有发现这位姐姐的异样，很快她就把外裤也脱了，露出同样是白色的纯棉内裤，然后从背包里拿出连体泳衣，粗糙地往身上套。

"你为什么不直接穿比基尼过来？"渣女结不解地问艾琳。

"那个……不适合我。"

"怎么不适合，你身材这么好。"说着，渣女结从车后座上取出一只精美的购物袋，递给艾琳，里面是一套全新的黑色比基尼，性感爆棚。

"我就知道你没穿过，送给你。"渣女结慷慨地说道。

说实话艾琳一直想尝试穿比基尼，但是她不敢。在波士顿的时候有一次和女孩们约好一起穿比基尼去海滩，但是到了以后只有她一个人食了言。她总觉得这东西是坏女孩才会穿的——虽然她很想成为坏女孩，但似乎不是现在。

渣女结诧异地问："怎么，你们美国女孩也这么保守？"

艾琳刚要反驳，渣女结有个电话打了进来，她对电话那头的人说了简单的几个词："嗯，到了，好，快点儿。"

"你朋友？"艾琳问。

"嗯，约了一个朋友，他也快到了。"

艾琳以为今晚只有她们两个人，对于还有别人要来，她有点反感也有些担心。

"你不是想多交一些新朋友吗，我特意帮你安排的。"渣女结说道。

艾琳有些不知所措。现在她连自己的连体泳衣也不想换了。她认为渣女结是可以看到自己裸露部位的人，但是如果要来一个陌生男人的话事情就另当别论了（刚才给渣女结打电话的是一个男人）。

渣女结双手抱臂，一副对小孩子讲话的口吻："你就是个中国姑娘嘛。"

这可惹恼了艾琳，这句话的意思代表她保守、刻板、骨子里的思想不开放、无趣、呆滞……总之这话绝对是土生土长的美国女孩所不愿听到的。

"Take a hike."艾琳用一句俚语反驳。

"中国女孩有什么不好？你们没来过中国的华人是不是都觉得我们像老古董一样？这都是谬论，现在中国年轻人的思想开放到你们都怕。"渣女结故作夸张地说，艾琳笑了起来。

"穿上试试，不喜欢就还给我。"她指着比基尼对艾琳说。

可能由于月色撩人、夜风微醺，再加上"饺子汤"的香气，艾琳决定穿上试试。她知道她穿上一定很美，就像白花花、光溜溜的饺子上粘了两片紫菜叶那样可口。她背对着渣女结把自己脱了个精光然后迅速穿上丁字裤，她发现这东西穿着很难受，勒得几乎无法走路。她不明白女人的美为什么经常来自于给自己"上刑"。

"等你变成女人你就知道了。"渣女结向艾琳抛了一个"猥琐"的媚眼。

艾琳径直朝大海走去。

"等等，"渣女结叫住她，"你自己下去很危险的，这里浪急。"她说。

"没事，我就在浅的地方泡泡。"

"那也不行，万一来个浪直接把你卷进去了怎么办，现在又是黑天。"

"可是我来这儿就是为了洗澡。"

"别急嘛，我朋友马上就过来了，让他陪你一起下海，保护你。"渣女结又向艾琳抛了个意味深长的媚眼。

"我不认识他。"艾琳表露不满。

"你和我不也是从不认识到认识的吗？"

"男人就不一样了。"

"男人有什么不一样？作为一个女生，与男人交往永远比同女人交往容易，这就是'异性相吸'法则。"

艾琳不语，现在她有点想回家了。女孩子的第六感向来很准，她突然觉得渣女结把她的男性朋友叫来不是什么好事，因为之前在网上她们两个约定是只有女孩的"girl's night"。

"美国女孩我还真认识几个，你是最乖的。"渣女结看出艾琳想打退堂鼓的表情，有些鄙夷地讽刺道。

艾琳当然不爱听这种话，不过她的理智还是悄悄地站在了第六感这一边，她说："要不我先回去，你在这里等你朋友吧，我就不做'电灯泡'打扰你们了。"

说完她环顾了一下四周，一个行人都没有。不远处的高速路上也没有车，路痴的她不知道该朝哪里走。

"可是我朋友已经在来的路上了，他是专程为你而来的，你不能放人家鸽子啊！"渣女结讲话的语调突然变得尖厉，甚至一把拦住了艾琳的腰。艾琳一惊，身穿比基尼的她顿感自己丧失了防御能力。渣女结察觉自己的言行有些过分，紧接着赔了一个烟花一般灿烂的笑脸："我跟你开玩笑呢，来，先把衣服穿上吧。"她把拦住艾琳去路的姿势变成了递给她衣服的姿势，很自然地化解了险情。

"放心，帮你完成你的心愿我就送你回去。"渣女结对爱琳说，随即补充道，"你不是想看自己身体发生的变化吗，其实不用通过泡澡这种幼稚的方法的。"

"那怎么办？"艾琳此时已经在脑海中计划逃跑策略了。

"你们这么大年纪的小妹妹，我最清楚你们心里想的是什么了。大西洋？太平洋？别逗了，你自己真的信吗？"

渣女结的话像一根带刺的羽毛，扎得艾琳心里直痒痒。

"女孩想变成女人，你告诉我通过泡澡就能达到？"渣女结一副鄙夷的神情，她像突然想起什么似的，拨通电话，对面响了好久才有人接听，是那个男人。

"你怎么还没到？"渣女结问。

"快了快了，酒局刚过来一哥们儿，不把他喝趴下他不让我走。"对方说。

"人家姑娘着急了。"

"哈哈，别急，让她先热热身。"电话那头传来一阵放肆的大笑。

艾琳已经规划好了逃跑路线，现在就差行动了。可是她的双腿却像灌铅一样迟迟不肯迈步。就像她曾经站在自由女神像下面的时候那样，有种无形的力量牢牢地捆住了她。海水现在比任何时候都更有吸引力，艾琳在想是不是因为今晚的月亮特别圆、引力格外大的缘故。她收起思绪，努力劝说自己的腿，然而没有用。

渣女结挂断电话，走到车屁股处打开后备厢，取出一只笼子，里面有只白色的小狗，看起来年龄已经挺大了。小狗很乖，好像是打了哑针，一声都不叫。

"送给你。"渣女结对艾琳说，她打开笼子把小狗取出来，塞进了艾琳的怀抱，就像刚才把比基尼塞给她一样。

艾琳一脸错愕地盯着小狗，小狗也一脸错愕地盯着她。

渣女结说："这是我的狗，跟了我五六年了，叫哈比。"

"为什么送我？"

"我猜你会需要一个真正的朋友，哈比很忠诚。"

"可是我家里不允许养宠物。"艾琳说。

"你不喜欢它吗？"

"喜欢，但是……"

渣女结突然脸色大变，她从艾琳手里夺回哈比重新塞进笼子里，粗暴的行为一点也看不出她和小狗有什么感情。接着她径直朝海边走去，高举着笼子对艾琳说："你不要的话还不如让它去死。"

艾琳大惊，急忙制止："你疯了？怎么可以随便把活生生的生命淹死？"

"'活生生的生命'，哈哈哈哈……"渣女结笑了。

"你的汉语真的很差。"她说。

艾琳夺过狗笼，她现在很害怕眼前这个网友，以自己在美国的所见所闻，她断定渣女结是个有严重心理问题的人，也许是个精神病，要么就是个杀人犯……那么问题来了，艾琳如果要逃跑的话还得带着一只狗，她不能眼看这只无辜的生命被摧残，这就大大加大了逃跑难度，刚才在脑海中规划的路线此时也要重新设计了。艾琳后悔极了，她有种叫天天不应、叫地地不灵的感觉，自己连人家真实姓名都不晓得就大半夜和对方来到陌生的野海，这种地方简直是最完美的犯罪场所，毁尸灭迹根本不需要费太多力气。她打量着渣女结的衣兜，看里面会不会藏着绳索尖刀一类的作案工具，下意识地后退了几步。

"我只不过是想洗个澡。"艾琳心想，她感到委屈、无助、惊恐和懊悔。

"哈比不能再跟着我了。每次我看到它的眼睛都觉得害怕。"渣女结说。

"什么意思？"艾琳紧张地问，一面准备拔腿就跑。

"它目睹过我太多的秘密了，它什么都知道，但它连哼都不哼一声，就这么瞪着眼睛看我。"

"什么秘密？"艾琳试探地问，随即她就后悔了，这么禁忌的话题足够激怒一个危险人物。

渣女结犹豫了一下，她像看一个谜团似的看着艾琳的脸，露出那标志性的邪魅笑容："人们都说我是个婊子，bitch，你懂吧？"

艾琳点点头。她内心的声音在不断地命令自己的腿："快点跑！"可是她的腿依然不听她的话，仿佛她的腿还留在波士顿，留在那些备受欢迎的女孩中间，她们个个都拥有性感风骚的大腿，大腿们喜欢被男孩子包围……只有艾琳的腿孤零零地在社交圈外徘徊，根本听不见远在中国身体的呼唤。

"我知道他们说得对。"渣女结补充道，她的电话又响了起来。

"怎么还不到？"她不耐烦地问，还是刚才那个男人。

"你再帮我拖一会儿，这边实在走不开。"对方说。

渣女结下意识地背过身去，用手捂住手机的通话口，生怕艾琳听见那个"拖"字。可是艾琳已经听清楚了。后面的对话艾琳只能听见渣女结在讲脏话，好像电话那头的人耽误了她什么大事一样。

"这可是个美国小妞儿！"最后渣女结愤怒地吼了一句就挂断了。

艾琳抱着小狗转头就跑，她不知道自己应该跑去哪儿，总之再不跑就来不及了。

身后传来渣女结巫婆一般的笑声，她冲着艾琳喊道："跑什么，没人会吃你！"

艾琳向着高速公路头也不回地拼命跑，可是高速公路就像海市蜃楼一样越接近越远。

"我可是有你的私密照片哦。"渣女结一句话使艾琳刹了急车，她怔怔地停在原地，大口喘着粗气。她新注册的几个社交账号里确实有她上传的……自己的裸照。她也不知道当时自己是怎么想的，可能由于不适应新环境，也可能是因为来自补习班的压力太大。有一天她本来打算洗澡的，她已经准备要放弃把自己代表大西洋的身体融入太平洋，她不想看任何奇妙的变化，她知道根本不会有什么改变，她的身体早就把大西洋的海水吸收得一滴不剩，它们早就随着小便一泻千里了。她站在浴室镜子前把自己脱个精光，打开淋浴喷头等待热水，随着蒸汽一点点将镜子占满，艾琳看见自己的身体一点点变模糊，就在凹凸有致的轮廓马上就要看不清时，她关掉了水阀，伸出手把镜子擦干，一个披散着黑色长发的东方女孩在镜子里面望着艾琳，她美丽、年轻，眼睛里充满诱惑。浴室在热气的作用下散发出一股奇异的味道，她身上的咸臭味混合着玫瑰香氛的味道，竟然十分好闻。那一刻艾琳仿佛不认识镜子里的自己——这个含蓄、略显羞涩的女孩根本不是她认知里那个典型的"美国女孩"，她一点也不酷，浑身上下都看不出"叛逆"的样子。艾琳用手机对着镜子疯狂拍照，之后还鬼使神差地把一部分全裸照片上传到了自己的社交空间里，并配文："这是艾琳吗？"可是她明明为这个相册设置了密码，怎么渣女结会有这些照片？

渣女结从后面拍了拍她的肩膀，把手机递过去给艾琳看。在她的手机里果然存着十几张艾琳的浴室裸照。艾琳大惊，她愤怒地对渣女结说："你从哪里弄来的？"

"黑进你的相册还不是小菜一碟。"

"你为什么这么做？"她放下狗笼，哈比从里面跑了出来。

"因为我是'渣女'呀，哦，不对，应该是'渣女中的渣女'，所以我叫'渣女结'，就是一切'渣女'的终结者。"

艾琳彻底被惹恼了，一把夺过渣女结的手机扔进海里，她没想到自己竟有如此大的爆发力。哈比见状迅速跟着抛物线跑进海里，它想替主人把手机叼回来。

"哈比！"渣女结吓得大叫，不顾三七二十一也跟着跳进海里，她要把小狗救出来。月光下艾琳很难看清小狗，只能看到渣女结在奋力地游，拼命想要接近哈比，可是由于哈比又小又轻，很快就被海浪卷远了，渣女结的身影似乎也变得不由她自己控制，眼看人和狗都要遇险，艾琳扎了个猛，鱼一样游到渣女结身边，牢牢地拽住了她。

"先救哈比！"渣女结艰难地对艾琳说。

在人和狗的生死之间选择，艾琳当然是选择人。此刻去救哈比，渣女结很有可能因为体力不支被海水吞没——她有一只脚已经抽筋了，整个人变得就像一片毫无力气的叶子。她那纱织的白衬衫已完全透明，在月光下，艾琳赫然看到渣女结的小腹部位有一道骇人的伤疤，乍一看就像一只爬虫。渣女结用一只手捂着这道疤，看上去肚子的苦楚要比脚更严重。尽管如此她还是拼尽全力试图挣脱艾琳，她必须要去救小狗。艾琳见状只得放开她向哈比游去，好在一切都为时不晚，艾琳也不愧是得过泳赛冠军的女孩，她抓住哈比，回过来又擎住了渣女结。把他们拖上岸后，艾琳已经筋疲力尽，她躺在滩涂上，恍惚中看见天上有一颗流星划过。

"你的泳技不赖嘛。"渣女结一边咳嗽一边说，她脱掉上衣，仔细查看着自己肚子上的疤，一只脚僵硬地向前伸着，她尝试着扭动脚，还好抽筋不是太严重。

艾琳渐渐回过神，现在她真的没有力气再爬起来跑了。她回想着刚才扎进渤海的感觉，盘算着渤海与太平洋的子属关系，夜风吹开了她身上的每一个毛孔，这些前阵子被浸满大西洋海水的毛孔，此刻没有任何与众不同的感觉，她的身体也没有发生奇妙的变化。艾琳明白，她根本没法留住美国的印记。

"你的愿望完成了，有什么感觉？太平洋和大西洋有什么不同？"渣女结问。

艾琳想了想，没说什么，她问渣女结："你肚子上的伤疤是怎么弄的？"

"你连这个都不知道？"渣女结显得很惊讶。

艾琳被问迷糊了，好像她应该知道答案似的，然而她怎么会知道。

渣女结说："这是剖腹产弄的。"

"剖腹产会有这么吓人的疤吗？"艾琳问。

"小姑娘，你以为女人是那么好做的吗？"

艾琳像是被什么东西当头砸了一棒，说："原来你都有孩子了啊。"

渣女结没有接话，半晌，她吞吞吐吐地说："我没孩子。"

这下艾琳彻底糊涂了，她奋力坐起来，渣女结离她大概二三十米的距离，她们彼此看不清对方的眼神。

"你不是说你刚生了孩子吗？"艾琳问。

"是……不过，孩子不在我这儿。"

"那在哪里？"

渣女结不语，把头转向了另一边。

"不过我会把孩子接回来的。我一定会找出他的亲生爸爸的。"沉默了一阵子以后，渣女结说道。她似乎不在乎把这种秘密告诉艾琳。

艾琳看着渣女结肚子上疤痕的轮廓，突然发现它就像大西洋与太平洋之间的分界线一样，只不过是缩短版的，且界限两边不是海水，而是女孩和女人。

"我说过了，你想看你身体的变化，不能用这种幼稚的手段。还是得靠男人。"渣女结说道。艾琳站起来，向高速公路吃力地前进。

"瞧你那屌样儿……刚才……谢谢。"渣女结说，听得出她的语气诚意满满。

艾琳一面头也不回地往前走，一面又产生了一个疑问："你不是要淹死小狗吗？为什么还要救它？"

"我爱它啊。"

艾琳用后脑勺瞪了她一眼，现在她确定这个女人肯定有精神问题。

"哈哈，现在你可以放心了，我的手机已经被你给丢了，里面的艳照也没啦。"

艾琳依然奋力朝着那条越接近越远的高速公路前进，路明明就在眼前，她却觉得自己走在一面镜子里。

"你跑什么嘛，早晚都是跑不掉的，有本事你永远别要男人！"渣女结冲她喊道。

艾琳向她比了一个中指。

"我好心帮你们这些小姑娘，你们却不领情，每一个都不领情！装什么'纯'，虚伪！"渣女结吼道。

她向艾琳抗议："等等我！"她的脚此时已经缓过来了。她抱起哈比重新塞回笼子，把车发动，追上了艾琳。

"上车。"渣女结以命令的口吻对艾琳讲。

艾琳拒绝。她已经在心里打好主意，如果今晚能逃离渣女结，以后她坚决不见任何陌生网友。在美国时她就对"暗网"有所耳闻，但总觉得这种事情离自己很远。

"快上车啊，你自己一个人要怎么走？我又不是'暗网'。"渣女结像是会读心术一样，划下车窗冲艾琳招手。

艾琳止步，怔怔地看着她。

"走吧，我送你回家。"渣女结又露出了标志性微笑。

艾琳犹豫着要不要再信任渣女结一回，理智告诉她坚决不要，感性却告诉她眼前这个妖娆的女人也许值得再相信一次。她的腿再次被一种力量定在了原地，短暂抉择中她仔细感受着这股力量——艾琳发现这股抓力就是两种海水融合后的神奇作用，她从没感到过如此强烈的拉扯。

"别犹豫了，现在这个时间这里很少有过往的车。"

艾琳打开副驾驶的车门钻了进去。这一瞬间她有种潜水后浮出水面的畅快。这是一种非常奇特的感觉，纵使渣女结接下来要挟持她，她也觉得酣畅、兴奋。现在她觉得自己变成了大西洋与太平洋交界处的那只"眯缝眼"，朦胧中被两股力量挤压着，努力维持着某种一触即碎的和平。一种巨大的责任感袭遍全身，如同火一样突然烧起来，燥热难耐。

渣女结确实走的是来时的路。

"把哈比带回家吧，你也看到了，它很忠诚的。"渣女结率先打破了尴尬的气氛。

"你那么爱它，为什么非得送给我？"

"我不是讲过了吗，我害怕它的眼睛。"

"狗的眼睛有什么好怕的。"

"那我有什么可怕的？"渣女结反问，艾琳笑了出来。

"求你了，把它带回家吧。我不想因为收养的问题再这么低三下四地求人第二遍。"渣女结向艾琳祈求。

艾琳知道她的"第一遍求人"应该指的是她的孩子。一种怜悯感像木头一样填充进了她胸中的火炉。艾琳岔开话题："你朋友……不来了?”此时她浑身都烧着火,这种火竟然奇怪地在向欲火转变,烧得她心痒痒。“分界线”一会儿偏向大西洋,一会儿偏向太平洋,艾琳发现它不是一条长长的疤,而是一道极窄的门。

渣女结没说话,轰了油门儿。很快她们就回到了市区,经过海河的时候,渣女结问艾琳:“你想知道我的真名吗?”

午夜海河像熟睡少女的玉颈,自从今夜胆战心惊地完成了洗澡大业,艾琳就觉得自己变成了那只“眯缝眼”、那道疤、那扇窄门。现在她这条长长的线很想变成一条项链系在这只诱人的玉颈上,除此以外一切都变得不重要了。

已发《芙蓉》2019 年第 3 期

转载《长江文艺·好小说》2019 年第 6 期

在人民广场站踟蹰

　　管正乘坐地铁二号线刚刚在人民广场站下车。她专门挑了个下班高峰期来此地，像一只被挤变形后拼命想舒展的魔方，扭着红色高跟鞋上深蓝色的胯，来做一件她觉得毫无意义的事。

　　此时她从包里拿出一件开衫穿在了身上。她怕冷，上海夏天的地铁空调温度开得很低，从冰柜里出来直接进蒸笼的螃蟹拥嚷无数。她得照顾好自己，中医说她体内湿气太重，最怕冷热骤替。她一面按疗程吃着除湿的中药，一面担心马兜铃酸是否会在她的肝脏处形成致命的肿瘤。

　　其实她没觉得自己应该用中药调理身体。她对中药总是抱着怀疑的态度。从华威商学院（WBS）毕业回国，她曾因事业的不知去向而压力剧增，导致脱发严重，月经不调。她去医院检查，一边狂擦生姜，一边吃大夫给开的西药。一段时间过后，她发现自己那条珍贵的红河停药就断流。

　　也就是在那个时候，有一天在二号线上，管正遇见了炮福。他从世纪公园站上来，她旁边的座位刚空出来，他就坐了过去。一股火锅底料味迅速飘进管正的鼻腔里。炮福是个十分英俊的英国男人，身高一米八五左右，脸上蜿蜒着一圈修剪整齐的络腮胡，头发不长不短没有打发蜡。她最讨厌打发蜡的亚洲男人，欧洲男人则例外。最吸引大家目光的还是他身上那件白色的"I LOVE CHINA" T恤，直观地表达了他的生存立场。

炮福一直在研究手机上的百度地图，把那些错乱的路线放大、缩小、再放大、再缩小。此时管正把手伸进背包里想摸出口红来擦，不料却摸到了一些黏稠的东西。她伸出来一看，好家伙，外面的高温把她包里的一条巧克力烤化了，此时她的手就像粘满了粪便一样。丢人丢大了，她自诩没有过失态的时候。此时她脑子里浮现出了伦敦大桥，夕阳下的伦敦大桥。这只手就是穿过伦敦大桥的一只乌鸦。

炮福递给她几张餐巾纸，上面印着"小龙坎老火锅"几个字。管正想把脸伸进地铁隧道里。待她擦干净手，他用一口纯正的普通话向管正问道："你好，女士。你知道这个地方是在哪站下车吗？"说着，用手指指着手机屏幕上的一个地点。管正第一时间注意到的不是那个地点而是他的手指。修长有型。她想用自己还残存着巧克力味道的手去碰触一下。

她接过手机，炮福凑得更近了。她感到心跳在加速。那个地点就在陆家嘴，不过她没有立刻回答。最后，炮福感谢她的帮助，并额外说了一句："你看起来很漂亮。"管正用英文回答他："Thank you."两个人一句搭一句，聊起了兴，谁也没有停止的意思。短短几站地的时间，炮福已经差不多全面了解了管正。管正也了解到，炮福来中国已经八年了，他今年四十三岁，在静安区开了一家玩具专卖店。他之所以在中国姓炮是因为他的英国老祖宗们是造炮台的。而他也喜欢"福"这个字。炮福告诉她自己的店正缺一个帮手，如果她愿意，可以考虑去他那儿工作。

管正觉得这是天上掉馅饼的事，喜出望外。不过她还是要先应对手头几家大型贸易公司或证券公司的HR，毕竟进大公司是她来上海的初衷。她是海归名校硕士，年龄佳，气质佳，好几位 HR 都看好了她，可是经过一番激烈的思想斗争后，她还是决定给炮福打个电话。因为上次他们二人在地铁站分别的时候，炮福冒着被车门夹住的风险回来给她塞了一张明信片。这个明信片是一家中医诊所的。炮福告诉她，一定要去试一试，这个大夫是神医。

管正来到炮福的店，发现这是一家很精致的铺子。香炉、茶具、古筝、围棋、插花，样样都有。炮福穿了一身黑色的棉麻禅衣请她喝茶，给她介绍自己的买卖。因为店铺开在富人区，他不止售卖店里已有的商品，还接受定做。他的商品大多数都是各路神仙的小陶瓷雕塑，也有一些管正不认识的木雕异兽，炮福说这是他依据《山海经·海内北经》或者《山海经·大荒北经》自己制作的。这令管正对他刮目相看。她憧憬《山海经》这部书，总想找个机会深入研读，体会其中瑰丽的神秘。她觉得中华文明的根须就散发着《山海经》的奇香。她沉浸在炮福制作的这些工艺品当中，闻着炮福身上英伦香水的味道，脑海中是这些神兽飞天遁地的画面。

至于薪酬问题，炮福尴尬地笑了笑说卖得好了就多赚，卖不好了就吃泡面。他之所以想请管正帮助他就是因为他想要把店铺做大，能在上海至少再开两家分店。他认定管正有发达的商业头脑，有"绅士精神"。管正还是头一回听见这样的评价，心里暗自高兴了许久。读书期间她三次去威斯敏斯特自治区的白金汉宫参观，有一次是在凯特王妃怀二胎的时候。巧的是她堂姐也是在那个时间段有了二胎，管正替凯特王妃祈祷，希望王室可以顺利添上小公主。她本来也是想替堂姐一并祈祷的，可是在给了一个流浪汉一枚硬币的时候，她把这茬给忘了。在学校的戏剧社团里她曾导演过《威尼斯商人》，并在其中反串。那是一次成功的演出。英国的同学们夸赞她"像狐狸一样狡猾"。

管正想先在炮福这里落脚，她决定给自己一年的时间在上海调整。学过经济的都清楚，时间是比金钱更贵重的礼物。她决定送给自己，也送给炮福。她是个重视缘分的人，总想挖掘出偶然当中尚不可知的必然。作为回报，她可以住在炮福的一位女性朋友那里，同时，炮福陪她去看中医。在问诊的过程中她得知炮福的问题在哪里，原来他肾虚，老中医抛去一个意味深长的眼神，管正心头闪过一丝失望。后来她仔细回想以确定这份失望的粗细，觉得就和头发一样细，肯定不会超过一根鱼刺。

其实管正不是应届毕业生。她从 WBS 毕业以后在英国待了一年才回来。那一年她打了两份工，一份薪水用来存着，一份用来花。有不少时间是她可以自由支配的，在那些细碎的流水里，她到处寻觅着可以猎食的浮游生物。她把自己打扮得成熟性感，但不会出入夜店。她去的最多的地方就是书店和咖啡馆，她希望在这样的正经场合遇上某位 Mr.UK。她急切地想要一张英国绿卡。至于为什么，她自己也不清楚。只知道出了国就不能再回去。

为了令自己看起来更加迷人，管正专门请老师教她正宗的皇室英音。这是一笔不小的开销，那段日子她不得不节衣缩食。即便如此，她的舌头也因为练习发音而得到锻炼，从而欺骗她的胃，使胃也感到满足。习得之后她才发现，日常生活中很少有机会能展示出她的这个技能。因为她不会主动去搭讪哪个男人，也不会有哪个好男人来主动搭讪她。

倒是在炮福的店里，她的皇室英音吸引了一大部分"粉丝"。其中有些是美国人，有些人则是"白富美"。他们都是来店里选购商品的顾客，每一位都受到了管正的热情接待。为了抬高店铺的品位，也为了使自己花重金学到的皇室英音不白白浪费，她对每个入店的人都会讲英语。为此，炮福常常不满意她的做法。在炮福看来，他首先是在中国做生意，其次他主要是做中国人的生意。管正整天用英文招待，一来二去恐怕没有什么人来店里购买了。炮福义正词严地对她说："你不也是中国人吗？"

管正斩钉截铁地回答："Yeah! but..."她向炮福解释这么做的好处，她说这样非但不会使中国顾客减少，反而还会增加。经过一个月的实践，炮福才知道管正确实在销售方面很有本事。原来出入店铺的都是些有文艺情怀的老顾客，他们普遍年龄段相似，消费水平也相近。现在却差不多每天都有奶奶带着孙子来光顾，原因很简单，大家都想听管正优美的英语，观看她英式管家一般的言行举止。家长此时会对小孩子说："瞧见了伐？扎台型的哩。"

管正心里美滋滋的。她第一个月的业绩做得很好，店铺也进入更活跃的状态。她盘算着炮福会给自己多少工资，谁料炮福却再次泡茶给她喝。从净手、欣赏器具到烫杯温壶，再到之后的放茶洗茶和冲泡，她感觉自己仿佛穿越到了古代。炮福手法娴熟，云烟缭绕。他同管正讲，为了实现在上海开起分店的愿望，他想把现在赚的钱的大部分都存起来用作投资。他问她是否愿意入股，虽然眼前的利益少了点，可是当梦想实现的那一天难道不会加倍地振奋人心吗？接着，他把茶碗递给她，教她用盖子拂去茶渣，他说这个步骤叫作"春风拂面"。随即补充道："中国的成语真是太有意思了，我学一辈子都学不全。"

管正望着他，觉得他是真诚的。她问他在英国的时候有没有乘坐过伦敦眼，他说有的。她问和谁一起，炮福说和妻子。他反过来问管正有没有乘坐过，管正说："想试试的，但是我恐高。"此时她脑海中的伦敦眼变成了一艘太空飞船。

在很少回家的女房友口中管正得知炮福曾经结过一次婚，娶过一个中国媳妇。后来不知道什么原因，他妻子留在了英国，他则来到了中国。炮福本打算在中国只待几个星期的，结果一不小心就待了好多年。管正眼前有几条生活在"夹河水"里的鱼飞过。这种鱼既是海鱼也是河鱼，鲜嫩无比。

"中国人对我们很好的。我爱中国美食。可是我的中文还不是很好，太可惜了。"女房友补充道。

管正乘坐地铁二号线刚刚在人民广场站下车。她专门挑了个下班高峰期来此地，冒着被挤成肉饼的风险，来做一件她觉得毫无意义的事。这件事就是策划路线。

炮福想到了一个商业点子。他想请管正同他一起为店铺"打 call"。他们两个乔装打扮成卡通人物的形象，在晚高峰乘坐地铁二号线于人民广场站下车，绕着此站的二十个出口"行为艺术"一番。目的是为了吸引一些合作伙伴。炮福说："希望能引来浙江或者日本的朋友。"他之所以这样讲，是因为他不满足于自己的商品只停留在小陶瓷或小木雕这些东西上。他想要设计更多新奇的玩具，更多灵感非凡的把件儿。因此他需要投资商。他说他想成为《查理的巧克力工厂》这部电影里的天才发明家查理。

管正说："我非常喜欢你依照《山海经》创作的那些木雕，其实可以坚持下去的，这可以成为你的特色。"

炮福摇头："它们卖得并不好，你也看见了，谁买？"

管正无言以对。她在店里这么久，真的没见一个人买过。顾客会参观、赞美，但是不会掏腰包。因为他们觉得那些奇怪的动物不适合摆在家里。她认真想过这个问题的原因，得出的答案是炮福对《山海经》的精心雕琢，似乎让中国顾客有所忌惮。

管正移开话题，说："那你干脆扮成查理好了。"

炮福说："不行，那你怎么办？难道扮成那些小矮人？你知道的，那部电影里除了查理，大家都更像人。"

"我不参与，我在外面等你。"管正说。她觉得这种行为很愚蠢，不过在英国见到的那些行为艺术则是例外。对于管正来说，但凡是在中国做一些能引起大众注意的事，怎么说都是难堪的，因为看客里随便抽出两个人，这两个人的老家可能就比西方两个国家的距离还远。她感到身上发热发痒，好像突然间生出了许多羊绒和羊毛，原因是在英国打工时她曾扮演过一只罗姆尼羊。

"我得扮成中国的某个角色。那样你们会觉得我更帅。"炮福说。

"那就功夫明星喽？"她随口附和。

"李小龙？成龙？还是甄子丹？"

"随便。"

"不是太有新意吧？不过你要是穿旗袍在我身边的话一定会特别吸引人。"

二人讨论许久，迟迟拿不出方案。第一个无法确定的问题就是装扮成什么角色，卡通形象还是影视人物？第二个是，他们两个"傻瓜"（起码在管正看来）有胆识穿着异装走上街头，到达地铁站以后，是要开展什么与路人互动的活动，还是只是单纯地走过闹市？

带着许多疑问，管正此时来到了晚高峰的人民广场站。看着庞大的人群，第一个蹦出她脑子的问题是一会儿她的一个朋友约她共进晚餐，那么晚餐的费用是谁出？她这个月的开销很大，炮福这里的工资仅够糊口。如果是 AA 制的话还好，毕竟在英国的时候已经习惯了。她抽抽鼻翼，觉得中国人会面请客这一做法很朽。第二个蹦出她脑子的问题使她紧张万分——炮福这个英国佬是否不打算回英国了？人民广场站有一种天大的魔力，就像个章鱼的吸盘。炮福是一只醋熘虾。没错，这样会使他觉得自己更适合中国章鱼的口味。

几天前她从 W.W.Chan 定做的西装，一会儿就由将要和她共进晚餐的那位姐妹带来。她们是中学同学，那个女孩目前就在西装店工作，她觉得自己已经走上了人生巅峰。她询问管正西装拿来做什么用，管正当时骗她说是要出席重要的活动。实际上，她是为了在炮福的店里能更"扎台型"。除了吸引更多人，她还想让炮福的目光在她身上多驻足一会儿。

有一次炮福无意中提起过他的前妻。他说他们的婚姻之所以结束，是因为彼此缺乏理解。管正把这句话记在了心里，反复琢磨着其中的意思。这种以前她根本不会在意的"废话"，现在却变得十分耐人寻味。她问自己是否理解炮福，答案无法确定。于是她把问题的难度降低，问自己是否真的认识炮福，答案令她唏嘘。

管正随后进行了一个大胆的假设，如果她就是炮福的前妻而他们两个又十分"理解"彼此的话，他们有百分之九十的可能性会一直生活在英国。那也就是说，如果炮福再次找到了一个善解人意又大气的中国姑娘作为妻子，他们还是有一定几率重返英国生活的。管正直勾勾地站在地铁站，脑子里飞快地做着算数。最后她发现，有个人情感掺杂进去的概率怎么算都不准。与此同时她打了个嗝，中药味返了上来。她这才想起老中医说的，炮福是因为什么才那么迷恋中药的。

管正觉得自己一只脚站在人民广场站，一只脚站在贝克街站。她举起一枚硬币观察，发现它的一半虚化为了便士。在那半枚便士透出的微光中，她突然看见了一只狐狸的脸，一个邪魅的微笑，她吓得赶紧把硬币甩了出去，脸上冒了一圈汗。很多事情系起的结似乎瞬间被什么东西抻紧了，从而人民广场站成了一根崩塌的琴弦。

还是在英国期间，她做过一件事后迟迟无法走出阴影的事情。这件事情直接导致她决意回国，后来同样也是这件事情使她决意再回到英国。沐浴在英国的阳光下，那里的街道和葡萄、炸鱼和薯条，会给她带来解开绳结的快感。想要解开一处结就要回到原处，这是她回到中国以后日渐参透的真理。

事情发生在她把自己打扮得成熟、性感以便吸引 Mr.UK 之后。由于迟迟猎不到目标，她感到强烈的恐惧和焦虑。她向来都是个报喜不报忧的人，所以国内的家人一直以为她在英国生活得十分充实，为了打消家人对她孤零零一人在外的种种担忧，她谎称自己早已找到很好的男朋友。不过随着家人迫切想要见面，事情越发接近败露。她不想被规劝回国，那是无能的表现。

一个星期五，她收到了朋友玛姬的简讯。玛姬已经有两个孩子，不过她丈夫目前还只是她的男友。她的男友是一个猎人，拥有合法持猎枪的资格。玛姬约管正周末出来"诗意地狂欢"。管正的确需要一次放纵，这还是她来英国之后第一次参与什么"狂欢"。她想，也许和许多敏感的关键词有关，如果真有某种能使人沉醉其中忘却烦恼的解决方式，她甚至愿意豁出去。

第二天下午她来到了玛姬家。奇怪的是并没有什么派对的景象。玛姬男友把大家带到库房，神秘而骄傲地公布出他的宝贝，也是"狂欢"的主题—— 一把猎枪。一会儿等大家熟悉了枪的用法，他会开车带领大家去一个地方。他神秘而兴奋地说，当他知道那个地方竟然有个狐狸窝的时候，他笑得差点尿了出来。

英国的狐狸在非动保人士看来一直是十分令人头痛的。因为曾几何时流浪的猫狗被处理殆尽后，狐狸就成了伦敦的"新主人"。它们甚至开始威胁人类，也有一些新闻报道此类事件。一些有着猎杀经验的人士不顾动物保护组织的抗议，纷纷当起了"城市猎人"。他们四处寻觅狐狸的老巢，等待夜晚降临后成为"救世主"。

管正抱着手里的猎枪，心"怦怦"直跳。她长这么大第一次触摸真枪，就像触摸一位久违的朋友那样。一行人正去往猎杀狐狸的路上。在中国，杀狐狸是会遭恶报的。小时候她亲眼见过有个疯癫的老奶奶总是自抽耳光并且还自言自语，传言说原因是老奶奶年轻的时候曾打断过一只狐狸的后腿。除了中国人对狐狸忌惮，日本人也害怕。在日本的传说中，如果不小心见到了树林深处的"狐狸娶亲"，这个人是要自杀向狐狸谢罪的。所以，管正心跳得厉害不是没有缘由。

不过，她自诩"不信邪"。心中有则有，心中无则无，这是她做人的一贯原则。狐狸本应该老老实实地待在属于它们的地方，可是却不安分守己。它们还会溜进个别市民的后花园，盯着在花园中晒太阳的小宝宝看。管正觉得所有动物都是缺乏理智与情感的，畜生就是畜生。不然为什么还有人与动物的分别？

狐狸的老巢在一处风月之地。管正觉得这里一定住着一群"骚狐狸"。她脑海中随即浮现出了几个女性的形象，都是她熟悉的人。她的胸中腾起一股无名的妒火。一行人埋伏好，静待公狐的出现。

接下去的事令管正毕生难忘。就在他们要下手的时候，几个妖娆的姑娘发现了他们。她们是从事特殊工作的。她们不允许别人猎杀她们院子里的狐狸，说狐狸给她们带来了财富。她们怒目圆睁，其中有一个还和管正吵了起来，两人谁也不让谁，甚至还撕扯起来。直到管正手里的枪走火，一声巨响吓坏了所有人。不过所幸没有人受伤。

很快，警笛声从街道的远处越传越近。一行人赶忙上车逃跑。关上车门的那一刹那，管正看见一只狐狸正在暗处瞪着她，目光凛冽而威严，高傲如王。他俩的瞳孔在黑夜的怂恿下对上了，那如年轮般缠绕的一秒。管正下意识地对着它开了一枪。玛姬朝她大喊："你疯了吗，不要再开枪了！"

她觉得自己两膝酸软，差点滑跪下去，像一名叛军那样。

她并未看清自己究竟打没打死那只狐狸。惊恐占据了她全部的意识，她感觉她已经成了一名罪犯。打那以后，随时可能会被警察找上门的念头一直盘踞在她的脑海中。所以她逃也似的回了国。飞机落在中国的土地上时，她长吁了一口气。

其实管正心里明白，英国警察那之后没有再追究他们，或许发生了什么，她相信这种误会玛姬的男友能够搞定，否则她也无法顺利出境。只是那之后，玛姬再也不愿见到管正。真是可惜，玛姬是她在英国唯一最好的朋友。此外，可能是受枪声的影响，她总感觉自己有时听不清，因此走到哪里都需要瞪大眼睛观察，像条直立行走的金鱼。在中国家里睡觉的时候，她几乎每晚都做噩梦，梦见自己走火的枪打中了那个妓女。妓女倒在血泊中，死不瞑目。英国警察架着她的胳膊，她试图解释，但是警察不让她直视他们的眼睛。就像她不让那只高傲的狐狸直视她的眼睛一样。

为什么不可以看警察的眼睛呢？醒来后管正想不明白，也因此冷汗直冒。她发现不仅是梦里的警察，其他英国人的瞳孔她也没有直视过。她不知道究竟是哪一方的眼睛在闪烁不定，难以捕捉，好比用镜子照射一块冰。后来在与炮福的交往中，她也没有细致地观察过他，他那一排茂密的睫毛是监狱的铁栅栏，外面的人进不去，里面的人也出不来。

管正决定来上海发展有两个原因，其一是想在这颗大松塔身上的某个鳞片里求得一席之地，然后钻、嗑、挤、攀……向松塔的顶端爬，和所有被风吹于此的灰尘一样，坚信只要到达顶端就会再次乘上风的列车。这种快节奏的日常应该会让她远离噩梦的困扰。她计划着也许不用爬到顶端就会幸运地遇见一趟开往英国的风列车，然后与玛姬和好，求得那个差点被她开枪打死的妓女的原谅。她甚至愿意让那个妓女在她身上开一个洞。这样她就能放心地继续在英国生活。就像什么都没有发生过。第二个原因有些神秘和不确定：管正经常感到有什么东西在跟着她。那东西狡猾、敏捷，藏于暗处。上海人口繁茂，是个不定时的炸弹，管正想如果连身在上海都躲不掉那东西的话，那就大可以和它一起随着炸弹同归于尽。她之所以回绝了那几家大公司的 HR，决心到炮福这里工作，很大一部分是因为不用加班，不用一个人走夜路回家。

自从管正来到上海，在炮福的店里工作以后，一个声音便时不时见缝插针地响起。她以为是耳朵的毛病所导致。然而仔细听上去却是一种尖细的问候，像一位落魄国王一般性感地召唤着她。她几乎可以坐实自己那不祥的预感——被她射了一枪的那只狐狸，跨越千山万水来找她复仇了。

在《山海经》里也提到过一种狐狸，长着九条尾巴。管正记得很清楚，她还问过炮福，为什么不制作九尾狐的木雕，它漂亮，代表兴瑞。从某种角度来说，管正是有引申意义的。她认为自己是美丽的，并且也为炮福的生意带来了兴旺。不料炮福回答得十分干脆："我怕它有九条命。我只有一条。"当时便驳得管正无言以对。

管正收起回忆，提高警觉。为了防止被崩塌的琴弦扎死，她努力舒缓呼吸，努力把注意力放在形形色色的路人身上，从而把一只脚从贝克街站抽回，两只脚共同支撑住摇摇欲坠的人民广场站。刚才从硬币的反光中看见的狐狸脸，此时在她的脑海中自动与一个人的脸重叠了起来。那人正是炮福。

因为炮福曾说："我就是潜入中国的一只狐狸。"

管正去连锁超市买了瓶绿茶饮料，看收银员像极力遏制情感的机器人。现在她已经全然没有心情去规划什么路线。那是狐狸的舞步，引诱她走向某处坟墓。轮到她付款的时候，看着自己干瘪的钱包，她觉得自己想的没错。

她从包里拿出一片独立包装的一次性口罩戴在脸上。防止"复仇者"认出她。现在她的思路清晰了许多，明白前来"报复"的狐狸不止她朝其开枪的那一只。不过她听说狐狸不是按面孔识人的，是根据气味一类的东西。听老一辈人说，人们无论如何也掩盖不了自身的气味。管正给前来为她送西装的朋友打电话，可是对方无人接听，应该是已经在来的路上了。她想结束今天的所有安排，赶紧回家，认真洗一个热水澡。那套西装她不想要了，就算赔掉全部订金，也比买来之后没有用武之地好。她决意换个环境。工作也好，生活也好。

管正加快步伐。此时她只想尽快走出人民广场站。她感觉暗处追踪她的东西没有消失，反而离自己越来越近，脑海中不禁浮现出被狐狸杀死后的形状。也许像电视剧《聊斋志异》里演的那样，人的精气被吸干，像根枯木那样失去地心引力，倒在地上。或者干脆是一种直截了当的方法，它们用嘴和爪子把她撕碎。就在大庭广众之下，就在无数双惊恐的眼睛里，她被疼痛和死亡侵蚀却无人搭救。在狐狸爪子就要剜向她眼珠的最后一刻，她会看到四散惊叫的人群中间有个西方面孔伫立不动——正是那个妓女。

只不过她面孔惨白，瞳孔漆黑一片。她的肚子上有一个大洞，鲜血从嘴角渗出。她就像一具冰柜里的尸体。这是死了的那个妓女。这是如果被她走火的枪击中以后的那个妓女。妓女和狐狸一样希望她死。因为他们都曾领教过她的傲慢。她身在异乡时不知是哪种勇气和自信混合起来催发的傲慢。

管正使劲敲了敲脑袋，让脑子里这些恐怖的画面消失。人民广场站瞬时又变得硕大无比，她觉得自己正在从一只野兽的喉咙走进它的消化道。她想起来民间有种叫作"鬼打墙"的现象，就是人无论如何都走不出某个看似简单的场地。当时她还有疑问，觉得肯定是那个人自己昏了头，又没被绳子捆住脚，哪里有什么走不出去的地方？现在她似乎明白了，脚的确可以被看不见的绳子捆住。

"管正？"

管正听见身后好像有人叫她，但是很飘忽。她不想停下，加快步子变成小跑。可能是狐狸真的来了。狐狸会迷人，可以制造出各种幻象，人在其中可以自己杀死自己。这是小时候她听烂了的传说。

"管正！"

这一次声音极其清晰。不过她假装没听见。与此同时手机响了起来。

来电者是阿 C，给她送西装的老同学。管正犹豫着要不要接，接了会怎样，不接会怎样。今天不接的话明天也要接，她知道阿 C 总会打到她接为止。管正一咬牙，决意放弃赶快回家的打算，去和老同学会面。

阿 C 在电话里说："我就在你身后，喊你你没有听见，等我。"

管正转过身，长吁了一口气。原来不是狐狸，也不是那个妓女。

二人多年未见，彼此亲昵地拥抱。在人民广场站出站的人群中，管正觉得暂时抓到了根纤软的救命稻草。

阿 C 把精美包装的西服交到了管正手里，一面自嘲地说："你不会嫌弃我坐地铁来的吧？"

管正明白她的意思是怕自己忌讳她弄坏西服。她无所谓。

此时她把狐狸、妓女和炮福都抛在了一边，犹豫着怎么跟阿 C 开口，问她能不能把西服退掉。思来想去，她觉得如果想达到目的，一定要先跟阿 C 讲自己和炮福的故事。虽然他们没什么故事，但是总有能博得阿 C 同情的地方。她知道阿 C 以前是个心软的姑娘，现在应该也是。她必须使阿 C 觉得 W.W.Chan 的西服现在对于她管正来说，已经没有什么意义。

二人结伴走出了地铁站。此时天已经黑了。管正深深地吸了口气，仔细感受着空气中可能埋伏的臊气。阿 C 身上的香水很香，掩盖了夜的味道。

管正一点不饿，她只想洗澡。此时她们坐在一家颇有小资情调的饭馆里，管正发觉阿 C 这些年变成了一个话痨，自己根本没有讲话的机会。说着说着，阿 C 从包里拿出了一小盒精美的巧克力送给管正，是个国产的品牌。

阿 C 说，多亏管正通过她订制了西服，替她增高了业绩。她得好好感谢她。这顿饭她请。

管正觉得如沐春风。还是中国人更有人情味儿。不过她已经对巧克力没有什么兴趣了。她没有给阿 C 准备礼物，觉得此时气氛有些尴尬。

在阿 C 滔滔不绝的讲述中，管正得知了她这些年来的状况。她通过自己的努力进入理想的单位，所从事的工作又是自己爱好的。她在上海目前还是条"单身狗"，虽然长得不错，条件也说得过去，追她的人也不乏精英，可是她说她不着急，她还要等。至于等什么，管正想问，又觉得这样会使阿 C 的言潮更加汹涌，所以就止住了。

阿 C 对管正说："没办法，我没有你好命，没那种出国见世面的福分。"

管正随意哼了一声。她正在查找手机微信里炮福的朋友圈。那里有一张炮福的自拍照。她想拿给阿 C 看，说她目前在这个男人的店里工作，不过西装可能很快就会派不上用场了。这样，话语权就可以掌握在自己手上了。

阿C看后，淡淡地说了一句："我觉得他不适合你。"显然是误会了管正的意思。

不过管正还是觉得如同一碗凉水扣在了自己头上。

"我识人很准的。因为见过的人太多。"阿C补充道，"我不是说他不好，只是觉得你们两个在一起，肯定不会合适。你们两个的气味就不同。"

"你真逗，隔着照片都能闻出他什么味？"管正说道。

"不信算了。他们都说我鼻子比狐狸都灵，不过我不是用鼻子闻的。算是……第六感吧。"阿C补充，"中国很大的。"

管正愣了好几秒。在这几秒钟里，她品出了这句简单的话语当中丰富的内涵。比如，中国很大的，自己完全可以在中国找一个意中人。比如，中国的国土面积比英国的国土面积大九百三十多万平方公里。管正盘算着，像炮福这样的人还会再有多少。狐狸是哪个国家比较多。炮福应该算在"人"的群体中还是"狐狸"的群体中。同时，躲避在一个更大的地域应该会获得更多的安全感。这种安全感可以比回到英国，去求得那些人的原谅更能使人感到踏实。

不过，"复仇者"已经追到身边了，它们把过去和未来撕成碎片并藏了起来。

二人吃完饭双双回到了人民广场站。她们现在终于都做完了今天的任务，可以安心地回家了。管正提着西服，反复犹豫着还要不要向阿C开口说退货。其间，她接到了一个炮福打来的电话，炮福问她路线设计得怎么样了，有没有想好扮演什么角色。

阿 C 说今天见到管正很开心，许久都没有这么与人畅谈过了。她嘱咐管正没什么大毛病不要整天喝中药，是药三分毒，现在感觉不出什么，时间长了肯定有副作用的。管正笑着说谢谢，她把西服收下了，剩下的钱明天会打给阿 C。

松塔本来就有祛风滋阳的作用，自己却还那么虚弱，管正觉得有些滑稽。

送走阿 C，管正反而不想回家。她想在地铁站里好好逛一逛，寻找一个继续留在上海，直面"敌人"的理由。一时间心血来潮，她跑进洗手间，把精美的西服换在了身上。不愧是大牌，管正心想。从面料到做工，无不体现出细致的心思在里面。换好后她还不忘按下冲水，因为此时"西装革履"的她看起来是那么有身份。非常像一名合格的上海人。

容光焕发。品牌对于女人来说有着瞬间改变气质的魔力。管正觉得自己昂首挺胸，吸引了许多人的目光。至少在人群中，她是最显眼的。她感到身后跟着她的那个东西再次出现了，不过对方变得小心翼翼起来，似乎不敢轻举妄动。管正心头一阵得意。她感觉自己坐上了一只热气球。狐狸在地上不得不放弃伏击，咬牙切齿。

这是一只色彩斑斓的热气球，管正越升越高，地上的东西越来越小，高楼大厦成了火柴盒。现在她可以去任何地方，只要气流允许。为此，她熟练地调整着气球的高度。

然而没过多久，她就发现气候在同自己作对。热气球仿佛变成了一艘在风浪中行驶的船，一会儿向左，一会儿向右，完全不受她的控制。在太阳的金光中，她瞪大双眼才看清，有几张巨大的脸出现在天上。像是耶和华，又像是如来佛。他们努嘴朝她吹气，他们要把她的热气球掀翻。管正吓得不轻，向神灵求饶。唯一令她感到巨大的东西就是渺小。她忏悔，从自己降临人世的第一天开始。

二号线进站了。"轰隆隆"的声响中，管正定了定神，就像匆匆忙忙做了一场真实的梦一样。

她明白自己无法实现成为一名"女绅士"的梦想了。

今夜月光难得明媚。管正孤身一人走在路上。她想，要是希望她从这个世界上消失的东西前来攻击自己，那就随它们去吧，不过她不希望自己的这身西服被弄坏。她需要保存一个好器皿用来包裹体内的沌气。要是这身衣服坏了，而她自己又体无完肤，谁会为她重新缝制一张光鲜的外表呢？

狐狸最有可能。因为它们还有复仇的下一步——制作一个管正的人偶，用它们已经收集到的那些碎片和 W.W.Chan 的布屑。它们可能还会用一些稻草，与阿 C 的触感不同的稻草。散发着腐烂的泥土味。它们夜以继日地编织管正的形象，然后把它立在闪烁着耀眼金光的荒野。

当其他狐狸如野火一般从四面八方烧来的时候，九尾狐便会在遥远的青丘山为新的历史和战争愤啼。

腰部传来轻微的震颤，不是铁蹄踏地的前兆，而是手机。号码显示为炮福。他从未在深夜给自己来过电，像一声号角，命令管正所有的"从未"冲锋上阵。

已发《山花》2018 年第 8 期

无边之旅

老马是位大龄小姐，她今年六十六岁了，未婚未育，身材挺拔，梳着高高的丸子头。她领着退休金，为人善良，井井有条，与房东乔太太是二十年的好友。

如果说起乔太太，老马能赞不绝口地谈论其一整个上午。在她口中，乔太太是典型地贤良淑德，不仅孩子事业有成，与丈夫也恩爱有加。关键是房子里其他两个插间二十年来已经陆续换了几十位租客，每一位都没给老马找过麻烦，且房租从未涨价，这太难得了，老马恨不得亲乔太太一口。

自从一位夸下海口，承诺老马一定会陪她组团养老的老小姐忽然宣布嫁人后，乔太太总是这样劝老马："你又没有牵挂，为什么非要买房呢？把钱留着做些自己喜欢的事，一辈子都是快乐的小姑娘。"

可是人一旦被亲近的人背叛后，往往会想缩进一个完全属于自己的壳里去。

那段时间老马很想买个小房子，但是如果实施，存款可就见底了。她也曾想买下乔太太这套房子，但是市价太高，她又不好意思张口讨价，毕竟大家处得像亲人一样，所有亲人如果论及钱，都像苏打水暴露于空气中那般。独自过完六六大寿，老马将焦虑从房子转移到了生理，身体上出现点小毛病她都要大费一番周折，也是银行里隔三岔五的常客。她没有太多存款，如果过几年需要住院的话想必连请护工都吃不开。如果有一天，自己饿得只能躺在床上干瞪眼怎么办？

"你不要想这么多，还有小柯，到时候他给你送终。"乔太太口中的小柯是她儿子，生活在别的城市，从小基本是老马照看大的，与老马感情颇深，每年过年都会买许多好东西来看望她。

但老马不认为小柯是理想的人选。

烦恼太多，她觉得胸闷气短，似乎不死也要死了。她开始观看文化纪录片，领略世界各地的风光。她对挪威产生了极大兴趣。彩色房子里的灯火，森林，湖泊，烟雾。一个想法盘旋在她脑海中，如同一只在鸽群中乱撞的麻雀。她想，那是产生神话的地方，静谧的土地和纯粹的天空，数量不多的人口。也许"神"就是睡眠，人们在神的梦里出生和死去。

老马决定飞往挪威，在死之前偷个懒，总比心怀遗憾地死去要值得。她会一些日常交流的英语，报了个比较划算的旅行团，择日出发了。团里有位姓昌的先生与老马交谈甚欢，飞机喘着粗气，他们笑声不断，有一种奇妙的旋律从什么地方升起，飘过他们，消散在身旁的夕阳中。

他们到达了奥斯陆，这座带有浓厚中世纪色彩的城市。这里的港口从任何角度看去都像是画作，建筑也充满个性，老马觉得这里的房子应该和人一样享受福利津贴，它们对 GDP 的贡献不能默默无闻。昌先生讲起《贝奥武甫》的故事，通过一位英雄把北欧古代日耳曼人的氏族社会末期生活向老马引申出来，他从畜牧谈到种植，又讲起渔猎，然后眉飞色舞地说起丹麦和瑞典的人文风情。他夸赞老马虽然年纪大却仍有一头乌黑的秀发，像傣族妇女。他说她们用淘米水洗头发，洗一次要耗费大量时间，然后将一头长发盘在头顶，像个小星系。

老马喜欢昌先生的言谈，他一定有个有趣的灵魂。她想象着他妻子的样子，以及他的孩子。他长得倒是不怎么好看，矮胖且有些驼背，走起路来慢吞吞的，总是落下队伍很远，老马还得像照看孩子一样怕他掉队。吃饭的时候，他会给大家讲食材的来源和传统，有几个人嫌他话太多，端着盘子去了别的桌，他也不在乎，继续滔滔不绝。

一天夜里，昌先生敲开老马房门。老马在睡衣外披了一件外套，她皮肤松弛，肚子突出，小腿上还有许多蜿蜒的青色血管。她将门半开，自己倚在门口，没有邀请他进去坐，昌先生自己也没有提出这种要求。他给她送来一盒糖果，说是自己刚刚出门时买回来的。老马很愉快，她打开包装盒，一颗糖果不小心掉出去滚进了房间，消失不见。老马赶紧进去找，可是幽暗的灯光令本来就视力不太好的她更加难以寻觅这颗闪烁着金色锡箔光芒的圆球，它仿佛滚入了平行时空。昌先生走进来，打开日光灯，房间里顿时恍如白昼。

"这里还有好多，别找啦。"他提议。

老马听见了，可她还是一面用手拽着睡裙的下摆，防止撅起的屁股走光，一面继续寻找。直到昌先生关上房门她才停止。

他们两个人像孩子一样分享起了糖果。其实老马有高血糖，不敢吃这些东西，但这晚她连续吃了两块，为了不让融化的糖粘在牙上，她只用舌头抿，因此她的嘴看起来像一只正在消化食物的蛇的肚皮。她谈及了自己未婚的原因，昌先生则为她讲述了一则北欧神话。

女神伊敦掌管青春，她拥有一只可以使人不必惧怕衰老的金苹果，众神如果暮年，只要尝尝这只苹果就可以恢复青春。众神的伙伴洛基受到巨人特亚兹的威胁，让他把金苹果和伊敦带给自己。洛基回到神界阿斯加尔德后，骗伊敦说森林里长了一颗她一定会觉得十分珍贵的苹果，让她务必前去看看，伊敦中计后被化作鹰的特亚兹捉走。随着众神的衰老，他们才发现伊敦失踪，并质问洛基，洛基只好担负起了再将伊敦救回来的使命。他借来女神弗瑞雅的隼衣，变成老鹰，找到伊敦并把她变成了一颗小核果，帮助她逃了出来。愤怒的特亚兹追到阿斯加尔德，葬身于众神升起的大火中。

"说起长生不老的果子，咱们玉皇大帝还有蟠桃园呢。"老马感慨。

昌先生觉得老马说得有道理，他问了一个令老马不知该如何回答的问题："作为女人，你觉得为什么伊敦会相信洛基？"

老马回答不出这个问题的原因有一大半是她的注意力全被"作为女人"这四个字吸引了。她不记得上次是不是有异性敲打过她的性别，也不记得那是多久以前了。有种欲望点燃了她，但这欲望是股老火，瞬间就被从飘窗外刮进来的一股凉风吹灭了。

"她可是诗神布拉基的妻子，人们都希望在这位男神的诗篇中流芳不朽。"

老马想了想，说："应该是因为这位女神太善良，太傻了。"

"我觉得她是故意被骗的。"昌先生眯起眼睛，一副高深莫测的样子。

老马心头一惊，她去倒了两杯水，端过来递给昌先生的时候，他已经准备离开了。

"她一定是故意的。"说完，他关上了她的房门。

不知为什么，老马听完这个故事，就产生了一种讨厌昌先生的感觉，她开始有意回避他。旅游团里自由活动的时间她也没有选择和昌先生在一起，不过她也没搭伙别人。脱离集体的老马有一种非常爱自己的感觉，她到市场上购买时蔬，让陌生人帮忙拍照，不亦乐乎。她还给自己买了一束铃兰和一只精巧的发夹。在买发夹的时候，卖东西的女士说她的祖先是一位维京工匠，会用熔模法制作非常漂亮的维京臂环和胸针。

女士说在日耳曼神话中顶级的能工巧匠是侏儒，狡猾的洛基通过激将法使侏儒们创造了六件绝世宝贝，有一艘叫作斯基得布兰得尼尔的船，它每次出行都能顺风航行，不想用的时候还可以装进衣袋里。洛基把这艘船送给了丰饶之神弗瑞尔，必要时可以运载所有的神和他们的武器。与洛基因打赌而同道前来的侏儒又送给了弗瑞尔一头金猪，叫作古林博斯帝，它的金色形象和速度对象征慷慨的弗瑞尔来说十分相称。侏儒们又创造了一把叫作艮格尼尔的矛，可以战无不胜，还有一枚叫作达拉普尼尔的戒指，传说每隔九天，这枚戒指就会掉下八颗同样重量和价值的戒指，洛基和侏儒把它们送给了主神奥丁。

又是那个古怪的洛基，老马心想。

一位占卜师注意到了老马，老马也注意到了她。这是一位年轻的妇女，身材健硕，涂着鲜艳的口红，她会讲汉语，且向老马打了招呼。老马走过去想与她合影，但当她们的肩碰到一起的时候，占卜师对她说："你恋爱了。"

老马笑着说我没有。占卜师邀请她进入自己的房子，她要为老马做一次占卜。老马急忙摆手，直到占卜师说："你不知道有人爱你。"

老马走进房子，屋内明亮，漂亮的桌布上摆着一匹铜马，墙上挂着一些合影。占卜师示意她坐下，从另一个房间中拿出了一个布袋子，示意老马伸手去抓。老马抓了三块石头，上面刻着她看不懂的符号。她心情忐忑，后背上悄悄起了鸡皮疙瘩。占卜师审视一番，说："你的爱就在身边。"

老马心中窃喜，第一个浮现在她脑海中的形象就是昌先生。他现在去哪里了？同行人会不会因为他喋喋不休而孤立他？老马有些担心，也有些愧疚。占卜师建议她不要逃避自己的内心，她会通过与那个男人的接触找到自我。老马脸颊发烫，她给了占卜师一些钱，占卜师问："你相信我吗？"

老马想了想，说："相信。"

"你也要相信其他人。"占卜师说。

老马回到旅行团，反复思索着占卜师的话，她想，那肯定是位厉害的占卜师，也许她测算的事情能够应验。昌先生看见她，像孩子一样快乐地跑过来，给她分享自己的新玩具，竟是一件女士塑形内衣。老马有些发傻，也没问是给谁的，昌先生也不说。他说起来欧洲中世纪女性穿紧身衣的历史，还引用了张爱玲写的《连环套》里，米耳先生对霓喜说过的一句话："西洋女人的腰是用钢条跟鲸鱼骨硬束出来的，细虽细，像铁打的一般。"老马没看过这书，不知如何接话，她注视着那件内衣，因为是叠放好的所以看不清款式。她脸红了，万一昌先生突然送给自己怎么办？众目睽睽之下，她不好意思要的。

旅行七天六夜，临回国的前一夜，团里有人提议举办一场告别舞会，昌先生反对，说这样没意思。他从年轻人那儿学到了一种游戏，打赌输了的人要么选择冒险去做一件事，要么回答一个别人提出的问题，且必须是真话。有人说这个好玩，有人说年纪大了，不敢玩这种东西，赞成票和反对票持平，就差老马表个态。

老马说："我同意。"

昌先生高兴地把她拉到自己身边，老马有些难为情，游戏变成了只有赞成者参与的小范围娱乐。几个人热火朝天地打起了扑克。老马此次手气极好，连赢三局，但是她没有参与到对输者的惩罚中。昌先生由于同她一伙，也是赢家，他就不同了，抓住那个可怜的人不放。

输者选择了冒险，昌先生问："你要喝酒，对瓶吹，我们说停你才能停，敢不敢？"

输者有些为难，问可不可以选择讲真心话，昌先生说当然不可。在其他人的起哄下，第一位输家不得不去喝酒，人们顿时气焰高涨，一边拍手一边鼓吹，但没有人喊停。老马想说一个"停"字，但她不怎么好意思，她怕扫了大家的兴，尤其是昌先生的。输家在众人的欢呼声中喝了一整瓶啤酒，肚子都鼓了出来。

老马以为这人不会再玩了，没想到人家反而来了兴致，扬言一定要"报复"别人。

很快，第二位输者产生了，是一名女士。她很腼腆，选择了说真心话，请求大家"多多关照"。

昌先生问："你先生还碰你吗？"

气氛陷入了短暂的尴尬，这位女士的丈夫就坐在她旁边，脸上透着一丝被冒犯的火气，但没有说什么，他看向自己的妻子，希望她能巧妙地岔开这个话题。他们今年已经五十多岁了，一切都风平浪静。

人们窃窃私语，有两个一看面相就是好色之徒的男人两眼放光，露出猥琐的笑容，向昌先生竖起了大拇指。

输了的女士知道丈夫正在背后盯着自己，她正尽力使自己不要感到窘迫。

"犹豫就是否定。"昌先生说完，众人跟着哄堂大笑起来。

女士说："既然是真心话，那我就说真话。我先生当然还碰我，而且我们还蛮有规律的。"

她话一落地，众人便收起了笑声。这个旅行团里清一色都是年龄超过五十岁的人，有的是子女给报的名，有的是刚离了婚，还有人是为了庆祝自己的病不是恶性，形形色色。昌先生似乎不满意女士的回答，他摇摇头，但没有多说什么。

后面一局老马不幸中招，输掉了。她觉得是昌先生故意使的坏，但是牌技不佳全凭运气的她也看不出什么蛛丝马迹。她选择了冒险。其实老马不是个胆大之人，她应该选择真心话的，可是这次不知缘由地，她满脑子都想冒险。最后她甚至想，如果让她赤裸上身，她都敢做。

第一次输掉的那个男人拦住昌先生，说："前面都是你出题，这次我来。"

昌先生说："好的，好的。"

老马突然感到自尊心受到了伤害，在两个男人的推诿中，好像自己是个妓女一样。厌恶感涌上心头，她说："我弃权。"

"怎么还能这样？"第一个输家不高兴了。

昌先生帮腔道："是啊，你刚才还说要冒险呢，怎么立马就不玩了呀。"

老马说："我累了。"

男人说："玩完这局再回去歇着也不迟。"

老马起身离开，像一个赌气的小女孩，神情阴郁。

男人说："真是的，玩不起就别玩。"

老马没回应，但是她听见男人继续说："我本来想让你亲一口昌先生的。"

老马顿了顿脚步，心头一颤。

后来，她并不清楚那晚的游戏最终大家都玩了什么，尤其是昌先生，不知道他是不是最后的赢家。第二天旅行团踏上了回国的飞机，人们讨论着这趟出行的"战利品"，有人大包小裹，有人来去空空。返程中老马的座位不再挨着昌先生，她心想，这也好，省得还要再聊一路，不如睡点觉。

但是刚落座，昌先生就串了过来，他说："我还是觉得咱俩坐一起最好。"

老马没搭理他，但她的心跳加速了。大概是由于之前那个她没敢履行的冒险游戏，一种暧昧的气氛萦绕在两人座位间。

昌先生说："回了国，咱俩就见不着啦。"

老马说："嗯。"

昌先生又问："你回去后打算干什么啊？"

"不干什么，老样子。"老马说。

"你怎么对我爱搭不理的？"

"哪有，我累了。"

昌先生不再自讨没趣，他也闭上了眼睛。这让老马觉得自己身旁躺了个男人，虽然在其他飞机上人们也都睡觉，但这次感觉却不同。她反而没了困意，而是假借向过道张望的姿势，偷偷瞄向昌先生。一位漂亮的空姐走来，昌先生忽然睁开眼睛，吓了老马一跳。

"你看看人家这身材。"他小声对老马说。

"肤浅。"老马回答。

"怎么肤浅了？男人就是捕猎者，当然要挑好的。"

"我认为的好是对方有一个有趣的内在。"

"你怎么知道这空姐内在无趣？"昌先生反问。

老马说："有本事你去要来人家的联络方式。"

昌先生说："我不去，我昨天已经玩过大冒险了。"

老马来了兴致，问："后来你也输了？"

"可不是嘛。"

"他们让你做什么？"

昌先生一副话到嘴边又咽回去了的样子，摆摆手，一脸无奈。老马觉得扫兴，闭上眼睛睡觉去了。

"你说，他们是不是觉得咱俩有特殊关系呀？"昌先生这么一问，吓了老马一跳。

他接着小声说道："这些人可真没素质。"

老马说："可笑。"

昌先生说："肯定是咱们在森林里那次。"

老马脑子里浮现出了披头士乐队的那首《Norwegian Wood》和村上春树《挪威的森林》里面的直子。多可惜的一个女孩，她想。

她和昌先生前往卑尔根的佛罗伊恩山时，曾因为昌先生走着走着就自己抄了小路，方向感不好的自己去寻他的时候险些迷路，给队伍造成了很大的麻烦。那天清晨他们就出发了，在青灰色天空下，一行人兴致勃勃。因为当地多雨，有人讲了一个笑话，说有名游客问此处的一位小男孩何时会停雨，小男孩回答说不知道，我只有十二岁。当人们发现昌先生不见了的时候，他们同时发现老马也不见了。一行人谁也不再为这个笑话津津乐道，一场愉快的远足几乎要变成事故。导游联络工作人员帮忙寻找，让大家原地等待。

老马去寻找昌先生不久，发现自己已迷失方向。她害怕极了，这种恐惧吞没了她的年龄，也吞没了她的性别，使她感到自己一下子变年轻了，如同一个三岁的小孩子。她觉得每一根草都活了起来，如同妖精的触角，每一棵树都露出了狰狞的面孔，似乎要将她撕碎。一棵花椒的枝干中可能藏了一双眼睛，无论老马朝哪个方向转头，这双眼睛都能巧妙地避开她的视线。她神经紧绷，心脏狂跳，听力变得前所未有地发达。她听见了有什么东西在说话，窸窸窣窣，窃窃私语，断断续续地用一种她完全听不懂的语言，那语调古老而神秘，仿佛来自地下，又好像来自天空，同时，这是一种非常性感的声音，难辨雌雄，缥缈又似乎就在耳畔，如同咒语，却更像情话。老马心想，是神是魔？可是当人们找到她时，这声音便瞬间消失了。后来这个小插曲过去后，大家继续爬山，老马向昌先生说起了刚才听到的奇怪声音，昌先生轻描淡写地说那是她的幻觉。她不知道人们怎么把昌先生找回来的，他当时看起来很委屈，因为他觉得大家打扰了他的"探险"。

飞机颠簸，老马的腹腔狠狠痒了一下。她说："你说我听见的那个声音，不会是那个叫洛基的神吧？"

"你有什么值得人家戏弄的吗？"昌先生说完，忍不住笑了起来。

老马觉得被冒犯，因为她觉得自己身上还是有非常珍贵的东西的，即使它们藏在皮肤的褶皱内和不再活跃的细胞中，也是闪闪发光的。她说："我当然有。"

"是什么？"

"青春。"老马严肃地回答。

昌先生笑得前仰后合，但是因为在飞机上，不敢出声，脸都憋红了。

"我有一段很长的青春，难道没价值吗？"老马补充。

昌先生说："有，当然有。"不过他的样子看起来很讽刺。接着，他捏了老马的腰一下，捏到了一把赘肉，老马惊讶地看着他，他说："我看你这肉更有价值。"

老马不说话了，昌先生也渐渐睡去。她一路都在思索着一些无聊的东西，然后觉得生命本身就很无趣。她腰上那块肉疼了半天，她想自己以前去折一枝花的时候，花儿一定特别疼。她想象着洛基神的样貌，传说中他英俊非凡，她不由得为自己脑海中的那个形象而倾心。她不停地观望着飞机窗外，现在他们还没有飞出北欧领土，她还能在天上与洛基神近距离接触，她感到心花怒放，那是恋爱的感觉。

落地在国内的时候，老马意气风发，一点都没有旅行的疲惫。昌先生要转机去其他城市了，他与老马握手告别，还主动要求拥抱，老马都热情地回应了。昌先生说："我还真舍不得你。"

老马说："我也是。"然后急忙赶往了自己的方向。她脚步轻快，眼前明亮，腰板挺得笔直。她一点也不害怕回家后会无所事事，一点也不遗憾旅行短暂结束，因为她有了一个大胆的想法，她要搬去挪威生活。

老马把灵魂留在了一个陌生的国度，她要尽快赶过去好把肉体嵌进去。回到家中已是夜半时分，次卧里面有些动静，她没有在意。她很难在这张睡了许多年的床上再次入睡，她坐在桌前，呆望着窗外灯火依稀的城市。几只蝙蝠从眼前飞过，月亮爬得不高，薄薄的一片，像一封信的一角。次卧再次传来动静，是一个男人的咳嗽声。难道她不在家的这几天，乔太太已经把它租出去了？许多原来她特别在意的有关房友的问题涌入思绪，但现在它们都排在了一座坚硬的汪洋的后面。

清晨，老马见到了隔壁房间的租客，是一位年近八十岁的老人。他的银发中藏着几根倔强的黑丝，两只眼睛散发出犀利的银光。他穿着衬衫和肥大的西裤，步伐还蛮硬朗。令老马奇怪的是，他好像很熟悉她。

"你就是马颖娉。"他友好地说。

"您是？"

"叫我老唐就可以。"

"哦，您好。"老马正忙着要去咨询移民问题。比如她的档案、资产、保险等关系如何解决，以及到了那边如何落脚、生活。晚一些她还预约了美容。现在她终于发现了一辈子租房住的好处：没有卖房的烦恼。接着她又领悟了不结婚、没后代的好处：自己完全掌握了人生的主动权。

出门时，老马接到了乔太太的电话，问她在挪威的旅行如何，接着开始抱怨她的公公，说那个老头太倔强了，嫌他们照顾不周，赌气自己搬去外面住了。老马现在没有时间听乔太太这些家长里短，她匆匆结束了话题，但她还是想问问小柯的近况，乔太太说他就要休假回来探亲了，到时候我们一起聚一聚。

　　江河、湖港在这座城市交织、穿梭，养育了许许多多普通市民和少数老马这样的"夕阳异类"。这座城市同样十分古老，建制于西汉，经平原向丘陵过渡，盛产雨和炎热。老马出生的时候便热爱它，在它的每一处臂弯里奔跑，喜欢吃它提供的每一种食物。她有一个弟弟，但她无法像爱这座城市一样爱她的弟弟，她甚至可以喜爱别人的弟弟，因为他们是这座城市的孩子，而她的弟弟只是她母亲的孩子。

　　她有好几年没见自己的弟弟了，出租车马上就要驶向弟弟家所在的街区，她只需要要求司机拐个弯就可以出现在弟弟的楼下。老马弟弟的老婆是一名女工，二人生了一个女儿，已经到其他城市读书去了。老马心里敲响了锣鼓，如果拐了这个弯，有关家庭的过往还要提上心头，因为那栋房子里曾经住着他们共同的父母。她记得家里买来第一台电视机的时候，她是不能和弟弟抢电视频道的，弟弟爱看什么，全家人就要一起跟着看什么。为此，旧版《西游记》她看了许多遍，对天上的事情比对自己家里的事情还了解。

　　"师傅，麻烦前面右转。"老马觉得时间尚早，还是应该去看望一下弟弟，也许这是他们最后一次见面了。

　　老马叩响了那个儿时叩过无数次的房门。弟弟也退休了，临近中午应该在家。许久，一个瘦弱的亲人打开了房门，看起来比她还老。

　　"姐？"他有些惊讶。

　　"我来看看你。"老马说。

　　弟弟把她请进屋里。房间内还是以前的摆设，但比过去更加凌乱了。她的目光落在电视机上，原先那台带天线的已经被淘汰掉，现在是一台液晶的。

　　她同弟弟询问弟媳的行踪："小许呢？"

　　"到广州陪孩子去了。"

"你怎么样？"

"挺好的。"

二人一问一答，谁也不多说一句。老马觉得气氛尴尬，可她实在找不到旁的话题。她说："你怎么这么瘦了，上次见你还蛮胖的。"

"生病了。"

"什么病？"

"肝癌。"

老马震惊了，她以为弟弟一直是那个淘气的、健壮的、四处惹是生非的男孩，如今竟然生了重症，他所有旺盛的过往都在当时燃烧殆尽了，一点也没被节约下来留给现在。他看起来虚弱、枯萎，是生命走到尽头的样子。老马感到恐惧，因为他们两人有着相似的眉宇，她就像看见了一个正在逝去的自己，孤独从空调缝里吹出来，从洗手盆里溢出来，从储物柜里钻出去，在没洗的锅碗瓢盆里狂欢。

"小许怎么不在这边照顾你？"

"我刚有外孙，孩子又离婚了，那边没人照料。"

老马问："你都有外孙啦？"

"嗯，去年年底生的。"

老马觉得弟弟好老了，竟然都是有孙辈的人了。她又问："男孩女孩？"

"女孩。"

老马想看看那个孩子的长相，但她又不想通过照片的形式去了解。她想亲自捏捏那孩子的脸，感受一下她的重量。

"你最近怎么样？"弟弟问。

她不想告诉他自己刚刚从北欧游玩回来，还收获了类似爱情的东西，她觉得此时自己表现出快乐将会是一种罪恶，她已经看到了恶之花含苞待放，散发出迷人的光泽。老马仅仅告诉他自己过得还不错，房东一直没有涨房租，退休金也还可以维持生活。

"你自己能行吗？"老马问道，她还是很担心这个亲人的现状。

"还行，现在没到晚期。"

老马实在找不到继续下去的话题了，她的心情碎成了豆腐渣，不知道还会持续多久。她起身告辞，准备前往下一个目的地。然而她的脚像是灌了铅，呼吸道里如同灌入了灰尘。不过她还是去了咨询处，问明白了有关移民北欧要面临的所有问题。她感到这些问题好难，是一个又一个极大的限制，也许还是陷阱，咨询员像是在引诱她什么。

回到家，老唐做好了饭菜，招呼老马一起吃。老马自然不好意思，她同这个老头儿才相识一天。

"这个房子现在就咱俩住，不是旺季，剩下的那个房间也租不出去，你不想好好享受一下公共空间吗？"老唐说。

老马有些心动，老唐把她拉到饭桌边，四菜一汤，两荤两素，十分诱人。老马肚子叫出了声，老唐让她把自己的碗筷拿出来，去锅里盛饭，还说饭里加了小米，养胃。老马打开电饭锅的盖子，带有米香的蒸汽扑面而来，她突然就在这朦胧中卸下了坏心情，整个人仿佛坠入某种仙境。她盛了比平时还要多的一碗饭，坐在老唐面前时不再客气。

"您手艺太好了。"老马赞叹，她夹了一块回锅肉，椒麻咸鲜，肥而不腻。

"你尝尝这个。"老唐示意她夹一块卤鸭腿。

老马胃口大开，端起碗来扒拉饭，她着实饿了，中午就没吃，晕乎乎的。

两人聊着一些家常，老马得知老唐年轻的时候是一名物理专家，在科研单位工作，退休后有地方高薪返聘他没有答应，儿子因此与他产生了隔阂。

"我儿子一点都不喜欢我待在他们家的。"老唐强调。

"就是儿媳妇愿意,他也不愿意。"他补充。

老马劝他,晚辈都想有自己独立的空间。但是老唐说:"他家大着呢,他分我一个房间都不愿意。不是嫌我动作慢就是嫌我话多。"

老马说:"何必较真呢。"

老唐说:"有些真必须要较,否则我会死不瞑目的。"

老马觉得老唐身上有些地方颇像昌先生,可能是二人都有一定的学识,所以说话时语气中总透着一股自信吧。她不禁想起昌先生此时正在干吗,那件内衣可能送给谁了。

"您怎么也租房住呢?"老马从未遇见过八十多岁还出来住插间的老人,可是转念一想,过些年自己在年轻人眼中也是如此。

"我不能自讨没趣呀。"老唐说道。

吃过饭,老马把所有碗筷和整个厨房都洗刷得十分干净,她很久没这么勤快过了,她以为自己会极其疲惫,但身体上的酸痛抵消了心里的阴霾,反而使她放松了许多。老唐回到房间,没有关门,而是一副如坐针毡的样子,看起来像是胃痛。老马急忙端了一杯温水过去,老唐说:"我胃不疼。"

老马说:"还是先喝口水吧。"

老唐一边喝水一边说:"我胃真不疼,就是住在这个房间里很不舒服,你看我的床,摆的什么破位置。"

"这床挺好的呀。"

"不不不,这里的上面刚好有根避雷针,像把剑似的插在我肚子上,睡觉都要做噩梦的。"老唐给她指了指方向。老马虽住在公寓顶层,但从没爬到房顶去看过,对于老唐所说也是将信将疑。

"这哪跟哪呀。"她说。

"你不信？"

老马摇摇头，她觉得老唐返老还童了。这一点，他跟昌先生倒还是亦有几分相似，如果让他去挪威，他们两个一定玩得来。

"我带你上去看看。在上面看风景也是很好的。"老唐说。

"您别开玩笑了，咱们怎么上去。再说，您这腿脚也不行啊。"

老唐的腹痛缓和了些，露出一个神秘的笑容。他说："你没回来的时候我天天上去。"

老马十分惊诧，她打量着老唐的身段，同时思考着爬向楼顶的通道在哪里。老唐看看窗外的天空，感慨今天晚霞很美，他让老马去换一身轻便的衣服，再带个坐垫。

老马是个爱玩的人，从小就是，老了也没改变。只要有探险的机会，她无论如何都不会放下。一听老唐这么说，她就像刚才打开电饭锅盖时那样，瞬间忘掉了所有烦恼，也顾不得产生忘掉烦恼的愧疚了。

有一套崭新的运动服老马买来还没穿，她正穿外套时昌先生打来了一个电话，说他过阵子会来老马的城市，到时候一定要再见面。老马在电话这头十分客气，但是实际上，她并不知道自己过阵子将会在哪里。所有关于北欧的记忆和向往在昌先生的语调中统统浮现出来，与窗外的景色凿枘不投，老马感觉有一种冲动消逝了，但是还残留着悸动的余骸。

她又想到了洛基神，不知他能否看到中国的大地，能否感受到她的心意。她打了个赌，如果这位神在意自己，一会儿就下雨。

老唐为老马真的展示了一条秘密通道，就在配电室旁边，一个方形的天窗，需要梯子才能爬上去。老唐不知从哪里弄到的梯子，看起来胖胖的，稳稳的，让人十分放心把安全交给它。老唐让老马先爬，自己在下面扶着。

"我知道这个小门，可是它平时是锁着的呀。"老马好奇地问。

"简单。"老唐回答，好像他有钥匙一样。

老马兴奋地抓住梯子，她恐高，但是回头看到老唐紧紧攥着梯子的表情时，她放心极了，三步两步爬了上去。像一只兔子来到了另一个世界。

站在楼顶，老马突然不认识这座生活了六十多年的城市了。它完完全全是另一种模样，仿佛从三维到达了二维，高楼大厦平视就可以，如果她的腿够长，跨一步就能走过去了，好比在地面的时候，从这个井盖到达那个井盖。老马呆住了，她被一重又一重的几何图案惊艳了，她还看见了河流，像数轴上的一条曲线，现在是下班时间，整个冬天从城市的各个角落往这里赶，一批批地附着在这条曲线上，像是乘上了晚班电车。她甚至有种想要跳下去的冲动，那不是死亡，而是热爱。

她不用转动脖子也无需眨眼就能看见一个又一个家庭，他们在一个个建筑格子里像小火苗一样攒动，稍微高一些的是大人，矮一些但跳跃的，是孩子。有的格子是黄色的，有的是白色的，取决于在这些家庭里工作的灯光。老马喜欢灯光，她觉得这是人造的最自然的东西，小时候她还想把森林里也装满灯，这样午夜时分，森林就不用害怕了。这些灯光照亮了家庭，也照亮了城市。奥斯陆的夜晚就因为灯光而像童话世界，但是那里的晚霞无法融入灯火。现在，晚霞正呈现出紫红色，它们友善地亲吻着每一个映照在其光辉下的生命，保护着他们归途平安。

老唐带了两个小马扎上来，邀请老马并肩坐下。两个人比赛找出"最没有生命力"的角落，可是老马放眼望去，一切都充满了活力和温馨，夜晚如同一只牧羊犬，小心翼翼地催赶着走在它前面的羊群。老唐也找不出任何被冷落的地方，就像无法从一大朵健壮的树冠上找出什么悲伤的缝隙那样。人们以松散的方式紧紧相连，从远方吹来的风只能起到使人们眯起眼睛的作用，或者吹乱他们的头发，但却不能吹散他们的憧憬。

"我以前去内蒙古的时候，坐在草原上的心情和现在一样。"

如果不是亲自上来，老马不会相信这句话。现在她不仅相信，还相信每一座城市的上空都有一片草原或者一片海。

老唐继续说："我们听着苍茫的马头琴声，在一望无际的绿野中各自想着心事。

"对了，你知道马头琴的传说吗？"老唐问。

老马使劲摇头。

"传说在察哈尔草原上有一个小牧童叫苏和，他与奶奶相依为命，祖孙俩靠养羊为生。苏和长成少年时，拥有一副天籁般的嗓子，可以唱出极动人的歌谣。一天夜晚，他没有按时回家，奶奶十分担心，可就在大家准备去寻找的时候，苏和抱着一只小马驹回来了，他说自己在路上发现了它，这只可怜的小马没有妈妈，如果留下它自己，夜里一定会被狼吃掉。小白马就在苏和的照料下茁壮成长起来，两人成了形影不离的朋友，小白马为了保护苏和与奶奶的羊群，还壮着胆子勇斗饿狼，也因此成了大家口中称赞不已的好马儿。有一年春天，王爷要举行赛马大会，还要把女儿嫁给草原上的第一骑手。苏和带着白马去参赛，一马当先，可是当王爷发现苏和是个穷小子的时候，不但拒绝婚事，还要用三个元宝买下漂亮的白马。苏和不肯卖马，被王爷狠狠打了一顿，在他昏死过去的时候白马便被王爷牵走了。"

"然后呢？"老马听得入神，嫌老唐的语速太慢。

"苏和在奶奶的照料下恢复了健康。一天夜里，他听见自己的蒙古包外有动静，出去一看，竟然是白马，可是它的身上插满了箭，已经奄奄一息。原来王爷为了显示自己得到了一匹好马，要在众人面前骑上它耍威风，可是他刚跨上去就被白马狠狠尥了蹶子，摔在地上。白马挣脱开缰绳朝苏和家的方向飞奔，失了面子的王爷勃然大怒，下令如果追不回白马就乱箭射死它。"

听到这里，老马伤心不已，几乎要哭出来。

"马儿的死令苏和茶饭不思，心痛至极。一天他在梦里梦见白马对他说，如果把它的筋骨做成一把琴，它就可以永远陪在主人的身边了。苏和醒来后按照梦中马儿的话，用它的骨头、筋、尾做成了一把琴。从此以后，草原上便飘扬起了动人的马头琴声。"老唐说完，陷入了一种遥远的回味。

老马深深感动于这个传说，她深吸一口气，把头转向了别处。

夕阳已经完全消失，天空像一头鲸鱼的背。习习凉风吹来，夹杂着几滴雨。

"下雨了，我们得走啦。"老唐提议。

下雨了。老马不禁打了个哆嗦，刚才打的那个赌看似应验了。

"奇怪，怎么没有一点迹象就下了。"老唐嘟囔着，这话令老马更加起了一身鸡皮疙瘩。

他们刚回到家里，小雨就下了起来，在地面上形成一面面镜子，倒映着这座城市。来不及躲避的燕子低空穿梭，划出了许多人们看不见的街道。老马为这些道路起了名字，给南北方向的取名为某某道，给东西方向的取名为某某路。她洗脸、刷牙、打开台灯阅读，一系列过程中她脑子里都是洛基神，这位神的脸虽然模糊，但轮廓始终清晰，像一位长辈，又像一个晚辈。可是，挪威的身影已经在她脑海中变了形状，那里的海、山、人，仿佛是很久很久以前的一场梦，如同一捧许多年前嗅过的花，她也许还记得花儿的样子，却不记得它的味道。在这位恶作剧之神的身影中，老马产生了一种奇怪的感觉，她感到自己那些无处安放的爱统统飞向了宇宙，却并没有到达这位神身上，而是落在了从挪威到中国这趟行程中，全部的足迹里。或者说，也许洛基神感受到了她的爱，却又通过一场雨把它们返回了人间。就像撒下一把钞票那样，谁捡到算谁的。老马觉得广场上那个卖冰淇淋的妇女捡到了，开公交车的司机捡到了，环卫工人捡到了，教室里的学生捡到了，趴在地上不住磕头的乞丐也捡到了，老唐也不例外。这等于跟她这个老姑娘开了一个小玩笑，也算是另一种捉弄吧。

"人们总是爱远方胜过爱身边的一切。"老马有了这样的想法。从北欧回来，她觉得旧日子突然对自己变好了，所有人和事都放慢了行进速度，变得柔缓了，连弟弟的恶疾也不例外，"肝癌"两个字以一种平静的、无刺的传播方式进入她的意识，让她觉得自己有亲人要远行，要去往比北欧更遥远的地方定居了，那是他一个人的旅途，和自己独自踏入秘境一样。

隔壁传来老唐响亮的呼噜声，她这才想起来傍晚在楼顶时，他没有给自己指出那根避雷针的所在。那会是怎样一根避雷针呢？她想象着它是细圆柱还是粗针尖，当雷进入它身体里的时候，它会不会像人一样要承受巨大的伤痛。老马由此觉得每一座房子的房盖都在呕心沥血，每一座城市都恳切地爱着它的居民，它们沉默得就像一群老牛，在钢铁田野中开垦，谁都帮不上它们的忙。

此后的半个月，老马和老唐都过得很惬意，老马去买菜，老唐处理食材，两个人还相约去了一处新开业的"拍照打卡"地，不亦乐乎。只是有位路人对老唐说你的老伴儿好年轻，让老马十分尴尬。她和老唐只是朋友关系，更近了说，是兄妹。她几乎把在挪威看到的一切事物都原原本本地复述给了老唐，包括昌先生和那些神话传说。她把自己要去北欧定居的想法也告诉了他，但是没有向他透露自己的懒惰。最近，老马把移民之事忘到了九霄之外，就连洛基神也不常出现在她心里了。那晚那场雨，用她的爱冲刷掉了她的向往，一切都变得透明、澄澈，所有方向都变成了同一个方向。她愿意在这座城市里死去，无论多么孤单。

一天晚饭后，小柯到访。很久不见，他成熟了许多，身材也发福了。小柯见到老唐时，惊讶地叫了一声"爷爷"。老唐高兴极了，就像孙子刚从产房里抱出来一样。他一边掐小柯的脸，一边不住地拍他的背，问他工作是否顺利，家庭经营得可好。老马很是不解，怎么老唐还是小柯的爷爷呢？他爷爷怎么会住在这里呢？

小柯问："爷爷你怎么不回家呀？"

老唐说："这儿就是我家。"

小柯向老马解释，现在她租住的这间房子的户主就是老唐，唐新知。老马开了个玩笑说："失敬，失敬。"

老唐问小柯吃没吃饭，他说没有。于是老马自告奋勇，要让小柯尝一尝"童年的味道"。老唐说不用麻烦了，刚才还有一些剩下的饭菜，我们又没怎么动，热一热还跟新的一样。老马不听，准备给小柯做那碗只有他们两个熟悉的火锅面。小柯说："别忙了马姨，我一会儿还得回家吃，我妈已经做好了，我这是下了飞机先过来的。"

老马很感动，自己没白疼这个孩子。她急忙回屋拿出一件自己从挪威带回来的皮钱夹，郑重地请小柯收下。她觉得自己对北欧的全部幻想，都在小柯收下这个礼物的时候彻底消除了。他只是伸出双手，略显忸怩地接过这个小东西，对于老马来说，小柯仿佛给什么东西画上了句号。她的少女心和梦幻般的冲动，在小柯高大的身形下显得苍老而可笑，这是一个实实在在的孩子，一个自己从婴儿时期便看着他一点点拉长的成年人，他彬彬有礼，不矜不伐，他来看望一个被认为已经沉潜进尘世的丘壑中的上了年纪的女人，那女人应该做一根老老实实的树枝，在有限的四季循环中垂向湖面，感激每一缕没有将她吹折的风。那女人就是自画像中的她。

小柯走后，老马再一次忍不住问老唐，是不是和乔太太相处不好，才会一个人搬出来？

老唐说："小乔对我好得很。"

老马又问："您不在意避雷针啦？"

老唐说："什么避雷针？"

这一晚，老马有种想搬去老唐房间睡觉的想法。她可以在他屋里的随便一个角落打地铺，她想近距离听一听这个老头儿交响乐一般的呼噜声，也想看看他起伏有致的肚子。不过她没有真的执行，那太唐突、太无礼了。

老马把这个想法变成了另一个要求，因为现在还剩下一个小房间没有租出去，空着也是空着，她恳求老唐是否可以允许她把自己的弟弟接过来住上一阵子，她愿意出相应的房租。老唐一口答应，说房租不要，大家在一起热闹。老马试探性地向他坦白弟弟的病情，老唐说这样的话更应该好好照顾。

昌先生再次打来电话，说自己已经到达。老唐显得比老马更有兴致，他让老马邀请昌先生来家中做客。老马说这不好吧，老唐说多好呀，有我在呢。他这句话像是从一位家长口中说出来的，使老马愉快且有底气。

昌先生还穿着在挪威的那套衣服，剪了头发，看起来精神不少。他同老唐热情地握了手，与远远站着的弟弟互相点头示意。昌先生带来了一瓶上好的红酒，老马叫了一些外卖又自己动手做了几个菜，同时也给弟弟准备了另一份营养餐。大家围坐在一起，开酒仪式就像几个孩子去吹生日蛋糕上的蜡烛。昌先生说他太喜欢这座城市了，拥有浓厚的历史文化底蕴，是一座有力量的城市。他同老唐讨论起了学术，一文一理，听得老马觉得自己十分无知，很是羞愧。过了许久，两人终于找到了双方都更感兴趣的话题——历史。

昌先生从古北欧英雄传说"首饰工匠沃伊纶"谈到春秋云纹铜禁的出土。大家听得聚精会神，在红酒的催化下和昌先生故作神秘的语气中，他们仿佛进入了电子游戏中，成了很久很久以前的一批探险者。昌先生又讲了一个北欧神话，有关一位叫作汤豪泽的游吟诗人，他同时也是一位贵族骑士，有次他前往一座被人们传言是冥界入口的山中，据说当地人听见过从山中传出的备受折磨的恶人的哀号，汤豪泽不相信，深入山中求证。有块岩石突然裂开了一道缝，一位女子从中走出并邀请他参加宴会。

"怎么听着有点像《桃花源记》？"老马说。

昌先生摆摆手，继续说："在女子的带领下，汤豪泽见到了女王，他的灵魂瞬间被震慑，因为女王实在太美了，已经无法用人间的语言形容。于是他就在女王和侍女们的招待下尽情玩乐了几天，写下赞美诗去歌颂。几天后他想起了自己作为骑士的职责，决定重返人间，女王不愿失去他，承诺他可以挑选中意的女人作为妻子，永远留在这里。女王说他其实已经在这里生活了一年，世间的朋友想必都以为他死了。汤豪泽大怒，纵使女王百般引诱，他还是返回了人间。之后汤豪泽十分羞愧，不敢面对自己的主人和真正的爱人，于是前往罗马，向教皇乌尔班忏悔。乌尔班教皇在听闻汤豪泽那堕落不堪的罪行后，感到震惊，无法原谅他。为此，他指着一根枯树枝说：'除非这根枯树枝在我手上发芽，你的罪孽才得以宽恕。'汤豪泽再次诚恳忏悔，依然无用。绝望的他换上一身华服，骑上战马，向北出发，大声向地下女王和她身边的侍女们唱着情歌。当他再次来到冥山脚下时，他呼唤女王，说天堂已将自己抛弃，唯有地狱才是他的归宿。女王热烈地欢迎这位情人归来。然而在罗马，教皇乌尔班悔恨不已，因为在汤豪泽离开的第三天，那根枯木便发出了绿芽。他为自己的草率悔恨不已，派人四处寻找汤豪泽，却为时已晚。”

老唐没听过这个故事，他很兴奋，觉得太精彩了。老马称赞昌先生是故事王。她向大家坦白，自己打算去挪威定居，但是现在她放弃了。弟弟听见姐姐这么说，脸上拂过一丝异样的光，他大概觉得是自己拖累了这个亲人，有些愧疚，也有些难以置信。昌先生说：“你这是旅行后遗症，过几天就好了。”

老马笑了，她没有把自己喜欢上一位神的秘密告诉大家，即便在酒精的催化下。何况她已经不再喜欢了。那场雨，那个皮钱夹，送她回到了一名凡人的躯壳中。

老唐说：“我们中国的神话更了不起。”

大家一致认可。

“你们知道良渚玉钺神徽吗？”老唐问。除了昌先生一拍大腿，以遇见知音的方式握住了老唐的手外，老马和弟弟都摇头。

“有一个玉琮被以细线刻和浅浮雕的方式创造出来，那是一个有着狰狞面庞的半人半鸟之怪，布满了卷云与细线，看得人眼晕。”老唐说。

“我知道这个，我觉得它有数学意义，象征着命运。”昌先生抢答。

老唐说，对，我也是这么想的。他们两人为此碰了个杯。

老马插言：“你们认为什么是命运？”

“是记忆。”昌先生不假思索地说。

“是概率。”老唐说。

“是身不由己。”弟弟说。

老马说：“此时此刻，我们就身在命运里。”

昌先生对老马说:"别去北欧啦。"

老马说:"我哪儿也不去。"

一整瓶红酒都被老马、老唐和昌先生喝下了肚,这酒后劲很大,三人已经醉眼蒙眬,浑身发烫。老马在似梦非梦中感到快乐无比,感到生命被加热,很温暖。后来的事她就不知道了,她醒来的时候,发现自己正身处一张小床上,周围是熟悉的布置,她花了好长时间才认出这就是自己的房间。

外面传来昌先生打电话的声音,老唐也在打电话。弟弟给她端了一杯水过来,告诉老马出事了,城市被封锁了。昌先生被困在这里,大家都不能出门了。

一种可怕的病毒流传开来,惊恐已经如同洪水漫延到了家门口。老马把半个身子探出窗外,城市还是原来那个城市,但她已经不认识它了。它好像一条静止的鱼,瞪着大大的眼睛,立着身子,但是腮、鳍和尾巴却一动不动。

老唐看见老马酒醒,把大家都叫到一起,他要开个会。

他说:"我们得老老实实在家待着,哪儿都不要去,不能给国家添麻烦。"

昌先生说:"我得回家呀,我不能在这里困下去。"

"城都封了,你怎么走?"

"会有办法的。"昌先生继续摆弄手机,他在排查电话簿,希望找到能拯救自己的人。

老马惊慌失措,她对发生的事情究竟是怎么回事还不了解。她只能像个孩子似的问老唐:"很快就会过去吧?"

"总会过去的。"老唐说。

昌先生找了一圈也没能找到合适人选,他沮丧极了,坐在沙发上掩面叹息。所有人当中只有弟弟显得异常平静，因为他已经是个病躯，这令他不再惧怕其他疾病。

老唐说："咱们现有的生活用品足够维持一个月的。"

"一个月？我的天。"昌先生简直不敢相信自己的耳朵。

老唐回到房间，拉出了藏在床底下的一个箱子，里面竟然都是小食品，有饼干、坚果、干脆面、牛肉干、香肠、果脯、果冻等，令几个人眼前一亮。老唐说："小马，你那儿还有什么？"

老马有囤粮食的习惯，她早就担心自己有一天因为买不动大米而饿死。她不断地思考当死亡来到身边时，她应该奋起反抗，用尽最后一丝力气，还是平静地挽留仅剩的尊严。她看过一则消息，说有位老人死后被人发现胃里塞满了棉花，因为他把盖在身上的被子吃掉了。老马肯定不会那样，她宁愿饿死，垂下那装满繁花的头颅，让这颗头颅上面的眼睛盯着储物柜里晶莹剔透的大米，大米的光亮一点点暗淡下去，然后一切都戛然而止。

老马拿出她储备的五十斤大米和许多包挂面，老唐说："人才呀。"

昌先生看到这么多食物，更焦躁了，他后悔自己为什么要来这座城市，纯属自找罪受。老马安慰他说可以把自己的房间让给他，她和弟弟睡一间屋。对此，弟弟没有异议。

昌先生说："我可以沿着高速公路底下走，到了关卡，找个地方钻出去。"

晚上，老马听着弟弟微弱的鼾声，他单薄的肚皮因为缺乏脂肪支撑而看不见起伏。昌先生想了好几套方案，可是他没有勇气走出房门。他接受了老马的好意，睡在了一位女士的卧房，枕在她残留发香的枕头上，百无聊赖地打量着她房间的每一个角落。也许衣柜里那几件内衣他也偷偷欣赏过了，没准还跟他在北欧买的那件做出了比较。但是老马不在乎这些，现在死亡似乎就在窗外，像一大团蚊子和飞蛾寻找着明亮之处，她连这个都不怕。她觉得死亡被切得更碎了，如同什么人在雨中舞刀，人们不知道他真正的目的是什么。

几天之后，昌先生接受了现实。他换上了一套老唐的衣服，把自己的旧衣服搓洗了。他问大家："谁还有外衣要洗？今天我值日。"他坚信只要恢复对生活的热情，日子就会过得很快。

老马像布置一座城市一样精细地布置起了暂时与弟弟同住的房间，她把旧衣服重新裁剪、拼接，形成了一张别具风格的桌布，在墙上挂了一面蓝色塑料板，把珍贵的照片钉在上面，其中就有在奥斯陆和昌先生的合影。昌先生瞧见了，一副很得意的样子，说："咱俩站在一起，还挺配的。"

老马说："衣服洗好了？"

"洗好了，都挂起来了。"

老马发现晾衣架上湿漉漉的衣服紧挨着老唐已经晒干的衣服，于是走过去把它们拨开了一些距离，然后将老唐的衣服叠好，送进了他的卧室。老唐正在悠闲地嚼着泡泡糖，吹出一个粉色的小泡泡，响亮地破碎掉了。

"你别走啦，不要去陌生的地方定居。"老唐嘱咐道。

"我哪儿也不去，再说，世界上没有陌生的地方。"老马说着，向老唐索要了一块泡泡糖。

母亲的博南道

母亲经常说她以前做过"大锅头",而且是最年轻的"大锅头"。在博南古道上管理一支长途大马帮,唱着汉字记白音的白族古谣:"冬时欲归来,高黎共山雪。秋夏欲归来,无那穿赆热。春时欲归来,平中络赂绝……"往缅甸运送川烟和乳扇,再从缅甸运回洋布跟棉纱。每当她心情好时,就会摸着我的脖子说:"我的小头骡,乖得哟。"

可她是个说谎精,十句里面有九句是假话,如果算上引申意义,可能十句里面有十一句是假话。但是说谎精和骗子还有一定差距,母亲从不损害他人利益,她的不诚实就像一颗苦味的杏,没有虫洞没有烂核,除了味道不对,人们挑不出别的毛病。

我从未见过母亲的亲人,当中也包括我的父亲。不过这丝毫不影响她交朋友——她是我见过拥有最多朋友的女人,其中男女老少各行各业的人都有,仿佛没有月亮的星空,星星们互相吐露真情,它们的光芒因为少了某种隔阂而更兴奋、晶亮。对于我父亲的故事,我在每一个母亲的朋友那里听来的都是不同版本。有人说他是一个商人;有人说他是一个职员;有人说他是一个学生;有人说他是一名宇航员……人们和我谈我父亲的时候,各个神采奕奕,似乎谈论的不是我父亲,而是他们自己的。

母亲给我的答案只有一个——当年她在博南道上赶路时，路过田间，看见一个黝黑、高大的农民，他不和周围人交流，也不抬眼看日头。母亲与他对歌，他不回，但是我却降临了。她说在我小时候，每当马帮要渡澜沧江的时候，我就会发出纯真而响亮的笑声，好像要回到谁的怀抱中去。这个滑稽的说法在我没结婚前是有一些说服力的，在我结婚后，它就像从葡萄中缓慢褪去的霜一般苍白、单薄，很快就露出葡萄原本的黑皮了。

说起我短暂的婚姻，令人着实哭笑不得。有点像画盘上融合各种颜料的色块，想逃离，但是不知道自己应该回到哪种颜色中，只能在午后从窗外射进来、路过盆栽的问候时变得斑驳的阳光中做一些不失本我的假设。在这些不存在的幻想里，一切逻辑的起点就变成了一颗精巧的纽扣，一颗找不到衣缝、孤单徘徊的纽扣。

我的婚姻是母亲一手包办，从选择新娘到布置婚礼现场，她显得格外忙碌和焦虑，我从未见过她有如此紧张的时候，像一只鸟，左停停，右盼盼，想在每棵树的枝头都留下自己的爪印和眺望的眼神。新娘不除外也是母亲的朋友，黝黑、高大，也正是在她身上我相信了母亲关于父亲的描述。她们两人整日在一起窃窃私语，时而忧伤，时而亢奋，她们通知我去拍结婚照，我便理发、刮胡子；她们通知我去催促喜糖的加工，我便像个大客户一样去糖果商店趾高气扬；有时她们让我坐下来歇歇，喝口茶，我便走出她们的视线之外。母亲在新娘子面前绝口不提博南道上的逸闻，她似乎完全不想用自己曾经的"大锅头"身份去给新媳妇一个下马威。

只是在为新娘选礼服的时候，她提议要用南充的丝绸，因为南充丝绸织纹清晰，华丽而富有弹性，轻盈中暗藏丰满。母亲说："我曾经帮人运过这种绸子，那一趟路又险又累，但是我们的脚底板却滑溜得很。手也是，头发也是，周围的花草虫鱼也是。"她没提那条绵亘千年的路，就像人不提他的影子那样，她把方向隐去，如同刻意回避的秘密。我知道她大概说谎说得有时自己都信了，她用两片薄薄的嘴唇充作蝴蝶翅膀，一开一合，向花儿和有花儿的地方飞去。

新娘一点也不想了解我，她年纪比我大许多，比起喊她的名字，我更愿意称她为大姐。她不想了解我的理由是：我是我母亲的儿子，一定不会坏。在我母亲蛛网般密实的社会关系网中，虽然没有一个人与她有血缘关系，却都胜似血缘。她说她出生在博南道上，应该是被马帮落下的某件货物，因此她努力成为"大锅头"，就是想查明自己是谁的货物，要被运给谁。许多脚印为她送来了珍贵的知己，他们都尽力帮她定义自己：有人说她是一块玉；有人说她是一匹黑纱；有人说她是一颗心；有人说她是一池水……

结婚当晚，新娘迫不及待想和我进行肉体交流，不过我对她完全提不起兴致。我看到她的身形就想起我那不存在的父亲，如果他在，一定会在我的喜宴上大醉而归。见我冷落，新娘说起了我的父亲。

"你想知道关于你父亲的事吗？"她邪魅一笑，像树干上气势汹汹的螳螂。

"想。"我像个小孩一样回答。

"他是个罪犯。"

我大惊失色，脑子里储存的所有版本都没法为这个版本提供心理缓冲的通道，我像在山坡上摔倒一样不由自主、万分恐惧地向深处滑去，连一根草秆都抓不着。新娘见我汗流满面，咯咯地笑了起来，如同一只顶替公鸡打鸣的母鸡，对着黎明天空中不知其行进速度的云施加嘲讽。

我问："他犯了什么罪？"

"沉默。"她说。

我走出家门，在午夜寂静的大街上游荡，仿佛一个鬼影。我点燃一支烟，让它同路灯较量光芒，并在暗中悄悄协助它。

五个月以后，新娘顺利地生下一个男孩，足有七斤二两重，头发黑密。我不知道母亲是否知道我从未靠近过新娘，但从她那狐疑的表情里，我发现了一种不曾见过的情感——对我的愧疚。它们像瘴气一样从母亲的鼻子里呼出，遮蔽了我的眼睛，令我感到鳄鱼和毒蛇正狡猾地向这个新生的男孩游去。我亲吻了男孩的头，试图用慈爱的眼神驱散瞳孔里的迷雾。

这个孩子胆子很小，似乎连哭闹都不敢咧嘴，大概是母亲总用冷眼瞧他的缘故，也有可能是我很少回家造成的。我的朋友在背后窃窃私语，说我戴上了一顶硕大的绿帽子，但我觉得脑袋上长片森林出来也没什么，一些种子恰巧吹进了我的头发里，它们愿意生根、壮大，继而招引来鸟兽，不断向我内心扩充疆土，企图将我的灵魂吸作肥料，这一切都没什么。它们一点也不比我对父亲的幻想令人压抑。

孩子断奶后，他的母亲，我的新娘，我母亲的儿媳，那个又黑又高大的女人不辞而别。早上我还见她懒洋洋地起床穿衣，晚上她就从家里消失了，一连几天、几周、几个月……与此同时，孩子手腕上多了一串铃铛，我摸摸铃铛，它们发出清脆的啼哭，这时我才意识到应该用什么称呼这个孩子——小铃铛。

母亲像一道被困在井中的水波，黯淡无光，阴冷腐朽，不再相信阳光。她不仅对我愧疚，也走不出被朋友背叛的阴影。这个新娘想必是她重要的朋友，而她却因此被欺骗，"欺骗"将她捉弄得呆坐屋中，如同到处蹿的无形火，她必须用大量的酒去将它烧死。一天，母亲突然发问："难道是加尔各答的那个女人？"半晌，她又说，"我们装了许多熟麻，在它们还不具有绳子、袋子的外形前，它们还存在着尚未被驯服的野性，即使脱胶使它们奄奄一息，你仍然会觉得它们具有攻击性，可能会突然站起来，捆住你的双手和脖子，成为你的主人。当铓锣敲响的时候，骡子变得格外紧张，好像它们驮的不是植物的干尸，而是许多爪子。"晚上睡觉的时候，我被一阵窸窣声惊醒了。

我不想理会她梦呓一般的故事，从小我就在她无边无际的故事海洋中绝望漂浮，我不想要更多浪，只想上岸。但是母亲把我推入汪洋后并不指望能有座岛供我休憩，她动用魔力把所有岛屿都移走，只留给我筋疲力尽的双腿和湿乎乎的眼睛。

"我看见一个女扮男装的首陀罗妇女，正在偷吃我们给骡马准备的混有玉米、大麦和麸皮的精粮。"母亲接着说道，"她剃光了头发，穿着男人衣服，但她那惊恐的表情一看就是被奴役惯了的妇女专属。我们从加尔各答返程的时候她就混进了队伍，神奇的是，我们这样一支团结有序、规矩谨慎的队伍竟然一直都没发现她。她跪下来，祈求我不要赶走她。队伍中能听懂一些印度语的兄弟说，这个妇女的孩子被她丈夫卖了，现在又要把她也卖掉，所以她要逃，想跟着我们去中国。"

我不由自主地向海浪妥协，竖起耳朵听母亲讲不存在的故事。母亲出生于五十年代，即使她真有马帮，滇缅公路永平段也已分期得到改建，改建后的公路走势大部分与博南古道相同。后来大保高速公路建成通车，如同太阳升起后月亮便黯然退场，博南古道沉寂了下来。她不可能同时沐浴骄阳溢彩和明月清光，就像人不可能一只脚踩着昨天，一只脚踩着明天。

"我让她留在队伍里，她充满感激，鞍前马后。我问她为什么要去中国，她说若非如此她的丈夫一定会找到她。我说：'我只能把你带到边境。'她茫然地看着我，从我笃定的眼神中看到了欺骗。'如果您不把我带去中国，我会死的！'她呐喊，我摇摇头，告诉她我们有自己的规矩，对此无能为力。

"她依然像执着的昆虫一样跟在我身后，直到到达边境时，我们用富有音律的威词恫吓她，用舞蹈一般具有攻击性的阵仗驱赶她。我给了她一些钱，让她不要再令大家为难。这个妇女用血红的双眼瞪着我，说了一句恶狠狠的话。她走以后，翻译说她诅咒了我——日后我也会与孩子分离，四处流浪。"

故事讲到这里，几滴汗珠从她的额头渗出，在清澈的皱纹里翻涌。我在她花白的头发中似乎看见了人形化的"阿尼姆斯"，心理学家卡尔·荣格认为，女性心中的男性潜倾可以被赋予这样一个名字。他的脸在我母亲的白发中若隐若现，像一只弓伏在草丛中的黑豹。

"奇怪的是，自从丢下那个首陀罗，我就被蜘蛛所困扰。无论是在白天黑夜，总有蜘蛛出现在我的视野里。有时垂在我吃饭的碗里，有时是我的枕头上。它们到处结网，不放过任何一个角落。这个时候，我认识了你的新娘，那时她在贵州一带倒卖雄黄，她向我打包票的不仅仅是她卖的雄黄，还有她的人品。她说她除了诚实，什么都不会。"

母亲沉浸在她的故事中，以及她把故事变成现实后的挫败感中。可是新娘对我说的又是另一种版本，她说她从来不是我母亲的挚友，反倒与我父亲有着特殊关系。她说她结识我父亲的时候，他已经是个看上去十分苍老的男人，但仍然面容深邃刚毅、力大无穷。他至少要比我母亲大二三十岁，十几岁就做了马帮里最年轻的"大锅头"，而且在抗日战争中还是驮运物资的英雄，修筑过滇缅公路。成百上千的青壮年、妇女、老人、小孩在深山老林里开山撬石，修筑公路，如同神话中的远古先民一般执着、伟大。我父亲用黝黑的皮肤、结实的肌肉和狼一般的嗓子，率领各族人民为中华民族的胜利而奋战，公路建成后，他便干起了进口燃油和无线电的行当。五十年代公路改建，他重新投身建设，还在公路上捡到一名弃婴。

"是个女孩。"新娘说，仿佛她亲眼见证了我父亲的过往。

"你父亲没有成家，不知道怎么照顾孩子，一切都显得很笨拙。不过他很会讲故事，他把在自己身上发生的所有事情都以精彩的叙述讲给那个孩子，并为她寻了一户人家收养。二十年后，你父亲去看望那个女孩，她已长成眉清目秀的大姑娘，喜欢活在幻想中。她拉着你父亲拼命地讲故事，而那些故事，正是你父亲当年收养她的时候，为她讲的。再后来，你父亲娶了她。"

新娘讲故事的方式和我母亲不同，我母亲总是深沉地陷入回忆中，如同一片眯起眼睛的落叶，她则眉飞色舞，颇有添油加醋的架势。

"新婚不久，你母亲就生了一个孩子，时间上完全说不过去。"新娘讲到这里时，用极其诡魅的表情看着我，嘴角挂着近乎恐怖的微笑，仿佛一名审判者在等待罪人陈述。我花了好半天才反应过来，新娘所讲的这个不速之客想必是我。

"后来呢？"我一边努力平复身上的鸡皮疙瘩，一面佯装镇定地询问。

"后来，你父亲就变得沉默寡言，他越是沉默，身体里的力量就越积聚，最后无处发泄，只得远走天涯，留下你母亲和她的孩子不闻不顾，你说，沉默难道不是犯罪吗？它蒙蔽了一个父亲的职责，使一名母亲成为众矢之的，使一个孩子只能得到残缺的童年。"新娘说道。她依然保持着那高高在上的可怕笑容，仿佛别人的悲剧是能滋养她的肥料。

我疑惑地问："你怎么证明你认识我父亲？"

她略带自豪地说："有一次你父亲从印度回来，途中抛弃了一个苦命的印度妇女，受到了诅咒，从那以后他就被蜘蛛困扰了几十年，直到遇见我。可是我的雄黄对他的处境完全没有帮助。我家祖辈就开始卖雄黄，据说有位老祖宗还让白娘子现过原形，我不能在我这儿把祖传的招牌砸了。所以我对你父亲保证，一定会帮他摆脱烦恼。一定让他那浑身的力气有处释放。"新娘说最后一句的时候，脸上浮现出一丝潮红，如同思春少女。

我不知道是新娘按照我母亲的故事，虚构出了我父亲的故事，还是我母亲按照我父亲的故事，虚构出了她自己的故事。她们中间想必有一个人与故事中的我父亲毫无瓜葛，而只是单纯地想要逗一下愚蠢的我，就像那些从小就用这个主题骗我的人们一样。也有可能她们两人全都在命运的捉弄下与我父亲关系匪浅，我父亲就像一张空白的蛛网，我完全猜不出它属于这只蜘蛛还是那只。新娘说我母亲以我父亲的故事欺骗自己，整日活在幻想中，但其实她只是想与我父亲同行。我觉得这是她说的所有话中最可信的一句。

在一个晴朗的下午，母亲说带小铃铛出去玩，可是一连好几天都没有回来。我心生焦急，半个月以后我突然收到一封来自母亲的信，信上说她正在带着小铃铛寻找他的母亲，他们先是到了贵阳，有人说小铃铛的妈妈去了大理，于是我母亲又到达大理，住在了三坊一照壁的民居里。白族人建房子喜欢迎东先建一堵照壁，当朝霞照耀其上时，岁月仿佛能被迅速刻录下来。我母亲有许多白族朋友，他们都在她的故事中扮演过角色，母亲说这些朋友非常喜欢小铃铛，他们会背着小铃铛去参观如何制作扎染，会教他最简单的草编工艺，到了石刻、木雕的手艺人那里，小铃铛便会获得免费赠予的小玩具。当孩子听到本子曲时，会沉浸在不断重复的词调中，眼含泪光。信的最后一句话是："这里很美，你应该来看看。"

又过了一阵子，我收到了母亲的第二封信，此时她与小铃铛已到达缅甸，住在密支那，小铃铛一路哭闹，好像进入禁地。母亲在形容缅甸风光时，字里行间都流露出喜悦之情，那里的自然风光、人文气息令她疲惫的心灵得到了一定程度的放松，仿佛即将被秋日接班的夏天，可以给人们最强烈的色彩而不必过度透支以阳光和雨露为代表的善变情绪。他们认识了一位翡翠商，确切地说是翡翠商不知从哪个地方起，一路尾随着母亲。也有可能小铃铛不停地哭就是因为身后跟着的这位面相贫穷、实则富有的商人。在一个恰当的时机，翡翠商邀请他们去他家里做客。他拿出了许多从自己厂子里加工的翡翠，上面的雕刻清一色都是胖娃娃，极其精美、传神，仿佛随时都可以跳下来光着屁股逃走。他说别的雕刻师喜欢雕山水或者神佛，但是他不同，只喜欢孩子。这位翡翠商不停地问母亲："你相信缘分吗？"母亲频频点头。他说几年前有两个人曾用高明的骗术从他这里骗走了一块价值连城的翡翠，上面雕刻的胖娃娃也是他此生灵感的巅峰，从此未能超越。这两人男的年纪很大，但面部刚毅、力大无穷，女人则是小有名气的雄黄商人，年纪尚轻。他们两个举止亲密，应该是老夫少妻。待商人发现以后，只追到了女人，她说有一天她会还商人一个真娃娃，白白胖胖，手上系着一串铃铛。

翡翠商人的眼睛一刻也不离开小铃铛，他老来无子，眼神中充满了慈爱与占有欲。母亲询问他女人的样貌，答案和小铃铛的母亲十分吻合。她又询问了那个老男人的情况，翡翠商人对其印象模糊，只说听闻那个老头子好像去了阿富汗。在信中母亲毫不避讳地谈到了她的想法——不管翡翠商说的话是真是假，她都想把小铃铛留在那里。可是到了夜里，她还是抱着小铃铛悄悄逃走了。信的最后一句仍然是："这里很美，你应该来看看。"

不知母亲在信中是否省略了一些关键性细节，导致我许多奇妙而恐怖的联想不能有机地组合成某种充满敌意棱角的几何体。我甚至怀疑母亲的信也是她善于虚构的谎言，就像少女总是劝说自己布娃娃就是她的孩子那样，母亲也总是劝说别人和她自己，其中她最爱欺骗的就是我。以前我只是疑惑于父亲的形象，现在我开始疑惑他的身份。如果事实像新娘所说，那个大力的老头儿并不是我生父，为什么母亲总是拼命让我相信那人就是我的父亲？为什么她要把发生在那个老头儿身上的故事全部安在自己身上，煞有介事地"招摇撞骗"？而密支那的翡翠商人，似乎已经坐实了我的新娘与我父亲（暂时把老头子当作我的生父）的奇妙关系，那么小铃铛，我那从天上来的孩子，当真其实是我父亲的孩子？所有想法纠缠在一起，使我像个绝望的疯子一样崩溃。在大雨滂沱的脑海中，我突然思考清楚了一件事，那就是母亲绑架了小铃铛。

我动身前往缅甸，试图找到母亲将她带回。不管小铃铛的身世如何，孩子都是无辜的。我跋山涉水，沿途被东南亚的风光深深折服，甚至有那么一阵子，在温暖的风中，我只觉得自己是一颗无拘无束的草籽。那里的女孩眼波流转，婀娜多姿，对我这张忧郁的瘦脸热情而友好，似乎想把我留下来。但我是有任务在身的。我抵达密支那已经是距收到母亲的来信多天以后，我试图寻找那位翡翠商，可是徒劳无果。我想，也许是他不想遇见我。夜晚我在酒馆买醉，有妖艳的性感美女屡屡示爱，她们把带有口红的烟塞到我嘴里，用手在我身上摸来摸去，不过我对她们没什么兴趣，我只要一想到自己奇异的身世，性功能就如同一只受了惊吓的壁虎，迅速缩进了岩缝。

在缅甸住下一段时日后，我收到了第三封母亲的信。（临走时我嘱咐了中国的朋友，如果有我的来信请帮我转寄到缅甸的地址。）信中母亲字迹潦草，看得出她心烦意乱，饥渴难耐。她与小铃铛已经到达阿富汗。母亲写道："我们现在到达了喀布尔，我得找到你父亲，让他把那块翡翠物归原主。喀布尔的气氛太压抑了，我必须和当地妇女一样穿上波尔卡，把全身都裹进笼子里，这个国家的内战导致的恐怖环境令人窒息，上层建筑像一条粗壮的蟒蛇盘踞在城市中央，朝每个人吐着血红的芯子。缅甸的翡翠商仍然跟着我，沿途都是他在保护我们。他说他也想找到你父亲，质问他为什么要行骗。我们经过多方打听终于找到了一些线索，你父亲可能改了姓名，变卖财产创办了一所地下学校专门教当地的女孩子读书，因此备受爱戴。明天有人将会带我们去见他，他们像保护一把火炬一样保护着你父亲。人们说从你父亲那五官深邃粗粝的脸上已经很难分辨他的国籍，但他经常给孩子们讲来自古老的东方国度——中国的故事，以及他自己的传奇经历。他教导女孩子为自己而活，勇敢追逐梦想和爱情。他力大无穷，高壮的身躯像一位天生的英雄。我的小头骡，如果他们说的那人真是你父亲，我为他感到骄傲。至于小铃铛的母亲，来到喀布尔后，我似乎发现了'女人'这个概念的真谛。我不怪她，但我依然会寻找她，我会让小铃铛在寻找他母亲的路上慢慢长大，就像你在寻找你父亲的路上逐渐成长一样。这里虽然危险，但这里很美，你应该来看看。"

　　我立刻动身前往阿富汗，可是我有一种十分悲凉的预感。母亲在每封信的结尾都会写上一句"这里很美，你应该来看看"。她不说让我去找她，只说希望我也去找寻那些风景，可是无论我是去探索母亲欣赏的风景，还是去追逐她，结果都是一样的——我被母亲牵着鼻子走，而母亲则被父亲牵着鼻子走。父亲就这样潇洒地游历全世界，无所顾忌地成为英雄，而我和母亲却在他所不在意的地方为他终日难眠，经受着以小铃铛为绳结的人伦考验。

　　但我仍然对母亲的故事着迷不已，无论那些奇异的岁月是否真的属于她，无论她想以虚构的手段与谁同行，我都会追随她。我从没有一刻像现在一样毫不关心父亲的存在，因为他是母亲的梦，而我已不打算再执着于母亲的梦境。她的脚印在前方铺开，我跟上去就是月圆之时。

已发《西湖》2020 年第 8 期

七色土

朱东启教授从省城重点大学化学系主任位置上退休了。用他回家对老伴儿的话讲，自己一转身就成了老干部。其实退休对他来说还完全没有做好身体和心理上的准备，总感觉退休是遥远的事情，是别人的事情，等真的轮到他的时候，他觉得他不应该退休，他的事业正如日中天，不应该戛然而止。于是他一下子抑郁了，突然掉进了精神上的黑洞，他总觉得自己还是夏天大树上无数树叶中绿油油的一片，不应该从树上掉落下来，可偏偏没等到秋天变黄就被甩落了下来。

从退休那一天开始，朱教授就不再踏进大学校园半步了。最让老伴儿受不了的是俩人上街购买东西回来，大包小包全都由她拿着，朱教授只管做他的甩手掌柜的，跟在后头，而更让她怨声载道的是从大学门口的公共汽车站下车，抄近道就到家属区了，可他非得从学校大门口前一站下车，绕个大圈子回家不可。

退休了就像做了什么亏心事一样，生怕见人。平时，朱教授就像一只老猫一样躲在家里，老伴儿动员他出去找找人多的场合，去附近公园运动运动，健健身，说轻了，他不吱声，说多了说重了，他一瞪眼说，要去你去。老伴儿就不敢再多说半句了。

朱教授在上个世纪七十年代，正值年轻的时候，国家还没有进行计划生育，所以他以他旺盛的生育力，让老婆接二连三生了七个孩子，三个儿子，四个姑娘。七个孩子靠他和老伴儿的工资，日子自然是苦不堪言，不过他和老伴儿硬是勒紧裤腰带，一分钱掰成两瓣花，战胜了生活上的穷日子，把孩子一个一个送进了名牌大学。北大，清华，朱教授孩子的成功，让其他教授深感望尘莫及，只能望洋兴叹。

后来，七个孩子又都考上了国家公派留学博士，结果毕业后全都留在了国外。

朱教授从大儿子读洋博士开始就劝其回国，为国家效力，结果劝到第七个，一个也没有劝回来。朱教授总觉得自己真的对不起国家，虽说他的儿女们在国外科学领域都达到了一流人才水平，大儿子所带的科学团队，有望冲击诺贝尔奖。他总觉得白白生了他们。

儿女们说科学无国界，科学成果是属于全人类的，还说老爸就是块思想老化石，有了外国籍也不等于不爱中国。朱教授有时候对羡慕他的老同事说，你们羡慕我什么？我还羡慕你们呢，我把孩子培养大了，白给西方培养了，要早知道这样的结果，我肯定不让老婆遭那么多罪。有同事就说那我们也还是羡慕你，你看你多好，每到假期你就像国家首脑一样出访世界各国，一下飞机就有人热情地拥抱你，观光行程给你安排得满满的，你就出个屁股往车上一坐就行，我们哪有这待遇！

朱教授说，也就这点便利，去国外能有个落脚点。可出去了就知道，哪个国家也没有中国好。

朱教授的儿女们分别定居在了英国、德国、美国、阿根廷、澳大利亚、南非、日本。这七国转上一圈子，也就等于绕地球一圈了。儿女们都有了自己的小家，自己的追求。他的孙辈们也没有一个回祖国的，只有两个想学中文的外孙子，来中国借读过小学二三年级。七个儿女，先后加入了外国国籍，每当有一个这种消息传来，朱教授就会思考一次"国籍"这个概念的含义。

国籍是什么？当然是国家的身份证。它就像一张无比安全牢固的蜘蛛网，把她的公民全网在里边，保护起来。血缘亲情是什么？是种族人类的基因传递纽带，当血缘和国籍放在一起时，血缘就像是一只小小的昆虫被粘贴在国籍的网上，等待一只又黑又大的蜘蛛过来一口一口地把它吃掉，直至最后什么都不剩下。对于这种奇怪的想法，他也不知道是怎么感受出来的，反正他总有这种想法，所以他经常拿一把长长的扫帚对着家里各个犄角旮旯扫，把天花板、地板缝里的蛛网扫得一干二净。

朱教授有时候想，作为父母有些人是多么悲催，把孩子养大成了才，国内又留不住了，孩子成了外国人，等于给外国生的孩子，他们老两口如今就属于这部分父母中的"有些人"，是另类，因为他们有七个这样的孩子。朱教授对外不好说出自己的失败，没能留住一个孩子在国内工作。只能硬是装出自己很幸福的样子。其实他的内心是孤独的，他很羡慕那些儿女都在身边的家庭，逢年过节、双休日家人们欢聚一堂。他可好，不管什么时候都只有和老伴儿你望着我，我望着你，顺心了，不说什么，不顺心不顺眼的时候，空生气。

不管怎么说，朱教授觉得自己七个孩子怎么算都等于零。只有过年过节的时候，打个电话回来，他才知道这些零们还存在。

朱教授还有一个与常人不同的地方，那就是他有一个外币存折，里边存有七种外币，分别是孩子们从不同的国家给他定期汇来的。每当去人民银行兑换或存取外币的时候，总会有人对他投来羡慕的目光。更有倒卖外汇的二道贩子，围着他要高价购买他的外汇，他根本不为那点差价所动心，他觉得他的外汇就是应该给国家。所以不管外汇汇率怎么浮动，他都只到银行窗口兑换。

朱教授没有退休的时候，天天忙着给学生上课，带研究生，带博士生，参加各种学术会议，还要参加各种行政会议，让他根本没有时间去关心孩子们的事情，用他的话说，他经常忘记自己还有七个儿女。他觉得世界上只有他的化学和他的老伴儿。退休之后，这种感觉出现了衰退，并且是进入快速衰退期。

他经常忘记自己曾经是一位化学家，反倒总忘不掉自己是七个儿女的父亲。

吃饭的时候，他会问老伴儿：今天谁同你联系了？七个孩子从小对他不亲，都只和他们的母亲腻歪，直到现在还是没有一个人愿意给他打一个电话，每次来电话，他也不接，他知道接了电话也是找他们的妈妈的。只有女儿们来电话的时候，或许会问一句妈妈，我爸干什么去了？妈妈说一句，上露台了，或者在他屋呢，就算问候过了。其实，他知道只要老伴儿接电话的时候说你爸爸干什么干什么的，那就是儿女们根本没有问他，都是老伴儿自己在提示对方，或者压根在欺骗他。

孩子们只当他是空气。不过他会想，把我当空气就当空气，我把你们当氢气。

每次打电话他们聊的都是家庭琐事，买什么吃的、穿的、化妆品了，孩子幼儿园或学校怎么样了，孩子老师怎么样了，从来不会聊他们的专业，更不聊他们的专业会对人类科学发展有什么作用，对世界经济发展有什么帮助和当前世界形势怎么样。

不过，这种现象到了去年初发生了根本变化，每次电话都变成了关注人类命运共同体，重点讲各自所在国的政府对防治新冠疫情的措施……怎么怎么样的市民，如何如何的政府，朱教授根本不想听这些，可是，他的脚却又不愿意离开老伴儿太远了，尽管老伴儿都是把视频或语音放到免提，音量放到最大。

　　老伴儿总是反复叮嘱儿女不管别人怎么样，自己出门坚决要戴好口罩。

　　每次和二女儿通过电话后，老伴儿就会和朱教授唠叨半天二女儿嫁给德国男人汉斯的事情。嫁了也就嫁了，父母反对也反对不了，又远在国外，真可谓是鞭长莫及。但是让朱教授和老伴儿对女儿婚姻如鲠在喉的是他们的夫妻 AA 制。汉斯在老家盖了个房子，也是和女儿 AA 制的，房子院墙占用了汉斯爸爸的一点地，他爸爸开着拖拉机就要把房子给撞倒，好说歹说，赔偿了他爸爸不少钱，才算完事。这样的家庭和父子关系，朱教授和老伴儿怎么能不担心女儿呢？可是，女儿竟然说这很正常，占用了谁的地都得给钱，让朱教授和老伴儿很无语。女儿都三十多岁了，到现在也没有生孩子，这也成了老伴儿挂念的事情，每每说起这件事的时候，朱教授都会说管她生孩子不生孩子，那都是人家德国人的事情，关我们什么事？老伴儿说你怎么能这么讲呢，她不是你的女儿呀？国籍怎么了，国籍能阻挡住血缘关系吗？你就当成孩子们上班远点不就行了。

　　打固定国际长途电话这样的状态持续了十二三年左右，直到他和老伴儿都用上了智能手机，能上微信能看抖音能看快手，朱教授退休后大家便建立起了微信家庭群，才不再用固定电话打国际长途了。

　　然而，建群后在取群名的事情上全家人发生了激烈争论，朱教授取名为"化学之家"大家不同意，虽然全家有三个人研究化学，但是不能代表主流，也不能代表亲情。小女儿比较有文采，取名为"北斗星"，寓意为七个兄妹团结一心永不分离，可是，还不行，没有把父母包括进去，为此朱教授特别生气地对老伴儿说，我们还没死呢，就把我们给销户了？老伴儿只好安慰他说，这哪儿和哪儿？一个群名又不是真实的，本来网络世界就是虚拟世界，七星高照不是吗，七星高照的是什么，不就高照的你吗？听老伴儿这么一说，朱教授觉得有道理，他第一次表扬老伴儿说，真不愧是学中文出身的，劝人劝得都有文化。

但是，这个群名还是不妥当，没用多久，就更换成了"相亲相爱"，这个群名好，大家都接受。不过，朱教授对这个群名还是不怎么喜欢，他说群名得有向心力、凝聚力，要有文化含量，还要表达出美好的愿望。相亲相爱？谁不相亲相爱了？这样的群名有歧义，好像此地无银三百两。老伴儿不爱听这话，她觉得小女儿起的新群名很有凝聚力，很有文化，更是很有号召力，希望兄弟姐妹相亲相爱，不是很好吗？她对朱教授说你可别挑刺了，按你的要求条件你起个看看？朱教授说我才不起呢，谁愿意起谁起好了，反正我不起，有人起好了在群里我也许会发发言，起不好，在群里我就一言不发。

老伴儿说，前天你不是还起了一大串群名吗？什么"镶黄旗""叶赫那拉""女真部落"，你怎么不拿出来让孩子们看看呢？

朱教授当然有他的道理了，他说，我起的名字怎么了？我是要求他们不能忘本，不能忘记自己的老祖宗，更不能忘了祖国。你就懂小学语文，教了一辈子学，怎么了？还不是连个高级教师都没当上，就退休了。

没当高级教师怎么了？我不还是给你当上了高级保姆吗？我养大了七个孩子还不够吗？孩子小时候你管过一个吗？你别说我，你不也是教一辈子书吗？不就是当个教授吗，还是二级教授，你怎么到退休连个一级教授都没评上呢。

老伴儿有点生气了，把朱教授直接撑了回去。

朱教授说你不懂就是不懂，一级教授有多难你知道吗？我们整个大学里都没有一个，评上一级教授都可以当中科院院士了。

老伴儿不再吱声，她知道他这是自己给自己找台阶下呢。她不想再跟他计较，便打开冰箱找出一包猪肉馅，问：中午给你包三鲜饺子吃行吗？

朱教授说，行吧。然后，他好似理亏又气壮地回到自己书房去了，他觉得他和老伴儿的较量，这次又是他胜利了。直到老伴儿煮好饺子，叫他出来吃饺子，他才走出书房。

老伴儿在群里的昵称被小女儿给变成了"老佛爷"，朱教授在群里的昵称则被小女儿改成了"额娘"，这让朱教授又不高兴了，他堂而皇之是个男人，虽然儿女们常把他当空气人，可不管怎么说他自己从来没有把自己当空气人，就是退休了，那他也是老干部，怎么会在微信里变成"额娘"了呢？

朱教授刚端起饺子突然想起了这事，他把筷子一放，对着老伴儿怒气冲冲地说，怎么弄的？四格格（小女儿的微信名）把我的微信名改成"额娘"了。

老伴儿说，额娘怎么了，额娘的网名不行吗，不是挺好吗？你就说我包的三鲜水饺怎么样吧，味道好不好？管他什么额娘不额娘的，快吃你的水饺得了。

我能吃下去吗？

怎么不能吃下去？

我成了额娘了还能吃下去吗？

看你还是个大学教授呢，怎么还不如一个孩子。这不是四格格喜欢你，热爱你这个当爸爸的，才给你起这个昵称的吗。他们给我起个"老佛爷"我倒是觉得挺好。哎，你怎么还摆筷子了呢？

有这么喜欢的吗，你告诉我生气了，让她快给我改成"化学人"。

你真有意思，化学人还不如机器人呢，你干脆叫机器人得了。

我就叫化学人。

要改你自己改吧，我才不告诉四格格呢。

朱教授对智能手机的功能，特别是对微信的各种功能还真没有研究透，更改网名他不会。

老伴儿从来都犟不过朱教授，见朱教授真生气不吃饺子了，就说你快吃吧，趁热吃，你吃完我就微信四格格让她给你改过来，把"额娘"改成"化学人"。

朱教授说这还差不多，要不然这饺子都吃不香。

老伴儿有时候想孩子们想得掉眼泪，朱教授也想，只是嘴上不说，在心里想，想他和孩子之间的一些趣事，一些故事，比如，大姑娘小时候去同学家玩，同学给她个进口苹果，她没有舍得吃装进了书包，带回来给全家人一人一块分着吃了，她自己那一块还掉在了地上，她心疼地捡起来就放到了嘴里。

三姑娘小时候有一次生了病，高烧好几天，住院的时候看着对面床上的小朋友吃鸡蛋，她也想吃，可是，老伴儿却哄她说你这病不能吃鸡蛋，等你好了咱们回家吃，可是老伴儿知道家里连个空鸡蛋壳都没有，她还眉飞色舞地承诺孩子说给她做小葱炒鸡蛋。

这样的事情，朱教授和老伴儿睡不着觉的时候，就会你说一段我说一段，他们感觉当年那日子过得可真叫苦，冬天都没有一双棉鞋给孩子们穿。老大那年一冬天穿单鞋把脚冻出了冻疮，疼得路都不敢走，每天上学都是朱教授借一辆"倒骑驴"给孩子推到学校，下午放学再去推回来。

想想孩子们小时候受的那些罪，当父母的什么时候想起来，什么时候心里都不好受。

朱教授经常大门不出二门不迈，就闷在家里，孤独成了他生命的全部。

孤独长久了，朱教授总算找到了自己的用武之地，他发现自己家好几十平米的大露台也可以像别人家那样在上边种花，变成空中花园。他家的露台一直空空如也，白天阳光和风在上边散步，夜晚只承载漆黑。思来想去，朱教授决定要在上边种菜，种菜要有土才行，这是前提条件，于是，他开始选择土。

他首先向海外的儿女们要来了他们各自的体重，这让儿女们很诧异，老爸要我们的体重干什么，他是在惦念我们谁胖了谁瘦了吗？儿女们费尽心思也没猜出老爸的用意何在，从小到大老爸只关心他的化学，哪曾关心过他们的体重？

正在儿女们对老爸为什么忽然关心起每个人的体重表示不理解的时候，朱教授又要每人按照自己的实际体重，一两不少地邮回家来同等重量的、所在国家的土壤，就是当地农民种地的土，同时还要寄回当地各种各样的蔬菜种子，他要用国外的土种国外的菜，地点就在自己家的露台上。可是这个点子一提出来，他就意识到土壤和种子是不能寄送的。但说出去的话，泼出去的水，这个主意一出，引起了子女们的各种猜测。

七个儿女开始谁都不理解父亲是何用意，是不是精神上出了毛病，要什么不好，偏偏要外国的土，难道种外国的菜就必须要用外国的土吗？还是喜欢文学和哲学的四格格理解问题有深度，她理解到这是父亲对儿女一种特殊的爱，他要把对儿女的想念深深埋进泥土里，让父爱在泥土里生长出绿芽……

如果父亲和母亲在这些泥土里能种出我们在国外常吃的蔬菜，那也等于是父母和我们生活在了一起啊，他们吃到的就不仅仅是外国的蔬菜，而是吃到了天伦之乐的味道！经过四格格这么一说，兄弟姐妹都认为有道理，大家觉得四格格太有才了。

其实，朱教授心里想的才不是这个呢！他想的是要用国土换儿女，儿女们不是现在都定居国外成了外国人了吗？那好，我没有办法让你们回来，可我也不能白白养了你们，把你们养育大了双手奉献给了外国吧？你们从小可是吃的中国粮食，喝的中国水，晒的阳光也是太阳落在中国大地上的光。所以，拿孩子们换外国的土，也就等于是"外国用和平形式掠夺了我的儿女，我要用另一种形式换回外国的国土"。这虽然不是多少面积的岛屿，更不是多少面积的实际国家领土，可是我把它们放在露台上，那就等于是中国的国土了，朱教授心里想。

朱教授没有把自己的想法告诉老伴儿，如果告诉了她，她一定会强加阻止的，她一定会说这就是掩耳盗铃。他决定永远不给老伴儿说破他心中的这个秘密，就说要用外国的土种植外国的青菜，让老伴儿坐在家里就能吃到外国的菜。

果然事与愿违，世界各国都不允许私人跨国邮寄土壤和植物种子。这就没办法了，不是儿女们不给邮寄，是他们爱莫能助。

这让朱东启教授很是郁闷，一连几天都不跟老伴儿说一句话，可最终还是老伴儿给他指点了迷津。有一天，老伴儿说，化学人你不是什么都能配出来吗，你配点饮料咱们喝吧，解解暑。正是她的这句话让朱教授恍然大悟，外国的土不能邮寄到中国，那么我就用化学成分来配土，用中国土壤的化学成分配出外国的土，这本质上也等于就是外国的土了。

得到老伴儿的"指点"后，朱东启教授又给儿女们提出要求，他让儿女们如实地将他们所在地的土壤中所含化学元素成分及元素比例查到告诉他。这是比较好办的事情，孩子们很快给"化学人"老爸发来了他想要的结果。

有了这七个国家的土壤化学元素成分和比例关系，自己就可以配出七个国家的"土壤"了。这让朱东启教授有了"柳暗花明又一村"的感觉。在他的实验室里（那是他退休后在自己家里给自己专门设置出来的一间化学实验室），他很快配出了"七国"七种颜色的土。他把这个令人兴奋的消息通过电子邮件告诉了儿女们。

为了省得老爸弄混了"各国"的土壤，在南非的小女儿还给哥哥姐姐们发去了电子邮件，提议每人都要给老爸寄回一面所在国的小国旗，让老爸作区别七色土之用，大家均表示同意。

接下来，令朱东启教授发愁的事情就是如何弄到外国蔬菜种子的问题了。一连想了十多天的时间也没想出办法，他又不甘心半途而废，就在一筹莫展的时候，恰巧有几个毕业多年的学生来家里看望他，他便把这事情说给学生们，其中有位同学大包大揽了这件事情。原来这位学生的爱人就在省蔬菜研究所当副所长。很快，七国常见的蔬菜种子就送到了朱教授手里。

蔬菜种子问题解决了，朱教授又让人送来了他在市场上所选购的七个特大号花盆，在露台上他按照世界地图的大体位置摆放上代表七国的七个大花盆，他把自己从实验室里配好的"七国"土壤分别放进了七个大花盆中。

有了外国的土壤、外国的蔬菜种子，还要有外国的水质才能种出外国的蔬菜，于是，朱教授上网查出了七国相应的水质成分，他又走进自己的化学实验室埋头配出了七国的水质，终于，他开始种上了七国都有的西红柿，不长时间苗就出来了，生长良好，朱教授对老伴儿说，今后可别小瞧他了，他已经是世界级的菜农了，也别小瞧自己家的露台，那可是国际化的露台了，这里展示的是国际蔬菜。

望着露台上英国、美国、德国、澳大利亚、南非、阿根廷、日本的西红柿都成熟了，朱教授的老伴儿先是好好表扬了一番朱教授，说他从化学家转型为蔬菜专家非常成功，她还把露台上的西红柿录视频发到了家人的微信群里，换回来的自然是儿女们的"贺电"！

老伴儿知道，这虽然是朱教授为了让她吃上外国的蔬菜，实际是朱教授从退休后太孤独了，这都是被孤独出来的西红柿。

有一天早晨，老伴儿早起来到露台，她看见"南非"的一个西红柿自然红了，上面滴着一圈露珠，明亮亮的，本来像是一件美术品，给人带来一种难得一见的自然之美，可是，在她眼中露珠却突然幻化成了小女儿小时候的眼泪。她没有伸手摘下那个西红柿，而是为西红柿擦拭去了"眼泪"。

"七国"的纯种西红柿都熟了，朱教授和老伴儿根本吃不过来，三个两个地送给了邻居们，大家都说好吃。有一天，老伴儿的一个老同事带着小孙子来家串门，朱教授专门挑选出"七国"不同的七个西红柿，洗净后放在果盘里端给了小孩子，他告诉孩子这七个西红柿是爷爷自己种出来的，是利用七个国家的土种出来的，让孩子吃，孩子听了半天认真地问道："爷爷你是外国人吗？"

朱教授说，自己不是外国人，自己就是中国人。

孩子又问他，中国人为什么种外国人的西红柿？

朱教授说，这是我用儿子和女儿们换回来的西红柿。

小孩子感觉好奇，又问道，您用自己的孩子换一个外国西红柿那不太吃亏了吗？反正我爷爷要是拿我爸爸跟外国人换西红柿，我才不干呢。

大家都笑了，孩子的奶奶说，朱爷爷是逗你玩呢。

朱教授对孩子说，爷爷没有逗你玩，爷爷说的是真话。

的确，朱教授就是那么想的。

种过两三年"七国"蔬菜后，朱教授想改造一下露台，不种外国蔬菜了，要种上花，也把露台变成空中花园。

有了这种想法，他就向邻居和他的学生们要来了各种花的种子，种在了露台上，于是，各种形态各种颜色的花开满了他家的露台，奇异的花香引来了贪婪的蜜蜂和蝴蝶，露台成了它们的空中乐园。

这让原本不怎么喜爱花的朱教授喜欢上了这些花。

朱教授的老伴儿也有了自己的"专业"——她变成了养花的人。天天分辨着哪种花更好闻。她渐渐觉得人老了，孤独就是开在心里的花朵。朱教授的孤独更是隐秘，像一只钻进花蕊深处去的小蜜蜂，总是不被人发现。

在露台上种植蔬菜的时候，朱教授空虚的心灵和退休后孤独的失落感并没有被那些蔬菜所填满和驱逐，于是，他便试图改变露台，让露台变成空中花园，如今空中花园的花儿开了，他孤独的心却并没有在花丛中得到安放。相反，随着鲜花的开放，他的心更加孤独了。他得出了一条结论，鲜花是无法安放孤独的灵魂的。

朱教授考虑着，明年或后年再把空中花园变成别的什么吧，比如在上面养几只小鸟或小兔子什么的。

朱教授的生活平静下来很长时间了，老伴儿说他总算不再折腾什么了。可是，不平静的生活正悄悄向他们袭来。

事情是这样的，那天晚饭后，朱教授和老伴儿一起下楼去公园散步，回来的时候可能是天黑的原因，路灯也没亮，在公园下台阶时老伴儿摔了一跤，不幸的是，她把一条腿和一只胳膊摔骨折了，当时便不能动，在医院住了一个多月才出院回家。

老伴儿摔伤住院，让朱教授真真切切感受到自己老了，更感受到老人身边没有子女是多么地孤单无助。

老伴儿躺在床上动不了，俗话说伤筋动骨一百天，看来老伴儿要躺在床上一百天了。现在吃饭、买菜都成了问题，朱教授不会做饭，一辈子都不会，只会做化学实验。

朱教授看到躺在病床上的老伴儿，他觉得应该通知儿女们回来照顾老母亲，可是她说不用，只要请个保姆就行了，等她能下地就好了。

朱教授说，养兵千日用兵一时，七个儿女在你需要的时候你不用，什么时候用？真让人想不明白。

老伴儿说，他们都忙，工作又都在国外，我这也死不了的，就不要通知他们了。

朱教授只好到人才市场临时请来一个中年妇女做家庭保姆，负责做饭和照顾老伴儿，月薪是六千元人民币。听说是照顾病人，人家还不愿意来，朱教授好说歹说才算同意来，朱教授说了，你不要人民币也可以，我可以给你美元、英镑、欧元，随你便。保姆想了想说，我先在你家干三个月吧，第一个月要美元，第二个月要英镑，第三个月要欧元。虽然是说笑，但后来，朱教授就是这么给人家兑现的。

保姆还真不错，把朱教授和他老伴儿当作自己家的老人一样伺候，深得两位老人喜欢。老太太说等她好了，也得把她留下来。保姆笑着说，行，那我的工钱就得要比索和兰特了。朱教授和老伴儿都被这个保姆逗乐了。

朱教授虽然说请了保姆来照顾老伴儿，可他总觉得儿女们也得回来探望探望老妈，人家杨四郎还知道探母呢，这是他非常喜欢的一出戏，名字就叫《四郎探母》。

于是，朱教授背着老伴儿给儿女们发了一个共享的电子邮件，大意是描述了一下他们母亲的伤情和因由，希望不管谁有时间就回来看看自己的妈妈。

很快朱教授接二连三地收到了七封电子回复件，意思全相近，大意是他们工作很忙，抽不出时间回国，对于老年人来说，摔伤也算正常，今后一定要多加注意，眼下要紧的是为母亲请一位保姆照顾，请保姆的钱由他们出。

朱教授看完电子邮件，把电脑关机，失望地回到茶几前的沙发上坐下，端起保姆递上的一杯热茶，看着绿绿的茶叶在杯中舒展开来，上下翻滚着，他的思绪也和茶叶一样翻腾着，他一时想不出来要用什么方式对老伴儿讲他和儿女们通信的内容。

朱教授抬起眼睛正好看见了在洗衣机旁给老伴儿洗衣服的保姆，他突然觉得此时此刻保姆比儿女更亲，他决定从下个月起再给保姆增加一千元工资，一定得把人家留下来。

朱教授走进屋去，想同老伴儿说说话，老伴儿问他，这几天你有没有和孩子们聊天或者发电子邮件？他们有没有人问问我？

听到老伴儿的问话，朱教授把脸背过去，说发电子邮件了，他们都很关心你，他们都很好，我一直没有把你摔伤的事情告诉他们，我怕他们知道你的情况，会接二连三地回国来看你，反正我们有保姆照顾，有困难我们也能挺过去的，我们还是不要拖累孩子们为好，你说是吧？

老伴儿躺在床上，把头侧向床里边说，是，是，老头子你总算想开了。

朱教授听出了老伴儿说话的哽咽声音，他自己也觉得眼睛里有什么热乎乎的东西要掉下来。

已发《民族文学》2022 年第 1 期

灵芝土

启蓝的性格很像男孩。她从头到脚的打扮都趋于男性化，对其他女孩子很是照顾，她们都说如果启蓝真是个男人就好了，可惜她偏偏有这个心却没这个"实力"。

在中医药大学毕业后，启蓝的出路最为神秘。她关闭了微信和QQ，平日里要好的朋友突然就联系不到她了。只是偶尔她会在微博上发布几条状态，照片基本都是国内的名山大川，图片下面配的文字无外乎"我很好，我在修行"之类。有爱好八卦的，不知从哪儿得到消息说启蓝拜了一位云游四海的"老神仙"为师，"老神仙"手上还有绝世神书《黄帝外经》，要是启蓝经受得住身为弟子的种种考验，就会承得这书上的"终极知识"，成为天下第一神医。

人们爱打听启蓝的消息，从她生下来开始就是这样。这和她的姓氏有关。每当别人问："启蓝，你姓什么？"她都会回答："我姓启。""哦？真的吗？""真的。"然而她的户口和身份证上的名字却是"爱新觉罗·启蓝"。所以上学后人人都知道学校里有个封建时期清廷皇族的后裔，一个现代版的"格格"。人们好奇她的品性是不是真的像一位高雅的公主，然而大家越是这样期待，启蓝的生长模式便越发"跑偏"。她喜欢和男孩子称兄道弟，力气也十分大。她似乎愿意为任何人"赴汤蹈火"。

过了两年多的时间，谣言不攻自破。启蓝重新开启了各种社交账号。她宣布自己回到了烟火人间，准备踏上新的旅程。破天荒地，她发了一张自拍照。人们惊讶地发现她的脸上多了两道深深的法令纹，比同龄人看上去成熟很多。

"你真的还好吗？"

"启蓝，我们周末见面，很想你。"

…………

启蓝坐在开往北京的火车上，一一回复着大家在她朋友圈下面的留言。她要告别东北，告别朋友们了。她从小生长的家乡有太多美好的回忆，也有太多她无力面对的东西。去北京投奔父亲，是她此时最想做的事情。

一个瘦高的中年男人，举着一张写有"启蓝"两个字的打印纸站在出站口，这就是她的父亲。

"嘿，老爸。"启蓝走过去和他打招呼。

"都这么大了！"父亲面露惊喜，他不知道女儿竟然可以长得和他一样高，还比他壮实。他想伸手接过启蓝的背包，启蓝退了一下，示意不必。

"你妈妈还好吧？"父亲问。

"嗯，好。"

父亲请她吃了地道的老北京火锅，二人喝了四瓶啤酒。

"我想去店里看看。"启蓝对父亲说。她知道父亲经营着一家很有名气的中药店，在北京也算是个有点头脸的小人物。

"先回家，今天太晚了，明儿个再去。"父亲说。

　　同父亲穿梭在北京夜晚的小巷子里，狗叫和行李箱轮子摩擦地面的声音悄悄化解着尴尬。父亲姓陈，她姓爱新觉罗，父亲看起来是那么地形单影只。

　　她以为父亲会住在一个像样的房子里，也许里面还有另一个孩子和另一个女人。不过她猜错了，父亲租的是一个插间，环境和所有单身汉的住所一样。

　　父亲说："你先在这儿对付两天，我已经帮你去找别的住处了。现在这边房价太高，这两年租金也涨得厉害。"

　　第二天，启蓝起了个大早，父亲打了一整宿呼噜令她很不习惯。他们之间只用一面布帘子隔开，这还是父亲为了迎接她的到来特意安装的。她上街买了油条豆汁儿，二人吃过便来到了店里。

　　刻有"悬壶堂"三个大字的牌匾已有了些许年代感。店面不算大，里面有两个伙计，一个负责招待，一个掌管收银。两人都懒散地刷着手机。启蓝一直待到中午，也只有两笔抓药的生意。

　　"以前我们这儿有个坐堂的老中医，姓李，医术高超，老百姓都奔他来。前两年实在是没力气工作了，自打他走后，店里的生意就是现在这个样子。"父亲说。

　　"怎么没再请一位？"

　　父亲摆摆手，未作声。

　　启蓝接着说："如果是常见的病症，我可以坐堂。我有行医证。"

　　父亲又摆了摆手。

　　"这两年我跟着师父医治了上千人。"

　　"那你师父肯定也分了你不少酬劳吧？"

　　关于父亲的疑问，启蓝有些惊讶。她还没准备好接受父亲是个重视金钱的人。

"都是贫困山区的病人。"启蓝说完，跟着伙计熟悉柜台去了。

她是想把悬壶堂再次"振兴"起来的。很显然，这个店已经随着父亲一点点消颓下去了。至于消颓的原因，更多是因为父亲欠了大笔的外债，债主为了催债，逼父亲把店铺盘掉，散播了不少关于悬壶堂"假药坑人"的谣言。当启蓝知道这个事情的时候，她抽了大半包烟。可以说现在父亲等于每天都在赔钱，这还不算欠款。

"实在不行就把店卖了。"父亲说，"留着也就那么回事儿。"

"现在还没到'万不得已'的时候。"

"你不用跟我遭这个罪，等你的房子找好了，我就安排你去我的一个朋友那儿工作。"

"爸，你当初为什么要相信那几个骗子？"

父亲转过身，特意回避了她的目光，简单地回了两个字："想富。"

"人人都想富。"启蓝无奈地说，"富没错。"

"尤其对于一个男人来说。"父亲冲她笑了笑。

接下来的日子，启蓝背着她的医药箱在平谷、门头沟、延庆这几个地方走街串巷，专门给人义诊。她的义诊不是打着"义"的幌子来"卖"，而是真正的分文不取。为了让更多的人认识自己，进而重新认识悬壶堂，她为自己设计了一个十分有用的广告——她的身份证。人们看到她的身份证上赫然印着"爱新觉罗"四个字，都感到好奇。其实一些老北京都知道，爱新觉罗氏确有一支从医的家族，手上还掌握着某些祖传的"宫廷秘方"，悬壶济世，救死扶伤。再加上启蓝确也有点小本事，渐渐地，少数曾经悬壶堂的"铁杆粉丝"打消了对悬壶堂的偏见，知道了这其中的误会。

父亲每天也不闲着，东奔西走为了他口中的"融资"。启蓝晚上回到家后会准备好晚饭等父亲回来。以前她是个家务活一概不会的人，母亲是个女强人，把她们两个的一切都打点得很好，完全不用启蓝插任何手。后来跟着师父云游义诊，她学会了很多属于女性分工的事情，也慢慢习惯于此了。有一回她帮一位村妇接生，那妇人没怎样，她倒是像替人家去鬼门关里走了一遭似的，事后久久无法回神。师父问她缘何如此，她却问师父："师父，我也是这么出来的，对吧？"师父笑得很大声，笑她傻。不过她不明白自己哪里傻，她觉得自己是罪恶的，母亲也是罪恶的。她甚至难以再接受自己。不过这种感觉在她准备晚餐的时候会被油烟味冲散一些，于是她希望晚餐尽可能丰盛，尽可能多耗时。可是在吃饭的时候，近距离观察父亲，她的那种不舒服的感觉又涌了上来。

这种感觉有时令她心烦气躁。内心如同点燃了一团根部腐烂的大火。外婆的脸在火里烧焦，可是外婆没有喊叫，死得很安详。

启蓝的脑海中有这些异象，不是因为外婆死于火海，相反，她的外婆身体健朗，今年已经八十九岁了。

启蓝的外婆总共有三个女儿，她母亲是老大，也是家族中最"正常"的一员。母亲的两个妹妹，一个患有抑郁症，一个有点痴傻，都是没有成家的老姑娘。启蓝从小就很惧怕外婆，外婆也姓爱新觉罗，是正统的镶黄旗，生于民国，身上流着没落贵族不甘心的血。婴儿时期她便肆意地"压榨"奶娘，至于她的亲娘，外婆说她从没有见过。后来奶娘死了，天知道她经历了怎样的磨难。最后终于在吉林有了一个住处，靠给丧葬队扎纸人维持生计。外婆有个很奇怪的习惯，在孩子们看来十分恐怖：每当扎完一个纸人她都要磕头祭拜，嘴里念念有词，仿佛是在乞求这些纸人帮助她什么。

对外不能做贵族，对内，外婆要过足"贵族瘾"。外公常年在南方出工，家里只有三个女儿相伴，外婆便对这几个姑娘使出浑身解数。她要求女儿们所说的话和所做的事，必须都要"合乎规矩"，还要求女儿们对她行蹲安礼，这种礼要求女孩子上身腰部以上挺直，不低头，双目直视受礼者，双腿并齐，双膝微曲一百五十度角，呈半蹲式，双手轻抚于膝盖之上，面带微笑。外婆有一把很长的塑料尺，专门用来调教女儿们在她眼里从未标准过的行礼姿势。

外婆对启蓝的感情很复杂，不能说绝对的讨厌，也谈不上喜欢。启蓝从小就很怕过年，那时她要对外婆行抱腰礼，她得跪在外婆面前，双手环抱住外婆的腰，问好请安。按照规矩，长辈这时要抚摸外孙女的额头，赏赐礼物，可是外婆吝啬得很，不但什么压岁钱都不给，连句祝福的话也不讲，只会盘腿坐在床上，嘴里念着："好，好，都好……"就像一只藏在泥水泡儿里的龟。

思绪跑远，收回来的时候，晚餐已经快结束了。父亲喜欢用手心抹一下嘴，再用舌头舔一圈牙，启蓝反倒觉得胃里好受多了。

家里没有电视机，晚上空闲的时候，她就和父亲分别躺在各自的钢丝床上刷手机。她喜欢看微信朋友圈，看其他人的生活。有时她觉得自己离朋友们很远，有时又觉得似乎"近"与"远"本来就是同义词。窗户正好对着他们中间那扇薄薄的布帘，当风把布帘吹得飘起来的时候，父亲就会转个身，用后背对着她。启蓝是个夜猫子，不到半夜十二点基本没有睡意。手机没什么好刷的，她便打着手电读书。当书也读不进去的时候，她就悄悄拿出她的那个金丝楠木的盒子，对着盒子发呆。

这盒子是个珍贵的古董，材质是上好的金丝楠木，刻有精美绝伦的图案，是从外婆祖上传下来的。外婆她娘当年跟着慈禧出逃时，就是用这个盒子打包的金银首饰。盒子里装的东西一代代演变，现在到了启蓝手上却盛着最深的悲伤。她第一次拿起这个盒子的时候，嗓子里泛着酸苦的水，她使劲咽了好几次，把那些水咽回到了心里，才抱着盒子去了殡仪馆。回来的时候，盒子外面裹了一层黑布。

她打开盒子，感觉一道幽光从里面蹿了出来，吓了她一大跳。她定定神，使劲眨了眨眼睛，告诉自己这一定是幻觉。盒子里飘出一股奇怪的味道，真的非常奇怪，难以形容。启蓝闻过很多药材，能分辨出细小的气味差别，此时她快速地在大脑中搜寻与这个气味相似的信息，均未找到。思来想去，细细嗅之，她觉得这味儿还是像土，像正在进行化学分解的土，像混着生夹着死的土，像一场大雨下来，所有东西都沉入其中的土。土里有腥有咸有苦有甜，埋着太多私密。私密经过发酵，长出更为私密的菌丝，没错，这应该就是"循环"的味道。

启蓝觉得只有把盒子放在离父亲近的地方，她才踏实。盒子也踏实。

悬壶堂的生意逐渐有了起色。启蓝在店里开设了免费为五十岁以上老人体检的服务，凡是前来抓药的顾客她不仅免费帮人家号脉、配药，还白送三天的药量，此外，她还积极地给患者做回访，同时也开通了网上订购药材的渠道。

父亲的"融资"可以说毫无起色，不过，他心里有了另外一个算盘。

他发现这个二十年未谋面的女儿身上有件宝贝。那天晚上他在蒙眬的睡意中，发现启蓝的床上闪过一道幽幽的绿光。隔着布帘那道光依然非常清晰，绝非幻觉。他相信自己的判断力，这辈子他唯一的优点可能也就只有"果断"这两个字了，是与非本就是两条永远都不会相交的绳，他不明白为什么那么多人反倒被系在了里面。

启蓝的母亲，他曾经常称之为"英子"的女人，就是这么一个犹豫不决、缺乏果断的人。英子十分恐惧她母亲，同时又疯狂地想要"追求自我"，在她身上有很多秘密，很多甚至连自己丈夫都无法告知的秘密。她背负着那些东西就像背着沉重的荆棘，走一步就痛一步，她咬牙忍着，因为她用两种方向相反的力给自己系了个死结，谁也解不开。

陈之和不想知道英子现在过得究竟如何，他们离婚后就变得如同仇人一般不相往来。女儿来找自己他很意外，也很开心。可能是孩子大了，她妈妈管不住，不然英子是绝对不会让孩子来看爸爸的，再者可能就是英子有了新男人，对执拗了二十多年的东西终于放下了些。陈之和不想询问这其中的缘由，他宁愿猜。"猜"这个字很有意思，它能让那些令人不舒服的感觉从心头消散。

他这几年为了"搞事业"，在外面欠了四十多万的债，现在还差十万没有还清。之所以欠债，多年后陈之和回过头来总结只有四个字："急功近利"。他太想让自己变得成功，变得有资本在英子和她老娘面前抬头挺胸，他想要回去找她们，给她们一大笔钱，再把"那件事"澄清，然后如果英子求他留下来，他就会拥有男人一生中最骄傲、最五味杂陈的片刻考虑。他期盼那个时刻期盼了很久很久，久到离这个初衷越来越远。不过，究竟什么是"远"，什么是"近"，他其实根本不会区分。有时他告诉自己："干脆别区分了，反正都一样。"

他需要尽快还清最后这十万块，早日走出泥沼。启蓝那里一定有件宝贝，可能是英子传给她的，也有可能是英子她妈传给启蓝的。陈之和总觉得老太太手上握着件宝贝，老太太怎么说也是末代贵族，那些金银财宝的尾巴她就算抓不到，一根毫毛总该能拽住。她的宝贝她不传给闺女传给谁？可是转念一想，他发现自己"低估"了老太太，以老太太的个性，她死后一定会把自己的宝贝带进棺材，因为在她眼里这世上可能没有什么是值得留恋的，否则二十几年前他和英子新婚之时，老太太也不必制造"那件事"。

与其天天在外面拆了东墙补西墙地筹钱，不如直接和女儿摊牌，如果她真有祖传的宝贝（陈之和猜测是夜明珠之类的宝石）就求她卖掉，把债还清。当爹的这一生只求孩子这一件事，她要是心里真的还认这个爹，一定愿意帮她爹渡过难关。可是他想了好几天也想不出怎么跟启蓝开口。有好几次话都粘上嘴唇了，他舔舔又咽了回去，紧张得一脑门汗。他没脸讲出来。他发现自己要是通过这个途径还了债，另一个代价就是他没有颜面再给别人当爹。要是启蓝再把这事告诉了英子，英子会更瞧不起他，她会冲着空气吐唾沫，骂他是小人，骂他这么多年都死性不改，臭不要脸。她的老娘会在一旁添油加醋地说："作孽啊，当初就不让你嫁给那个一无是处的男人，你不听，咱家的脸都让你给丢尽了，可怜我的宝贝哟……"

启蓝看得出父亲这段时间情绪不对，可她不知道该对父亲说些什么。说什么都像是拿刻刀在磨砂纸上划。她刚下火车见到父亲时，心里一惊，这个男人怎么会这么老？满脸皱纹，努力使自己看起来挺拔。如果她有能力，她会不惜一切代价尽快帮父亲还清欠款。她想起小时候问妈妈，为什么自己没有跟随父姓，这样别的孩子都笑话爸爸，说爸爸没出息，是个没地位的上门女婿。似乎从幼年时期开始，父亲就是个可怜的角色。

母亲说："姓爱新觉罗不比姓陈好吗？"

启蓝说："不比。"

母亲说："你爸爸不是'上门女婿'，他是驸马爷。下次再有小朋友笑话你你就这么和他们说。"

后来启蓝知道，按照皇室的规矩，公主嫁给驸马之后，驸马连住进公主房间的权利都没有，除非公主召见。可是公主但凡下召就要通过府中掌管此事的老妈子，要花大笔的钱财疏通贿赂，不然老妈子便会从中作梗，指责公主无皮无脸。因此许多外嫁的清朝公主大多难以生育且命不长久。她不明白母亲为什么要打这个比喻，听起来很无厘头。

不过这些都不再重要，母亲的骨灰安放在启蓝那只金丝楠木盒子里已经有大半年了。

母亲查出乳腺癌的时候已经是晚期，她陪母亲一起在医生面前接受的化验单。母亲眉目紧绷，坐在医院的休息区，母亲说："到站了，该下车了。"

为了帮母亲治病，启蓝拜了师父。师父自称有仙风道骨，可替母亲延续生命，作为交换条件，启蓝这一生都需要跟随师父云游他乡，救苦救难。得知母亲去世的消息，启蓝愤怒地质问师父，为什么还是这样的结果？师父说："我只能救不想死之人，没法救想死之人。"

就这样，启蓝从师父那儿告辞。她打电话给二姨，她要自己处理母亲的骨灰。她认为母亲的骨灰只有一处合适的安放之地，就是那只金丝楠木的盒子。盒子及盒子里的东西是外婆送给母亲的嫁妆，母亲说，她和父亲就是靠这个盒子才使生活有了起色。母亲每次对着盒子黯然神伤的时候，都会对着启蓝骂："你爸就是个负心汉！"可是骂着骂着，她又哭着说，"我不怨他，我不怨他……"在启蓝的记忆里，母亲虽然有着可观的事业，身边也不乏男人（这一点虽然母亲总是试图隐藏），可是她却从未开心过。她的脾气阴晴不定，似乎即使在笑着的时候身上也有什么地方被钻了孔，不住地往外流水。女人是水做的，母亲的生命之源快速地倾泻着，她自己亦知。

是磷火，俗称鬼火。启蓝恍然大悟，那天晚上她打开盒子看见蹿出来的那道光，当时她以为是自己的幻觉，其实应该是母亲骨头里尚存的磷元素自燃了。她脑海中蹦出的第一个想法是：母亲为什么要在死后制造火花？难道是她的灵魂知道了什么事情？

启蓝在一个星期后，同父亲闲聊的时候，得知了这个事情。当她替母亲听到父亲亲口讲述的真相时，她坚信那磷火就是母亲的回应。

最开始的时候，这只金丝楠木盒子是宫廷里贵族小姐的用品，后来外婆她娘带着它出逃，几经辗转，传到了外婆手上。外婆很珍视这个宝盒，认为这是她身份和地位的象征。更重要的是，外婆认为这个盒子承载着她母亲对她的关爱。虽然她与自己的母亲从未谋面。至于外婆往盒子里放了什么则始终没人知道。在启蓝的父母不顾外婆的反对而结婚之后，外婆把盒子给了她这个大女儿。当时外婆是这么说的："你们既然这样，我也没什么好说的。我闺女嫁人总得有个陪嫁的东西，不然我丢不起这个脸。这个盒子里面有一棵千年灵芝，我就把它给你了。你千万不要随便打开，影响灵芝的寿命。"

启蓝的母亲英子接受了这棵灵芝，她丈夫陈之和的心情同她一样复杂。两人都未承想老太太还有这样的一面，尤其是英子。她抱着盒子，一连哭了两天。

小两口因为得到了珍贵的千年灵芝（英子遵守她娘的嘱咐，从未打开过盒子检验）心里有底，再加上两人又都研学中医，经过几年的奋斗，他们终于开起了属于自己的诊所，并且经营得风生水起。他们把金丝楠木盒子里的灵芝作为"压堂珍宝"，小心翼翼地藏起来供奉着。英子经常跪在盒子面前，陈之和说，她是在跟盒子聊天，什么都聊，十分开心，就像普通人家的女儿和母亲之间那样。

那些年英子心情不错，怀孕的时候也不忘坐堂给人看病。启蓝生下来时是个大胖丫头，夫妻俩高兴坏了。可到了该给孩子起名字的时候，两人又一度陷入僵局。而这个僵局其实是后来他们分手的一个重要因素。

老太太勒令英子，孩子必须从母姓，姓爱新觉罗，满族。英子同丈夫商量，能不能顺从老人的心意，并且孩子是少数民族，对以后的成长也有好处。

那时候的陈之和年轻，心气儿高，有些大男子主义。对于自己的孩子不能跟自己的姓，十分排斥。

"你看谁家的孩子不随父姓？你身边有这样的人吗？"父亲对启蓝说，时隔这么多年，他似乎还对这件事耿耿于怀。

启蓝摇摇头，在父亲面前她总是不晓得该说些什么。这些年跟在妈妈身边，她变得像个男生，因为她知道妈妈更需要得到照顾。到父亲这里，他看起来并不需要一个强硬的女儿。不过，启蓝觉得父亲也不需要一个柔弱的女儿。总之，他们之间夹杂着浓厚的生疏。

"我拗不过你妈妈，主要是拗不过你外婆，我不想让你妈妈和你外婆的关系好不容易好转了，又变坏。这对她的身体不利。可是随着你一天天长大，你妈妈的性格变得更古怪，大概是产后体内激素失衡，她总觉得所有人都对不起她，她这股火一股脑全撒在我身上。嫌我这个做得不好，那个做得不对，吵架成了家常便饭。我想帮她照顾你，可我的确笨手笨脚，总把事情搞砸，你妈妈每次都强调让我不要碰你，你是她女儿，你姓爱新觉罗，跟我没关系。"父亲的脸通红，使劲咳了口痰出来。

"这样的日子无休止。"他接着说，"我实在受不了。"

"那你为什么要偷走灵芝？"启蓝忍不住，终于问出了她最想知道的问题。自小母亲就同她讲，你那离家出走的父亲多么无赖，不辞而别的时候还偷走了金丝楠木盒子里的千年灵芝。那是他们之间最珍贵的宝贝，是他们的共同财产，你父亲起了贼心，生了歹意，不仅不念夫妻情分，不顾孩子，还干了这么一件丧良心的事情。应该遭天谴！

母亲恨透了父亲。多年来她仗着这份恨意，做了许多能让她"解恨"的事情，启蓝从不干预她，她觉得母亲就像一只掉队的大雁，无论飞向哪儿，总归是要飞的。正是因为如此，她才没有更早地落在地上，回归泥土。

"我没偷!"父亲怒砸了一下桌子。

"那个盒子里根本什么都没有!"他说道。

"根本没有什么千年灵芝,你外婆给你妈妈的陪嫁,就是一个空盒子而已!我不知道老太太为什么要这么对我们,我到现在都想不明白。如果你妈妈知道了这个真相,一定会伤心透顶,她本来身体就不好,我为了让她能好过一点,离开你们到了北京以后,我告诉她我要和她离婚,并且灵芝归我,孩子归她。我故意这么气她,是因为我带给她伤害总好过你外婆带给她伤害!她如果恨我,她就有途径宣泄,她要是恨你外婆,她就只能憋在心里。"父亲说完,起身去了洗手间。

启蓝被父亲的回答震慑到了。她替父亲想过各种答案,也早就在心里原谅了他,她深知这个男人一定有他的正当理由。可是现在这个解释令她心里打起了雷。她不知道该从何处下雨,泥土的气味涌上喉咙。父亲并不知道母亲已经不在人世,启蓝想,一定不能让他知道。

父亲洗了手出来时,没来由地笑了起来。他说:"我真是服了我自己。

"我还打你那宝贝的主意,拆了东墙补西墙。"他说。

启蓝不知所措地问道:"什么?"

陈之和似乎解开了什么心结,之前纠结了好几天都难以向女儿开口的话题,此时有了股无名的勇气。他说:"那晚我看见你床边有道绿光闪过,我猜你手上一定有件宝贝。是你妈妈给你的,还是你外婆给你的?"

启蓝惊讶万分,那道光父亲竟然看见了。他看见了母亲骨灰里的磷火,他还以为那火光是宝贝!

"我就想,能不能借你的宝贝应个急好把债还清。"陈之和说着,脸再次红了起来。

"我没有宝贝，你看错了。"启蓝很生气，也很愤怒。她认为生气和愤怒是两种相对立又相依存的感觉。

"我不要。我有这个想法是因为我太着急还债了，昏了头。"

"欠的钱得慢慢来，着急也不是办法。还有我呢。"启蓝说道。

陈之和摇摇头，说："这债不是你能还的，你要是替我还，我反而欠得更多。"

启蓝强忍火气，她没想到父亲的性格这么矛盾，当务之急就是还钱，可他还死要面子，自己给自己找罪受。他和母亲一样，都是给自己找罪受的人。有的时候她想，可怜之人必有可恨之处。

"那你说怎么办，就这么一直拖着，你不怕人家把咱们店砸了？"她没好气地说。

"其实我没欠外人债。我跟你说的那些都是骗你的，我是急需要钱，但我是用来还你妈妈的。我没在外面欠债。这几年我手头攒了些钱，还差十万就能凑够一百万了。我想把这笔钱赶紧给你母亲，也给你，好了却我一桩心愿。我欠你们的虽然不是这一百万就能还清，但我心里起码能好过一点。你说我是不是真的财迷心窍，不择手段了？我还以为你有宝贝，打算让你卖了替我凑够那十万块，你说我怎么想的，朝你要钱还你妈妈？人老了，糊涂了，可我就是着急。"父亲说。

"我一直心慌，总觉得你妈好像出了什么事急需要用钱。这种预感特别强。"他补充道。

"她真的挺好的吧？我不敢联系她。"他追问。

启蓝感觉喉咙里的土要把自己掩埋了。一瞬间好多画面浮现出来，她用眼睛里面的雨刷器不停地刷洗却依然杂乱到什么都看不清。

有人把她带到了一处令她半步都不敢向前迈的地方。她发现最无助的人其实是她自己。她定住神，说："有什么不敢联系的？"

"不知道……不好说。这么多年没联系过，我发誓除非有资本见她，不然不去打扰你们。"父亲认真地说道。

"你为什么后来不把真相告诉她？"启蓝快哭了，男孩性格的她从小也没哭过几次。

"你妈妈不能像一块石头似的被人踢着走，那样的话她很没有安全感，不好过的。我想等我凑够钱，重新面对她的时候再澄清事实。不瞒你说，我想让她挽留我，甚至是求我原谅她一直以来不明真相。其实你妈妈也有对不起我的地方，可是不经过时间发酵她一定意识不到，意识到了也肯定不愿承认。我们两个之间的事你不用懂，权当是听个故事好了。"父亲说。那肯定的语气就像他是母亲面前的镜子一样。

启蓝说："她愿意承认。"

"真的吗？"

"嗯。"

"那就好，那就好，我猜也是。我心慌得厉害。"

"我给你拿点柏子仁吧。"

"不用，药我喝了，都不好使。越喝越失眠。"

启蓝出了一脑门汗，她不知道还要瞒父亲到什么时候。沉默了好一阵子，她说："爸，你猜得没错，我是有件宝贝。"

父亲提起了精神，问道："真的？我猜就是，你应该有。你们高贵的'母系氏族'不可能真的一件宝贝都没有。你外婆和我们开了玩笑，总不能对你也这样。她不传你传谁？"

启蓝听得十分尴尬，父亲的措辞过酸了。

"我不是这个意思，我不太会表达。我……"父亲意识到自己的不妥，支支吾吾地解释道。

"没事。你这么会猜，你猜猜是什么？"

"不知道，这个我没法猜。"

"灵芝土。我偷来的。就一小撮，但是用这土种普通灵芝就能长出稀世奇芝。"

陈之和很是惊讶，他从来不知道还有这个说法。听起来就像《山海经》。他心里一百个不信。

"偷来的？你偷东西？"比起听这种不靠谱的话，他更关心女儿是不是做了什么缺德事。

"没，不算。我没偷。偶然间得到的，没人要了的。"启蓝解释道。

陈之和不语。启蓝显然是在逗他玩。

"就在那个金丝楠木盒子里。"启蓝试探性地瞧着父亲。

陈之和笑笑，示意她不必哄自己开心。

"你那晚没看错。那光就是灵芝土发出来的。"启蓝非常想让父亲相信她的说辞。

"咱们重新种一棵千年灵芝，就什么都有了。"她补充。

父亲笑了出来，拍拍启蓝肩膀说道："傻妞子，那不得等一千年？"

"等呗！"

启蓝随着父亲一起笑，她觉得应该用"笑"来对付些东西，她嗓子里的土需要施些可口的肥，土吃饱了才不会消化她。

"那你给我看看，让我长长见识，什么土这么神秘。"父亲说。

"今晚回家拿给你看。但是……"

"啥？"

"没事。屋里空调开得太热了。"

启蓝找了个借口走出悬壶堂。还有一个月就要过大年了，北京街上光怪陆离的人群变成了张灯结彩前的火苗，攒攒而动。她掏出手机滑动几下通讯录又关上了。她给自己点了根烟，大口吸了几下便把烟作为飞镖朝身旁的下水井瞄准。她全神贯注，希望自己能一箭中的。

这是一个漫长的下午，她把烟抛出去，就像把鱼线抛到河里一样。

已发《民族文学》2019 年第 3 期

佳 肴

大清乾隆五十八年。杭州。

得知英国使团即将在此停驻，陪行官员有远房亲戚王文雄王大人时，胡金盐摩拳擦掌，吩咐伙计们歇业整顿，为了让三儿子胡醋的嗅觉更灵敏，他每天只准他酉时吃一餐饭，还不能加任何调味料。

胡金盐是杭州名馆"醉湖香"的掌柜，由于多是达官显贵来吃，因此无论店面装潢还是食材口味，都讲究一个"雅"字。账台后分外显眼地裱着一个"鲜"字，据说是李渔亲自题给胡家祖上的。楼上八雅间，名字都与"竹"有关，有一弹唱琴人穿梭于"竹林"间，师承虞山派，美艳绝伦。醉湖香有摆盘伙计一名，曾为大建筑师雷家玺的家厨，此人长有一双妙手，能把菜肴装点得十分诗意。对于盛菜的器皿，胡金盐有一套明宣德瓷器，只招待官阶最大的食客，其余一律使用官窑烧制的器皿。最有格调的当属净手绢，缫丝时要用黄毛小童来搅丝头，孩子的力气刚好能保持生丝的柔韧，这样产出的手绢胡金盐不惜高价购得，反正羊毛出在羊身上，最后算盘都是打在各位大人身上。

所谓事在人为，胡金盐一心想要抓住此次英国使团在杭州留泊的机会，让醉湖香名扬万里，让遐邦贡使能品尝到他的手艺，如此而言即使自己载不进大清史传，兴许英国人还会把他写进英国历史。他对自己的手艺很自信。宫中有位御厨是父亲的师叔，他说真正的美食圣上是吃不到的，唯地方官员能啖到时鲜，皇上那六次南巡，可是乐在其中。醉湖香的味道早已深入人心，十二年前王宣望大人曾来此吃过饭，点了一道鱼翅，却因为里面加了蟹粉而大怒。他说不能混在一起的东西如果放在一起，最后每一味都得死。不久以后他就被问斩了，其中细作胡金盐不甚知晓，但蟹粉鱼翅这道菜的上座率依然较高。

胡金盐先是备了薄礼到大舅公宅中，从他口中得知王文雄大人和天津道道员乔大人自英国使团在大沽口登岸之时，就一直陪同，后来在钦差大臣松筠大人的请奏下，皇上恩准其二人继续陪同贡使南下，有消息说在松筠大人和长麟大人的联荐下，王乔二位大人会一直陪同使团下广东。胡金盐带着这条信息，备足厚礼，拜访了大舅公的姨母，此人正是王大人姑姑的表妹，据说与王大人颇有交情。一番周旋，胡金盐终于在十月初七日，城外码头，拜访了王文雄。

王文雄身为武将，为人热诚，胡金盐把生于贵州玉屏的王大人说成是亲人返乡，为了表达家人对他的思念，特意备了一些"习俗"以示美愿，使得王文雄与他有了亲近之感。然而上面有令，英国使团不得登岸，目前一众士兵正在对着船队的岸边安营扎寨，就为了监管使团成员。胡金盐心头一凉，王大人公务缠身，匆匆离去。

胡金盐悻悻而返，十四岁的儿子胡醋因为饿了好几天，连连叫苦，此时终于吃上了红烧蹄髈。冰糖的甜美加上软烂咸香可以吸着吃的肘皮，使得胡醋迅速来了灵感。他说咱们可以给在岸边驻扎的士兵免费送吃食，英使定会在水上看得眼馋，到时候兴许事情还有转折。胡金盐高兴极了，儿子没白养，赶紧夺下他手中蹄髈，让他继续好好调养味觉。

胡金盐给每位士兵都准备了一个双层木质食盒，四菜一饭，分别是台心菜煨肉、熏蛋、虾油豆腐和胡椒牛肉片。有位伙计为了快捷，没有把牛肉片裹豆粉，被胡金盐狠狠训斥了一番。给将爷的菜则用四层漆盒，有火腿汤吊地踏菇、小炒蛤蜊肉、红焖羊肉、卤鸭腿。食单是胡金盐左思右想定下的，士兵和将爷同道驻守，彼此没有隐私，如果把将爷的菜做得比士兵好太多，将爷为了稳定军心，怕是不好意思吃，但是如果和士兵同水准，又是对将爷失了尊重。所以同为四菜一饭，但是在食盒和食材上做出区别，正添了将爷面子，又不损其威望。地踏菇初看不如台心菜，但现在这个时节却是十分难得；士兵吃牛肉，将爷吃羊肉，士兵长力气，将爷论进补，即讲究了双方，又保证公道。

连夜烧好菜后，胡金盐率领醉湖香一众伙计乘上马车，浩浩荡荡赶到英使船泊处，直奔驻扎兵营。来看热闹的百姓太多了，胡金盐险些被禁止通行。好在他能说会道，再加上双方僵持时王大人放言准行，胡金盐这才得着机会。士兵们一听是醉湖香的掌柜前来慰问，无不狼吞虎咽，将爷亦十分高兴，一时间生龙活虎，快哉之至。胡金盐躲到暗处，用千里镜悄悄观察船队，他听闻今日马戛尔尼似乎去了衙署。他从右向左观察每一条船，发现有不少夷人正往岸上观望。胡金盐心中高兴，脑子里浮现出耶稣会传教士汤若望的身姿，虽然他并不知晓此人相貌，但他仍然能想象出一个洋人用他带来的望远镜在中国观看日食的样子。

胡金盐一点都不急，他巴不得兵将们吃得越慢越好，他吩咐伙计收食盒要慢，不得"冲撞"到将爷，吩咐另一拨伙计分发餐后小食——醉湖香招牌点心月桂糕。在桂花酒酿中加入适量牛乳，蒸熟放凉，看似简单，但再无别家能解决如何使牛奶与酒酿相容的问题。将爷一边吃糕一边向胡金盐抱怨英使的磨蹭，无非是想上岸来瞻仰天朝盛景，趁机寻找商机，但是皇上有令，需谨防这些心怀诡计的洋人。胡金盐面颊发烫，因为他也在磨蹭。

　　收拾好一切后，胡金盐打发伙计们先行返回，自己留下伺机再同王大人商议供食一事。过了一会儿，一阵骚动传来，说是城门要关。驻防军将如临大敌，但不知端详，只先敲起锣鼓以振军威。一时间全城三千多名驻防旗兵被分派到各个紧要位置，进入紧急战备状态。胡金盐急忙找了个茶铺子坐下，生怕被搅进什么乱局。然而很快城门便重新开放，两位英国人骑在马上，在一众护送下出现在了城中。虽相距甚远，但胡金盐还是能看出来两位英使十分兴奋，他们紧勒马缰，生怕马儿走得太快。其中一位似乎对石板路和街道布局很感兴趣，当看见一间销售丝绸的店铺时，他们驻足不前。这家铺子胡金盐的夫人经常光顾，里面除了上等丝绸，还卖皮毛货甚至英国产的绒布。

　　他索性在附近住了下来。绝大部分时间他都在幻想英国是个什么样，听闻他们有人发明了一种织布的东西叫"飞梭"，后来又发明了万能蒸汽机、水力织布机，想必都比不上大清的传统工艺。还有英使送给皇上的八大件礼物，听朝中人说他们无不骄傲于那些物件，什么野战炮、天象仪、瓦里美钟表、战舰模型之类的，但是皇上却不以为意，新奇物件在地大物博的大清多了去了。坊间传闻马戛尔尼还进献了三辆镏金大马车给皇上，不仅便于操作而且乘坐舒适，但是架台高于龙座，且车夫需背对皇上。这么个东西简直不成体统，什么人敢坐到天子上头去？估计给车夫一万个脑袋都不敢。胡金盐一直对自己生活在盛世天朝感到自豪，根据他的观察，泊在水上的英国人无不惊叹于杭州的壮丽，要是让他们再领略一下江南的饮食文化，恐怕这些洋人就要乐不思蜀了。

　　入夜，胡金盐再次打着探亲的名义见到了王大人。王大人觉着胡金盐勤劳、实在，他告诉他使团的副使叫斯当东，还有一位事务总管叫巴罗。正使副使等权位高的，自然不好安排。这阵子巴罗对西湖十分向往，已和自己多次提及想去游览一番，但是这事说难便难，说简单也简单，准不准，还得看其他大人心情。

胡金盐会观天象，天象就是命运，所以他总是能掌握命运，而"天象"的奥秘自然取决于天子，天子的心情就像雷电，但是具体下大雨还是小雨，还得看云。作为市井小民，只要掌握风向，见机行事，许多难题其实都能迎刃而解。王文雄在西湖宴请英使之时，于湖上拖带了一条厨船，正是由醉湖香承办的。王大人的意思是，皇上虽然不许英国使团详览杭州风土，但他老人家可没说连湖都不能游览。本来对方就泊在水上，水水相连，顺水推舟。胡金盐能承持晚宴，正是应了天时、地利、人和，离不开诸位大人的云卷云舒。

王大人吩咐晚宴定要奢华，以彰显大清盛名。起初胡金盐怕宴客的银子是王大人自掏腰包，因此不敢准备太多菜色，但王大人说此次宴请对象十分重要，菜，起码要呈百道方显大国之威。谁结账他无需担忧，一切都按醉湖香的明码标价来，不必贱价。胡金盐太高兴了，他感到自己身为醉湖香的掌柜，这辈子不会再有如此辉煌的时刻了，如若英使吃得开心，留下赞许，往后做生意简直不要太顺遂。不过醉湖香全部菜色加起来不过五十五例，要凑百道，一时间有些艰难。伙计建议他与碧波楼的掌柜合作，胡金盐怎能将这等好机会赠予他人，事情是他一个人争取的，凭恁他碧波楼分一杯羹。

备宴时间紧迫，一切工序都得在船上完成且不能有丝毫马虎。胡金盐另雇了六名村妇打杂，外加两位乡野民厨，有时他们用土法子处理出来的食材往往更能锁住鲜味。晚宴的重头戏是巧烧鳝鱼，如若不上这道菜，英使可谓枉来杭州，但是现在这个时节无法在湖中现时捕捉野生鳝鱼，胡金盐便在船底藏了一个网兜，里面养着几条预先准备好的泥鳅，他有一种祖传的法子可以将泥鳅做出比鳝鱼更鲜美的味道。

胡醋自幼味觉灵敏，品鉴功力过人，但凡醉湖香来了顶级豪客，胡金盐一定让这个儿子品尝菜肴，咸辣腥酸，唯胡醋能拿捏其中微妙。英使预计傍晚前登上游船，那是一条非常奢华的大船，颇像一座水上行宫。王大人吩咐客人一上船便要开宴，因此许多菜胡金盐要提前备好。像白玉燕窝、海蜇蒸蛋、青盐裙边、醉虾、蟹粉豆腐、松子鸡羹、糯米蒸鸭、走油蹄髈此类需要单独起锅的菜，他先加工为半成品，或者小火慢煨；如果是水煮白肚、软烧腰片、粉蒸肉、盖碗肉、脱沙肉、八宝肉、罗蓑肉、杨公圆、风干牛舌这类的肉菜和素汤蕨菜、素烧鹅、蚬肉炒韭、笋拌白根、醋扒青菜、赤油茭白、火腿白菜、炒瓢菜心、松蕈口蘑等蔬菜亦可利用传菜的时间差做好，但是像蒸蟹、酒浆鲜蚝、慢炙草鱼、氽青鱼圆等对去腥提鲜要求特别高的菜，则不能心急，需"千呼万唤始出来"。

胡醋自上船以来便没放下筷子，为了品尝到位，每试完一道菜都要漱口，漱口就要弯腰，他的腰都要断了。他说："爹，我凭什么给英国人请这么多安？"胡金盐说："你不是给英国人请安，你是给皇上请安。"见胡醋不理解，他爹继续解释道："民以食为天，你的嘴现在就代表着咱大清的天。"此话说完，胡金盐觉得很是不妥，好在四下无人听见。他把儿子拽到一旁，嘱咐："这些英使在圆明园什么好吃的没吃过？但是咱们得让他们给我们竖大拇指，咱们得让他们知道醉湖香的味道比圆明园要高明，你爹我比那些御厨还要厉害。"

王大人派人来传话，英使已经登上游船。胡醋忍不住出去看热闹，发现使团中有一和自己年纪相仿的瘦削少年，眉目俊朗，英气逼人，有人称他为斯当东少爷。男孩瞧见了他，胡醋赶紧躲回船里。炽热的灶火气夹杂着厨子们的汗臭扑面袭来，胡醋坐下来，试图在许多不是父亲的身影里寻找父亲，他想象着那个少年的父亲是什么模样。

过了一会儿，小斯当东少爷在两名随从的带领下来到了厨船。他拿着一只本子，在上面写写画画，对一切都充满好奇。胡醋在角落里望着他，看父亲弓着腰急忙跑过来向那两名随从请安，意思是说，怎么把英国"大人"带到这里来了，厨船会脏了小大人的身子。只见小斯当东开口用官话对胡金盐说："是我请求他们带我来的，我想在这里看一看。"

胡金盐怕汤水火星溅到这位小大人，又拗不过他，只好叫胡醋过来陪伴。胡醋十分不情愿，他宁愿去品尝菜肴，灌一肚子水，也不愿意陪这位夷人少爷。他看起来那么英俊，穿的衣裳是花哨的，料子想必十分昂贵。他把胸脯高高地挺着，棕色头发束在脑后，他的眼睛炯炯闪烁，纤长的手指苍白却有力。他对所有蔬菜、鱼肉等都很感兴趣，一边仔细观察，一边询问胡醋他是否可以触碰。

胡醋瞧这位大人的岁数应该比自己还要小两岁，怎么他会成为大人呢？但是他不想像父亲那样弓着腰，低声下气，所以他就在一旁看着这位"没见过世面"的少爷对瓶瓶罐罐好奇，他不主动和他说话。但是英国少爷有无数问题，他没完没了地问胡醋这是什么植物、那又是什么动物，这是什么香料，如何生长，那是什么瓷器，怎样烧制。他看厨子们处理食材时会发出惊叹的声音，有时则是吓一跳，然后在他的本子上快速记录。

"你叫什么名字？"他问胡醋。

胡醋回答了自己的名字，并用一罐醋为他解释了自己名字的含义。小斯当东笑了，他笑时发出的声音很好听，胡醋以前没听到过这么清澈的笑，有些像溪流和石子一并发出的声音。他说自己跟随父亲已经游历过许多地方，见过很多有趣的事情，他还会讲拉丁文、希腊文和法文，这次作为正使马戛尔尼大人的侍童，他还为使团誊写了递给中国政府的外交公文。

说着，他拿出一只精美的刺绣荷包，向胡醋炫耀："这是你们的皇帝赏赐给我的。"

胡醋没有见过皇上的物件，想要仔细看，却被小斯当东迅速收了回去。对于他说的话，胡醋觉得他是在吹牛。

"你会什么？"英国少爷问胡醋。

"我会吃。"胡醋说。少爷再次发出好听的笑声，他说："怪不得你这么强壮。"

"你喜欢吃我们的菜吗？"胡醋问。

"我喜欢。"他回答。

"你们的食物太多了。"他补充道。

"你们那里吃什么？"

"面包、奶酪、咸猪肉。"

胡醋感到骄傲，英国连好吃的都没有，可见这些夷人有多可怜。他终于想主动与这个可怜的小大人交谈了。

"你在写什么？"胡醋见小斯当东宝贝似的抱着本子，不禁好奇。

"日记。"对方回答说。

"什么日记？"

"我来大清朝的所见所闻。"

"我们大清很好吧？"胡醋学英国少爷的模样，挺起了胸脯。

"英国好。"小斯当东严肃地说，"我们有蒸汽机。"

"什么是'蒸汽机'？"

小斯当东的官话还不是太好，无法向胡醋解释这个问题。他看到一位厨师的锅中正升腾出火焰，而厨师仍在火焰中泰然地翻炒，感到不可思议。他询问厨师其中道理，得知是因为添加了酒。他提出想亲自试一试，厨师赶忙请示胡金盐。胡金盐说这绝对不可以，不小心会被烧伤，到时他无法交代。小斯当东倒也识趣，不过他强烈要求另做一道菜。胡金盐以为孩子只是想玩玩便欣然答应，吩咐胡醋带领他去做一道凉拌菜。

菠菜已烫熟放凉，翠绿诱人，在凉拌前需要先加入适量芫荽，将二者一同切碎。英国少爷问为什么不可以单独切碎，胡醋说："这是规矩。"

"什么是'规矩'？"小斯当东问道。

"就是老祖宗传下来的道理。

"如果不一同切，它们的汁水就不能融在一起，做出来便不好吃。"胡醋补充。

英国少爷似乎没怎么听懂，但是他照做了。他切菜的样子很笨拙，小心翼翼，慢慢吞吞。胡醋为他做示范，当他接过少年手中的菜刀时，一种异样的感觉涌上心头。一位洋小大人握着一把产自大清的，对他来说十分陌生的刀，然后胡醋将刀把从他手中接过来，挥向砧板上无数破碎的绿色，他要把这些碎块彻底剁成末，让它们碎得更完整，还要使出一些力气。就是这么个过程，让胡醋感觉到与往常不同，但是他无法形容这种感觉。他用余光瞟着英国少爷，船上这么热，他怎么不出汗呢？胡醋心想。

下面到了该放调料的环节。这道菜的核心就是糖醋，盐一定要掌握好，否则咸了会影响菠菜的口感。小斯当东自告奋勇要调制料汁，他走到醋坛子前，掩住鼻子，把头探过去，这个动作令胡醋反感。他用竹筒舀了一些到碗里，递给胡醋。英国少爷用怀疑的眼光看着这碗醋，仿佛在质疑加入这味佐料，食物会不会真的美味。胡醋不知道为什么，接过碗来把里面的老醋一饮而尽，酸得喉咙滚烫，眼泪打转，他还是假装一副很好喝的样子。英国少爷见状，也要喝一口，然而醋一入口，他就弯下了腰，一边含着一边咳，一只手捂着胸口。侍卫见状急忙握住刀柄虎视眈眈地盯着胡醋，胡金盐见状赶紧过来赔不是，他一边安抚侍卫，一边怒斥胡醋，同时让小斯当东快快把嘴里的东西吐出来。但是小斯当东毫无反应，样子非常像被卡了喉。胡金盐拍着他瘦弱的后背，示意两名侍卫帮忙，他要搂住小少爷的腰，帮他把醋吐出来。千钧一发之际，英国少爷突然抬起身来张开嘴，骄傲地向众人示意他已喝下去，苍白的面孔不见一丝涨红，仿佛刚才那夸张的动作是他故意做出来的。胡醋笑了，英国少爷也笑了。

这个小插曲似乎拉近了二人的距离。凉拌菠菜在二人合力下，漂亮地装上了盘，上面点缀的松子仁白白胖胖，十分诱人。英国少爷很高兴，想要得到胡金盐的夸赞。胡金盐品尝了一口，向小少爷竖起了大拇指。胡醋突然感到嫉妒，因为父亲从未向自己竖过大拇指，而且这道菜其实算是自己做的。得到认可的小斯当东转身就要把菜肴端去游船，他迫不及待地想给自己的英国朋友品尝。胡金盐拦住他，然后把胡醋悄悄拉到角落。

"这菜不能上。"他以命令的口吻对儿子说道。

"为什么？"

"你尝这菜了吗？"胡金盐问。

"尝了，好吃。"

"好吃个屁，我看你是舌头用多了，脑子都麻了。为爹打听过了，你可知这伙夷人是皇上的心头大患？"

胡醋怔怔地看着父亲，不知所措。

胡金盐继续说："你个榆木脑袋，连人色都观不明白还想观菜色？这伙夷人打着给皇上祝寿的旗号耀武扬威，见了万岁爷不肯行三跪九叩之礼，还贪图舟山附近的一个岛，想让咱万岁爷赏给他们，纵使万岁爷皇恩浩荡，也受不了这样的客人。这伙子人啊，是被皇上撵走的。所以今天这宴席，咱们不仅要让夷人吃得开心，大拇指竖到万里外，更要让圣上'品'得舒心，你懂吗？"

胡醋好像明白了什么，仿佛遇见了有史以来最难的考题。所谓"读书破万卷，下笔如有神"，文章做得好坏，仰仗着落笔的一刻；佳肴是否美味，多在入口的刹那。这第一道菜要想让远在京城的万岁爷先点头，一定就不能让眼前的夷人爽快。父亲郑重地拍了拍他的肩膀，长在这肩膀上的脑袋可是醉湖香未来的掌柜，现在这颗头上浸满了汗珠。

洋小大人正兴奋地捧着菜，欲回到游船。胡醋说："这种活还是我来做吧。"

他接过小斯当东手里的菜，毕恭毕敬地托着。他虽然不想弯腰，但现在不弯不行，那条船上有各位大人，哪个不高兴都能把他捏死。

小斯当东的表情十分快乐，迫不及待。他们穿过船体，走向连接两条船的木板，这木板细而窄，本来只供厨子传菜用，是条单向通道，没承想斯当东少爷竟溜了过来，使这块板子变成了双向道，看着他身轻如燕地跳跃着，像走在自己家里似的，胡醋感到自己的地盘被冒犯了，可又什么都不敢说。他跟在后面，盘算着此时正是好时机，假如一个"不小心"把菜打翻水中，难题许就迎刃而解了。

令胡醋没有想到的是，小少爷忽然停下来，转身朝他伸出了手。他伸手的姿势很好看，左手放于腰后，右手由左胸向右下方优美地摆动出一条弧线，同时鞠了一躬。胡醋惊呆了，怎么对方竟向自己行礼？不是说他们连万岁爷的面子都不给吗？小少爷指着菜说："小心，小心。"

原来他是怕自己走不稳把菜掉进湖里，这家伙倒是个机灵鬼，胡醋只得倍加小心。来到客船，胡醋始终弓腰低头，不敢抬眼，不是怕看夷人，而是怕冒犯了当朝官差。只听小大人用奇怪的语言说着什么，兴奋不已，胡醋感到一些眼睛落在了自己手中的托盘上，令他紧张，双臂不自觉抖动起来，愈演愈烈，似乎手上的盘子要把那些眼睛震碎。就在小大人伸出手来想要端走胡醋手中的菜时，托盘大大倾斜下去，可怜的菠菜连同它那漂亮的青花瓷盘一同掉落，就在这正确的时刻，机敏的小洋大人双膝跪地，以迅雷不及掩耳之势高举两只胳膊稳稳接住了他的杰作。胡醋看到一个漂亮并高傲的异国少年此刻正虔诚地跪在自己面前，露着憨厚的笑容。他还听到当差的官爷用咳嗽掩饰笑声，而其他洋大人则怒火中烧，他们不是冲胡醋，而是冲跪在地上的这个孩子。他们粗暴地将他拽起，用奇怪的语言呵斥他，少年的笑容顿时烟消云散，回过头来恶狠狠地瞪胡醋。胡醋明白，从这一刻起，他们再也不是朋友。

悻悻地往厨船回的路上，胡醋总觉得事情还不够圆润，于是当他确定没有眼睛再留意自己的时候，"扑通"一声，重重地故意地跳进湖里。水很冷，他的脖子像一棵上面停着鸟的芦苇。

"哎哟，这孩子，也太笨了！"

"成何体统……"

隐约中胡醋听见官船上有官爷指着自己议论，随后这种指责变成了对夷人的赔笑，他知道父亲出的考题到这里终于答完了。他一面假装挣扎上岸，努力使自己看起来像一头猪，一面幻想着去往英国的船要在海上航行许久，一定会经过许多有趣的地方。海上有什么？海上面的天有什么？英国是什么模样？那里的孩子是不是个个都像这位小洋大人？那里的男人有没有胡子，女人也是苍白的吗？那里是不是有很多大船，准备开往比大清更远的地方？许多问题涌上胡醋的脑海，现在它们都湿了。

后来发生什么事，胡醋完全没了印象。父亲说他害了伤寒昏迷不醒，几度惊厥，频说胡话。

"你就不停地说'香、真香、太香了'，都怪你爹，把你这半大小子就当个舌头使。"当胡醋问起自己说了什么胡话时，母亲记忆犹新。

胡醋说："我说的都是实话，我真的去了那个地方。"

娘说："你那是病糊涂了，走进了鬼门关。"

"哪里是什么鬼门关，怎么可能有那么美的鬼门关？再说，那里都是会讲咱官话的夷人，还有那个小斯当东大人，他们围着我，把我当作最好的朋友，我们在火红的罂粟花田中玩乐，那花儿别提多香了，世上没有哪道菜能比得上它分毫。"

母亲不睬，胡醋追着她说："真的，我骗你做什么！"

天色向晚

　　在北京同文馆英文馆学习的日子使小金坨吃力不已，老师们琢磨着再有两年他恐怕无法被委以重任。这精挑细选出来的十几位学生都是被恭亲王寄予厚望的，今年由衙门堂官举行的考试恐怕他是要被降格或者留学了，别人要么被封了七品八品官，要么已经同外交使团出访任随习译员，他则每天除了惹是生非便是呼呼大睡。

　　小金坨是八旗蒙古中的一员，天资聪慧，但是就不用在正道上。让他用英文翻译一篇汉文简直如同把刀架在他的脖子上。反之，上天入地、招风引雨之事可谓摧枯拉朽，半点力气不费。傅教习不止一次同小金坨的父亲商议，希望他不要再学文，而是改为习武，保家卫国、抗辱御敌，但是他的父亲不同意，且一定要让他成为一名文人，就像自己那样，写下满腔热血，呼吁百姓醒觉。

　　傅教习对小金坨说，如果此次考试不能通过，后果将会十分严重，首先过不去的肯定是你父亲那一关。他暗示小金坨好好想想自己家里那间"思过房"，里面都有什么刑具。小金坨岂会怕老师，皮鞭子抽、铁锤子敲、头顶蜡烛被蜡油烧头皮的折磨他也不是没受过，他父亲是什么人，是蒙古族中优秀的"儒士"，文采豪情高过云霄，平日里要么沉默寡言，要么字字诛心。他对纸砚有仇，撕碎了好多，摔裂了好多，整天都是一副怀恨在心的神情。他指天问地，愁蹙低吟，有时同僚前来拜望都不见，甚至发起疯来还要跳井。

小金坨懒得理睬傅教习，他在酝酿一个大计划，现在他需要一名"军机大臣"来辅佐自己。他看中了王春益，此人脑瓜灵活，从不跟随大家学习的节奏但却深得老师们赏识，能用英文大谈家国天下，爱钻研算学，还会观测天象，可推算出一个月后某日的准确天气。有他相伴，大事可成，只是此人城府略深，不近人情，想同他熟络还要费一番心思。

他把自己的想法向八爷说明，八爷若有所思。他思考着小金坨建议的那件事要不要做，对他有什么好处。要说做吧，那可是官家，前脚进后脚就得掉脑袋，要说不做吧，欠小金坨那个人情又不能不还，所以八爷决定使出万全的"拖"计，先稳住这个愣头青，再晓之以理。

"名声啊，威名。"小金坨看得出八爷犹豫，因此要加把柴。

见八爷不紧不慢地喝茶，他说道："那就是个给洋人养狗的地方，咱们把那儿拿下，您可就威名远扬了，到时候多少俊才不得归您麾下？"

"并非人人都如你这般英勇。"八爷说。

小金坨有些得意，他与八爷相识已久，是一段奇妙的缘分。一天晚上八爷潜入圆明园，被侍卫追打，如果不是他小金坨出手相助，八爷早就命丧菜市口了。当时八爷还不是"爷"，只是一个小混子，干着偷鸡摸狗的勾当。圆明园被八国联军烧了以后，他总想着进去顺点什么出来发家致富，纵使现在也不死心。

"那窖金固然诱人，找窖金是要靠脑子的。"小金坨说。洪秀全当年在天京藏的财宝，据说"金银如海，百货充盈"，八爷觊觎了很久，但一直没等来时机。这兵荒马乱的年岁，别说起义需要钱财，保命更需要。小金坨看得出八爷没什么大追求，只想把自己和手下喂饱，这也怪不得他，不是谁都如自己一般神勇的。

小金坨决定自己把王春益"拿下"。这天中午，大家饭后困顿，王春益突然仰天大笑，近似疯癫，把所有人都吓得不轻。接着他站在桌子上，说："国之不国矣！"

他的哀叹使得同学们脊背发凉，纷纷垂首，摇头掩面，有正在大声背英文的同学亦突然缄默，气氛紧张得很。

"咱们活得还不如那位旗手。"他又说。

"什么旗手？"小金坨问。

"八里桥之战，统帅僧格林沁的旗手。他孑然一身，在尸体和枪炮中间挥舞着大旗，半点不惧，毫不退缩。"

"他叫什么名字？"

"不知道。他死的时候，手依然紧紧握着大旗抽搐。"王春益说。

小金坨本就敬佩僧格林沁，现在听王春益讲此事，他又佩服起这位无名英雄来。许是被王春益的悲壮所感染，他感到愤怒，而这愤怒又无处发泄。他瞪着王春益，此人学习第一好，常常被洋人夸赞，那时候喜笑颜开的他可没见有现在这种觉悟。小金坨忍不住嘲讽地说："有人假装爱国，实际最是犬牙。"

王春益被小金坨激怒，他反驳："我学英文是为了出去和洋人谈判，为咱们争权利，不像有些人，仗着父亲会做几首汉诗就忘了自己的本分，整天不务正业，大清就是因为有你这样的人才沦陷至此！"

小金坨可是有血性之人，岂能容忍别人这般侮辱，于是冲上去照着王春益的头来了一拳，直接把他从石桌打到了地上，众人急忙去搀扶王春益，竟没有一人站在自己这边。他们呵斥小金坨暴虐，有人急忙跑去找老师，好像遇见了魔。

傅教习见状心痛不已，他最得意的学生被他最头疼的学生给打了，他气得不知道该讲什么。小金坨被责令回家思过，没得到王春益的原谅不可以返回同文馆。此外，他还要抄书百遍，罚跪四个时辰。这些小金坨都不接受，他认认真真地在胸前比画了一个"十"字，傅教习差点气晕，就在这一团糟中，小金坨夺门而出，逃离了是非现场。

这种时候回家不是明智之举，于是他决定到八爷那儿避两天。八爷新添了一个小妾，一个劲儿地朝小金坨抛媚眼，搞得他晕头转向。八爷沉迷美色，看起来壮志全无，只想关起门来过日子，小金坨听说这个小妾不是正经人，这才觉得他二人实乃绝配。他请八爷的头号武将呈拔山吃酒，要了烧鸡、酱牛肉、白肉等硬菜，外加好酒一坛，寻思从此人身上下手。

呈拔山向小金坨评价八爷的小妾说："那个骚娘们儿，比狐狸还骚，你看那小脚，那绣花鞋一拧嗤，屁股左摇右晃，那小腰就往前走了。"

小金坨不是对女人不感兴趣，他只是对这个女人不感兴趣。他不喜欢窑子里的，而是喜欢大家闺秀，像田家三小姐那样的姑娘，温婉大方，美丽纯洁。不过田家三小姐现在还不认识他，一个名不见经传的小人物，家庭也不显赫，空有一身抱负。

呈拔山酒过三巡，满脸通红，说自己以前是八爷小妾的常客，那婊子现在竟然不认识他了。

小金坨一面吩咐店家拿两只大饼来给呈爷压压酒，一面对呈拔山说："我看您不必非得跟着八爷，他靠洋人撑腰，早晚要有他好果子吃。"

呈拔山说："八腿子会钻空子，我不会。"八腿子就是八爷，因为跑得快而得名。

"立威呀，立威。"小金坨故弄玄虚。

"咋立？"

"从教堂、学校开始都行，最好从学校先开始。"

呈拔山一副听天书的样子，大饼上来几口就塞进了肚。

小金坨凑到他耳根子前，小心翼翼地说："咱们把同文馆给它烧了，咱就成英雄啦！"

呈拔山忽然清醒了许多，当他确定小金坨没有开玩笑后，果断地说："行！掌柜的，再来一盘白肉，汁儿里多放点蒜！"

小金坨有些心疼自己的钱，今天这顿吃完估计未来几天他都要饿肚子了，但是给呈拔山的面子必须要足。他继续说道："下个月同文馆全部学生都跟着老师去游湖，此乃大好时机，伤不着人。"

"行！"呈拔山一面吃一面爽快答应。

小金坨半信半疑，他觉得这人不可靠，想必在耍自己。他面露愠色，想找个机会溜走，让他自己结账。

"我答应你。"呈拔山突然冒出这么一句，又让小金坨喜出望外。不过他说的下个月师生游湖之事纯属瞎编，他只是想试探呈拔山究竟有没有这个魄力。现在人家如此爽快，倒是把小金坨架上了火堆。如今他得想个办法在下个月前说服教习带大家出去玩，否则呈拔山和八爷两边自己都没脸混了。为此他决意"忍辱负重"，先承认之前犯的错误，顺着老师的毛来。

小金坨回到家刚进门还没站稳就遭到了父亲的追打，往常他抱头鼠窜，如今有大计在心，他整个人也多了些成熟稳重，对于父亲的教诲选择默默承受。这一点倒是令父亲十分惊讶，仿佛他鞭子底下不再是那个臭小子，而是一个男子汉了。

晚上，父亲过来同他商量去王春益家里赔罪的事，父亲备了一块上好的砚台让小金坨毕恭毕敬地送给人家。

"你再坚持坚持，等到出人头地了，你想要什么都能实现。"父亲嘱咐道。他很少这么和气，像受了什么刺激，反倒令小金坨汗毛倒竖。

"到时候你就有条件娶薛大人的千金了，有他们家撑腰，你在朝中起码能占个位子。"

小金坨见过薛家姑娘，长得太丑了，他看一次就反胃一次，要拼命想着田家三小姐好几天才能缓过劲来。薛大人是父亲的至交，屡次向太后夸赞父亲的汉文风采，也是在他的帮助下父亲才有了升迁的机会，有了能向太后谄媚的途径。他瞧不起父亲，无论是从做人还是到作文，他认为父亲除了在遗忘自己身上流着什么血这方面很努力以外，别的地方都不怎么样，而且还十分自大，认为靠吟诵几句破诗，夷人就不侵略了。

"我知道你想征战沙场，但我无论如何都不会让你去送死的。"父亲强调。

"死了也比活受罪强。"小金坨嘟囔一句，他不敢大声，为了大计。

当晚，父亲领着小金坨亲自前往王府，见到了脸上还有瘀青的王春益。小金坨已经做好了被人家百般责难的准备，怎料王春益十分礼貌谦逊，吩咐下人泡上好的茶，又拿出太后赏给王家的糕点来招待，种种举动令小金坨十分迷惑。

"金兄，你不必同我道歉，那件事是我有错在先，我还没有向你赔不是。"说着，他起身作揖，还没等小金坨反应过来，父亲便已回了一个更大的礼，作为长辈他腰弯得实在太低了，如果不是王春益急忙扶起，他头都磕到地面了。小金坨感到愤怒，就因为王春益的父亲官阶高，自己的父亲便在一个晚辈面前如此低三下四，简直丢死人了。

父亲对王春益说："还请看在我的面子上向傅教习美言几句，让我们家金坨子能早日返回同文馆，我保证，他一定痛改前非，洗心革面。"说着他拿出砚台递给王春益，说是某某文豪用过的，如何来之不易。

王春益无论如何都不收，这在小金坨看来再正常不过了，王府什么好物件没有，一个砚台怎能入人家眼。王春益说："我早就仰慕伯父诗文，荡气回肠，余音绕梁，不如以后有机会您来教我作诗，那是再好不过了。"

告离王府，父亲一路沉默不语，小金坨也满腔怒火。回到家时，他忍不住把憋了一路的话说出来："王春益怎么不是你儿子呢？"本来他想说"你怎么不是王春益的爹呢"，在开口之前还是换了个顺序。

父亲说："我可没有这个福气。"

第二天来到同文馆，王春益把替小金坨领的膏火银塞给他，使得他这才感到了一丝难为情。那天自己确实不该下那么重的手，那力气应该留着对付洋人。再者，他打的不仅仅是王春益，同时还是一名八品官，人家不追究，也算是帮了自己一个大忙。中午吃饭的时候王春益还特意坐到了他旁边，两人一边涮锅子一边聊天。

"金兄，你教我打拳吧？"王春益提议。

见小金坨不解，他说："我觉得，文不如武，我现在连保护自己的本事都没有，还怎么保护大清？"

小金坨说："你都这么大岁数了，现在开始学，晚了。"

"那你就教我一些简单的，我虽然没有你力气大，即便是花拳绣腿也比什么都不会强。"

小金坨想了想，说道："那你得先增强体力。"

王春益很高兴，连忙大口扒拉菜和肉。小金坨说："不是这样的，你得锻炼。要不晚上你先跑十里路看看，中间不能停。"

二人约定好，到了晚上，王春益换了一套便装，和小金坨一起从同文馆出发，漫无目的向西跑去。小金坨说："京城真好，要是没有洋人就更好了。"

"谁说不是呢。"

"咱们应该让教习搞一次游湖，趁着天儿还不太冷。"

"这个主意好。"

"可是我去说，傅教习肯定不同意。"

"这是好事，我去说。"王春益拍了拍自己胸脯。

小金坨长这么大还没交过什么真心实意的朋友，他觉得王春益这人有气度、有见识，并不是不近人情，可以成为至交，所谓不打不相识。既然他一心要学拳，他就把自创的那套"擒寇拳"倾囊相授，将心比心。

二人跑完步后，肚子饿了，于是在路边各自要了一碗面吃。不远处正遇见田家三小姐和她的母亲匆匆经过，小金坨眼睛都看直了。王春益顺着他的目光瞧去，只看见了美人一闪即逝的裙角，他说："金兄好眼光。"

"你都没看见人。"

"非也。我能从她的裙角推断出她走路的姿态，从而知道她的腰身有多细，个子多高。"

小金坨笑着说："那是田家三小姐，长得忒漂亮，你没看她娘带她出门都是低头疾行吗？"

王春益来了兴致，问是哪个田家，小金坨说就是倒腾罂粟的田荃的女儿。

王春益一听到罂粟就气得摔了碗，义愤填膺地说："鸦片亡我大清！"

面馆掌柜走过来，一面安抚王春益一面笑着说："小后生，这是怎么了，好好一碗面，浪费了可惜。"

"膏腴水田，遍种罂粟，而五谷反置诸硗瘠之区，咱们早晚得饿死！"

掌柜把王春益洒在桌上的面条重新夹到碗里，给了旁边的叫花子，又起锅下一碗面，不紧不慢地熬着，浓汤飘出肉香和麦香，小金坨不禁眯起了眼睛。在模模糊糊的一道缝里，他看不见愤怒的王春益也看不见道上的行人，只能看见紫禁城的上空盘踞着阴云。今年的第一场雪就要下了，不知道有多少人要冻死在路边了。

面端上来，小金坨又给了掌柜十文钱，他让王春益消消气，因为生气也没用，还不如先把饭吃了。

小金坨就着汤面的热气把脸凑近王春益，神秘兮兮地说道："你知道田三小姐干过什么事吗？"

王春益见小金坨一脸坏笑，十分鄙夷。

"我对姑娘家的红杏之闻不感兴趣。"

"王兄，她确实干了出格的事，不过不是你想的那样。"

王春益摆摆手，把头转向了一边。

"她把她爹的仓库给烧啦。"小金坨满面春光，王春益在他的眼皮上看见了雀跃的爱情。他感到诧异，但是更多的却是悔恨。他急忙站起来，往田三小姐离去的方向追了追，试图再看一看那倩丽的背影。

小金坨过来搭住王春益的肩："别看了，人家都走远了。"

王春益捶了捶手，不肯回去。"没能一睹芳容，可恨！"

"你可不能跟我抢，这种事咱得讲究个先来后到。"

王春益无奈地摇摇头，自言自语道："开禁，被人打怕了。现在洋药税厘分征，地方官员们消极抵制，一些人以洋药混为土药，或千方百计地将税并入厘金，地方之间税源争夺，各关口暗地里减成征收，以示招徕。税收流失，所收的洋药厘金远不及进口洋药税，且土药对洋药的冲击等于助长了百姓种罂粟的邪风……"

小金坨不想和他探讨鸦片，这个问题由来已久，水深得很，总之只有把洋人赶出去，一切才会好。他怕王春益恨意上来就不去游湖了，于是顺着他的毛捋，一边听他的雄心壮志，一边好言相劝，岔开话题。

王春益没有食言，他果然说服了教习，但是效果却不是小金坨想要的。王春益预测后天天气晴爽，正是游湖好时机，傅教习也觉得此事没什么不可，二人一拍即合，定夺了下来。

小金坨把事情搞秃噜扣了，现在也没有回旋的余地了。要让呈拔山后天行动，人家人都凑不齐，更别说家伙事了。思来想去，他决定一个人完成此次壮举，谁也不求，成者为王败者寇，不就是放一把火吗，剩下的听天由命。

还剩一天时间，他要准备好足够的猛火油。八爷那儿倒是有油，但远水解不了近渴。他需要的油量足够引起别人怀疑，就怕事情不成反被抓去牢里。得找个稳当的法子，最好能神不知鬼不觉，不留痕迹，也好给自己留条后路。

一路上，小金坨沉思是否应该先从饭堂引火，造成失事假象。但恐怕火势只能维持在局部，无法"顾全大局"。要想把整个同文馆都付之一炬，除了要有大量的油，恐怕还要一个猛火油柜。但那可是老物件儿了，别说难找，就是摆在眼前他也不会用。现在兴洋枪洋炮，这叫"师夷长技以制夷"，小金坨做梦都想有一把洋枪，但也就是做做梦而已。

愈思考，他愈觉得此事过于草率了，这是件大事，得从长计议，决不能意气用事。

一只鸽子瞧见了步履匆匆的小金坨，朝他俯冲下来。是八爷的信鸽，如果不是十万火急，八爷不会用这种方式在京城内召集兵马。小金坨急忙拆开传书，八爷果然有要事相商。

夜里，老地方，小金坨、呈拔山，还有其他几位"好汉"如约而至。八爷神色哀伤，他的小妾被几个毛孩子推下水，害了重寒，不幸离世。奇怪的是，小妾原来那骚狐狸的形象一瞬间便从小金坨的脑子里灰飞烟灭，取而代之的是一位身世凄惨的良家妇女。他心头一沉，眼睛瞥向呈拔山。

呈拔山对八爷说："大哥，咱去把那几个兔崽子宰了，你为啥拦着我？"

"都是孩子。"八爷苦笑。

"孩子怎么了，天子犯法亦得与庶民同罪！"

八爷摆摆手，说："他们得长大。"

呈拔山狠狠叹了口气。小金坨询问八爷此次把大家伙儿召集过来，究竟有何要事。

八爷说："咱得干一票。"

众人来了精神，以为八爷这是要发一笔财好给小妾风光下葬，也许和洪秀全的窖金有关，没承想八爷说："干一票像张宗禹那样的，威震八方，四海皆知。"

小金坨诧异，这张宗禹诨号"小阎王"，是捻匪头头儿，杀了英雄好汉僧格林沁和其马队万人，据传，僧王在疆场上是手疲不能举缰索，便以布带束腕，系肩上驭马。自己父亲为此曾绝食三日，辍笔不文，自称蒙古铁骑与他有不共戴天之仇。如此说来，那也是自己的头号仇人。

"八爷，您是想与这捻子交好？"

"哼，不过是一群游民烧油捻纸作法发家，要不是饥民太多，他们这把火也烧不起来。"

"那您是打算替朝廷除去这……"

"你傻啊，也不掂量掂量自己几斤几两？"

众人你看看我，我看看你，没人知道八爷葫芦里卖的什么药。

八爷凑近小金坨，说道："你说，你想火烧同文馆，我看还是算了吧，就算你烧了一个，没多久他又盖起来一个。"

"您这火，究竟要往哪儿点？"小金坨问。

"点自然是要点的，但是咱们须点得巧，点得妙，点得呱呱叫。"

大家更费解了。

"您快说吧，就别卖关子了！烧什么，您一句话！"

"好！咱们就烧纸！"

众人一头雾水，被八爷的壮志闪了腰。

"烧纸？八爷，您这是什么意思？说来说去，竟还是要效仿捻匪？"小金坨从树上跳下来，月光中，他的脸像是一匹狼。

有人站出来反驳："我说金坨子，你别老'匪'呀'盗'呀的，这捻军揭竿而起，虽说给老百姓带来了不少灾难，但人家把龙椅摇得也算是叮叮当当的。咱们八爷英明，你别跟这儿瞎揣摩。"

八爷仰头看了看毛月亮，一阵寒风袭来，小金坨缩紧了脖子。

"点活人的火没意思，咱们得把这火烧给死人。我要把全京城的纸钱都买来，烧给所有死在这世道里的人。"八爷慷慨地说。

"可这全京城的纸钱，加起来恐怕也烧不多旺。"

"那就把能烧的纸都攒过来，烧它个三天三夜，把这活人和死人的路都给它照得通通亮亮。"

小金坨眼前一亮，许多想法如同火星子蹿了出来。八爷要纸，这令他嘴角露出了一丝自信的笑容，他感到自己回到了小时候，每到过年之时总是偷家里写春联的红纸去换糖吃。他开始盼望游湖之日快快到来，那些高矮相称、肥瘦均匀的同学们尽兴而归，而父亲从宫里回到家中，长久地吁了一口。

极光的租子

　　白家大门口有棵榆树，白眉的父亲说白眉大概和这棵树的年纪差不多，都是十几年前栽的。白眉这次回家是放五一假和年假，顺便取回刚办好的身份证。他看看这张小卡片上自己的照片，像是在看另外一个不认识的人，他仔细看看照片上的右眉毛，那根平时荡漾在眼珠子前的白色眉毛不见了，他下意识地向上翻翻白眼，确定了那根长长的白毛还在，这才放心。

　　因为这根白眉毛，他才有了名字，才少年老成，心思才比同龄人重许多。他一天学也没上过，却算得一手好账，脑子非常灵光，他尤其擅长察言观色，也是靠这本事在八九岁的时候给家里添了台电视机，且使自己家成了全村接收频道最多的一家。这是白眉的骄傲，也是他底下六个弟弟妹妹的骄傲。为了创造更多"骄傲"，摘掉家里"特困户"的头衔，他知道自己必须进城。一次偶然的机会，他救了一个被流浪狗围攻的男人，此人四十来岁，让白眉叫他狗爷，每年秋天都会来村里收狗皮，二人结下了缘分。第二年等到白眉的个头又蹿高了半头的时候，狗爷带他进了城。临走的前一天晚上，白眉把自己捡破烂攒的一小笔钱全都买了火腿肠，把那群忠实的流浪狗和自己喂得饱饱的。

白眉不是白跟狗爷走的，他提出了一个条件。这个条件最开始逗乐了狗爷，紧接着又使他火冒三丈，最后不得不妥协。自打白眉跟人进城了以后，他父亲每半年就会收到一笔"大钱"，这还不算，白眉每年过年回家的时候，还会带回来不少钱，这些钱加起来已经可以解决九口人吃饭的问题，甚至还够他爹喝两口小酒。

这次回来，白眉变化很大。他瘦得像根毛竹，穿着品牌服饰，不仅买了一头猪，让全村人刮目相看，还给家里添了一辆三轮车。他手把手教他爹开车，可是他发现爹应该是喝酒喝上瘾了，人比以前还懒，家里那点连屎壳郎的粪球都比它大的地，爹也快给荒了。他那六个弟弟妹妹，谁丢了，爹都不一定知道。白眉强压着怒火，直到他看到妈的肚子似乎又大了才动手打了爹，他把他爹的酒瓶子往自己脑袋上磕，玻璃碴子把脸都划花了。妈听见动静在屋里吓得哇哇大叫，爹一声不敢出。老二过来把白眉推走，拿布巾帮他止血。

"啥时候的事？"白眉问老二，他指的是他们的妈又怀孕了的事。

老二摇摇头，他俩就差一岁，身高相貌几乎不差。唯一不同的是，老二满脑袋头发都是花白的，因此名字叫白发，"发"取一声，寓意发财。

"这老狗。"白眉狠骂了他爹一句。

血止住，头不晕了的时候，白眉问白发："想不想跟我进城？"

白发拼命点头。

本来白眉今年回家的目的只有三个：取身份证；把白发带走；教会爹开三轮车，给他谋个送货的差事。现在他的任务变成了：保护好身份证；把白发和妈一起带走。看似任务减少了一个，难度却增加了许多。如果说单独带走白发，爹肯定没意见，要是把妈也带走，他非狗急跳墙不可，那么多小的留给他，他铁定不干。

欲速则不达，白眉决定使用缓兵之计。首先他得让白发至少看起来像个有身份证的人，虽然白发那一头白发为他加了不少分，但是他的脸、行为还是稚气未脱。怎么锻炼他呢？白眉想了一宿，第二天他对白发说："你让许茂汪挨顿揍，别让他知道是你，我就带你进城。"

白发琢磨大哥的话，有点不甚明白，"挨揍"还"匿名"，那咋揍？他不傻，知道这是大哥在考验他的本事。他想起以前大哥说，对付人要找到其最大的弱点，那么许茂汪最大的弱点是什么呢？白发思来想去，觉得这人除了坏，没有别的特点。村里数他嘲弄妈的次数最多，只要他一路过，即使妈在屋里不出来，他也得骂几句下流话，然后大笑不止。白发每次见到他，都恨不得把他那一口黄牙磕碎。以前大哥在的时候，许茂汪还有所收敛，大哥走后，白发也没少被他欺负，许茂汪有一次骑电动车从他身后驶过，"顺手"薅下来一把白发，把他疼得嗷嗷叫。

白发越想越来气，但是想起许茂汪有"势力"，又泄下气来。看来这事得从长计议。

现在白眉和白发两人都心事重重的，他们底下那几个弟弟妹妹，似乎嗅出了空气中存在的一些变化，一个个都警觉性地变乖了。就连妈屋里的老三、老四、老六都不闹腾了，白眉给他们洗了澡，把屋子里的臊臭味祛除后，给他们打开了电视机，是妈最爱看的自然节目。白眉坐在一旁，盘算着省二院精神科的项目消费。他早就通过网络查到了具体信息，知道带这仨孩子检查的每一个步骤以及哪里可能会被坑钱、如何绕过雷区。不过现在他还没打算带他们去，得等白发也站稳脚跟了，两人的钱更多一点，才能实行这步计划。

自然节目是循环播放的，妈百看不厌，是一部纪录片，讲的是黑龙江漠河镇。白眉从小就跟妈看这个片子，每次看都觉得压抑，那些厚厚的雪就像坟土一样压着房子，即使在夏天，那里看上去也是寒冷的。白眉不喜欢一切冷的东西，他不明白妈为什么对漠河镇那么痴迷。今天他恍然大悟，原来妈是喜欢北极光！当画面中出现幽绿的极光时，妈就变得无比兴奋，咿呀地叫、拍手。白眉热泪盈眶，他从小就觉得极光像鬼一样非常吓人，现在却突然觉得极光竟然这么美。还有，他为什么时至今日才发现妈的喜好？

一个念头像火一样蹿入他脑海。他要带妈去漠河看极光，途经哈尔滨的时候带她去做人工流产。他看看电子账单自己的存款，重新整理了一下思路：带妈流产完，和白发三人一起去漠河镇，去那个也许是世界上最纯净的地方。不管能不能看见极光，他得让妈高兴一回。

白发想到了一个对付许茂汪的"万全之策"，他知道村里倒腾建材的老张叔家最富裕，儿女都在城里，老伴早就去世了，每半个月老张叔都有几天不在家，他记得以前老张叔跟别人谈话时说过，自己的存款几乎都给了孩子，剩下的养老钱他也不往银行存，省得银行拿去干别的，所以他连每张钱的钱号都能背下来。白发也说不清为什么，他听见老张叔说把存款都给了孩子的时候，心里竟恨得发痒。他使劲挠胸口，但肉里痒不是皮痒，皮的抓痛和肉里的痒合在一起，就像一只被窗户堵住的燕子，在屋里急得四处乱撞。

白发趁后半夜"月黑风高"，偷偷溜进老张叔家里。他特意用黑布把自己的头裹住，免得白头发反光引人注意。这头白发就像某种诅咒，谁见了都知道这是白家的孩子，连爹也这么说，他说："你还真别瞧不起这个家，你这些白头发已经给你烙上印记了，跑也跑不掉。"白发身手敏捷，和白眉一样瘦长，有的时候他觉得自己不是一个人而是一只白猴，应该像孙悟空那样统领众猴。平时在家的时候他就把弟弟妹妹当成小猴，指挥他们往东他们便不敢往西。但是时间长了他就觉得这些小猴太烦人，不想整天和他们在一起，只要身边有他们，他永远都跑不远。有时候白发会做白日梦，梦见自己在山林的树冠间荡悠，云雾和他的白头发融为一体。他从这座山荡到那座山，追赶完太阳便追赶月亮。

白发在老张叔家找到了一包火腿肠和一罐啤酒，三口两口就把火腿肠吞了，包装皮他小心地揣回了兜里，啤酒没敢喝。他戴着手套，像个专业小偷那样翻箱倒柜，在床底下一个鞋盒子里，发现了三万块钱。看到这厚厚的一沓人民币，白发觉得自己像一个天才，一个大侠。他继续找，想发现更多钱，但是没有，于是把所有被翻乱的东西都按原位摆好，跳窗翻墙而走。

他要去许茂汪家，把这三万块偷偷藏在他家连他自己都发现不了的地方。这是一个极其危险的行动，一旦出什么动静把许茂汪吵醒，挨他一顿胖揍不算什么，爹娘和弟弟妹妹以后也别想在村里待了。不过冒险是值得的，一旦事成，让老张叔认定偷钱的人就是许茂汪，他许茂汪就得坐牢，没法再咧那一嘴黄牙冲妈说下流话，没法再揪自己的白头发。大哥也肯定会夸自己足智多谋，高高兴兴带自己进城。

白发冷汗直流，紧张到心脏跳得就像刚化冰的小河。他打起十万分精神，在许茂汪家院子里悄悄徘徊。他们一家三口睡在炕上，老婆是个有斑秃的泼妇，儿子是个黑胖子，跟人打架打掉了门牙，呼噜打得震天响。白发记恨这个黑小子不亚于记恨他爹，因为这个小崽子很会模仿他爹。一只长腿小蜘蛛从地上溜过，轻盈而敏捷，有点像此时的白发自己。他想把蜘蛛抓住，悄悄丢进黑小子大张着的嘴里，让蜘蛛在他肺里结网，此后他一打喷嚏就会喷出无数蜘蛛，所有人见了都像见了鬼一样。但是白发没这么做，他的喉咙仿佛被一团丝卡住，差点咳出来。他溜到厨房，没有适合藏钱的地方，他又溜到茅房，茅房西头的墙上有个大水缸，可以把钱藏在水缸后。可是白发突然觉得没有必要把这三万块都"送"给许茂汪，只要给他几张就足以嫁祸了。

做好一切后，白发真像猴子一样蹿出去老远，唯一跟猴子不同的是他不敢停下来回头看。现在事情已经成功了一半，他既兴奋又紧张，心像一垛藏了野兔的草。看着手里的两万九千七百块钱，那种在树冠间荡悠的快感涌遍全身。

白眉本来没打算告诉爹那些钱的来历，是爹主动问的。他每半年都能收到七八千块，难不成真是天上掉馅饼？白眉说，给你钱你就收着，别问那么多为啥。但是他爹犟得很，说要是亏心钱可不能要。白眉心里一阵冷笑，冲爹翻了个白眼，说："这是你把我租出去的钱。"

这话把爹弄糊涂了，白眉又说："那些老板都以为我是你租给他们，给他们干活的，所以要付给你租子。"

爹吓了一跳，说："我啥时候把你租给别人了？"

白眉说："你别啰唆了，别管我的事，总之钱都是干净的。"

爹不言语，老六在旁边摔了个狗吃屎，爹紧忙踹他去了。

白眉朝爹的背影吐了口痰，用脚碾碎。一些画面跳过他的眼前，比如当年和狗爷走之前他提出的要求是："我跟你走，但我是我爹租给你的人力，你每个月都得付他租子。"狗爷自然不乐意，但是他的把柄还在他白眉手里。白眉说："你不租我也没事，你打着倒腾狗皮的名义还倒腾了什么皮，我可不保证别人不会知道。"狗爷气急，只好做了他进城的跳板。此后没多久，白眉瞅准时机举报了狗爷的恶行，也正是那次正义之举让他结识了一些贵人，进入到了更广阔的平台。最后脑海中的镜头定格在一张白色病床上，他躺在上面，从来没有过地轻松。这种平静就算以前没发生，以后也会发生，他坚信幸福的时刻总会有的。这次如果能把白发带进城，他也让老板租白发，白发未成年，但是力气大，肯吃苦，听话，可以一天工作十九个小时。到时候白眉就教他怎么投老板所好，替老板解决私人烦恼，来赚外快。他和白发以后必须要有自己的事业，这样弟弟妹妹才能上学、治病。他之所以考验白发，就是要看看他脑袋灵光不。

白发见老张叔回来，把"看到许茂汪在您家附近鬼鬼祟祟"的事情"出于好意"地告诉给他。老张叔一慌，进屋一翻，大惊失色。他想拉着白发一起去许茂汪家对质，白发说："张叔，我不能跟你去，我可不敢。"于是老张叔骑上他的电动车就往许茂汪家跑，白发从另一条道悄悄跟去。这是一条羊肠小道，曲曲弯弯长满了带刺的野草，泥泞不堪，似乎风从来吹不进去，雨却未曾停过。白发突然有一种预感，他以后恐怕只能走这样的路。

等到白发赶到"好戏"现场的时候，许茂汪已经和老张叔在家门口吵了起来，周围全是围观的人。许婆娘的两只眼睛像要吃人的老虎一样威猛，只听许茂汪说："你有屁钱？你有屁钱！"

老张叔说："这村里就数你最横，你要真没做亏心事，为啥不敢让我进去搜？"

许茂汪说："老登子，你哪只眼睛看见我们偷你钱了，我家凭啥让你搜？"

白发心头一惊，要是老张叔把自己出卖了可就大事不妙。不过老张叔没有出卖他。老张叔是生意人，"诚信"二字和性命一样重要。曾经因为中间人作梗，一笔大买卖就要泡汤，结果老张叔不惜自己赔钱，硬是把上等货按期送到了买家手上。那以后所有人都知道老张叔值得信赖，妇女们更是如此，他们愿意和老张叔唠家常，哪里有什么新鲜传闻，他通常都能在第一时间获得。

许茂汪看样子也不想再和老张叔理论了，说："我家水缸后头是发现了几张票子。"他掏出钱包里几张钞票，用手把钱号捂住，只露出最后几个数字，让老张叔看一眼。老张叔说："这就是我的钱，我的钱每一张钱号我都能背下来。"他刚想伸手抢，许茂汪一把将钱又拽了回来。

许茂汪说："你别总吹牛说你能背钱号，现在你就背背，我找个人上来作证，要是这几张钱的钱号真是你的，我立马还你。"他说到做到，当真找了一个围观的大叔。老张叔背出尾号是刚才看到的那几个数字的全部钱号，结果真是一个数不差。许婆娘把三张百元大钞甩在老张叔身上说："走吧！别在这儿丢人现眼了！"

"等会儿……不对啊。"许茂汪似乎想到了什么不合逻辑的地方，对老张叔说，"你的钱怎么会出现在我家茅坑的水缸后面？谁放的？"

老张叔没言语，而是把目光盯在了许婆娘身上。许茂汪顺着老张叔的眼睛摸过去，也把目光落在了自己媳妇身上。都说一句话传了几个人之后就会变味，变成流言蜚语，人的眼神也是这样。他正要琢磨什么，老张叔大声说："我丢的可不止三百，是三万块！你们必须把剩下的钱也还我！"

许茂汪火了，一脚踹在老张叔肚子上，骂道："别在这儿满嘴喷粪。"老张叔也怒了，上去和许茂汪扭打在一起，除了许婆娘从中拉架，好半天才有人敢上前劝阻，人们架住他俩的胳膊却架不住腿，四条腿缠在一起，颇有一副不掰折一条不罢休的架势。白发吓得不敢出声，也不敢多看，风一样地往家跑。第二天才得知老张叔被打得不轻，而许婆娘昨晚也被许茂汪狠揍了一顿，理由是许茂汪怀疑她和老张叔"搞破鞋"。

白发想去老张叔家看看，但是他不敢，只得怂恿白眉替自己去。白眉到了老张叔家，看见老张叔自己躺在床上，周围连个倒水的人都没有。白眉给他倒了杯水，问他吃没吃饭。老张叔让白眉坐，他有话要说。

"你了解你弟弟吧？"老张叔问。

白眉点点头，有种非常不好的预感。

老张叔伸出右手在床上摸来摸去半天，终于捏起一根什么东西，阳光下根本看不清，白眉凑近一看，是一根白头发。他知道老张叔虽然年纪大，但是脑袋上一根白头发都没有。

老张叔说："这是我在床底下发现的。"

看长度，和白发的头发一致，就像一条被暴晒的白泥鳅。白眉一下子就知道了事情原委，但是他得佯装镇定。如果让老张叔证实了钱是白发偷的，那小子是要坐大牢的。白眉打定主意，一定让白发把钱还回来，说啥也不能进大狱。

白眉说："张叔，昨天你的事我听说了，你想说什么我也明白，但是这事与白发无关。"

"你了解他吗？"老张叔又问。

"我非常了解。"

老张叔摇摇头，说："我以为你是你们家唯一一个能耐人。"

白眉眉毛上那根白毛突然牵拉在眼前，让他看老张叔的眼神蒙眬了那么千万分之一。

"张叔，如果你需要帮忙，我绝不含糊，但你不要冤枉好人。一根白头发能证明什么？"白眉反问。

"能证明你的心。"老张叔指了指白眉的胸口处，白眉吓了一跳，但是外表丝毫看不出来。

"那么，一个眼神呢？"白眉反问。

"什么眼神？"

"我听说昨天您在许茂汪家门前理论的时候，他问您这三百块为啥会出现在他家的水缸后面，而您没说话，却看了许婆娘一眼。您说，一个眼神能证明什么？"

这个问题激恼了老张叔，他想辩解什么又似乎词穷，只说："胡说，我哪里看那婆子了？"

白眉笑笑，说："您可能还没听说吧，许婆娘昨晚可被揍得不轻。有人听见她哭号，紧着说跟您'没那事儿'。"

"啥这事儿那事儿？你别道听途说。"

白眉故作轻描淡写地说："有些事儿咱们自己都不清楚，但是它确实就发生了，为啥发生了？因为大家都知道了，都那么认为。张叔，您那一个眼神，足够大伙儿无中生有，因为您的眼睛长在您的脸上。但是您拿根白头发，就说这根白头发是长在白发脑袋上的，大伙儿未必认这个理。"说完，他把方才盛水的杯子端走，顺便抢走了老张叔捏在手里的白头发，去水池刷杯子的时候，把白头发冲进了下水管。

老张叔气得脸色铁灰，白眉这是在威胁自己，替他那不争气的弟弟擦屁股。他后悔昨天不应该耍那下子"小聪明"，只是那婆子瞪人的眼神太轻蔑，他又不能把她的眼珠子抠出来，只能"回敬"一个眼神，觉得能挑拨一点是一点，可是太冲动，留下话柄，把自己给搭进去了。

从老张叔家出来，一路上白眉的肺都要气炸了，一种仿佛从宇宙而来的超强愤怒像电一般袭击了他全身。但是他不发泄，他的身体仿佛只是一个滤嘴，一面怒火中烧，一面极寒永夜。他感觉自己就像北极光一样无声地爆炸，在一片苍茫之上。

面对白眉的质问，白发吓得两腿打战，不打自招后被白眉扇了两记耳光，一脚端翻在地。白眉指着躺在地上的白发狠狠地说："人穷志短！"他又想多端几脚，不料白发机灵地翻了个跟斗，爬了起来。

"就你牛，就你厉害！"白发一面哭一面冲白眉大吼，和小孩没两样。

"你还有脸哭？"

"就你要脸，你想过我们吗？"

"你什么意思？"白眉厉声喝道。

"要不是拿身份证，你能回来吗？你恨不得和我们断得干干净净。"

白眉一愣，白发这话仿佛说进了他心坎里，他只好把话题岔开：

"你偷人家老张叔的钱做什么？"

"不是你让我揍许茂汪一顿，还不能让他知道是我吗！"白发委屈地说。

"那我也没让你做这种事啊！"

"不做这事我能有啥办法？"

两人吵得水火不容，最后白眉做出了让步，对白发说只要你说出钱在哪儿，哥就去替你摆平这事。白发说钱给了爹。

白眉一路找，终于在一条羊肠小道上看见了爹，这条小道曲曲弯弯长满了带刺的野草，泥泞不堪，似乎风从来吹不进去，雨却未曾停过。白眉突然有一种预感，爹以后恐怕只能守在这条小路上，望着某个方向，等着什么人。

他上前推醒了他。

"白发给你那钱，给我。"白眉用命令的语气说。

"啥钱？"爹懒洋洋地靠在树上，装糊涂。

"他从老张叔那儿偷来的三万。"

"啥？他偷钱？"

"你别装了，白发亲口说他把钱给你了。"

爹抽了口烟，眯起眼睛说："你听他瞎扯淡，那小子坏得很，我还能指望他孝敬我？"

白眉恨不得就把他爹埋在这树下，只露个头喘气，看他招不招。

"快点拿来。"他不耐烦地说。

"拿啥？没有！"

"你别耍赖啊，我跟你说，今天你要不把钱给我，以后别指望我往家里弄钱。"

爹突然伸腿踹了白眉一脚，白眉一趔趄，差点趴地上。

"你也不是好东西。"爹说。

白眉心头一凉，一种从未有过的巨大悲怆，如同一匹骡子跑啊跑，跑过了江河、原野，最后跑到了万丈悬崖边上，想掉头回去却散尽了全身力气。他沮丧地走回家，还有两天就假期结束了，看见妈在屋里和老三并排坐在一起发呆的情景，白眉身上的力量才恢复一点。

他仔细翻找家里的每一个角落，捡来的破烂太多，想要找点东西特别困难。爹和几个不傻的弟弟妹妹整天捡这些东西回来，也不怎么卖，弄得家里臭气难当。弟弟妹妹们个个都应该去上学，但爹一个不让，好像他们一旦离开家就会跑了一样。对此，爹的理由是，一旦开了口让一个上学，其他的也想上咋办？

白眉知道家里藏钱的地方在哪儿，但是里面没有，那三万块好像蒸发了一样，白眉开始思考究竟是爹撒了谎还是白发。他知道要想辨明真相，光明正大肯定是不行，于是决定暗中观察。

白眉虽然是从这个家长大的，但是他还从未仔细观察过他的家人。他甚至觉得弟弟妹妹都是陌生人，只不过自己有义务照顾他们而已。就像即使从小就跟妈一起看电视，他也是长这么大才知道妈喜欢北极光。

这一天他什么也没干，破天荒地带弟弟妹妹们玩了起来。他教老五和老七抓蚯蚓，然后带着六个孩子去河里摸鱼。老五和老七对白眉不惧怕，老三、老四、老六则很是怕他，他们连走出妈的房间都怕。看到小有急流的河面，三兄妹一个个都往后缩，老五拽着老六的耳朵，把他往河里拖；老七则过来和老三老四手拉手，领着他们去河边看大家摸鱼。白眉摸摸老七的头，捏了一下她的脸蛋。她今年才八岁就这么懂事，白眉十分欣慰。

在游戏过程中，白眉发现老四和老六的模仿本领很强，说明他们的大脑肯定还有希望治好。老五就爱跟着白发，是他身后的跟屁虫。白眉想，从老五嘴里也许能问出点什么，于是他把老五叫到一旁，旁敲侧击地问道："你二哥最近有没有给你啥东西？"

"啥东西？"老五一脸不解地反问。

白眉刚要脱口而出"钱"字，觉得这样说不妥，便改口道："比如什么值钱的东西。"

"没。"

"你好好想想。"

"真没。"

白眉还想盘问，老五不耐烦了。白眉还没来得及嘱咐他别跟白发乱说的时候，他就已经跑到河里向白发告状去了。

果然，白发怒气冲冲地来质问白眉："你问老五的话是啥意思？"

白眉打算沉默应对，但白发不依不饶。

"你怀疑我把钱藏起来了？"白发瞪着他的眼睛恶狠狠地问。

"你不是给爹了吗。"白眉打算先降降他的火气，在语气上退了一步。

"对啊，给他了，早给他了。那你还问老五干啥？"

白眉见白发的怒火压不下去，自己的怒火也要烧起来了，索性直截了当地说："爹那儿没有，他说你没给他任何钱。"

白发听到白眉的说辞，眼神变得很奇怪，表情也扭曲了起来。他想说什么，又咽了回去，之后又想说什么，还是咽了回去。他一猛子扎进河里，扑腾出巨大的水花，似乎在为自己开辟一条路，可是水花落下后，身后的路就又平静地堵上了。

"好好陪陪妈吧。"上岸后，白发对白眉挤出了这么一句。

白眉第二天早上起床，发现白发不见了，才知道昨天在河边他讲的那句话是他们兄弟之间说的最后一句话。大概是白发把白眉身上不到一千块的钱给顺走了，否则不可能发生钱和人同时消失这样的巧合。白眉感觉很不好，一种极度寒冷袭遍他全身，在每一个毛孔里结冰。他觉得恐怕此生再也见不到白发。他让爹赶快出去找人，可爹不动弹，说那小崽子过几天自己就回来了。

白眉刚想自己出去找人，不料妈屋里传来老四嗷嗷乱叫的声音，他推门进去，屋里顿时一股恶臭扑面而来。妈呆呆地站在原地，三个小的躲她躲得老远。

"拉裤兜子了，裤兜子！"老六叫喊着。

白眉急忙拿来手纸，又找了条给妈换的新裤子，像他从小就做的那样，熟练地扒开妈的裤子。在裤裆里被黑褐色大便掩埋的，是厚厚一摞子钞票。钞票的荧光和排泄物的颜色混在一起，像极了黑色夜空中那些绿幽幽的极光。白眉镇定地帮妈收拾好身体，仔细擦拭掉钞票上的污秽，数一数，一共两万九千七。

他把脏得实在不能用的钱自己留下，剩下的分文不少还给了老张叔，承诺回头把少他的钱汇款过来。然后他打开手机订票软件，第一次输入自己的身份证和妈的身份证，网购了两张去哈尔滨的火车票。白眉第一次觉得身份证就像一件武器，有了它谁也不能再欺负自己。明天，就明天，他要带着妈昂首挺胸地从这个家走出去。他给妈换了一条大绿色的裤子，明天出门的时候，他要向所有人宣布：我娘的裤裆从此以后是世界上最纯净的地方。

已发《满族文学》2020 年第 2 期

韭菜湖

我很想写一首脏话连篇的诗，可能那才是真正的艺术。毕竟我心里塞满了不吐不快的脏字，而诗歌同样需要被倾泻。如果有人看到了我这首诗并骂我亵渎文学，那么我会笑着对他说："没错，不喜欢就闭上你的狗眼。"可事实是，诗歌确实难以创造，我无法把脏话排列出优美的顺序，赋予它们神圣的意义。这就意味着我的诗连胚胎都无法形成，更别说把它抄写在"简爱农场"的外墙上了。

简爱农场是我家的承包田。一共六百亩地，平日会雇几名老农来给种地。父亲给他们的工资在村里高得出奇，不但如此每天三顿饭有酒有肉，水果管够，休息时就来我们家三楼的客房躺着看电视。因此许多年轻的劳力争先恐后想上我家来种地，好比我那些读大四的学长们去考公务员一样高压。可父亲只选择某些家庭条件不好还上了岁数的老农，说他们对大地有感情，疼庄稼就像疼孙子。事实证明他的观点是正确的，我家的客房向来都是空着。

家里其他的地都被父亲流转出去了，种的农作物他再张罗着加工成副食产品出售，尤其是那些有机食品，深受城里人喜爱。这两年他开了网店，生意做得顺风顺水，把我们村里好多家庭都带上了致富路。因此虽然他不是村长，可村里的大事小事都必须得他拍板，不然大家就没了主心骨。

我很爱我的父亲，他让我成了一个公主。走在村里，人们都会用羡慕的眼睛望着我，拉着我的手，给我塞各种他们刚出锅的美食。那些三五成群的小青年见到我也不敢放肆，都会毕恭毕敬地称我为"娇姐"。虽然我和他们不熟，可他们也都算受父亲"恩泽"长大的孩子。要是什么时候我受欺负了，他们绝对会第一个冲上去保护我，就像是我忠诚的卫兵。我真的觉得自己是部落酋长的女儿，是一片闭塞之地上开出的大王花。大王花开啊开，越开越大，越大越娇艳，应该上天做月亮，因为月亮与她相比都黯然失色。

小时候只要是晴夜，父亲就会带我坐在院子里说故事。我不爱看电视上的动画片，因为没有爸爸讲的有意思。那些故事都是他小时候听来的，有不少其实是用来吓唬不听话的小孩子的，可是我一点都不怕，反而觉得各色妖魔鬼怪很好笑，我常和爸爸说："要是让我撞见它们，我非狠狠骂，骂它们是狗娘养的，也不撒泡尿照照自己。哈哈，爸，你说它们撒了尿后会不会把自己吓死？"长大后，我反而怕起鬼来，夜路是绝对不敢走的。不过骂人的恶习倒是保留至今。

我在县城读高中的时候，父亲正好在我的学校附近盘了门市房，做起了他的买卖。那时他的生意刚起步，办公室里除了与他工作相关的东西就是锅碗瓢盆、油盐酱醋。无论多忙，我的午餐晚餐他都要精心备好，他的时间观念准得出奇，每次都是我前脚进门，饭菜后脚盛上盘。我很少和他谈学校的事情，反倒是他滔滔不绝地讲着生意的进展，有时还让我撰写文案，做他的秘书，每个月的工资视工作量大小来决定，所以在班上，我是花零用钱最心安理得的人，因为我用技术"入股"，成了爸爸公司年纪最小的"股东"。

　　我怀念那段时光。在没有母亲的日子里，我活得洒脱自在，和爸爸两个人相依为命，彼此心照不宣。后来每当我回想起来，总觉得母亲的离开对于我来说似乎更像是一种自由的赋予。她走后我可以不按时完成作业，不背三毛和舒婷的诗，穿着宽大的短裤和拖鞋去上补习班，甚至可以把头发剪成板寸。当我去理发店要求老板给我用电推子直接推掉头发的时候，他惊讶地问："你妈同意了吗？"因为所有人都知道，母亲希望我成为一名淑女，一位名媛，甚至是一个公主，就像奥黛丽·赫本所饰演过的那些电影角色一样优雅迷人，有着贵族的气质，即便身上流着农民的血，也要相信这只是暂时的落魄。她说："你早晚会找到你的国家，你的国王，成为高高在上的王后。"

　　可是我从不相信她的那些鬼话。她对我做的事大多都非我所愿，我就是喜欢吃饭狼吞虎咽，跟"野孩子们"去地头儿打"游击战"，我不在意衣服是否干净整洁，只要它不阻挡我奔跑时大幅度起伏的胸脯。所以她总是生我的气，她生气的时候不是与我正面交锋，而是沉默，沉默的时候就会对着父亲埋怨，说他的基因遗传给我简直是个败笔，她本指望从我这里解除"农民"的封印，可是这似乎是个不可能完成的梦想。我不仅毫无上进心，而且我的骨子里压根就没有想要走出土地的意愿。她说："你女儿比你更愿意在泥里打滚，你们算是没救了。"

　　没错，我爱土地，胜过爱母亲。母亲让我觉得遥不可望，土地却给我炙热的拥抱。我不让父亲除去庄稼里的杂草，因为它们也是从土地里长出来的，所有从泥里钻出来的都是我的兄弟姐妹，因为我就是泥孩子。而我的生身母亲只会让我恐惧，我无法满足她的那些欲望，就像一年四季不能收割六次麦子一样，这种事怨不得任何人。

　　但是我也算懂得了母亲的心情，因为随着年龄的增长，我变得越来越像她。我蓄起长发，爱穿碎花短裙，爱化妆，喜欢爱情小说，尤其喜欢爱情悲剧小说。我变得多愁善感，变得孤独。我不知道这些东西是怎么偷偷进入我脑子的，就如同温水煮青蛙，当我发现时已经来不及了。于是我有了日记本，在上面写写画画，抒发内心的情愫。我似乎有些明白三毛为什么写作，为什么死亡，不过绝大多数时候我还是无法理解属于真正的女人的事情。它们太过神秘，就像没人知道平静的湖面下藏着些什么鬼东西，直到藓和死鱼漂满水面，岸边柳枝鲜翠娇人。

我刚放暑假不久，爸爸每天都出去跑业务，他接的单子从县越到市，如今跨省去了辽宁，还时不时往北京跑，整天看不到人。我和他的交流从现实变为了线上，主要的工具是微信。他还是老样子，有了什么好事第一时间给我发语音，没事的时候会从老年人专属表情包里给我发问候语。他其实才正当壮年，可是在我看来他就是老年人，就算没有一根白发，就算他的力气依旧像匹大马。

刘梦梦是和我生活在同一个屋檐下的女人。她比我大十二岁，生于一九八六年，正好比父亲小十岁。我是在大学军训的时候得知父亲和她相好的。原来在我高三的时候他们就在一起了，只是父亲怕告诉我这件事会影响我学习，所以一直拖到后来。这直接导致我在站队列时体力不支，中暑晕倒。不过我头晕不是真的因为中暑，而是源于强烈的愤怒。我本以为他和其他男人不同，不会需要男女情事，他有我一个女儿陪伴就够了。并且这么多年他就是这么表现，这么对我承诺的。可他却背叛我，自己去搞地下情，还搞得风生水起，刘梦梦年轻漂亮，比我，比母亲，比村里其他女人、县里的女人，甚至比我们大学里的女生还要漂亮。我一看到她那张楚楚可人的脸蛋儿就不自觉地想象父亲和她上床时的模样，真是恶心透了！

刘梦梦却不以为然。她丝毫不在乎我的脸色和我的心情，因为她的地位站得很稳，她肚子里正怀着爸爸的孩子，和我同父的弟弟。已经八个多月了。她每天挺着她的那座宝山晃来晃去，指挥着家里的工人。我警告她，人家虽然是工人，可是人家不欠你的，你不是地主婆，别叉个腰在那儿吆五喝六，给我爸丢脸。她虽然脸色难看，但也不敢和我犟嘴。我俩之间的交战方式就是我在不停点火，而她总是试图熄灭火星，让我毫无机会。我霸占电视的时候她就出去晒太阳，等到她回来看时我就借口要学习不让她开大声，她顺从。我为我这些小胜算感到骄傲，但还不满足于此。

她越是以静制动，我就越恼火。我想抽她一个大耳光，还想揪着她的头发往墙上撞，撞烂她那张白净的脸，让她痛苦地求我放手。反正爸爸不在家，我甚至还可以把她谋杀掉，埋在地里任何一块地方，让她的肉变成肥料。不过这些想法仅限于想想，我不是个没有理智的变态，我才不会因为她把自己搭进去。另外，这种想法在她做好饭菜端到我面前时也会暂停浮现，因为她做的菜实在是很可口，尤其是骨汤小馄饨。馄饨皮薄馅儿大，骨汤里配上些紫菜、虾米、葱花和胡椒粉，我一顿能吃两大碗。以前母亲在的时候也常会包馄饨，只不过她从来不用骨汤煮，就是白水加点儿陈醋，味道自然比刘梦梦的差很多。可那时我依旧吃得很欢，烫得嘴唇起泡。

我清楚自己应该为刘梦梦分担一些家务，就算她肚里的孩子和我家无关，面对一个孕妇，我总不该让她忙上忙下。何况我已经这么大了，整日在家游手好闲，像姐一样生活，我自己都觉得自己过分。可如果不是父亲经常因为我的懒惰教训我，我还真愿意帮她分担家务。父亲说我是个狼崽子，一点同情心都没有，我不屑地说："那就请个保姆喽！"在请保姆方面，我和爸爸一直是赞同的，可是刘梦梦却坚持不肯，她说自己又不是没手没脚，怀个孕又不是瘫痪，何必花那个冤枉钱。父亲听后便夸她勤俭持家，是个旺夫的女人。

这我就不乐意听了，刘梦梦除了会做饭还会啥？

"她不会种地。"我着重向爸爸强调。

"她连种子都不会区分。"我说。

"她除了脚，别的地方都没沾过土。"我补充。

父亲尴尬地看着我，赔笑着说："那咋了，人家从小就是城里人，何况还是八〇后。"

"我还是九八年的呢，你说，有我不会播的种吗？"我朝爸爸瞪眼。

我从小就跟着爸妈下地种田，从刚开始的几十亩地一点点发展壮大。我认得所有农作物种子，熟知每一种作物的耕种方法，而且我还有一项特别神奇的技能——预测天气。我不知道这个天赋是怎么来的，在我会说话以后我就能在不看天气预报的情况下准确无误地预测天气，有很多时候甚至比天气预报还准。后来长大些，我甚至能预测出一个月左右的天气，不差毫厘。大家都知道老周家姑娘是个神童。

"你上小学以后我就没让你下过地了啊。"父亲一本正经地说。

"我想下你不让。"

"咱村除了我可没别人让六岁的姑娘去上学。"

"那是，咱村也没几个那么早就毁孩子童年的人。"

"嘿！我就不明白了，把你送去接受教育，怎么就成毁你童年了？"父亲急得拍了下桌子。

"我那小学校，地方就巴掌大，老师不让我们在教室里跑，也不让在楼道里跑，操场上全是孩子，根本跑不开。"我说。

"人不能一辈子那么野，除非你是野马，可野马也不能不睡觉吧。"

我不跟他理论，反正我是个怪人，谁跟我理论我都不服。我就爱种地，就是喜欢盼着种子从地里拱出来，为它们祈祷风调雨顺。考大学、找工作、落户大城市这种人生对于我来说简直是噩梦，单是念叨念叨就觉得心力交瘁。为种子祈祷我总能成功，可是为自己祈祷却是两码事了。

在简爱农场有一个秘密，这个秘密只有少数人知道，刘梦梦反正是不知道。在解释这个秘密之前，我想先插入一下对简爱农场名字由来的解释。这个听起来非常西方化、格格不入的名字是母亲起的。在我家还只有一点儿田的时候，她就给起了这个名字。是的，就是英国女作家夏洛蒂·勃朗特那部具有自传色彩的著作《简·爱》影响了母亲，她对书中的女主人公格外崇拜，经常幻想我们家是低配版的桑菲尔德庄园，不过父亲却不是罗切斯特。母亲爱喝茶，我们没有精致的茶壶和茶杯，就用烧水壶和饭碗替代，她斟茶的姿势让我觉得我们面对的是一位落魄的女公爵。

后来简爱农场初具规模，成了一个名副其实的小农场时，母亲想让父亲在地头儿规划出一块地，给她搭一个棚子。哦不对，不是"搭棚子"，用母亲的话说是"建造一个凉亭"。她想要在不用干活的时候能有地方乘凉、读书。可是父亲坚决不同意，这简直是浪费资源。按照母亲的构想，我们最起码要少收成几十斤粮食。凉亭能换钱？能当饭吃？能变成我的学费？这三个问题把母亲驳得哑口无言。她虽然行动上妥协，可是心里一直怄着气。

几年之后，简爱农场又扩大了范围。大到让我觉得我们可以盖一座超大的庄园，并且不影响种植。父亲说："别做梦了，就是咱家地扩成天那么大，也得种麦子。咱们中国有多少个人、多少张嘴啊，越来越多。人越多就得种更多粮食，咱们种的是饭，也是商机。"

母亲也开始学着使用机械设备。她每天都穿着长靴和格子衬衫，一块三角形的小围巾斜着系在脖子上，高高梳起马尾辫儿。就像美国电影里那种牛仔女郎，只不过她是丑版的。很多时候我都不理解，母亲又没有多么漂亮的脸蛋儿，怎么总幻想自己是女主角？还梦得有模有样，丝毫看不出她是在伪装。不过她很聪明，再难操作的大机器一学就会，酷得很。

一天晚上我起夜，发现母亲不见了。我急忙叫起爸爸，两个人拿着手电出去找。可是偌大的田地除了麦子什么都看不见。我和父亲大喊她的名字，过了好久，正当我们琢磨着要不要报警的时候，母亲从麦田深处走了出来。

她就是那样自然、优雅、面带微笑地踩着麦子朝我们走了过来。皎洁的月光映照在她身上，使她看起来就像一个外星来客。后来，我找到了能更形象地替代"外星来客"这个词语的词，那就是"天使"。那些被她踩扁的麦子就像是迎接她的红毯，我和爸爸像两个痴呆一样傻傻地看着她，说不出话。

"来，过来看看。"母亲拉起我的手，要我跟她走，也示意父亲一同。

我们三个沿着她那绿色的"红毯"返回到麦田深处。我发誓那一晚是我经历过的最奇妙的夜晚，我的心快要跳到嗓子眼儿，不是因为从没有踩踏过麦子而带来的新鲜感，而是母亲拉着我的手，似乎要把我们带去一个前所未知的神秘地带，难道她发现了一颗掉落下来的星星？或者是有什么奇怪的精灵正在我家麦田里跳舞？我拉起身后父亲的手，他手心出的汗比我还要多。

走了好久，我们终于停了下来。

"当当——"母亲摊开双臂，一幅画展现在我们面前。

我们脚下是麦田的正中央，母亲在一大堆麦子的尸体里"开辟"出了一块圆圆的区域，架上了她的画架，画架上是一张洁白的纸，纸上面是一轮用铅笔画的不怎么圆的月亮。

"今晚月亮很圆。"她悄声说道，像是怕打扰什么，我从未见过她如此柔软的一面。

那晚她到底怕打扰什么呢？这个问题时隔多年我依然想不明白。

"画得不好看，我不敢多看它。"母亲指着月亮说。

她为什么不敢多看月亮？这是什么意思？我曾有很长一段时间瞪着月亮看，眼睛酸到泪如雨下，还是没发现月亮里有什么危险的东西。

我和爸爸、妈妈，在宁静的午夜，伫立在一片神奇的地方，三个人一起望着天，彼此没有话说。后来想想，有一个奇怪的地方就是父亲竟然没有为母亲破坏了那么多麦子而发怒。他连一颗火星都没迸出来，或者即使有，也被温润的夜风给吹灭了。他把我抱起来，为我驱赶不断飞来的蚊子。

第二天，父亲就把被母亲踩死的麦子全部清理了。横陈的尸体不见了，一条清晰而隐蔽的小路便出现了，直通麦田中央。中央那块圆圆的土地尤为显眼，母亲的画架以后都可以放在那里。爸爸默默做完这些，母亲破天荒地抱着他亲了一口。

那是我第一次见识到什么叫作爱情中的"浪漫"，以至于后来所见的那些都不及他们。

这块圆圆的土地自那以后就再也没有生长出任何生命。包括那条极窄的、通往此处的小径，我们也从未在上面播撒过种子。它们连杂草都没有长出来，甚是不可思议。母亲离开以后，我就继承了这块"失乐园"，每天都钻进去待着，什么也不干。那里有着被麦子们包裹起来的浓郁的母亲的味道，从来没有散过。被这个味道刺激久了，我开始明白母亲的选择是正确的。她不该被我们束缚，我们也不该耽误她的幸福。因为她的味道和麦子混在一起是那么地难闻。

刘梦梦不关心土地。这点所有人都知道，他们觉得这没什么不对。

我私下里还偷听到村里娘们儿的议论，说她很幸运，捡着了成功的我爸，不像我妈妈，跟着我爸吃了那么多年苦，最后还是和别的男人跑了。比起我妈，刘梦梦简直是坐享其成。我爸娶她可不再是娶劳动力，而是养尊处优的小老婆。所以她就是个摆设，年轻漂亮就行，还下个什么地？完全没有必要！

刘梦梦倒也对得起"花瓶小老婆"这个称号，她第一眼见到我家的麦田时，说的话是："哇！好大一片韭菜啊，简直就是韭菜湖嘛！"后来她明知道是麦子，还是坚持管麦田叫"韭菜湖"，每次爸爸都被她的"天真"逗得合不拢嘴，使我从心里深深地鄙视她。

为了逃避鄙视对象，我决定在这个假期里做些有意义的事情。爸爸说我可以出去旅游，他全程资助，我不。虽然他不经常回家，我还是怕错过他回来的那几天，毕竟开学后我们就更见不着面了。刘梦梦只知道韭菜湖，不知道韭菜湖中央还有一处"湖眼"，我猜她即使知道了也不会好奇和兴奋。何况我压根没想让她知道，这是只属于我和爸妈的秘密。来我家帮农的人都清楚，中间那块不长毛的地方和通向那个地方的小径是个禁区，他们只要避开就好，至于原因，大家七嘴八舌地猜了几年也就不以为然了。

我决定这个夏天要在"湖眼"里写出十首诗歌，像那些帅气的女诗人一样。本来我是想架起母亲留给我的画架，学着她的样子在麦田里作画，可是我对画画实在没有半点天分，既浪费纸张又浪费时间。母亲走后，我把她那晚画的月亮贴在了床头，经常给月亮补色，可是画纸还是由洁白变成了脏黄，后来我干脆把月亮剪下来，突兀地放在了一个相框里。我觉得我这个行为很自私，也很无耻，真月亮要是知道了一定会被我气哭。

可是我没有任何灵感，完全不知道从何下笔。憋了几天，我终于发现那些女诗人是多么了不起。她们有那么细腻的情感，那么需要倾诉。怪不得小时候母亲整天要我背她们的诗，无论干完农活多累，她都坚持检查我的背诵情况。和她们比起来，我是笨拙、粗鄙的。我似乎没有什么想要倾诉，也不知道该如何诉说。确切地说，每当我身处"湖眼"时，我的心里就被某种东西给塞满了，这东西取代了我其他的感情，像一坨黏胶死死地封住了我的声线。所以我完全说不出来。

有一天晚上，我梦见了母亲。梦中的她骑在一匹白色闪金光的宝马上，从远处奔腾而来，在我们的麦田里飞驰。我伸出手想要接触她，她也试图勒马停下，可是那马跑得太快了，快得就像一阵金色的旋风，它在麦田里兜了一圈就带着母亲消失了。我从梦中哭醒，哭得撕心裂肺。那一刻我明白了塞在我心里的黏胶是什么，是愧疚。

我对我的妈妈怀有深深的愧疚。当我领悟到这点时，我整个人都陷入黑洞当中，被大批大批的悲伤分解。我怎么都想不通，我为什么会有这样的心态。明明是妈妈不要我和爸爸了，怎么愧疚的反而会是我？我越想越心碎，越心碎越想，几天下来变得跟个鬼一样。爸爸为此推掉工作，在家里一心一意地照顾我。不过他不明白我究竟因何难过，我拒绝向他吐露理由，我似乎陶醉在这巨大的阴影当中，因为我从来没有和母亲的心如此近距离地接触过。

刘梦梦大概觉得我是因为她才会变得抑郁，所以她识趣地离开屋子，一个人挺着大肚子在外面转悠。今年是个格外炎热的夏天，热得知了都懒得叫，蜻蜓也不想飞。我瞥见她破天荒地和别人家媳妇聊天，就为了蹭人家占好的阴凉地。有一天她回来后大概是有些中暑，呕吐不止，自己偷偷在沙发上抹眼泪。抹着抹着，她似乎想起了什么，原来是刚出去买的猪肉忘了放进冰箱，大热的天儿都快臭了。于是不一会儿，厨房里就传来了熟悉的剁肉声，她说好久没给我包馄饨了，爸爸说你都热成这样了，还包啥馄饨，再说，你可以买现成的肉馅儿啊。她说外面绞的肉没有自己剁的好吃。

晚饭吃完馄饨，我的心情好了许多。事实上我的"抑郁症"没那么严重，这里面多多少少加上了我自导自演的成分，我爱读悲剧小说，所以也爱在自己身上演绎。我正值青春的肉体有着强大的自愈能力，再怎么伤心也不至于发展成绝望。爸爸回来陪我，只要他那一身汗味儿飘在家里，我就觉得天塌下来也不用我去顶，这种放松可以说是一针强效的镇静剂，一下子就使我那颗阴云环绕的心被阳光给照亮了。刘梦梦那晚中暑不退，又不敢吃药，只能敷着冷毛巾躺在床上哼唧，父亲很是着急，我也是。

本来我对刘梦梦就要化敌为友了，因为这么久的接触，我发现她是个蛮实在的女人，也确实无比爱我爸爸。我预感在爸爸老了以后，她依然能够陪伴左右，不离不弃。爸爸能遇见她，拥有第二春，我其实是为他高兴的。那些关于"背叛"的想法很幼稚，不应该出现在成年人身上。鉴于我刚成年不久，我还是允许自己处在这种心思的夹缝中，所以我的表现不成熟，内心的真实想法也不会给别人看到。

然而刘梦梦恰巧在这个关键时刻做了一件令我十分厌恶的事情。要知道，她做一百件好事都可能因为这一件事而前功尽弃。

她不但发现了我的"湖眼"，还在里面乘凉！爸爸不知道从哪儿搞了一个露营帐篷，帮她搭在了"湖眼"里，两个人钻到里面偷偷约会！

"这地方可真美啊！"刘梦梦开心地说，像是来到了梦中。

如此公然地挑衅我的底线，我会沉默吗？这"湖眼"是我和我的爸爸妈妈才有资格来的地方，除了我们三个，谁也不行！我愤怒地站在帐篷外，像一只狮子。有人侵犯了我的领地，我几分钟就可以咬死他。刘梦梦被我的表情吓得不轻，父亲想要指责我，被她给拦了下来。

刘梦梦不去"湖眼"只维持了几天。不到一个星期，她自己偷偷跑过去的时候再次被我抓了包。

"美娇（我的名字），你就让我在这儿待会儿吧，一会儿我就走。这儿又凉快，景色又好，我也想体会体会。"

"不行，我要在这儿写诗。"我冷冷地说。

"行，我上那边去，你就在这边，怎么样？我绝对不打扰你。"说着，她挪了挪屁股，把一大片范围让给了我。

"不要！"我坚持，气氛十分尴尬。

她笑了，不是强颜欢笑，而是真的在笑，很有乐趣的那种。她说："你这脾气真和你爸一样倔。"

我不是十分明显地白了她一眼。

"喏，给你看看，别和你爸说。"她从衣服兜里掏出一个小记事本。

虽然我是个"高冷"的人，可对神秘事件还是抱有难以控制的好奇心。我打开本子，只见里面已经写满了三分之二。

刘梦梦的字迹竟然如此娟秀！而且……她写了好多首诗。我默读了其中一首，写得非常有灵气，也非常优美。读完这一首，用现在流行的网络用语说，我已被她"圈粉"。我看得入迷，不想停下来，她的诗从某种角度上来说深深地震撼着我，宁静而富于生命力，如同一颗春天的琥珀，孤独中散发着与自然的默契。我甚至闻到了一股从小本子里飘出的香气，像垄沟里的水渠一样涓涓前行，微笑着与所有被滋润的麦子擦肩而过。

"怎么样？"她热切地期待我的评价。

"还行。"我把本子还给她，其实我想说的是"真好！"可我选择不说。

"哦，好吧，其实我也喜欢写写东西，这点咱俩一样。"她讨好似的看着我。

"可能吧。"我说。我的内心语言是:"这点咱俩不一样,你写得比我强多啦!不仅比我强,也比有些女诗人强。"

"唉,好吧,我走啦,你在这儿。"说着,她把她的防晒衫披到我肩上。

我以为这一次,刘梦梦再也不会到"湖眼"里来和我抢地盘,可是第二天晚上她依旧出现在了"湖眼"。这回她再一次深深地刺激了我——她竟然把母亲的画架找了出来,架在那里,打着充电台灯,有模有样地临摹着风景。

我怒火中烧,这个女人怎么这么厚颜无耻?她竟然使用我母亲、她丈夫前妻留下的东西,还用得那么自然而然!

"你从哪儿翻出来的这画架?"我大声质问她。

她止住手中沙沙作响的铅笔,说:"我知道这画架对你来说很重要,可它放在那儿都快被虫蛀了,与其浪费资源,不如让资源得到充分利用嘛!"

她说得很有道理,我一时间无言以对。

"你也不怕蚊子叮?这么多蚊子围着你。"台灯下飞舞着一大群蚊子,刘梦梦视而不见。

"没事儿,在屋里蚊子也多。"

她这个样子实在如同一桶汽油,劈头盖脸地浇在了我这棵火苗上。

刘梦梦那么像我母亲,像我母亲一直渴望变成的样子。诗意、美丽。可是我的母亲因为要帮父亲种地,她的手粗糙得就像老妇。她的脸被太阳晒得黝黑,斑斑痕痕,嘴唇始终起皮。现在她应该过着属于她的幸福生活,就和刘梦梦此刻一样,可以心无旁骛地沉浸在艺术的氛围中,只不过她的世界我再也无法走进,而我却走进了刘梦梦的!这简直如同刘梦梦把她的乳头强行塞进我嘴里，非要给我哺乳一样。

对刘梦梦的愤怒就像一大群蚂蚁在心里爬，痒得我咬牙切齿。她这样的行为，就好像一位安静的女神无视粗鄙的村姑一样。她专注于画板，对我爱搭不理，完全没有想到我的蚁群正在向她扑去。这回我选择离开，退步。就让她在这儿沉醉吧，因为我有一个很好的计划。

今夜我要变成一匹狼。

我回家从仓房里准备了铁锹和大草席，决定把"湖眼"装修一下。我要挖一个大坑，很深很深的那种，在上面铺上草席。就对刘梦梦说这是我特意为她铺的，怕泥里的湿气伤害到她。刘梦梦一定会开心、感动地走上去，然后掉进大坑里。从此以后她就再也不会越雷池半步了。

她回来了，已经是晚上十一点多，她看起来很累也很开心。我把工具藏好，准备等她和爸爸睡下以后开始我的"工程"。我站在卧室门口，一边看着表一边盯着她和爸爸的举动。

"让我看看吧。"爸爸对她画的画很感兴趣，可刘梦梦把画纸卷了起来，并不想给他看。

"画得很丑，别看啦！"她笑嘻嘻地说道。我在心里厌烦地"哼"了一声。

"再丑也是我老婆画的，怎么着都好看。"

他们两个打情骂俏似的争论了半天，最终刘梦梦把画纸展开了。

可父亲看到画的那一瞬间，脸色一下子凝重了起来。我敏锐地捕捉到了他这个我前所未见的情绪，就像电脑中正在播放的电影突然被按了暂停，画面固定在主角复杂的表情上，可以供人近距离琢磨很久。是的，他维持这个凝重的表情足足有三分钟。其间单眨了几次右眼（父亲紧张时的惯用动作），拉动右面的嘴角也跟着抽了几下。

然后他合上画纸，去了洗手间，"咔嚓——"一声锁上了门。平时他解手时从来不会上锁，上一次锁门是在母亲离开的那一天。

父女连心，父亲的情绪散播在空气中，刹那间就可以感染我。刘梦梦也没有预料到爸爸会如此悲伤，她杵在那里，茫然地看着我，像个做错事的孩子。

那晚我没有去"捕猎"，没能变成狼。后来我把这件事告诉刘梦梦的时候，我们两个都像听笑话一样乐得不行。她说："也许你真该给我挖个大坑，这样你弟弟还能早出来几天。"我把头摇得像拨浪鼓，这样似乎能甩掉一些罪恶感。假期快要结束的时候，已经到了马上收割的日子。我和刘梦梦贪婪地躺在"湖眼"里，因为"湖"就要干了，得抓紧时间享受。

"你到底画的啥呀？"我问她。

"你看看不就知道了。"她说。

"不看。"

"为啥？"

"不想看。"

"那你还问我。"

"问问又不犯法。"

夕阳把天空映照得粉红，我看得入迷。突然，一匹白色闪金光的宝马从一朵云快速地跳跃到了另一朵云上。我一屁股坐起来，指着天空大喊："马——马——马——妈——"

刘梦梦似乎听到了什么令她兴奋的字眼，她也想一屁股坐起来，奈何肚子太大，只能用脚趾轻轻地推推我："你刚才喊我啥？"

我回过头来送给了她一双因惊讶而瞪得溜圆的大眼睛。

再告诉我一次

孔野平冲他哥们儿又重复了一遍自己即将取得的国籍，对方挥了一拍，将一颗网球狠狠打在了对面的墙壁上，为了接住回弹的小球，哥们儿的第二拍差点拍在了他脸上。

"你听清楚没有啊？"孔野平一脸不满。

"关我鸟事。"

孔野平悻悻地背起书包，里面空荡荡的，看起来只有一只笔袋。他思考着那个遥远的非洲小国，一头雾水。雨下起来，饥肠辘辘，他走到一个卖火烧的铺子里要了个牛肉馅儿的，屋里传出节奏均匀的剁馅儿声，他故意放慢咀嚼速度，想听听这个声音会不会因为需要短暂的休息而停歇，然而直到他走出铺子好远，那声音依旧不紧不慢、力道十足。

回到家，父亲做了几个好菜，开了瓶冰镇啤酒，要他一定陪自己喝一杯。孔野平扫了一眼桌子，有春笋烧肉、红烧鸡翅、蒜蓉开背虾和一道老醋拌六样，偏偏此时他打了个饱嗝，被父亲瞥见了，他显得有些失望，孔野平只好坐上桌，给两人满上了酒。

"我妈呢？"

"她出去吃了。"

饭桌前有一个秃头小子举着筷子不知道该伸向哪道菜,他觉得此时母亲也一定是这样,和十几年不联络的旧相识聚餐,还要把话题引到帮自己的丈夫谋个差事上去,对于她这个快五十岁的女人来说,肯定是磨不开颜面的。

"接下来什么打算?"父子俩异口同声问对方,二人尴尬地碰了下酒杯。

父亲吃了一大口凉菜,单位减岗减编,他想要另谋高就,一直找不到合适的去处。不过他相信他的妻子,会办事,能力强,不仅能给儿子弄个非洲国籍享受高考优惠,肯定还能把自己推销出去。总之,这个家目前全靠她了。

"好好努力,考个好成绩,别对不起你妈。"他叮嘱儿子。

孔野平机械地嗯了一声,听说换了那边的国籍,高考可以少考几百分。

"那比赛……"

"有那个工夫,还是看看课本的好。"父亲把儿子刚点燃的火苗掐死在了一声叹息中。他回想起几年前,这个毛头小子个子还没有这么高的时候,好像是从某部动画片中受到的启发,嚷着一定要学网球,本以为他只是三分钟热度,谁承想竟有些天分,代表学校获得过市里省里的奖,有人还专门过来挖他这株体育苗子。

孔野平十分气愤,甩了筷子锁上了自己的房门。他实在想不明白,为什么自己的父母宁愿让他做一个"叛徒",也不同意他追求自己热衷的事业。省赛马上就要举行,教练把翻盘的希望全压在了他孔野平身上,可是母亲突然闯进来,煞有介事地向所有人宣布,她儿子从此以后再也不打网球了。

一只苍蝇在他眼前划来划去,雨夜出现了几道裂痕,窗户关得很严实，孔野平对上面那个白色的把手产生了兴趣，设想着里面锁芯的运作模式，怎么一滴雨都漏不进来，苍蝇却能进来呢。

百无聊赖地躺在床上，他听见母亲回来，父亲殷勤地问候。她用一些搪塞的话语敷衍地鼓励着他，如同鞋底与地板之间的交流。一条短信发来，是李敞。

"你到底来不来，要发车了。"

对方指的是代表学校去西藏打比赛的事。孔野平嘴角露出一丝自信的笑容，因为现在他还没有正式退出，双打赛要是少了他，李敞想要赢的希望可是很渺茫。他盯着手机屏幕，心想不回复这条短信的话，李敞能不能再发来两条。那家伙心气儿高得很，平时训练两人没少暗中较劲，除了在球场偶尔来点眼神杀，他们几乎没说过话。

他盯着手机，蓝光幽幽，心潮澎湃。要是秒针足够尖锐，墙壁上也许早就被巨大的"嘀嗒"声凿出一个圆形的窟窿了。

"白痴。"对方又发来两个字，孔野平笑出了声，他编辑了一行文字"你求我我就去"，但是就在要按发送键的时候，他把这行字删除了。一种史无前例的空虚感袭来，他觉得自己像是神话人物盘古一样，处在一个鸟不拉屎、举目无亲的地方。他把脑袋埋进枕头里，用脖子作为支撑点，跪在床上，把屁股高高地翘起，给自己创造一座岛。

就在他快要窒息的时候，李敞发来了第三条短信："有病"。

这回孔野平坐不住了，他被骂得热血沸腾，急切地想要飞奔到火车上去给那小子一拳。雨不知道什么时候停的，夜还没有黑透，隔壁邻居收听的广播里传出了一曲高亢的《我和我的祖国》。爸妈出去散步，房门轻轻地"砰"了一声。

孔野平飞奔到火车站，前往拉萨的列车刚刚开走，他咬牙切齿，愤怒异常，怎么谁都和自己作对，他强压怒火，低头看看裤脚上甩的泥点子像一只只停留在树上的燕子。春天的确来了，但是人们仍然在凛冽的风中行色匆匆，没人回头，没人张望，只有呆立在原地的他仿佛是转动的自行车胎上的气门芯。

下一班开往拉萨的列车要在明早出发，孔野平买了张票，坐在候车室心事重重。他觉得作为一个爷们儿这辈子怎么也得闯荡一次，仗剑天涯。出门时他给母亲留了个便条，说自己必须要去参加比赛，最后打一次网球。其实也说不明白为什么喜欢这个东西，他只是觉得把一颗球狠狠地拍在网以外是一件很快乐的事，和把一群鱼从渔网里放生没什么区别。

还有，他不想变成外国人。为国争光这种事虽然他从没开口说过，心里却常想象着未来某一天自己站在领奖台上，身后是冉冉升起的五星红旗。孔野平脑子里又浮现出了那辉煌的画面，他眯起眼睛，沉浸在梦幻中。突然，身边座位有人重重地丢了一个双肩包过来，吓了他一跳，定睛一看，一个比自己小一些，一看就是问题少年的男孩坐在了旁边的旁边。

孔野平默默骂了一声，隔着高高的双肩包瞄过去，对方正在打自己最拿手的那款电子游戏。不过他太菜了，那么多装备竟然还能一滴血都不剩，也是个人傻钱多的主儿。一个高大的中年男人在这位"非主流"的身边坐下，热情地把刚买来的一本文学杂志递给他看，对方完全视其为空气。

夜渐渐深了，候车室的乘客陆续走了一批又一批。孔野平有些慌张，紧紧攥着手里的票。他努力合上眼，希望明早能快点到来。人生中第一个离家出走之夜其实挺煎熬的，他觉得这个城市都陌生了，不是自己从小长大的地方了。随着灯一盏盏被关上，他越来越坐不住，心想着要不干脆回家算了。

"有充电宝吗？"非主流突然冲孔野平来了一句，他手机没电了，看上去十分着急。

孔野平摇摇头，这家伙不是要通宵打游戏吧。他挪到了稍远的位子上，不想被吵到，又害怕这两个人不一会儿就离开候车室了，那样的话，孔野平脑海中蹦出了"流浪"一词。

"喊。"对方蛮失望，站起来四处寻找，终于在远处的一个角落里充上了电。不过他没有继续打游戏，而是攥着手机像是在等待什么人的电话。孔野平又回到了原来的座位上，想离高大的中年男人近一些。

"你去哪里？"男人关切地问孔野平。

"拉萨。"

"我们也是。"男人说着把自己的票在孔野平眼前晃了晃，他们是同一趟车。孔野平悄悄舒了一口气。

"你是一中的啊，厉害，厉害。"男人冲他竖起了大拇指。孔野平看着自己校服胸口处的刺绣，自豪感陡然升起。

"那小子要是能读一中就好了。"

孔野平没接话，心想哪个父亲不是看自己儿子好，即使他儿子在别人看来没救了。

"你们一中的同学，个个都是一顶一地学习好，将来都是国家的栋梁。"

孔野平有些惭愧，他没承认过自己是学渣，但是此时此刻他不由得诚实起来。

见中年男人还要发问，孔野平急忙打断了他："叔，你们是去拉萨玩吗？"

男人一副欲言又止的样子，没想到话题就这样聊死了，孔野平识趣地抿了抿嘴。他看看手表，已经是午夜时分，距离清晨发车还有几个小时。他半眯起眼睛，似睡非睡地保持着警惕。铁轨在巨大的黑暗中匍匐，再远一些还有什么东西就看不到了，窗户上映射着一颗颗大小不一的光斑，光斑中是自己的脸。他把手揣进衣兜，摸到一颗网球，记不清是什么时候带在身上的了，不过这个小东西倒是挺催眠。

天亮了。孔野平回想起自己小时候同父母爬名山大川时等待太阳从云海中慢慢出来的情景，那种光芒万丈远比不上站台上方那轮"未见其人先闻其声"的太阳。他感受到了久违的热量，城市又是那个城市了，它的火车站没有出走，麻雀依然在水泥路面上寻找着旅客散落的食物。有轻微的雾气萦绕在房顶，它们好像是从下水道里钻出来的，茫然地盯着许多陌生人，未敢靠近。孔野平排在检票队伍的第一个，年轻的女工作人员大概是起晚了，她的发髻松松垮垮的，就要散开了。

孔野平坐在硬座上，看其他众生皆拖着沉重的行李，只有自己一个人两手空空，感到了一种隐隐的超脱感。这些人想必是去拉萨务工或者探亲的，许多不同的面庞眨眨眼再一看，竟都长得十分相似。火车缓缓启动，他的心突然提到了嗓子眼。

拉萨的天空蓝得深邃，孔野平想起生物课老师教的有关人体皮肤的知识，这种蓝毫不夸张地说，叫人直接看见了地球的真皮层。他仰着脖子拼命呼吸，前一刻还饿得咕咕叫的肚子现在神奇地饱了。

"在哪呢？"给李敞发过去了一条信息。

"你来拉萨了？"对方秒回。

"嗯。"

这条信息过去后，他像个傻子一样在站前广场杵了半天也不见李敞回话，只好给对方拨去了电话。

"在哪？"孔野平没好气儿。

没想到对方脾气更暴："你不会问教练啊。"

孔野平来了气："不是你叫我来的吗？"

李敞挂断了电话，孔野平差点把手机摔碎，就在落地的前一秒，理性劝住了他。给教练打电话挺难为情的，对于自己退赛的事教练一直难以接受，母亲又从中使了个计谋，她跟教练说："我们家野平说他早就想退出网球队了，可能孩子受到了什么不公平的待遇吧。"这招果然够狠，这些天以来教练从来没有单独联系过他。他能感受到他所蒙受的冤屈以及对自己有多么失望。

然而，组织还是要找的。正当他摩拳擦掌思忖着如何跟教练开口时，来电显示李敞这个大头鬼有话没说完。

"日喀则。"电话那头蹦出了几个字。

"什么？不是，怎么还换地方了？"

"不来拉倒。"

这回孔野平被气得连脾气都烟消云散了，他甚至还笑了出来，深刻地领悟了什么叫上赶着不是买卖。根据他的可靠消息，球队本来说好要提前一个礼拜到拉萨适应环境，比赛也将在这里进行，这会儿换到了日喀则，真不知道唱的是哪出。孔野平只好在路边摊吃了碗面，向老板打听了去日喀则的路线。

上了大巴车，没想到又遇见了非主流父子，三人同排座。

"这么巧！"中年男人看见孔野平，热情地同他打招呼。

孔野平点点头，看见非主流还在玩那款游戏，一阵子不见这家伙技术飞涨。他不禁凑了上去，二人合力攻下了一座碉堡。所谓不"打"不相识，非主流热情地给孔野平肩膀来了一拳，二人说笑起来。

"自我介绍一下，我叫曲直。"

孔野平报了自己的名字。

"你一个人来？"

孔野平点点头，指了指中年男人，小声说："你打游戏，你爸不管吗？"

"他是我妈的前夫，不是我爸。"

孔野平一怔，没反应过来这层关系。

"你该不会是离家出走了吧？"对方指了指孔野平的校服。

"不不，我是来参加比赛的，网球，我是校网球队的。"孔野平急忙否认。

对方露出崇拜的神情，说起了他最喜欢的一部日本动漫，里面擅长打网球的某某人物是自己的偶像。孔野平有些得意。车子在公路上疾驶，路人越来越少，取而代之的是无尽蔚蓝下的山川，它们像凝固的一大块一大块的传说，睡着，无论被人提起多少次也不会打喷嚏，也不会红耳朵。几头牦牛出现在视野中，健壮、懒散，年纪大一些的那头看起来像陶渊明，它旁边那头则有些像苏轼。孔野平沉浸在不是语言能够描绘的绝美画面中，他觉得自己突然谁也不是，不是父母的孩子，不是老师的学生，也不是习题册那擅长偷懒的奴隶了。甚至连一缕风、一粒土都不是。

一面碧蓝的湖泊铺卷而来，在太阳底下闪烁着水晶般的光芒，如同一位打坐的僧侣。乘客们纷纷凑到车窗前发出由衷的赞叹。曲直两眼放光，狠狠地骂了一声，全车都听见了，但奇怪的是他那个脏字与美景并不冲突。

"我去……"曲直赞美道。

孔野平嘴里呼出的热气在窗户上时隐时现，如同翻动历史书的手指在页码旁影影绰绰。

"你说这儿夜里什么样？"曲直问。

"有狼吗？"他补充。

"肯定有月亮吧。"孔野平感叹。

"有月亮也有狼。"

"狼吃啥，抓鱼?"

"不知道。"

"笨啊，吃山呗。"

二人就狼会不会游泳展开了激烈的争论，然后他们探讨了兔子、昆虫、木头会不会游泳，以及他们自己。

"前面就是冰川了。"司机师傅宣布。

曲直瞄了一眼跟他一起来的中年男人，他皱着眉头，看起来不太舒服。

"没事儿吧?"他推了推男人胳膊。

对方摆摆手。

"喂，前面能不能停下车?"曲直没讲礼貌，司机师傅也没理他。

孔野平见状替他打了圆场，结果得到的答案是否定的。

中年男人制止了曲直，说他到日喀则后休息休息就好了。曲直脸色渐渐阴沉下来，刚刚愉快的心情似乎一扫而光。

"你学习好吗?"半晌，他问了孔野平一个前不着村后不着店的问题。

孔野平否认，没觉得有什么丢人。

曲直嘟囔道："要是我学习能好点，我妈也许就不会生病了。"

"你妈妈……"

曲直指了指自己肝脏的位置。孔野平觉得抱歉，但也不知道该说些什么好。对方从书包里抽出一瓶矿泉水递给了中年男人。

"我们这次来，是找我爸要钱的。"

孔野平更听不懂了。

"我亲爸。不过他长啥样我也不知道，我妈手术需要很多钱。"

"你现在这个爸爸没有钱？"孔野平压低嗓音。

"他原来挺有钱的，后来没了。他不是我爸。"曲直强调。

中年男人侧了侧身子，显然是听到了两个男孩的对话。

"你咋不玩游戏了？"他问。

"没劲。"

"那就睡会儿吧。"

孔野平听着这对父子的对话，不禁冲曲直插言："我看他对你挺好的。"

对此，曲直用一声鼻音表示了自己的态度。

冰川赫然出现在了眼前。

"真安静啊。"曲直发表了自己对于卡若拉冰川的第一印象。孔野平不知道该说什么好，他已经被震撼得不知所措、呆若木鸡，好像心被撞碎了，变成了许多飞鸟。

"我妈躺在病床上，就是这个样子的。"曲直打了个寒战，眯起了眼睛。

大巴车抵达了日喀则，孔野平的屁股仿佛被钉在了座位上，仍然沉浸在沿途的风光中，丢了魂儿似的。中年男人下车便吐了一摊，然后像有什么急事一样撇下曲直去远处打电话。曲直一个人晃悠，他看到孔野平像一只迷路的羊，被司机师傅撵下了车。

孔野平再次拨通了李敞的电话，对方告知他队伍现在已经到了珠峰大本营。

"你玩我呢吧？"孔野平质问。

"教练说比赛前带大家来参观珠峰，鼓舞士气。"李敞说。

孔野平无言以对，中年男人走了过来。

"去珠峰。"曲直问的一个问题，得到了孔野平和养父异口同声的回答。然而今天他们必须在这里住一晚，日喀则距珠峰可还远着呢。

曲直一头雾水："我爸怎么上珠峰去了？"

"你妈说的。"中年男人心不在焉。

曲直将信将疑，他邀请孔野平跟自己去同一个旅店住下，大家彼此也好有个照应。

"人家小伙子有自己的事情要做，你别干涉人家。"中年男人不满曲直替别人做决定，在这两个小屁孩中间他才是家长。

孔野平正想跟着这对父子，爽快地答应了下来。他觉得跟着他们一起行动比较安全，也省得自己像只无头苍蝇一样。

夜里，中年男人独自走到了一处僻静地，想要看看日喀则的星空并如愿以偿。这里的夜晚和大城市不同，静谧、诗意，如果可以他愿意和妻子来此共度残生。也许在这样的环境下她会痊愈，再告诉他一次曲直的父亲是谁。对于她第一次给出的答案，他无论如何都不能接受。

中年男人一夜未眠，他站在屋外，用心听着里面两个孩子打鼾的声音，希望明天这个一中的男孩能顺利地与他们分道扬镳。

当孔野平站在珠峰脚下拨通李敞的电话时，对方向他坦白了一个"神话"。

李敞说："那个新搭档太菜了，跟他合作有损小爷的颜面。"他指的是此次网球比赛教练为他换的新双打队友。

"虽然你也很烂，好歹咱俩还有那么点儿默契。"他补充。

孔野平的肺要炸了，不知道是海拔的问题还是被李敞气的。

"我分析了藏族选手的实力，这次比赛咱们赢不了。你也没必要去冒险，咱俩的名声能挽救多少算多少吧。"李敞说。

孔野平冲着听筒怒吼："这就是你把我骗得团团转的理由？"

"你不是也欣赏风景了吗，我这是成全你，要不你谢谢我？"

"你在哪儿？"

"去狮泉河的路上。对了，你可别和教练说，他以为我回家了。"

"你这么逛荡，家里不管你？"孔野平担心起来。

"管个屁，你以为我妈是你妈啊。"李敞说出这句话后，孔野平感觉自己的毛孔燃烧了起来，像是有一阵旋风把他卷到了天上，一时恍惚，没有听到李敞又说了什么。

"你再说一次？"孔野平紧紧抓着手机。

"我说，欣赏完伟大的珠峰你就回家去吧。"李敞挂断了电话。孔野平觉得如此决绝的李敞像一个孤胆英雄，有点像小说里的人物了。要是能再遇见个什么姑娘和他一起浪迹天涯，可谓一段佳话。不过他很担心这家伙除了经济以外的实力，记得有一次教练让他往北边发球，他愣是不知道冲哪儿。

曲直问孔野平接下来的去向，得知他要去狮泉河把哥们儿找回来之后，自告奋勇要同他一起去。中年男人觉得两个男孩是在开玩笑。

他呵斥曲直："你跟着裹什么乱？"

"你说我爸在这儿，人呢？"

中年男人不语，其实他们父子俩比预计早了一天到达此处。事情不能按期进展，现在他只能蹲在地上抽烟。当他掐了烟屁股站起来的时候，忽然不晓得自己是谁了。在失去意识的刹那，他感到身边的一切都变得斑斓起来，珠峰变成了彩色的，天上的云慢慢往地上掉，雪花变得很大，像蝴蝶那样呼扇呼扇地飞着。他听见曲直喊了自己的名字，喊得很慢，很好听，但是这声音越来越远，如同一盘绞了的磁带。

救护人员迅速抬来了担架，曲直和孔野平十分焦急，他们都明白高原反应不是闹着玩的。男人的手机从口袋里滑落出来，孔野平捡起来递给了曲直。他们在帐篷外听见医生说男人的症状严重，需要一味当地药材，不过他们已经所剩无几。

曲直灵机一动，打开了养父的手机熟练地输入了密码。

"这你都知道。"孔野平感叹。

曲直做了个噤声的手势，拨通了通讯录中第一个电话号码，这个号码没有所属者的名字，显得有些神秘。接电话的是一个男人，讲着蹩脚的汉语，听不出那呕哑嘲哳平仄不分的口音是哪个地方的。

"你是我爸吧？"曲直单刀直入，最后一个字是轻声，使得他的疑问句听起来像肯定句。

对方咿咿呀呀，哼哼哈哈，孔野平什么都没听明白。

"听说你是卖药的，有治高反的特效药吗？"

孔野平不晓得曲直是怎么听懂对方所言为何的，不过他很麻利地就把事情办妥了。两人蹲守在帐篷外，等着救命药"从天而降"。

"既然你爸有神药，怎么不让他救救你妈妈呢？"孔野平挺好奇。

"他要是有能治那个病的药，早就成世界首富了。"

孔野平思忖着接下来自己怎么办，不把李敞找回来他总觉得对不起谁。曲直说要找人可以，但是得带着他。

"人多力量大。"他说。

孔野平觉得曲直过于热心了，他的语气有种毋庸置疑的成分，听起来怪怪的。

"你还是尽快回去陪你妈妈吧。"

曲直摆摆手，坚定地说："团结就是力量。"

孔野平示意他帐篷里还有一个病号需要照顾，没想到曲直斩钉截铁地说就让他躺这儿好了。

"走吧。"曲直拉着孔野平就要往狮泉河出发。

"这不合适，你爸还没把药送来呢。"

曲直语塞，但他的神情十分焦虑，好像比孔野平还急着要走。

"找到了你那个朋友，你们就回成都了吧？"

孔野平没想好是带着李敞回到拉萨参加比赛，还是一同打退堂鼓，这是个严峻的问题，眼下最重要的还是先找人。

曲直狠狠踢了一脚土，扬起的砂石覆盖在他鞋面上，他左右摇晃保持着平衡，想要留住那颗稍大一些的。天气越来越冷，好在前几天旅馆老板便宜卖给他了一件军大衣，否则现在倒下的也许不仅中年男人一个人了。一辆面包车开过来，看起来是刚买的，在落日的余晖中闪耀着皎洁的银光。车子停在曲直跟前，一个猎人打扮的汉子走了过来。此人双眼深邃，颧骨突出，再看看曲直，怎么都不像是和这个人有血缘关系。

此人说他叫更群，这回他讲的话清晰了，不像之前电话里那样牙疼似的。他神色凝重，两眼射出幽幽的光，寒气逼人。被他死死盯着，曲直感到寒毛直竖，躲在了孔野平身后。

"早了一天。"更群嘀咕道，连着孔野平也瞪了一眼。他走进帐篷，说了一句不知道什么意思的话，听起来应该是骂骂咧咧。

曲直两脚发软，孔野平不相信这个叫更群的人是曲直的生父。这俩人浑身上下没有一处相像的地方，一处也没有。

"他不是我爸。"曲直把孔野平拉到面包车后面，俩人背靠在车门上，曲直朝车窗里张望了一番，好像里面有什么埋伏。

"我后爹要把我卖给这个人。"

孔野平刚想说话，曲直捂住了他的嘴。

"哥们儿，现在能救我的只有你了，要是我真被卖了，你也看见了，我肯定是逃都逃不掉。"

孔野平扒开曲直的手，对他所言难以置信。

曲直从口袋里掏出一张皱不拉几的照片："这个才是。"他说。

的确，照片上的人跟曲直长得有几分神似，比更群要有说服力。孔野平观察了一下环境，有辆大巴正在组织游客返程，看样子还有空座位。他们询问了司机，得知是开往玛旁雍错的。可是由于曲直未成年，没有身份证，给他买票成了一个挑战性问题。

更群不知什么时候出现在了两人身后，吓了他们一大跳。

"你们两个干吗呢？"

曲直不敢作声，孔野平替他打圆场："更群大叔，里面那个叔叔好些了吧？"

更群点点头，用狼一样的眼睛逼视曲直，捏了捏他的肩膀和小腿的肌肉。

"挺结实嘛。"

曲直眼泪都要掉出来了，孔野平不忍心，借着找李敞的理由把更群叫到一旁。

"更群大叔，我朋友去了狮泉河，我明天从这里出发还能追上他吗？"

更群上下打量了一番孔野平，又虎视眈眈地瞅了瞅曲直。

"上车里坐吧。"他说。

曲直说什么也不上车，孔野平说我们不冷。更群钻进了驾驶室，看样子是打开了空调，车窗很快上了霜。车子未发动，看着那层暖暖的薄雾，孔野平更冷了。他不停搓着手，打开了副驾驶的门。

更群递给了他一包饼干，孔野平像是得到了什么珍馐一样撕开包装大口吃了起来。曲直见状也坐进了车后座。他没有吃孔野平递给他的饼干，车内热烘烘的气体萦绕在周身，他舒了口气。

曲直突然惊叫了一声，他看见了一柄猎枪。

孔野平瞬间停止了咀嚼，心脏被提溜了起来。

"别动！"更群呵斥道，曲直条件反射地举起了双手。更群下车将猎枪的两颗子弹退出来，把枪杆子扔进后备箱，重新回到了车内。

"小孩子不要碰，危险。"他说。

孔野平和曲直面面相觑，像两头僵硬的鹿。孔野平想起来以前看科教纪录片的时候，里面提到了嘉绒藏族的猎人，他们好狩猎、擅骑射，还有神秘的猎神崇拜。他依稀记得这种猎人中有一部分人被称之为"吊鹿子"，铺得一手好机关，据说还会什么咒语和法术。想到这些，他看了看手里的饼干，寻思这会不会是一包下过咒的饼干，吃了会不会致幻。他使劲摇了摇头，还好，晕劲儿过去了就没再来。

"更群大叔，您不会是嘉绒藏族的猎人吧？"孔野平十分想得到答案，不过对方没有正面回答他。

孔野平来了兴致："你们真的会法术吗？"

"那你要去问山神爷。"

"山神爷？"

"就是守着这些山的神。"

"真的有山神吗？更群大叔，你见过吗？山神长什么样？"不仅孔野平万分好奇，曲直也凑了过来。

"怎么可能见过嘛，又没做亏心事。"更群说着瞥了一眼曲直，语气减弱，好像言不由衷似的。

曲直不知哪儿来的勇气，直接戳中了更群："没做亏心事，你带枪做什么？"

"防身。"

"防身？不可能，我看你是用它打猎的。"

更群转过头去狠狠瞪了曲直一眼，孔野平吓得一哆嗦。

"打猎又怎么了。"

"打猎不算亏心事？"曲直哼了一声。

"猎户也是要生存的嘛。"更群强调。

"动物不也是要生存的吗？"

"只要不贪心，山神爷是不会怪罪的。可要是贪心的话，山神爷发怒，谁都救不了喽。"

"更群大叔，山神爷是怎么发怒的？"

"我没有亲眼见过，不过倒是听我母亲讲过一些传说。"

孔野平和曲直把脸凑了过去，虽然曲直一脸厌恶，耳朵仍然竖得高高的。

"说是以前有一个卖草药的人专门套怀了孕的蛇，把蛇蛋从肚子里剖出来泡酒，家里摆满了这种酒坛子。有一天一条被开膛破肚的母蛇本来已经死了，却突然蹿出去把卖药的给咬了，他中的这种毒只有一味草药能解，那人就挣扎着往山里走，原本草药就长在他熟悉的那个地方，可是走着走着却迷路了，到了一个全部都是小孩子的村子，小孩子说他们有解药，但是需要卖药的出高价购买，这高价不是钱财，而是给这些小孩子们一人找一个阿妈。"

"后来呢？"

更群没有说话。

"你不也是卖药的吗？"曲直显然是处处针对更群。

"救死扶伤，积德行善。"对方淡然极了。

孔野平只好再次打圆场："更群大叔，再给我们讲一个呗。"

"这种故事多了去了，不讲了。"

曲直发出了一声响亮的鼻音表示不爽。

"再告诉我们一个吧。"孔野平来了兴致。

更群想了想："倒是还有一个。传说很久以前有个小伙子千里迢迢从外乡来到藏地，选了块依山傍水的地方自己建了座房子，开辟了园子，可是他种什么都不长。小伙子每天都向山神祈祷，有往来的穷人向他讨要吃食，虽然自己食不果腹，他还是慷慨地分给大家。有一天一个漂亮的姑娘找上门来，身世可怜，小伙子只好将她留了下来，把仅有的一张床让给了她，自己就睡在院子里，头枕着土，眼望着天。后来姑娘嫁给了他，奇怪的是院子里渐渐长出了好多作物。一天夜里小伙子发现妻子不在身边，他来到外面寻找，发现妻子散下了挽起的长发，她的头发变成了一条溪流，浇灌着他的园子。"

"后来呢？"曲直和孔野平异口同声。

更群又不作声了。

"别呀，怎么总是不讲结尾啊。"

更群把头扭向了一边。

"你那个朋友也像你这么大年纪？"过了半天，他突然向孔野平过问起李敞来。

"我俩是同学，本来一起去拉萨打比赛的。"

"啥子比赛？"

"网球。"孔野平不自觉挥舞起了右手。

"你说他一个人去了狮泉河？"

孔野平点点头。

又过了半晌，更群冒出了一句："等明早帐篷里那个醒了，我帮你把人找回来。"

孔野平刚想感谢，曲直在后座狠狠踹了一脚他的椅子背。他差点忘了眼前这个能讲故事的大叔是个坏人。坏人都擅长忽悠，他想。

朦朦胧胧中天亮了。当孔野平睁开眼时，万丈金光从远处珠峰的身后射出来，仿佛巍峨的高山展开了羽翼。曲直呼噜打得震天响，孔野平回头看了看，发现他和自己的身上不知什么时候多了两条毛毯。更群和衣而睡，他的手紧紧抓着衣领。

孔野平下车，把一整个自己都浸润在晨曦中，雪山的美让他恨不得扑上去、飞过去，但是他感到自己变成了一棵树，思绪的旋风并不能将他连根拔起。还差点儿什么，就差那么一点儿。中年男人坐在不远处面冲着珠峰的光芒一动不动，好像一块化石。

"您好些了？"孔野平礼貌地问。

男人稍微点了一下头，把脸别向了另一方，不转头还好，他脸上旋转的光晕反而使孔野平看到了他的泪水，比眼泪更闪亮的是他人中处的鼻涕。这种涕泪横流的自由对于像他这样高大的男人来说，怕是不常见，但是此时孔野平没有任何想要安慰他的意愿，他感到嗓子眼儿在抽搐，鼻子酸得很，自己也要流泪了。

更群走下车，中年男人看了看他，随后把头又转向了珠峰。太阳就要完全从山顶跃出了，不知是谁在用朝霞狂草，倜傥不羁却又井井有条。三个沉默的背影组成了两个线段，在某个地方也许有把尺子正在衡量这几颗微尘的比例。

"拉索啰！拉索啰！"更群突然放声大叫了起来。

孔野平不知这几个字是什么意思："更群大叔，你念的是什么？"

更群做了一个深深地吞吐空气的动作，然后说道："去找你那个朋友。"

孔野平拨打了李敞的电话，一句"您所拨打的号码超出服务区"使他瞪大了眼睛。

"糟了，别是进无人区了。"更群紧张起来。

孔野平急了，他知道狮泉河的下一站就是羌塘无人区，李敞那小子向来不合群，又是个路痴，要是他自己进了无人区，后果可想而知。中年男人站起来，不晓得更群给他用了什么药，精神看起来比之前更好了。

"孩子丢了可不行，事不宜迟。"中年男人说，与更群心照不宣。

众人坐进了面包车，更群把油门踩到底，向着羌塘无人区进发。孔野平从未在清晨中如此狂奔，他感到自己此刻是裸体的，像一头动物。

"那是什么？"曲直指着远处一个小小、尖尖的身影问。

"藏羚羊。"更群回答道。

孔野平摇下车窗，他只在语文课本里见过藏羚羊，知道它们聪明、敏捷、通人性。

"它们是藏地的精灵。"更群说。

"我看它们更像是珠峰打的喷嚏，活了。"曲直抢答。

中年男人笑出了声，拍了一下他的脑瓜子。

"你再说一次，它们像什么？"

"像唾沫星子。"曲直白了他养父一眼。

中年男人这回笑得很大声，可孔野平心烦意乱，不知为什么，要是李敞真失联了，他感到自己有不可逃脱的罪过。

"更群大叔，这天苍苍野茫茫的，咱们咋找？"

"山神让咋找就咋找。"

"那你倒是说说，山神怎么跟你说的？"孔野平焦虑不已。

更群狠踩了一脚油门，众人向后仰去。

中年男人问："那孩子可能面临什么危险？"

更群说："他要是不会野外生存，天气、野兽、没吃的没喝的，都能要了他的命。这里可不缺白骨。"

"我听说之前咱们国家只有一位牛人成功穿越了这里，用了好像是七十七天。"

更群哼了一声。被他们这样议论，孔野平感觉心里像是着了火。突然，一个陌生号码打通了他的电话，急忙接起后里面传来的声音很小，断断续续，孔野平只听清了一点有用的信息，分别是打来电话的肯定是李敞，他提到了藏羚羊，还有一个"救"字。

"你这朋友不是遇上偷猎分子了吧？"更群踩了刹车，一道刺耳的声响产生了回音。

孔野平一脸茫然，更群眉头紧皱。

"这可不是闹着玩的事情，搞不好小命就没了。"

"我报警！"孔野平刚要在手机上拨打 110，曲直拦住了他。

"咱们人多力量大，不用麻烦警察叔叔。"说着，他瞄了中年男人一眼。

"那些个丧家的身上都背着枪，不好招惹。"更群说。

"你不是也有一条吗？"曲直反驳。

中年男人闻此，吓得急忙四处看去。曲直指了指后备箱，男人脸色煞白。

"你怎么会有枪？"他问更群。

"这有什么好稀奇的。"

"可是你明明说你是卖药的。"

"药我卖，山我也得守着不是。"

男人和更群的对话语气充满了火药味，严重偏离了主题。他们你一句我一句，男人不停质问更群的身份，对方则一副据理力争的架势。忽然，更群猛踩了一脚油门，众人再次向后仰去。

"去哪儿？"孔野平一面勒紧安全带一面问，更群没了下话。

"停车，我们要下车。"中年男人以命令的口吻对更群说。

曲直不同意："干吗下车？"

"咱们还得回去照顾你妈，要是有个好歹，你妈怎么办。"

"你这人怎么这么没有同情心，一点英雄气概都没有。"

"你说什么？你再说一次？"

"我说你冷血。别人的命就不是命了？何况咱们也不能让偷猎分子得逞。"曲直肯定地说。

"看不出你这个娃还挺有骨气的。"更群通过后视镜给了曲直一个赞赏的眼神，中年男人被讽刺，一时间不知道该如何反驳。

孔野平翻开手机通话记录，这几天始终没有被父母联系，现在也是一样，他们没打电话也没发短信过来，最后一次通话还停留在半个月前的那次家长会之后。为什么他们并无音信呢，孔野平这几天设想过许多答案，最愿意相信的一个是他们默许了。有时候他很羡慕李敞的父母，常年在外，把李敞像行李一样寄存在学校，还是不怎么贵重的那种，他想干什么就干什么。

更群忽然摇下车窗把头探了出去，不知什么时候开始面包车后有一头野牦牛在拼命追赶他们。他放慢驾驶速度，野牦牛很快追了上来，它没有攻击车辆，而是跑到了前面。

更群笑了，露出异常洁白的牙齿。他紧紧跟着野牦牛奔跑的方向，"山神给咱们指路来啦！"他欢呼。孔野平被眼前一幕深深震撼，不过他不明白为什么牦牛会指路，难道这个大家伙认识李敞？

"拉索啰！"

"大叔，你喊的什么？"

更群没有回答。

"我说，你认识路吗？汽油够烧吗？要是出不去咱们有粮食吗？"中年男人一副绝望的样子，他刚刚看见地上有几处白骨，不知是动物的还是人的。更群仍然不说话，野牦牛很快把车子带到了一处水草丰茂的地方，一弯小小的湖泊像是被谁遗落的丝绸手帕，随风波动着。众人下车，野牦牛颇有绅士风度地走远，频频回头，更群步行跟上它的步伐，发现了零星血迹。他沾到手指上闻了闻："天杀的贼。"随后狠狠啐了一口。

"大叔，这不会是人血吧……莫不是李敞受伤了？"孔野平惊恐地看着他。

"是藏羚羊的。"

中年男人有了意外发现："你们看，这是不是个箭头？"他指着草丛中一处用折断的枯木枝拼凑的图案，上面压着一块石头，指向北方。

"上车。"更群说着，打开后备箱拿出了猎枪。中年男人吓了一跳，曲直发出了一声鄙视的鼻音。

更群加大马力，几个人手机完全失去信号，油量表显示汽油已接近耗尽。中年男人苦笑，曲直却一副打了鸡血的样子。他双手抓着更群的座椅，屁股悬在半空。

"把他们一网打尽！"他吼了一声。

孔野平忽然想起来教练也用这个成语鼓励过队员。不知道他们现在怎么样了，比赛就要举行。从家里出来前父亲烧的那几道菜浮现在脑海中，他又想起了未曾谋面的那个非洲国家，感到自己好像被什么东西给放逐了，但是他不在意，土地从来都是一整片的，如果有人再告诉他一次土地是不相连的，他也不信。前路隐约出现了一辆货车，更群将油门踩到底。

"没油了！"坐在副驾驶的中年男人惊骇。

"你来开。"更群的眼神不容置疑，中年男人只好吃力地与他互换座位。更群探出半个身子，用枪瞄准了前车的轮胎。

"你确定吗？万一人家是驴友呢？"

更群根本没听见质疑，枪里只有两发子弹，要是不能用其中一发将货车逼停，更大的错误也许还在后面。

"太帅了！"曲直望着更群，不禁拍手叫酷。

一声枪响，子弹正中那辆车的后轱辘。与此同时面包车也熄了火。更群像电影大片中的神枪手一样把猎枪支在肩头，朝前方走去。中年男人从驾驶室挤到了后座，生怕待会儿会有火拼伤到自己。他搂着两个男孩的肩膀，三个人缩着头，只露出眼睛紧紧盯着更群。货车上下来两个手持枪械的人，一看就充满了戾气。

"他不会死吧。"曲直小声地担心起更群来。

"嘘——"

曲直一面佝偻着，一面对养父说："他要是死了，你就拿不到救我妈的钱了。"

中年男人把曲直的头捂在了自己胸口。

"我喘不上气啦！你别以为我不知道你打的什么主意，他根本不是我亲爹，你要把我卖给他！"曲直一面挣扎一面恶狠狠地说。

"嘘——嘘——"中年男人不停示意他不要出声。孔野平努力思考着怎样才能帮助更群大叔，车里没有武器，唯一能飞出去的东西就只有衣兜里一直揣着的这颗网球。他把网球攥在手上，悄悄摇下车窗。

更群和偷猎分子说着什么，孔野平听不清，他那奇怪的口音又出来了，就像曲直第一次同他打电话时那样，好像不是地球上的语言。此时货车后备箱内传出了猛烈的敲击声，所有人大吃一惊，尤其是货车的主人，更群借机以迅雷不及掩耳之势举枪瞄准了其中一人，另一个则用枪对准了他。

"我的妈啊——"曲直刚想惊叫，中年男人死死捂住了他的嘴巴。

两个偷猎者眼神交流后，其中一个改用单手持枪威胁更群，另一只手打开了车厢门。浑身是血的李敞站立在藏羚羊尸体中，孔野平的心一下子跳了出来。

"救命!"李敞想要跑向更群,被偷猎者一把劫住充作人质。

孔野平晓得更群大叔只有一发子弹,眼前这情况必定有人要送命。他看着手里的网球,一个大胆的想法使他冷汗直流。

"还有活着的羚羊,有活着的!"李敞大喊。歹徒用手臂死死勒着他的脖子,他不再能发出声来。孔野平咬紧牙关,心中巨大的恨与愤怒如同即将爆发的雪崩。

更群扣动了扳机,在同一瞬间,孔野平先发"掷"人投出去的网球击中了其中一个劫匪,子弹则打中了另一个的手臂。被网球击中脑袋的那个当即晕了过去,李敞捡起他的枪与更群统一战线。偷猎分子求饶,孔野平向更群大叔和李敞奔跑过去。他感到风把自己抬了起来,土地似乎要醒过来一样。

这是他第一次拥抱李敞,他满身藏羚羊的血也沾了他一身。中年男人和曲直缴了贼人的械,解下裤带把他们的手牢牢捆住,关进了货车厢。更群仍然保持着举枪的姿势,他手臂僵硬一时竟放松不下来。中年男人接过他的枪,眼睛里闪耀着晶莹的光。孔野平知道更群大叔刚才没打算活,而他自己扔出去的那颗网球也不知怎的恰好避开了李敞的脸,这是他有史以来发得最成功的一次球,以一个不可能的角度,像是计算过精准度一样。现在,什么都不差了,一切似乎都变得正确了。

众人坐进货车,中年男人张开手臂,在大方向盘上画着大大的圈。更群向前弓着身子,从挡风板里张望着天上翱翔的那只大鸟。远处一群藏羚羊在视野中跳跃着,火焰一般。

曲直问李敞:"哥们儿,你之前是怎么混到这车上来的?"

李敞闭着眼睛,看样子是睡着了。孔野平的手机响起,来电显示是母亲。

"比赛要开始了，我和你爸就在现场，你看见我们了吗？"

信号断断续续："妈，你再说一次？"孔野平把手机举过了头顶，又嫌头顶不够远，他想让所有长耳朵的都听见。

已发《延河》2021年第9期

安红梅的十七岁

一

如果你遇到夏琚请告诉她，安红梅在等她。

安小安考上大学后，安红梅有了更多时间，也更想联系夏琚了。今天她从北京西直门出发送安小安去首都师范大学参加新生报到，二人轻装简从，与其他大包小裹的家庭形成了鲜明对比。骄阳下，安红梅感到清凉舒爽。小安说，快回去吧，小心被交警贴罚单。

安红梅在马路上绕了几圈，穿过几条街口，最吸引她目光的就是一个孕妇提着一个西瓜，大步流星地向前走。安红梅想就此联想一些什么，但她的脑袋已经开启了放空模式，任由汽车载着自己滑到了东四某胡同口。

看来，不去那里都不行了。她心想。

走进胡同，走到了熟悉的那个门牌号，那座四合院大红门门前时，她感到脚下土地的磁力越来越大，双腿像灌了铅一样。她坐到门槛上，后背贴着门和门后面熟悉又陌生的空气。这是她曾经进进出出三年的大红门，在十七岁到二十岁的光景里，她在这四合院里给一个叫范进的男婴当过三年"梅姨",这个称谓同时也是一种职位,它有保姆的意思,也有孩子爷爷的学生的意思,是个听起来暧昧,实际却饱含汗水与奶水的名词。

安红梅觉得"时光"这个概念是一条或很多条线段,但不是一条射线。它有必然的、遵循定理的结束点。她捋了捋头发,稳定下来自己的心情,从包里取出一枚小镜子,照着镜子在嘴唇上补了一层淡淡的口红。镜子扩展了她的视野,她看到有群野牛在自己头顶散步,她把镜子放下,再抬头望去,野牛少了几头。起风了,所有云都被仓促吹散开,显得不是很情愿。

她坐在门槛上,觉得自己很像是一个初来乍到的乞讨者。有些记忆支离破碎,如同一群小鸟休憩在一棵大树上,有的飞起来,有的落下去,起起落落,来来往往,大树不会晓得它们究竟是谁,只能感受到它们的重量。法国精神病学家皮内尔曾认为,人的记忆不擅长管理具体的事件,而是更容易处理经历的内涵和与之相关的情感,安红梅觉得这是因为经历和情感的质量更重,相比事件所制造的因果规律,那种死水般的宁静,人总是倾向于捡一些石头去打破它。

安红梅看到了大红门里的石榴树,斜虬的枝条挑着一个青色的大石榴伸出墙头,像一盏熄了火的灯。这也是她离开这座四合院之后,第一次看到院子内部的物事,这让她的情绪泛起微澜。二十多年过去,那时的石榴树还小,根本无法将枝丫伸出墙头,也就只有半面墙壁高。

有时候人不会觉得自己被什么牢牢挡住,除非有东西从后面伸出来,好奇地打量着你。那三年是安红梅从花季少女变化为哺乳期女人的一段光阴。属于这里的记忆已经渗透性进入四合院的一砖一瓦中,在一草一木里她都保存下了自己的身影、自己的灵魂。这里曾经飘逸过年轻的奶水的味道,画家范爷爷的很多画作里也都浸透着这种气味。

十七岁那年她来到四合院后，不止一次地用自己过剩的奶水浇灌过这棵石榴树，当年它又细又弱，还不直，向西边歪着头。如今范爷爷已经是快百岁的老人，肯定也又细又弱，也不直了，他的头恐怕也向西边歪着，在某天悄悄耷拉下去，地心引力可以不费吹灰之力地将他的灵魂带走。很有可能就是现在。

四合院的女主人夏琚早就不住在这里了，她先是去了香港定居，后来听说又从香港移民去了澳大利亚。自从夏姐定居香港后，二人便失去了联系。她不止一次这样想，如果此生有机会再相逢，夏姐会以什么话为开场白。她觉得如果真有这个不期而至的时刻，自己恐怕会绕道走，假装谁都没瞧见。

可夏姐让自己这个叫作安红梅的女人成了一名企业家，没有她就没有今天安红梅和安小安的一切。她想起来刚刚没有嘱咐女儿初到新环境不要太张扬，也别露富，女生之间的嫉妒心是很强的，而且她们还善于隐藏，她们要么孤立你，要么依赖你，每一种都叫人适应不来，这不是妈妈凭空胡诌，是作家张爱玲看透的。

她站立起来，感觉自己像是第一个北京猿人。他们生活在距今约七十万年至二十万年的远古时代，虽保留了猿的某些特征，但手脚分工明显，能打制工具，会使用天然火。在森林茂密、野草丛生、猛兽出没的环境中，一个叫作安红梅的原始人将石块敲打成粗糙的石器，把树枝砍成木棒，凭着又钝又重的工具同大自然进行斗争。而在这样险恶的生存条件下，只靠单个人的力量活不了太久，何况她还是个女性。因此她需要同几十个人在一起，共同劳动，共同分享果实，过群居生活。

她把嘴巴贴在红门上，用舌头仔细听了听里头的声音，转身向胡同口大步走去。门是活的，有人在里面仍然一日三餐地喂养着它。走出胡同口，安红梅直奔自己的大奔，向北四环驶去。她感到自己像一个落了单的强盗，身上所有值钱的东西都变得不值钱了。她给秘书打了通电话，让他再去催一催某份订单。秘书说安总，这份订单已经签好了，您忘了，酒桌上您还即兴作了一首诗，我还记得最后两句。安红梅尴尬地笑了笑，说自己真是老了，糊涂了，那就是首打油诗，你们别再拿出来笑话我了。

回到家，鞋柜上那本慵懒的《画谈》差点被关门时的风吹到地上。安红梅将书捧在手上，这本黄宾虹先生的名作她已经翻看了无数遍，最欣赏其中"境分虚实"的观点。傅雷先生在《致刘抗书》中亦极力推崇黄大师，直言近代名家除白石、宾虹二公外，余者皆欺世盗名。"而白石尚嫌读书太少，接触传统不够，宾虹则是广收博取，不宗一家一派，浸淫唐宋，集历代各家之精华之大成，而构成自己面目。尤可贵者他对以前的大师都只传其神而不袭其貌，且能用一种全新的笔法给人荆浩、关仝、范宽的精神气概，或者是子久、云林、山樵的意境。他的写实本领不用说国画家中几百年来无人可比，即赫赫有名的国内几位洋画家也难与比肩。"安红梅脑海中不自觉地背诵出了傅雷先生的原话，她记忆力不错，感兴趣的东西总是过目不忘。

范爷爷当年便十分崇拜黄宾虹先生，亦曾拜入著名画家林风眠门下，只是他们这种师徒关系比较隐蔽，没有为了功利性的目的而舍弃艺术本身的纯粹。范爷爷曾告诉安红梅，黄宾虹大师六十岁左右的作品仍尚未成熟，直至他七十、八十、九十，方始登峰造极。范爷爷还说中国女人缺少铺卷人生的勇气，她们死得太早，而你万不可如此。

安小安离开家后，屋子里暗暗生出一种墨香，是属于安红梅自己的味道。她找出尘封已久的画具，怀着忐忑的心情将画笔蘸上墨彩。她想起十八岁那年第一次在宣纸上画了一个丑陋的大圆圈时，范爷爷问是什么，自己回答是一颗蛋。范爷爷勾涂了一番，那颗蛋就变成了一枚飞蛋——一个热气球。

安红梅画了一棵石榴树,石榴上隐隐有一道红色洇开,其余部分泛出青白和淡黄交杂的颜色,冷中带暖,静中有动。心理学家荣格在《红书》中提到一个观点蛮有趣,他说人类像植物一样生长,有些在明,有些在暗,很多人依靠的是黑暗而不是光明。末了,她又给这些石榴勾上了黑边,把它们圈在了黑色线条的轮廓中。林风眠先生的偶像,法国宗教画家乔治·鲁奥就喜欢用粗大的黑线勾勒轮廓线,再填入厚厚的色块,使形象忧郁阴沉。但这位画家会时常在作品中用一些发亮的,一粒粒的蓝、红、绿等色点提醒人们,生命中还是有些闪闪发光的东西存在,你们可以独立一些,晶莹一些,格格不入一些。

安红梅决定去沂蒙山生态园住上一阵子。一来是视察生态园的生产情况,看看有没有什么转换战略模式、扩大生产的新发现,二来再让自己接接地气,找找灵感。沂蒙山区在眼下正是丰收的季节。早花生要收获了,满山坡的板栗也要成熟了,如果一下午没事做就去山上数柿子,一二三四五,六七八九十。要是再无聊,就数山楂。

最令人向往的是沂蒙山里的雾,那是有重量、有质感的雾,一头走进去就会感觉雾在人身上的撞击,能听到雾在人身上摩擦的声音,像是干燥的树茸要在肉体上生火那样。天地万物被浓雾笼罩起来,时间也仿佛被遮蔽了起来。等云雾不再缠绕,从天地间慢慢退却,缓缓将山峰一一还原出来的时候,总是给人一种失而复得的感觉。遇见大雾,她必定会走到室外,闯进去,特别是下着小雨的大雾天气,她会打一把伞在山坡上看雨丝,它们长长短短,疏疏密密,不知是欢乐还是悲伤。

当然,最吸引安红梅的还是蒙山地锅鸡,把两岁的跑山黑公鸡剁成不大不小的肉块,用栗木火在大铁锅里炖熟,不加过多调料,仅仅几勺料酒、几粒八角、七八颗花椒,再洒些生抽即可。她还特别爱吃沂蒙山里种出来的地瓜磨面后做成的煎饼，里面卷上用野菜炒的土鸡蛋，咬一口就是在咬山。而生态园里的山泉水亦富含多种矿物质，比国内外所有牌子的矿泉水都好喝，用这水煮出来的米饭更加有米的香味，纯净且劲道。

沂蒙山小调是她最骄傲的。每次回到生态园她都会一大清早起来爬到半山坡上的那块巨大的卧牛石上迎接日出，清唱上一曲沂蒙山小调，听着自己有些跑调的回声，安红梅便感到这才是生命。一个人能拥有生命就是幸运的，可偏偏更多的人只能拥有生活。生命与生活是两种截然不同的体验，她很欣赏的一位奥地利精神病学家、人本主义心理学先驱阿尔弗雷德·阿德勒有个著名的观点就是人只有为经验赋予意义，才能感受到它，他说石头代表着我们生活的重要元素之一是石头，木头意味着与实际生存相关联的木头。这话乍听起来有些拗口，实则很有道理。

在生态园里，每天晚上，她都爱听周边山村里的鸡叫声。那些鸡不仅清晨叫，夜里也叫，从夜晚叫到黎明。它们白天在山林里吃小虫子和蚂蚱，养足了浑身力气。它们的叫声穿透大山，直刺星空，倒让她夜夜睡得比在北京更安然。户口本上，"安红梅"三个字被定义为一个有房子、有北京市民身份证、有北京公司的成功人士，实际上，她却是个地道的老北漂。

虽然自己十七岁就生活在北京，北京话比本地人还正宗，她的根却始终不在北京，而在这沂蒙山里。她在这里出生，和这里的跑山鸡下的每一个土鸡蛋一样喜爱这里的阳光和土壤。这也是她获得财富之后，为什么要回到沂蒙山里建生态园、建民俗村的重要原因。

安红梅的生态园与安小安同岁。经过二十年的建设，生态园已经是具有一定规模的现代化示范基地了。园里的果树林所结出的蒙山苹果和蒙山梨都直销到了韩国及东南亚，韩国青瓦台的官员曾感慨，这么好吃的梨子，是不是和他们那里的秋黄梨有什么渊源。当时安红梅与这位官员谈论起了思想家厄棱费尔的观点，厄棱费尔认为人对事物整体的知觉不附于事物已有的元素中，应该成为一个新元素，即一个形质。例如一支曲调是一个形质，当用不同的琴键演奏时，它还是同一支曲调；但如果重新编排这些琴键，该曲调就会变成不同的主题，梨子和你我也是如此。

一切都在不停改变，不住地拓展和被吞噬，正如安红梅对夏琚的想念一样，有攻击性也有防守性。如果还能联络上她，安红梅希望夏琚来生态园参观参观、休养休养，也算是对她的一点点回报。夏姐出身北京富人家庭，帮助自己创下了风光的事业，于情于理，安红梅都应该主动去寻找她，哪怕在别的星球，她也应当坐着火箭，把自己的一颗真心交付过去。有时候安红梅会想不明白一个问题，那就是我们不愿面对、不愿承认、不想去做的事情，究竟是发生了还是没发生？如果还没有发生，为什么记忆又那么真实？

后来，安红梅觉得，一个人的情绪具有看不见、摸不着，但却起着决定性作用的力量。情绪可以诱骗皮囊去为它寻谋猎物。而当一个人，特别是一个女人在哭泣的时候，正是她的情绪在窃喜。

二

星期三，安红梅回到沂蒙山生态园的时候，已经是下午五点半了。

小孟一边为她搬行李，一边汇报自己的工作成果。

这两年安红梅在北京陪女儿学习的时间多，没有深切关注到生态园的综合情况，她说自己是来补课的。还没等小孟汇报完工作，伙房的张师傅就来请她去用餐。张师傅是生态园首席大厨，之前在县里某饭店掌勺，做蒙山地锅鸡最拿手，他回到老家崮山后村，便被安红梅招聘到生态园来做厨师长。

今天张师傅知道安总下午回来，早早杀好了一只跑山公鸡，准备好了栗子木，掐着时间炖肉。一大盆香气缭绕的地锅鸡摆在餐桌中心，旁边有一盘芹菜炒肉，一盘凉拌藕片，一盘野菜炒鸡蛋，一盘生态园自产的水黄瓜、小萝卜、生菜等凉菜拼盘也已就位，都是安红梅最馋的那口。

三个人你一杯我一杯，把一瓶白酒干完了。

安红梅对张师傅说："您做地锅鸡的这手艺，要是到北京专门开一家'蒙山地锅鸡'饭店，那还不得火到天上去，鸡就从咱们生态园专供。"

张师傅说自己体力不如从前，要是这个想法再往前提个五年八年，他肯定甩开膀子跟着安总去北京发展。

等他们吃完饭走出餐厅的时候，已经是满天星了。北京的夜晚根本看不见星星，就算偶尔看见也只有最亮的三四颗。电视上总说保护颈椎要多仰头，多看天，可是天看多了腰疼。

沂蒙山区里的夜空仿佛是整个宇宙中的星星都被挤压了过来，银河系自东北向西南，横亘在夜空中，不时还会有一道流星从头顶闪过。只有在这里看星星才不腰疼。在这里她望见了东山顶上刚刚升起来的三颗星，等距离排列成一条直线，它们刚刚升上山顶来，在群星中最为夺目，这也是她小时候最爱看的星星，它们即独立又完整，特别好找。

一座座山峰被笼罩在夜色中，白天绿色的山峦融进夜色中，像是什么张大了嘴的野兽把嘴闭上了。无论多么璀璨的生命存在于世，垫在它下面的总有一层沉默的世界。沂蒙山区不是一座座山体一字相连排开的那种山脉，而是聚集型，著名的景点有孟良崮、大青山、天蒙山等，人们在山谷里行走就像是在大山的腋下行走。

赫伯特·马尔库塞在其著作中提出过"单向度人"的概念，认为发达工业社会已蜕变成一种"单面的社会"，活动在其中的只是具有"单面思维"的"单面人"。"单向度人"只知道物质享受而丧失了精神追求，只有物欲却没有灵魂，他们屈从现实且无法批判现实，他们盲目地将自身完全融入现实。安红梅觉得，这样的单面人就是垫在星河之下的人，他们和山里的走兽没有什么区别，大都愚蠢且危险，但她又不认为自己是多聪明的人，她的优越主要来自幸运，所以她从不敢得了便宜还卖乖，对大自然，对人类社会，她始终保持着敬畏心。

安红梅回到生态园办公区二楼的办公室，里面陈设如初，被清洁工打扫得一尘不染。办公室有一百四十平方米，装修考究，用她的话说，这叫门面，生意场上就得摆门面，大客户一来，首先是以貌取人。他们喜欢宽敞的空间，喜欢踩着冰冷且坚硬的大理石地面谈话。就是在这个办公室里，她和国内外商人谈成了很多笔生意。

她在办公桌后边的老板椅上坐下来，给女儿挂通了电话，小安告诉她自己申请加入了学生会，在宣传部。她还想说些什么却找不到话题，仅仅是几天前她还具备这种没话找话的能力，能够乐此不疲地自言自语，能把冰箱、烤箱、洗衣机当成朋友，滔滔不绝，现在她忽然失去了这种能力。

卧室紧挨着办公室，办公室有道里间门可以直通卧室，平时这扇门是锁死的，被一个屏风挡住了。卧室其实就是安红梅的画室，里面有张单人床，上面铺着干净的褥子，一床叠成了豆腐块的被子是小孟讨好安总的表现之一。

安红梅拿起画笔，醉意蒙眬之中，她画了一架黄瓜，三根绿绿的黄瓜，有一根正常竖立着，有一根平躺在架上，还有一根弯曲着贴着地皮不知道要向何处生长。这是她下午路过菜地黄瓜架时看到的景象，她想，它们都是生态园的劳动者，为这里做着横七竖八的贡献。

安总会画画，还是位师从名家的画家，这一点大家都知道，不过，人们会心照不宣地闭口不提此事，因为安总的画从未向外人展示过，她也不喜欢别人再给她戴一顶"画家"的高帽。画室里摆放了一把和范爷爷家里一样的银壶，这是她在临沂旧货市场意外淘来的宝贝。

范爷爷的银壶里曾经多次装过她的奶水，里边总是充满着她的味道，只是，现在自己手里的这把银壶不知道曾经装过什么，它看起来就像自然老去的物件，没受过茶渍的侵袭。瑞典诗人特朗斯特罗姆有首叫作《四月与沉寂》的诗，里面有几句话安红梅极其喜爱："我唯一想说的 / 在无法触及的地方闪烁 / 像当铺里的银器。"她把银壶盖打开，把壶口举起来对准了自己的鼻子，用力闻起来，没有任何异味，连金属的味道都没有。一把老壶失去了自己所有的味道，只剩下了大肚子。

她拉开窗帘，把银壶举到窗前，她发现月光下的银壶颜色比灯光下更自然纯真，泛着青灰色的银光，原来衰老也可以这么美。她把壶口对准月亮，她要让银壶装满月光，然后，她把银壶重新放在画案的一角。一壶月光与一壶奶水都是液态的，都是白色的，都是有营养的。

呼出的酒气越来越浓，如同落了秋霜的蛛网。似醉非醉的感觉让她浑身轻飘飘的，她感到有人走了进来，一个模糊的轮廓。

那人说世间的时间只是此在的时间，它是此在在世的展开过程。过去、现在、将来同时绽出。那人坐在安红梅的身边，情绪略显愤怒。他说人们把时间规定为一种不可逆转的前后相继，把时间当作无终的、逝去着的不可逆转的现在序列，这些说辞是错误的，是可笑的。存在自身就是时间性的。时间不在人们之外，它与生活不可分离，它就是你的意识，你的欲望，你的良知，你所创造的一切。

安红梅想，这人许是德国哲学家海德格尔。她放心地醉了过去。

"十七岁""花季少女""产妇""哺乳期的女人""小保姆"这些字

眼在额头的位置来回闪现，像一苗苗荒野里的鬼火，也是难以褪色的标签。这些标签牢固地贴在自己脸上，除非连脸皮一同撕掉。无法回避的事实在不能停止悔恨的身体里滋生，像是某种繁衍了二十余年的病毒。不去想的时候，这些并没有什么，病毒在血液里悄无声息地与白细胞发生战争，虽然血雨腥风，无数微观生命战死沙场，但奇妙的是安红梅不会觉察疼痛，只感到被无止境地消耗，她的雌性的有机体像一扇窗户，被一层又一层地蒙上灰尘，最终不被任何人看见。

三

安红梅在十六岁的花季早恋了。如同一棵小桃树，还没有到应该开花结桃的树龄，就模仿别的成年桃树开花了。小桃树的桃花虽然表面和成年桃树的桃花同样艳丽，同样招蜂引蝶，但是，毕竟还是未成年的桃花，只能凋谢在风中，无法结出桃子来。

仅仅是早恋还不可怕，可怕的是她还偷吃了禁果，偷吃了禁果还不是最可怕的，当发现怀孕的时候，一切都晚了。肚子里的孩子也只能生下来，十七岁的她就这样浑然不觉地成了产妇。以后的许多年她总是想，为什么自己怀第一胎的时候身体上毫无感觉，就像其他学业压力过大从而停经的女生一样，即便那么多个月没有月经，她仍然不知道自己怀孕。那时候她食量变大，以为婴儿是脂肪，她甚至跑步、跳绳去减肥，也没能把那个孩子打下去。

当时她的男朋友蔡子瞻知道她怀孕后，跟随父母移民到加拿大去，再无联络，原先说好带她一起移民的承诺像一滴晨露，阳光一出来便无声无息地掉落在地上，就此蒸发，所谓爱情还不如一场大雾实在。

她还记得那本让她尊严尽失的护照，自己当场将它撕了个粉碎。孩子出生的时候她硬是把头别过去不看一眼，不过在墙上的镜子中还是不小心看见了那个幼小的身躯，看起来是完整的，只是看不清五官，是个男孩。就是这个胎儿，母亲后来告诉她孩子没抢救过来，已经死去。安红梅没有感到悲伤，她只是觉得生命十分奇妙，生命可以被孕育、被创造，一具小小的肉体能够随着时间变大，最终再慢慢回缩，直至变为灰尘。

产后三四天，安红梅便感觉胸部胀痛，她下奶了，她感到胸中有些壮丽的构想全部变成了就要喷涌而出的江河。她的母亲边给她揉搓，边想法子让奶水回去。可是该来的还是要来，她实在疼痛难忍又难堪，趁母亲不在身边，她偷偷用手挤压了一下乳头，结果犯下了不可饶恕的错误，一滴黄油般的初乳，被挤出乳房，像一面胜利的旗帜挂在她的乳头。她吓了一跳，并不知道这就是初乳。接下来由黄变白的乳液全部喷涌而出，火山爆发的岩浆势不可当，焠炼了流经的一切。

母亲带着一脸哀怨站立在门口。如果不是挤出初乳，只要她坚持忍受几天，就会把奶水憋回去的，不会是现在这个局面。这下好了，除非吃中药把奶水阻断，也就是常说的回奶。可这根本就不是办法，产妇本来就是应该下奶的，如果强行逆转对人体肯定是有坏处的。想到这些，母亲将一个巴掌重重甩在了安红梅的脸上。

其实安红梅很幸运，她拥有一名全世界最善解人意的母亲。她的母亲是一位勤劳、朴实、开朗、大方的劳动妇女，在发生这件事情以前，一直以安红梅为毕生骄傲，逢人便说自己有一个又漂亮、学习又好的女儿，凡事不用自己操心。出了这档子事，街坊邻里无不鄙夷地谈论着母亲，夏天的傍晚，人们聚集在安红梅家楼下，他们都想闻一闻一头未成年的母牛是什么味道，这头母牛悲哀且愚蠢，她葬送了自己的大好前程，她的同龄人正在高考的考场上拼搏，而属于她的所有美好都被人用一盆脏水泼没了。

为了不让女儿在月子里坐下任何病根，母亲严格按照女人坐月子的吃喝和一切注意事项全天候伺候着安红梅的月子，她任劳任怨，一遍又一遍清洗浸满乳汁的乳罩。因为没有孩子吃奶，让安红梅最无法忍受的还是涨奶的痛苦，母亲给她打听了很多"回奶"的偏方，可是，无论吃什么偏方都无法阻碍乳汁分泌。如果睡一晚上觉，不采取措施，床单便会被流出来的奶水透湿一大片，形状各异如泼墨山水画，就连她爱不释手的那本赫尔曼·黑塞所著的《悉达多》也被奶水吃掉了一角。这本书讲述了英俊聪慧的古印度贵族青年悉达多的故事，他拥有人们羡慕的一切。然而，为了追求心灵的安宁，他孤身一人展开了求道之旅。他在舍卫城聆听佛陀乔答摩宣讲教义，又在繁华的大城中结识了名妓伽摩拉，后成为一名富商。当心灵与肉体的享受达到顶峰时，他却对自己厌倦、鄙弃到了极点。在与伽摩拉最后一次欢爱之后，他抛弃了自己所有世俗的一切，来到河边，希望结束自己的生命。在那最绝望的一刹那，他突然听到了生命之河永恒的声音，体验到了万事万物的交融与统一，生命那不可摧毁的本性拯救了他，悉达多终将自我融入瞬间的永恒之中。奶水干涸以后，书的这一角变得坚硬而干燥，如同许多老人排着整齐的队列，将各自的脸埋在前一个人的身后。

如果不是生过一个孩子，安红梅不会知道究竟什么才是女性。乌黑的长发、清秀的容颜、沙漏形的腰身以及那些八音盒般的小心思，那些东西不是在根本上属于女性的。她与蔡子瞻起初是称兄道弟的，他们之间拥有超越性别的友谊，蔡子瞻去厕所的时候，安红梅会站在门外等他，撸着袖子叉着腰，而过往的男生也会自然地在她的注视下从容地走进厕所。可有种力量嫉妒这种纯粹，后来她萌发了避讳的意识，不愿再等蔡子瞻从什么地方出来，甚至还会刻意跑开。

安红梅有时候干脆把奶水挤到一只专门喂猫的花瓷碗里，喂给一只黄白相间的野猫，猫看到满满一碗奶水，先是咪咪地叫上几声，然后小心翼翼靠近小碗，伸出舌头去舔着喝。从猫的神情中安红梅推断出自己的奶十分香甜，她也很想尝一口，但是她接受了蔡子瞻一家的冷酷、生产的残忍、坐月子的屈辱、对母亲的愧疚，唯独接受不了自己品尝自己的奶。她可以喝自己的尿，如果生存环境十分恶劣的话。但这口奶，说什么也不行。

半个多月下来，野猫胖得滚圆滚圆的，变成了一只大肥猫，肥得都快走不动路了，就知道趴在地上看着安红梅。如果她离它近些，它便会滚球似的滚到她脚下，用脸蹭她的脚。

安红梅坐完月子，走出家门的时候，所有女人都有意躲着她，所有男人都意味深长地看着她。

一天，家里来了几位妇联的客人。她们受人委托，说北京有位老画家，家里刚生下个小孙子，需要找个保姆带孩子。她们问安红梅愿不愿意去北京，在那位老画家家里做保姆，帮忙带孙子。

做画家的徒弟可以，做保姆不可以。安红梅经过认真思考后，严肃地回答。

就在安红梅离家去北京的头一天晚上，母亲提醒她："你到了北京肯定有两个问题需要解决，一是如果他家孩子没有母乳吃，想吃你的怎么办？二是如果你没有画画的天赋，那个画家不肯收你怎么办？"

安红梅说："我画过的那幅《红梅图》不是挺好的。"

母亲说："要是你不说那是红梅，我还以为是红墨水被你弄洒了。"

安红梅这个时候很想哭，比任何时候都强烈。但她忍住了。

"你如果实在不想给那个孩子喂奶，就把保密工作做好，千万不要委屈自己。"母亲说。

安红梅只觉自己有罪，母亲越是处处为自己着想，她的罪恶感就越强烈。她觉得她应该是这个女人的儿子，而不是她的女儿。可是自己身上目前正发生的一切变化都使这种假设毫无意义可言，毫无。

安红梅到了北京，见到了老画家和他的家人。这是热情、谦逊的一个家庭，婴儿的母亲夏琚姐如春风般沐浴着所有人，她说话慢慢的，笑起来慢慢的，走路也慢，春天就是这样。这是她第一次见到夏琚时的印象，可是四季轮替，春天也会变成夏天，变成秋天和冬天，而这是她多年后才明白的道理。

在范爷爷家，没有人用另类的眼光看待安红梅。她倒也勤快，洗衣做饭的活抢着干，但这些其实是为了吸引画家范爷爷的注意，这个老人自从自己跨进门就没抬过正眼，她甚至怀疑妇联的人有没有把自己想拜师的意图传达给范爷爷。夏琚姐总是把安红梅从理想拉回现实的好手，她说羡慕小梅，在身体条件最佳的年龄完成了女性一生中最难的一道题。如果把少女生孩子的事情说轻了，它就是十七岁的天空里下过的一场冰雹，冰雹过去，天空并不会因此而留下被冰雹划破的伤口，天空也没必要时时记住自己下过多少次冰雹，飘浮过多少白云，消逝过多少黑云。只是那个背影看起来似乎是健康的婴儿，在母亲告诉她孩子最终安静地去了，就像一个错误被人神不知鬼不觉地修改了过来那样安静时，安红梅心里那种如释重负的快感慢慢演变成了更大的罪恶感，她觉得自己是凶手，即便在不知情的情况下做了许多伤害那个小生命的错事，即便她真的不知情，也是罪大恶极。

夏琚姐一次次地开导她，不厌其烦。她说人的贪婪可以将人的罪恶焚烧，有时候一个人宁可负罪一生也不愿承担不负罪的那个后果，特别是女人。安红梅在成为女人后，越发不了解女人，她觉得自己在肉体上虽然是她们的同类，但精神上不是。这不代表她的精神重具有雄性的一面，仅仅是她感到自己越来越像一个局外人，经常抽离开自己，凝视着自己，无论在心理学上这种反应被称为分裂也好，还是在道德标准上被称为不负责任，总之，她的精神逃得远远的，只把一具女性的成熟的身躯留下，像是留下一个茶壶，从此以后只能顺从地等待别人的注入，别人说她是空的，她就必须什么也不倒出来。

四

重新唤起安红梅感情波澜的是一位台湾商人。是某位一直与安红梅合作干菜贸易的老板给她介绍的。对方文质彬彬，儒商无疑，年龄和她相仿，在台湾和香港经营房地产事业，年近五十没有结过婚。两人通过电话，也视频过，男方很满意安红梅。

安红梅从未结过婚，但却是生过两个孩子的母亲。她坦诚相告，对方没有任何犹豫，当即表态不在乎这些事情，他只在乎今后的婚姻。见对方态度坚决，安红梅便使出了"拖计"，对方条件不错，人长得也很帅气，有一半英国人血统，可是她很难下这个决心，从某种角度来说，她是一个不抗拒婚姻之实但排斥婚姻之名的人。

夜晚如常降临在沂蒙山里。安红梅在生态园里检查着鸡舍、鸭舍、蓝莓园、草莓园，她边走边想着合作方老板提出的要把这里建成现代化生态种植基地的建议。比如由计算机控制的可自动开启天窗、遮阳系统、保温系统、喷滴灌系统、移动苗床等自动化设施的高科技"智能"温室；不用天然土壤而采用含有植物生长发育必需元素的营养液来提供营养，使植物正常完成整个生命周期的无土栽培；以及由信息技术支持的，通过对互联网系统、水肥一体化系统和植保无人机的应用，定位、定时、定量地实施一整套现代化农事操作技术与管理的精准农业等，好将生态园逐步发展为集技术展示、科普教育于一体的高科技农业精品主题公园。她有几个富于创新性的点子，都是她在思想疲惫、刚要放松时自动从脑子里蹦出来的。

回到住处，她换上纯棉睡裙，绾起长发，光脚站在地毯上，感觉自己的丰姿仍然卓尔不群。女性生育早，身材恢复也好，这是不争的事实。她躺在床上，微微发出橘红色柔光的灯下，一个女人抚摸着自己的乳房。别的女人被孩子吸吮过的乳房，早就像布袋子一样松松软软懈下来了，安红梅还是挺立的，至少不是严重下垂。她曾经读过马尔克斯的一篇小说，名叫《蓝宝石般的眼睛》，里面有几句话深深烙印在她的脑海中，小说中的女主人公对男主人公说："有时我以为自己是金属制的。"男人说："有时我在一些梦里以为你是某个博物馆角落里的铜像。也许就因为这个你才感到寒冷。"女人接着说："有时我睡觉时压住了心脏，就觉得身体里面成了空壳，皮肤发出'砰砰'的撞击声，我躺在床上就能听到自己体内的铜管乐。"

女人的奶水是来自太阳的，谁喝过它，地球上一半的感情就会流向谁。法国作家波伏娃在《第二性》中认为女性所能把握的不是物质而是生命，而生命是不可能通过工具来掌握的。母亲体内的一团血肉转化成一个人，这种奇迹既不能由数学方程式表达，也不能由机器来催促或延缓；女性能感觉到即便最灵敏的仪器也察觉不出的持续不断的力量，她感到这种力量在她体内随着月亮的圆缺韵律摆动，随着岁月流逝而成熟、腐败。安红梅觉得波伏娃有些东西没有说透，如果说虚荣、顺从、重复、怯懦等形容词属于女人，那么定义男人的权利、压迫、自由、征服等词也同样适用于女人的奶水。

范爷爷的爱孙范进，今年二十七岁，是第一个吃下安红梅奶水的孩子。他比那只黄白相间的野猫还贪吃。溢奶的秘密不是安红梅没守住，当她一次次把奶水倒入石榴树根时，她跟整个四合院都约定好了，谁也不许戳穿她。在品尝到那瓶奶之前，这个孩子对夏琚姐冲泡的奶粉是如饥似渴的。可是，当他的小手第一次碰到那个与之前所有奶瓶都不同的奶瓶时，那种令人亢奋的温度使他意识到原来他的母亲一直在欺骗他，用牛的奶来喂养他。这足够使一个人类的幼崽丧失尊严，足够使他发出巨大的哀号去反抗。

安红梅多年不见范进，一种难以名状的思念之情始终萦绕着她。

山里的夜是真空的，各种生命在这种真空的环境中聚集、繁衍，不用担心有谁会不小心掉到外面去。安红梅有些思念安小安，不知道她的大学生活怎么样了，有没有谈恋爱。小安和自己最大的不同之处就是她更勇敢，想必全国都没有哪个大一的女孩顶着寸头步入校园。混血台商多次要求来大陆看望安红梅，她都婉言谢绝了。之前的理由是陪小安高考，现在的理由是忙工作。其实，让她担心的只是一个最现实的问题，那就是这个男人目前无后，他是否有延续香火的需求。很简单的一个问题，只要她肯提出，马上就会得到答案。不过，她不想提出来，她觉得谁问这个问题，谁就从人变成了一件商品。人始终应该以人的姿态生活，而不是以物的姿态。

小安的爸爸名叫张恒天，曾让安红梅真正成了幸福的女人，还给了她"重新第一次"做母亲的机会。每次回忆，安红梅都觉得他们二人的相遇是偶然中的必然。她回到老家沂蒙山刚开始筹建生态园的时候，张恒天在北京当兵复员，也回到家乡来，经朋友介绍为她当上了专职司机。

张恒天人长得很白净，不像部队出来的，有股文雅气。他在首都当兵五年，见多识广，普通话讲得倍儿标准，说起北京来二人有许多共同语言。但是她看上的还是对方的相貌和讲话时那富有磁性的男中音，还有他做事灵活情商高的个性。在千丝万缕、千头万绪的生态园始建中能看出来，小张的协调和沟通能力远在自己之上。

安红梅也是慢慢明白，张恒天更爱的是自己那股气派劲儿，真诚大方，打扮精致，谈吐优雅。这不是她自大，而是张恒天不止一次向自己坦言，说跟你这样的女人在一起很有面子，他的那些战友都羡慕他，复员后就他张恒天混得好，他上辈子积了什么德。然而不知是谁告诉他安总十七岁时给别人生过孩子，自从知道了这件事，张恒天就变了个人，他用了一个十分恰当的理由请求安红梅在县城给他的父母买套一百三四十平方米的住房，安红梅照做了，也是在这个时候她怀上了小安。

整个怀孕的过程有两种截然不同的声调在安红梅耳畔奏鸣，一个是她特别喜爱的那曲曾被舒伯特谱成了小提琴曲的《圣母颂》，这首曲子是舒伯特根据英国诗人瓦尔特·司各特长诗《湖上美人》中的《爱伦之歌》谱写而成，有一种圣洁的宁静之美；另一种声调是张恒天的父母无休止的吵闹，特别是他父亲，得知安红梅肚子里是个女孩，二人又没结婚，便极力阻止他们爱情的合法化。

那段时间安红梅最后悔的事情不仅是全款为张恒天的父母买了房子，房产证上写了他们一家人的名字，更愚蠢的是那时候她刚攒下的这笔钱如果用于投资某项目，如今便可坐收丰厚的渔翁之利，可她放弃了。还有自己那辆轿车，最后也一并随着张恒天一起淡出了她的生命。

第二次怀孕的全过程，安红梅还是孤身一人。她越发觉得黑格尔所说的那句"一切伟大的世界历史事变和人物，都可以说出现过两次"很有道理，之后马克思又替他补充道："第一次是作为悲剧出现，第二次是作为闹剧出现。"安红梅不禁赞叹两位思想家的看法很犀利，尤其对女人来说。当时她最喜爱读的一套书是《艾里希·弗洛姆全集》，其中那

本《占有还是存在》激发了她励志养育这个孩子的决心，也点燃了她对
于商业利润的追求。现在，台湾男人的出现，她就像在山崖上遇到了一
窝野蜂，既垂涎蜂窝里的蜜，又担心蜂针有毒。

安小安于〇〇年出生，安红梅在一个阳光明媚的早晨迎来了这个
小生命，消毒水的味道使一切都变得更加鲜活，安小安不仅生得健康漂
亮，她身上还有一股非常"新"的味道，如果说一茬新麦有大自然的
芬芳，一条新毛巾有一种温暖的阳光味，一块新炼成的钢有火与汗的
味道，一栋新建筑有油漆和木屑混杂在一起的气息，那么小安身上的
"新"不仅包含了农业时代的味道，也包含了小商品经济、工业社会等
一切的"新"味。这种"新"味极大地冲击了安红梅身上所有的旧味，
所有那些尘封的与尚未沉积的往事。

安红梅来生态园有二十多天了。她一边远程遥控北京的公司，一
边沉浸在无限美好的自然风光中。这几天她重新阅读了梭罗的《瓦尔登
湖》和废名先生的《桥》，这类书有些读者会读不进去，安红梅却例外。
她爱阅读的习惯是范爷爷培养的，他老人家说要想成为一流的画家，脑
子里首先要有意境，而意境不是凭空产生的，需要读无数的书才行。就
像你要烧一锅水，要让这锅水一直沸腾，除了要不断添水，还要不断加
柴一样。

上午，她爬山回来，路过生态园的一片辣椒地，看着刚刚结出来的
小青辣椒，安红梅觉得摘下几个让张师傅炒上一盘土豆片，香香辣辣脆
脆的，一定很下饭。

当她伸手去摘那个头上还顶着小花的青辣椒的时候，刚触摸到这个
小生命的手又突然缩了回来，她觉得它们还太嫩太小了，离成熟期还相
差很远。废名先生非常喜爱的一个故事一直是他创作的泉眼，安红梅把

这个故事亦牢牢记在了心里：一个乡村深夜失火，一个十二岁的小孩睡梦中被他的母亲喊醒，叫他跟着使女一路到他的叔父家躲避去，使女牵着孩子走，小孩的母亲又从后面追来了，另外一个小姑娘也要跟他们同去。这个小姑娘是她父亲的独生女，她的父亲正在奔忙救火，要从窗户当中搬出他们家的家具。小男孩、使女、小女孩三个人来到了避难处，这个地方正好望得见火，他们就靠近窗户往那里望，深夜的山与海被火光照亮，是一幅可怕但美丽的景象。这个男孩子非但没有不安，还乐得有这一遭，简直喜欢得出奇。但是那个小姑娘，她的心却在痛，她有一个娃娃，她不知道把它放在了哪一个角落里，倘若火烧进了她的家，谁会救她的娃娃呢？

小姑娘开始哭，男孩子也不能睡了，她的哭使得他不安。大家都去睡了。男孩子爬起来，对他的小同伴说道："我去拿你的娃娃。"

他轻轻地走，这时火已经快要灭了，一会儿他走到小姑娘家的门口，伸手向小姑娘的爸爸道："亚斯巴斯的娃娃！"

亚斯巴斯的父亲正在那里搬东西，见到男孩很是惊讶，从包里掏出亚斯巴斯的娃娃给了他，催他赶快走了。

这是一个有魔力的故事，安红梅一直想把这个故事画下来，可总也找不到合适的角度。她应该画那场大火和一名兜里揣着娃娃的父亲，还是画一个高个子的男孩子与一个哭泣的小姑娘呢？

五

东四是老北京四合院比较集中的地方，十七岁的安红梅离开沂蒙地区来到北京，走出火车站就被接到了报房胡同里的一座古香古色的四合院中。北屋三大间，有中堂，东西屋各一间。东屋是老画家的卧室，西屋是他的画室，中堂兼做会客室，南厢房一个半间做的是大门过当。另一间厢房可住人，还有一间是厨房。

两间东厢房住的是范爷爷大儿子一家，夫妇俩常年在国外，房门一年四季锁着。换季的时候范爷爷才叫人打开门，进屋收拾收拾，放放潮气。两间西厢房住的是小儿子范良和小儿媳夏琚，夏琚给他们的孩子取名范进，不是《范进中举》里那个喜极而疯的人，而是进步的进、前进的进。夏琚姐的乳房干脆就是挖不出一滴水来的枯井，他们夫妇俩托大哥往北京邮寄奶粉，在安红梅看来一罐奶粉漂洋过海来到范进嘴里，可谓比金子还贵，比炼金还难。

安红梅每次偷偷把自己的奶水倒进石榴树根时都感到自己倒的是金子，倒的是能救人的血。即便所有人都向她投来期待的目光，都渴望她能够代替夏琚哺乳，安红梅还是不肯承认她有奶，有决堤的奶。

范爷爷说，这座四合院自晚清以来住过很多老北京，发生过许多故事，不知道有多少男人在西厢房里纳了妾，有多少同父异母的孩子生在这里，后来，你读过老舍的《四世同堂》没有？就像那本书里写的，北平沦陷了，老百姓缺煤缺粮，日本人为了节约粮食，规定每人定量领取掺土的共和面。在饥荒的摧残下北平开始流行传染病，日本人在街上抓住得病的人就将其活埋……

范爷爷一生从未收徒，起初他也没有打算教安红梅作画，但这个年轻姑娘自尊心强，不肯以保姆的身份住到家里来，这一点他其实蛮欣赏。有一次安红梅在清洗范爷爷的画具时，觉得把颜料和纸张浪费了可惜，便尝试着画圆形，她知道如果能把圆形画好，说明自己在这个领域还有希望，达·芬奇的老师让他画鸡蛋，安红梅感到自己也有这个恒心。

她画下的第一个圆是椭圆，这个圆本来是母亲的脸，初到北京，寄人篱下，她最想念的就是母亲，但她觉得自己的选择是正确的，只有给母亲一个安全距离，她才能少被别人戳脊梁骨。这第一个图案被范爷爷无意间看到，他细细端详了一阵，提笔将它改画成了一只热气球。

范爷爷说热气球最早由诸葛亮发明，当年诸葛孔明被司马懿围困于阳平，无法派兵出城求救。孔明算准风向，制成会飘浮的纸灯笼，系上求救的讯息，从而脱险，也就是今天被人们熟知的孔明灯。十八世纪的欧洲人受碎纸屑在火炉中不断升起的启示，用纸袋把热气集合起来做试验，使纸袋能够随着气流不断上升，他们因此将世界上第一个热气球送上了天空，当时法国有对兄弟也成了最先乘氢气球飞上天空的人。

范爷爷说，知道你这个小姑娘心气儿高，那你说说，什么才是自尊心？

安红梅说："自珍、自爱、自重。"

范爷爷说，这些都是笼统的说法，能不能具体谈谈，用什么办法才能做到这几点？

安红梅摇摇头。

范爷爷说，唯有自学，才是一个人最大的尊严。咱们中国的屈辱史其实也是中国人的贫穷史，肉体的贫穷、精神的贫乏，男人穷，女人穷，老的穷，少的也穷。除非你通过不断的学习把自己充实起来、武装起来，因为没有人能欺负得了灵魂富足的人。他说等自己有一天必须要迎接死亡，两只脚都踏进棺材时，他也要先在棺材里站一会儿，把手上还没读的书读完。范爷爷还说，小姑娘，贫穷和富有就在一念之间，我家里的藏书从今往后你随便看。不过，想跟我学画画，先画上十万个气球再说。

有一天，夏琚姐和安红梅比赛画气球。夏琚的气球总是又干又瘪，她用羡慕的眼神看着安红梅，一副欲言又止的样子。

"姐，你知道我的秘密了。"安红梅坦然地使用了一个陈述句。

夏琚姐有些不好意思，一时语塞。

"姐，你们早就知道了吧。"安红梅说。

夏琚点点头，看起来比安红梅还要窘迫。

安红梅去厨房拿了只刚煮熟消毒的玻璃奶瓶，放在夏琚面前。

"姐，与其浇树，不如喂给孩子。但我有个条件，我只能把奶挤到奶瓶里，你拿走喂。"

夏琚感激地紧紧拥抱了十七岁的安红梅。她说："这份恩情我记下了。等孩子断奶，我一定把欠你的还上。"

第一次喂奶还是在她和夏姐之间偷偷地进行的。安红梅背过身去，撩起衣襟，先露出一只乳房来，用夏姐为她准备好的一枚医用酒精棉球仔细擦了一番自己的乳头，才将一只玻璃奶瓶的瓶口对准乳头，另一只手轻轻挤压乳房，可能是她经验不多，也可能是紧张，她感到主动挤奶到奶瓶里和把自然溢出来的奶收集到一只瓷碗里，再泼向石榴树，是截然不同的。虽然都有做母亲的感觉，但给一个真正的孩子做母亲会使她感到自己成了一个名副其实的女人，她不想这样，这里面有羞辱有懊悔。但喂给一棵树就不同了，它不意味成为一个女人并接管她的悲凉，这仅仅只代表一场雨，安红梅可以化为自然界的一缕风、一朵云，随物赋形。她捏住乳房，奶水丰沛，再稍一用力，奶水便滋了出去，从墙上流到地上，像世界上的第一条河流。

夏姐用一块干净的手帕小心翼翼地擦拭掉了这条河流。安红梅将自己的乳汁挤满了整整一瓶。她握着保有她体温的奶瓶，看着里面洁白的乳汁，就像在看一些从自己身体里飘出去的雪。

婴儿长得特别强壮，不愧吃了人乳，刚满月已经比刚生下来的六斤二两多出了好几斤。夏琚姐见天儿为安红梅买好吃的，保证她的营养，俨然变成了美食家。家务活则由夏琚的丈夫承包，安红梅也有了更多时间来画气球。她还差四万个气球就达到范爷爷所定下的标准了，而画完的气球，有的被握在孩子手里，有的挂在树梢上，有的飘入云海，有的落向了大海，最多的还是被安红梅加上一些叶子或者一根枝条，变成了水果或蔬菜：苹果、梨子、茄子、包菜、青椒……

范进满月这一天，夏姐将白胖胖的他抱进了正堂，他的爷爷要为他作画一幅，当作礼物。范爷爷一边像他画过无数茶壶那样描摹着他的孙子——小嘴大肚，一边嘱咐夏琚，孩子长这么好，等他大了，一定不能忘记红梅阿姨。安红梅坐在范爷爷旁边，以另一个角度同样画着眼前这可爱的孩子。成品出来后，夏琚姐对公公的画虽亦欣赏，但眼里的星星却是看到安红梅的作品时才闪亮的。范爷爷觉察到了安红梅画得更灵动，他对安红梅说，你画的是北京的孩子，而我画的是范家的孩子。

大家在一起，范爷爷抱着襁褓中的孙儿合拍了一张全家福照片，安红梅也在其中，她看起来神采奕奕。随后范爷爷郑重地送给了安红梅一幅墨宝，夏琚姐说如果按现在的行情，这幅画能卖个上万元。安红梅紧忙推辞，但是范家人坚持让她收下。安红梅说自己的工资已经不薄，再者她师从范爷爷还从未交过学费。

晚上，安红梅悄悄将画还给了夏姐，说白天实在难以推辞，但她真的不能接受，只好偷偷来物归原主。夏姐十分感动，她没想到这个女孩的品格如此高尚，白天的时候她故意把画的价格说低了，为的就是担心安红梅有压力，其实这幅画的价值是十万元起步。夏琚说："小梅，那你想要什么？"

安红梅说："姐，你们已经给我很多了。"

平日，四合院的园子中晒的都是尿布，本来是可以用进口尿不湿的，可夏姐嫌尿不湿总捂着婴儿的屁股，对孩子皮肤不好，还是按老一辈的尿布来垫更健康，尿湿了就换上一块新洗新晒的。范进喝的奶多，尿的尿也多，于是院子里总是挂满一块又一块尿布，它们迎风招展，骄傲且快活。洗尿布的活儿全由夏姐负责，她把尿湿的尿布扔进全自动洗衣机里，洗衣机完成工作后还会自动甩干，夏姐只管时间一到，从洗衣机里取出已经被甩得差不多干的尿布，拿到院子里的晒衣绳上再晒晒就行了。而安红梅的任务则是收院子里晒干的尿布，有时天气好她就一块块地收，像摘桃子那样，收一块叠一块。有时忽然变天，她就急忙把尿布一股脑摘下来，回屋慢慢叠。

只有在为小范进忙前忙后的时候，安红梅才觉得自己是个十七岁的少女。她不知道古时候有没有弟弟吃姐姐奶水的案例，阅遍了范爷爷家古今中外的藏书，也没有找到这种例子。她早把范进当作了弟弟，看着他茁壮成长，自己心里也会窃喜。读书养成了她爱琢磨的习惯，很多时候她会想世间究竟有多少种隐秘的情感，有多少人陷入不伦的境地又甘愿深陷其中。范爷爷说得对，脑子里东西愈多，作画时对物体的理解便愈复杂，比如画一只鹦鹉，范爷爷喜欢画它的正面，可安红梅每次都画它的背面。范爷爷说，他读茅盾先生的《子夜》时，里头提到的那只鹦鹉和它身旁的一本《少年维特之烦恼》、一朵枯萎的白玫瑰，这三者组成的意境便很像安红梅的画风。

一天下午，秋风暖暖，范爷爷溜达到经常惠顾的一家书店，特意买了一本最新版的《少年维特之烦恼》送给安红梅，二人谈论起维特种种可能扭转命运的人生选择，以及将他引向死亡的所有导火索。安红梅说当维特再一次去拜访曾为自己作过画的两个孩子，但孩子的母亲告诉他，她的小儿子已经死去，那一刻维特的悲凉应该是最浓郁的时候。

范爷爷说安红梅目前正处在人生的十字路口，她要对究竟还爱不爱这个世界做出认真的选择。如果不爱这个世界，也不再爱自己，那么生命的意义将中止，然后迅速向黑暗滑去。

夏琚姐不止一次问安红梅，以后想留在北京发展吗？如果回老家，有什么打算？

安红梅说："姐，我还没想。"

夏琚说要不你跟着我，好好做生意。

安红梅知道夏琚姐会做生意，而且是女强人，她也的确想成为像夏姐一样掌控自己人生的女性，能赚钱，会赚钱，给娘家人买房子。安红梅决意跟着夏琚姐闯江湖的最初意图便是多多赚钱，给母亲换套大房子，可是后来她违背了这个初衷，她的第一个房子竟是买给了张恒天的父母。这个无法弥补的错误成了她这辈子第二个大遗憾。

有了人生方向，安红梅身体里的一切都更活跃了。范爷爷知道小姑娘奶水多，范进根本吃不了，多余的奶水浇花浇树，简直是暴殄天物。为了防止过度浪费，他突发奇想，计划把奶水和进墨汁里作画。他什么颜料都见过，也都用过，唯独没有试过人奶。他将自己的想法托儿媳妇说给安红梅，安红梅痛快地答应了。她觉得这是为了艺术，别说范爷爷有这个想法，自己也不是没考虑过。

夏姐找来一把漂亮的银壶，将奶瓶里多余的奶水倒进去，像是捧着珍宝般呈给范爷爷。安红梅扒在门外，内心忐忑、兴奋，期待自己的奶水会被作成什么样的画。范爷爷一边在砚台里磨墨，一边往里细细加注奶水，墨色越发淡雅起来，不再似黑洞般浓烈。

范爷爷画了一座山，奶白色的山尖，山体上的松柏和灌木亦从黛绿色变成了淡褐色，崖上还星星点点地映出一些红色的小浆果，从色调上看，初冬悄悄降临大地了。安红梅受到了极大的震撼，她在心里赞叹，就连这画上的石头也仿佛有了质量和体积，特别是那些松散的、孤零零的野生浆果，不仅给大山增添了无限神韵，也将大自然的生命力展现得恰到好处。

范爷爷自己本没有想到，暮年光景竟因为一个小姑娘的奶水而重新迸发出了艺术与青春的活力，他仿佛找到了三十年前的感觉，不眠不休，无法停笔。那段岁月国家美术馆接连收藏了范爷爷多幅作品，他画的牛、猴、猪等生肖也被邮政部门印到了邮票上。

一日，范爷爷摸着银壶，感受那冷暖自宜的温度，等儿媳妇走后，他并没有立即用奶水和油彩，而是关严屋门，他想要嗅一嗅从女人身体里流出来的新鲜的奶水的味道。他这一生从未嗅到，更从未喝到过母乳。他那和安红梅同样年轻的母亲在生育后的第五天便死于炮火，范爷爷从不晓得自己的母亲是否也有充沛的奶水，即便有，它们也被战争蒸发掉了，连同她的血一起。后来，他娶妻生子，妻子生下两个儿子，做过两次产妇，可两次从来都没有下过奶水。他庄严地打开壶盖，神圣地将银壶举到鼻子跟前，紧紧地闭上眼睛，将鼻子贴近壶口，两个鼻孔张开，用力对着壶内的乳汁深深地吸了一口气。乳汁散发出的乳香瞬间缥缥缈缈地进入他的鼻腔内，从鼻腔又进入咽喉，从咽喉扩散到胸腔和肺腑，他确定这是一种血腥气，是诱人的血腥气，对于一个年迈之人而言，这种气味应该就是他即将踏入的新旅途的味道。

范爷爷再次闭上双眼，张开口，将银壶壶嘴递到自己的唇边。他喝下去了，他喝下了一点点银壶里的温润的奶水，像沙漠里迷路的人终于从某个树根处刨出了一滴带土的水那样，只要这滴液体能到达体内，融入他的血液中，他便觉得自己同宇宙之间的联系更紧密了一层，浩瀚的星河与炙热的太阳成了可以伸手摸一摸的物体。

接着，他产生了一种想大口喝完这壶奶的冲动，不过他又觉得这种想法十分龌龊，是在亵渎一位少女。夜晚出奇地宁静，所有生命仿佛都睡着了，石榴树纹丝不动，蛊惑地看着他。

范爷爷看看表，已是深夜，这个时候做什么事都不会有人知道。天知地知，自己知，他犹豫片刻，将银壶中的奶水喝下去一大口。

他感觉自己变成了罪人，没想到罪恶感竟会让人如此迷醉，不能自拔。他这一生喝过许多酒，多高的价位在他品来都是同一个味道，唯独安红梅的奶水，腥中带甜，甜中带咸，其中还有一种无法形容的，恐怕只属于安红梅的味道。他想，大概全天下没有哪两个女人的奶水味道是一模一样的，因为她们的血也是不同的味道。

范爷爷将银壶放在他的画台上，后退一步，弯下腰，对着银壶，确切地说是对着银壶里的奶水深深地鞠了一躬。然后，他贪婪地把银壶里的奶水喝了个底朝天，说实话，这味道让一个老人隐隐作呕，但他还是如饥似渴，他感到自己正去往什么地方，也正回到什么地方，他感到自己不是自己，不是一个姓范的画家，不是一座四合院的主人，也不是孩子们的父亲了，所有存在于世界上的身份都骤然消失，肉体也随着财富、地位等身外之物离他而去，只剩下了灵魂。

平日里，范爷爷不画画也不外出的时候，会到院子里晒太阳，一晒就是一下午。他看见要么是安红梅，要么是夏琚拿着装有奶水的小喷壶给摆在院子里的那些花儿喷洒，每当这个时候他就会闭起眼睛来假装睡觉，不去看那些长势过旺，但连一只蜜蜂和蝴蝶都不招的花儿。安红梅除了爱浇石榴树，还爱浇海棠花，海棠花的红艳是她最喜欢的颜色，这一点在她的画作中也早就暴露了出来。红色代表生命，旺盛的生命，他还记得这个小姑娘刚到家里来的时候喜欢的是一株茉莉，经常对着它发呆。夜里，范爷爷有时会梦见自己变成了院子里的那株海棠花，秋天来了，冬天走了，始终坚定地开放着，等待被某种特殊的生命之源灌溉。

一天，范爷爷又偷偷喝了一壶安红梅的奶水，他的思绪如同脱缰之野马，他心想自己喝了谁的乳汁，或许就是谁的儿子。他大胆地、狂放地在脑海中默默呼唤了安红梅一声母亲，他不觉得丢人，也不觉得有悖伦常，他知道所有女性都是母亲，纵使她们才十七八岁，但母爱从未受过时间的限制。银壶里温润的奶水让他品尝到了五味杂陈，其回甘则是爱，这种爱在唇舌间久久不散，让人意外地安宁。

当范爷爷处在这种状态时，便会情不自禁地吟诵起诗人艾青的代表作——《大堰河——我的保姆》。他要把这首诗抄写下来，送给安红梅。他知道上次送给她的那幅画她还了回来，于情，范爷爷总觉得亏欠这姑娘。于是他运好气，一气呵成：

> 大堰河，今天你的乳儿是在狱里，
>
> 写着一首呈给你的赞美诗，
>
> 呈给你黄土下紫色的灵魂，
>
> 呈给你拥抱过我的直伸着的手，
>
> 呈给你吻过我的唇，
>
> 呈给你泥黑的温柔的脸颜，
>
> 呈给你养育了我的乳房，
>
> 呈给你的儿子们，我的兄弟们，
>
> 呈给大地上一切的，
>
> 我的大堰河般的保姆和她们的儿子，
>
> 呈给爱我如爱她自己的儿子般的大堰河。
>
> 大堰河，我是吃了你的奶而长大了的
>
> 你的儿子
>
> 我敬你
>
> 爱你！

范爷爷兴奋地端详着自己为数不多的书法作品，他的书法比画作还要金贵。

他在宣纸的一角认真写下"范作逸抄录艾青诗赠安红梅",盖上自己的印章。

写完这幅字,他灵感大发,势不可当,他要把那把存有奶香的银壶画下来。就在此时,此刻,他必须要把这银壶画下来。于是,他将那把用来盛放安红梅奶水的银壶放在画台上,仔细观察了一会儿,落笔时有如神助,完成了他最为得意的一幅静物画,这是他感到自己最接近恩师林风眠先生的一次,他终于画出了静物的温度。虽然林老毕生从未承认他老人家教授过一个叫作范作逸的学生,但二人对艺术的理解与交流始终是范爷爷最宝贵的记忆。林老带给他的灵感,对他作品的评价,无时无刻不深深根植在他的脑海中,成为人生最大的财富。

当范爷爷再一次正式地将自己的书法作品送给安红梅时,他郑重地说:"无论发生什么,无论有人出多么高的价钱,都不能卖这幅字,请你一定保护好它,就当是替我保留的。"

安红梅答应下来。

一天,安红梅给范爷爷磨墨,二人畅想起了未来的生活。范爷爷说假如安红梅以后真的成了一名画家,那她一定要改改自己的脾气。

安红梅好奇地问:"范老,我是什么脾气?"

范爷爷说你生性热烈,现在却藏起来,夹着尾巴做人。即使以后不画画,以你目前的性子也很难有大出息。

安红梅说:"范老,我一直是这个样子,怎么改?"

范爷爷说你怎么确定你一直就是这个样子,所有人都会变,今天的我早就不是昨天的我了。你得变,变回真正的那个你。

"可是……"

安红梅还想说什么,范爷爷打断了她。范爷爷说:"如果你肯变,我就收你为徒。但我们事先约定好，我一生未正式收徒的规矩不能打破，你我师徒关系出了这座四合院便不作数。"

安红梅当即给范爷爷跪下，叫了一声"师父"。

安红梅出生在沂蒙地区，小时候跟随奶奶在大山里听鸟叫，闻花香，捉蟋蟀，采草药，沂蒙山的印象早已深深刻在她心中。不过，可能是因为功力尚浅，她画眼前实物的能力尚可，画记忆中的景象总是会出现硬伤。而且她所有关于沂蒙山的练习作都以冬天为背景，再点缀几颗鲜红的野浆果，效仿师父的痕迹很是明显。

师父给安红梅欣赏了法国画家亨利·让·纪尧姆·马丁的点彩画，那数以万计的斑驳色点所组成的风景可谓是许多首具有非凡想象力和巨大视觉冲击力的诗篇。师父问安红梅，有没有在这位画家的作品中悟出什么，安红梅感到窘迫，她什么也说不出来。

师父说，你的画作中本来是有个性的，但你一直压抑着它，说好的改变呢？

安红梅头一次见师父如此严厉，她吓了一跳。在老人厉声厉色的回忆中她这才知道师父原来是中央美术学院和清华大学美术系的教授，教过的学生中有好几位都成了当代画坛响当当的人物。师父说虽然他有很多学生，但学生和徒弟是完全不同的，多少人排着队想成为他的徒弟，而不仅仅是学生。

安红梅明白自己是幸运的女儿——一个最幸运的女孩。

师父说你如果不放下过去，真正成为你自己，画出只属于你安红梅的画，以后就不要叫我师父了。

不久，安红梅画的一幅名为《赶山牛》的作品在全国青年绘画大赛中获得了银奖。颁奖典礼上，师父陪她一同出席。熙攘中她听见师父带着自豪的语气对别人说："红梅是我们家的保姆。"别人说："范老，您太厉害了，您家的小保姆都能在您的熏陶下获得大奖，真了不起！"安红梅感到异样，浑身不舒服，但她隐藏起了自己的情绪，坚决不让任何不快体现在脸上。

六

"小梅，我给你想了个办法，保你高兴。"见安红梅经常被浸奶的尴尬困扰，夏姐把女士卫生棉贴在了安红梅的胸衣上，这件内衣还是她花高价买来的，漂亮且舒适，就是型号不对，当时店里只剩这一件大罩杯的，虽然穿不了，夏琚还是果断买下来，送给了安红梅。

"用这个垫着，肯定管用。"

二人就女人的类属问题进行了讨论，夏姐说女人分为两类，一类是买得起卫生巾的，而且无论血量多大都舍得用最贵最好的品牌，一天换个十片八片；还有一类女人买不起卫生巾，甚至一天只用一片。安红梅听了有些惭愧，觉得自己比后者强不了多少。

夏姐说她认识一位梦想成为画家的女性，她画得很好，有天赋，但就是没人买她的画，连温饱都是问题，租住在郊区的一处棚户区，每天都担心住处被拆迁。夏姐说她如果能豁得出去，也许混得比现在好。

安红梅明白夏姐的意思，所谓"豁得出去"无非是以某种东西从男权社会中争取些什么，或者说抢。

夏姐直白地问，你愿意为艺术牺牲什么吗？

安红梅立马摇头，夏姐点点头，说早看出来你不是那样的姑娘。

"哪样的?"安红梅明知故问，但她就是想从夏姐口中听到那句满心期待的话。

可是夏姐没有正面回答她的问题，而是说："每个人的选择都不同，有些人只看重结果，有的人却更重视过程。"

安红梅有些失望，她还是想听夏姐夸自己，尤其是道德方面。

夏琚对安红梅的好是纯粹的，就像矿泉水。夏姐很富有，她的父母做农产品行业，据说京津冀一带有机蔬菜市场最大的供应商就是夏家，二老也时常补贴女儿。安红梅和夏琚共用高档化妆品，共享衣柜，闲暇时夏姐带安红梅看电影，逛王府井，吃特色小吃，去保利剧院和国家大剧院看文艺演出，听音乐会。在夏姐的带领下，安红梅不仅能说一口地道的北京话，而且对北京的流行文化了如指掌。

她对安红梅好，不仅仅因为安红梅用奶水替她养育着儿子，更重要的是二人对脾气，性格合得来。安红梅人实在，聪明，勤劳，气量大，从大事小事中都看得出。实际上夏琚不赞同安红梅跟着公公学画，这是一个苦行当，不仅对体力智力有极大要求，对心力也是极大的考验。心理承受能力差，跑到高楼上径直跳下去的人她不是没见过，梦想诚可贵，馒头价更高。

一天，夏琚外出，厢房里就安红梅和小范进在，他哭个不停，震耳欲聋，安红梅不禁感叹怎么人越小声音越大，到老了反而只能呻吟。如果把这个顺序调换一下，又会是什么样子？情急之下，安红梅抱起婴儿，直接掀开了自己的衣襟，露出一只乳房来，她把婴儿的嘴对准了自己的乳头。神奇的一幕发生了，婴儿竟然迫不及待将她的乳头衔进了小嘴巴里，用力吸吮起来。旺盛的奶水急急地流进他嘴里，一个粉嫩的小嘴不停地吮吸吞咽，还用一只小手紧紧攥着安红梅的乳房，生怕被别人抢去。

安红梅也惊讶万分，她不晓得自己究竟在做什么，怎会如此鬼使神差。相反，她以为自己会窘迫地立马从孩子嘴里抽出乳房，把他丢在床上，随他怎样哭喊，但她没有。有一种力量令她失去了所有可能存在的尴尬，她非但没觉得难为情，还感到一丝自豪，一丝欣慰，一丝甜蜜。

喝饱了，小家伙自然把嘴巴扭到一旁，也松开了紧抓安红梅的手，他冲安红梅笑了，他的眼睛炯炯发亮，脸蛋儿比吃奶前更红润了。安红梅感到自己眼眶湿润，鼻子发酸，两滴晶莹的泪水滴答滴答掉落在了怀中婴儿的笑脸上，可能是这两滴水珠太烫，孩子面色从刚刚的晴天变成了阴天。安红梅意识到了自己的反应吓到了他，便急忙用手指轻轻擦拭掉孩子脸上的自己的泪水。她不该这样的，不该把一个世界上最灿烂的笑容打断。

小范进睡着后，安红梅急忙拿起画笔，想要把刚刚那个满足的、肥嘟嘟的、通透发亮的小脸画下来，但无论她怎么调色、如何勾勒，都无法画出那饱含生命力的弧度——婴儿下巴的弧度和嘴唇的弧度，以及两弯半睁半眯的眼睛。一种无力感使安红梅倍感愤怒，也是在这一刻，她确定自己这辈子无法成为一名画家。

直到夏琚终于发现为什么孩子再也不愿吸奶瓶了，安红梅亲自喂奶的秘密才暴露出来。这样的结果自然是小家伙越来越对安红梅亲，对夏琚反而生疏了。夏姐张开双臂抱儿子的时候，小范进根本没有想被这个人抱的意思。可是，只要安红梅一伸手，他便张开四肢迎上去，像一只可爱的小熊。

夏琚说："不是姐不想让你这样，但是，你真不能这样做，你年龄还小，直接哺乳，乳房就会变形，乳头也会变大，很快你的乳房就会变成布袋子，松弛，下垂，永远回不到现在这种漂亮的形状。难不成你真一辈子不嫁了？你想想，对方要是发现你这个部位这么丑，他以后会怎么对你。"

安红梅明白夏姐嫉妒自己，当初自己许诺只把奶挤到奶瓶里，其实也正合了她的意。谁也不想让自己亲生的孩子投入别人怀抱，这个道理她当然懂，也理解夏姐，可是她已经难以离开小范进，某种程度上而言，比起孩子对自己的需要，她更依恋这个孩子。

夏姐说："乳房衰老对于一个女人而言，比面部衰老还可怕。"

安红梅腾起一股火，她不喜欢任何人用"女人"这个词来定义自己，她说："我有分寸的。"

夏姐察觉出安红梅不悦的情绪，她知道这次铁定劝不动这个女孩了。她不由得产生了危机，好像面前站着的这个美丽、丰腴、聪明的女孩不再是她熟悉的那个纯朴、无害的姑娘了。她想了想，转移了一个话题："小梅，你种过菜吗？"

安红梅说种过，她小时候就会种大葱、小白菜、生菜等，但需要搭架子的、特别要求技术的，她就不会了。

夏琚说："现在有机蔬菜市场前景大好，经济效益高，这两年我本想开拓市场，向南方进军，但孩子忽然来了，很多计划都被打乱了。"

安红梅没有接话，她脑海里一瞬间闪过了很多蔬菜，它们从天而降，像财神爷在播撒金币。她感觉这个五颜六色的画面很喜庆，所有人都张着嘴笑，感天谢地，她站在这些人中间，显得格格不入。

姐，你有没有去过加拿大？安红梅问道。

夏琚告诉她自己从北京大学毕业后就在商贸部门工作，世界各地没少走，加拿大也在其中。前几年开始下海经商，做的都是本土生意，出去的机会基本变成了零。

安红梅问，加拿大好吗？

夏琚忽然想起了什么，屋前屋后地寻找了一番，捧着一罐枫糖浆回到了安红梅面前。里头的糖浆还剩一半，很像深色的蜂蜜。夏姐把瓶子凑到灯光下，惊喜地告诉安红梅这瓶枫糖浆的保质期是四年，应该还没过期，但她并不确定，反而问安红梅："不会过期吧？"

安红梅接过这种她第一次见到的食品，说："我可以尝一尝吗？"

夏琚说："当然可以，不过要是味道不对，赶紧吐出来。"

安红梅拧开盖子向嘴里倒了一点，一股神奇的味道瞬间在口中散开，枫糖浆的甜度比蜂蜜低，还有一种无法言说的植物的芬芳，沁人心脾。原来蔡子瞻现在是这个味道，原来他们之间的距离已经这么远。

七

在安红梅十八岁零十个月的时候，夏琚就不让范进吃奶了。

夏姐说，按照科学的育婴要求，婴儿吃母乳到一岁半是最好的，再吃就会影响生长发育。她劝安红梅为孩子的健康成长多考虑考虑，想办法断了孩子的奶。

断奶的过程，安红梅比当事人还要心碎。她经常偷偷躲进厕所哭，一边不理解自己，一边哭得汹涌澎湃。她感觉自己从未如此空虚，也从未如此无用，无助感像一条绳子般牢牢捆着她，并且这条绳子越来越长，越来越粗。

范进三岁时，夏姐把他送进了机关单位的某双语幼儿园。整日趴在围墙外偷偷向里望的不是夏琚，而是安红梅。她不想离开范家，也不想离开北京，她已经在这里生了根，很难不发芽。

夏姐重返江湖，安红梅是她的助理。收发文件、安排行程、接待宾客；跑市场、追欠款、督质检，安红梅样样做得出色。不过她最厉害的功夫就是喝酒，每当替夏姐挡酒的时候，她不仅千杯不醉，还能在醉后用几分钟的时间作一幅写意画，为夏姐撑足了面子，也因此成了几笔大单的头号功臣。三年后，夏姐让安红梅做了贸易子公司的经理。

后来，安红梅在夏姐的帮助下，有了自己名下的两家公司。所谓夏姐的帮助，主要是她劝服了当时坚决不卖字的安红梅卖掉了师父送给她的那幅墨宝——《大堰河——我的保姆》，税后净收入一百五十万，按照夏姐事先和安红梅的约定，她抽走了五十万，也就是三分之一的佣金。至于为什么要收这么多佣金，夏姐说这是规矩，市场经济时代你得适应行情，不能让行情适应你。安红梅心中有愧，师父特意嘱咐自己，这幅字要好好替他老人家保管，如今自己头脑一热，不知会多伤人心。夏姐说你既然要在商场里摸爬，太讲感情是行不通的，商人眼中只有利益，你就算不为自己想，也得考虑底下的员工不是。

夏琚在安红梅的恳请下，将她全部的一百五十万元人民币以安红梅的名义投到了朋友的房地产公司里，老板给了安红梅百分之零点五的股份。五年后，安红梅得到了一千万元分红。夏姐说，钱生钱的感觉，快乐吗？

安红梅喜上眉梢："那是自然的。"

夏姐说，你得学会把你手里的钱都变成像你一样的年轻妈妈，只要她们不青涩了就立马去生孩子，越多越好，多多益善。安红梅觉得自从重返商场，夏姐就变了个人，有时不讲人情，手段狠辣，言谈也粗俗多了。但她就是有能赚钱的本事，特别是她丈夫待业在家的时候，连师父都对她百依百顺，她说东，家里便没人敢往西。安红梅羡慕这种地位，如果一个女性能做到夏姐这种境界，真是不枉来人间一趟。

看着自己名下一千零四百万元的银行存款，安红梅很忐忑，这种忐忑倒不是来自长长的一串数字，而是应该怎么处置的问题。她没有忘记自己当初许下的愿望，赚了第一笔钱就给母亲换套大房子。

夏姐在电话里建议她，这些钱你应该存好，作为应急之用。商场风云变幻，别看你现在风光，搞不好哪天就倾家荡产。所以你要居安思危，等以后钱多了，再给家人买房子也不迟，或者为他们买最好的人身保险。安红梅在电话这头狠狠表了决心，说："姐你说得很对，就按你说的来。"

可是她刚宣誓完没多久，就用四百万替张恒天家买了房子。夏姐得知此事后气得脸煞白。她说，安红梅，你真没出息，张恒天就是个骗子，你明明知道，为什么还往火里跳？

安红梅一声不吭，她不后悔。

夏姐说，你脑子烂掉了，明天以后你不要来我家了，也不要再自作主张去范进的学校接他，他这一年都快长成小胖墩了，都是你带着吃垃圾食品造成的。安红梅以为夏姐说的是气话，也许过上个十天半月，她就又可以回到四合院来，又可以去接范进上学了，所以她也没有跟师父道别。

可她没想到的是，这一别就是二十年。

多年以后安红梅像反刍动物一样，慢慢地、反复地消化了自己咽进去的东西。

如果不是深入阅读了陶渊明的文章与思想，她或许永远都不会释怀。这位东晋田园诗人不仅拯救了她的精神危机，也为公司带来了可观的效益。安红梅把自己营销的农产品借陶渊明的诗意进行宣传，收获了不少合作伙伴。

对于范进的想念从未停息，她只是把这个孩子埋进了记忆的最深处，从不调出来回想罢了。夏琚在毫无征兆的情况下一把铲断了她在北京的根，这么多年来她就像一朵顽强的蒲公英，飘零，旋转，对每一处即将下落的地方都充满了警惕。

不过，即使是封存谷底的记忆也会在某些不期而至的时刻突然袭击安红梅，每当这个时候，她会读一些实用主义类的哲学书籍，其中有本书里夹着张范进一百天的照片，这张照片夏姐洗了好几张，是她主动要来的。

如果心情还是难以平复，她便会翻开俄罗斯作家列昂诺夫的那部《俄罗斯森林》，这是一部她至少阅读了三遍的书，第一次读是因为自己想要画一座森林，可始终找不到灵感；第二次则是因为第一次读完后被书中所呈现的主题所吸引，不禁再读一遍；后面再翻阅则是因为里面夹着张范进幼儿园毕业时的照片。

其实安红梅非常清楚一个事实，那就是自己对范进的爱是一种掩饰和隐藏，她真正放不下的是自己亲生的那个孩子。母亲告诉她孩子没能活下来，当时安红梅内心并无多大痛楚，可有时候痛苦的种子要很慢、很慢才会破土而出，而后它也不再生长，始终是一棵芽苗，让人不忍碰触，但却牢牢地揪在心里。

每次看完照片之后，安红梅都如同一只蜕皮的蝉，等待着风来吹硬自己的蝉翼，她想去处理一些棘手的事情，分散自己的注意力，可事业方面出奇地顺利，公司收入稳定，没有人给自己找麻烦。小范进吞咽自己奶水的声音从地心深处震荡而来，即便是听着世界知名女高音歌唱家的演唱也难以打消这种来自大地的嘤吟。

在夏琚完全消失于安红梅的世界之前，她们见过一面。然而这一次见面的结果令两人都十分尴尬，谁也不愿再提。那一次是安红梅在核对账目的时候，发现夏姐在退股时，自己少结算了人家八百元钱，这八百块对于夏姐来说自然算不上什么，但对于安红梅而言却是个很好的契机。打通电话后，夏琚告诉她范进生病了，在住院，这钱你自己留着吧。

安红梅几乎跑遍了全北京的医院，终于在某家找到了范进的名字，虚惊一场，孩子只是得了普通肺炎，病情早已好转，正在办理出院手续。

当夏琚看见安红梅气喘吁吁地站在病房外，努力从满面愁云的脸上挤出一丝微笑时，她强压着内心的怒火。

夏琚说："你怎么找来的？"

安红梅说："姐，我不进去，我就在这里看看。"

夏琚说："心意领了，你快回去吧，范进今儿个就出院了。"

安红梅掏出一个厚厚的红包，请夏琚一定转交给孩子，她只是希望范进以后能平安快乐。

夏琚把安红梅诚恳伸出来的手硬硬地推了回去。

隔着病房玻璃，安红梅看到范进正在酣睡，他已经长成了另一副样子，如果不是夏姐在场，她根本认不出这孩子。她惊奇于范进那已经初具成人轮廓的面庞，注意力全在这英俊的脸上。她永远无法知道，为了不让儿子与安红梅说话，夏琚竟然骗医生给孩子的吊瓶里加了一点镇定药。

走出病房，安红梅在花坛边的长椅上见到了范老，他身穿病号服，正在阳光中休养。

安红梅满心欢喜，跑过去蹲在了师父膝下。

可师父双眼空洞，一脸疑惑地看着自己。

"师父，是我呀。"安红梅眼眶湿润。

"您老这是怎么了？"她抓住师父的双臂，上下打量却不见明显异常。

"你是……"范老礼貌地问。

"小梅，安红梅，您徒弟呀。"

"徒弟？我没有徒弟的。"老人急忙摆手。

从师父绝对陌生的语气中，安红梅推断出他罹患了阿尔茨海默症。这种病以记忆障碍、失去语言或认知能力、空间技能损害、执行功能障碍及人格和行为改变等为特征，安红梅不清楚师父如今到了哪个阶段，有没有什么是他还想得起来的。此后她隔三岔五就来医院看望师父，帮他按摩身体，寻找记忆。师父有时能想起些什么，有时不能，关于她安红梅，师父唯一能想起来的便是自己家里曾经的小保姆。

"她是个好孩子。"这是老人对安红梅仅剩的评价。

八

安红梅做外贸生意的时候，意外结识了香港一位姓方的女老板，那时正值香港回归十周年，方老板想在内地投资做现代化生态种植园，并计划收购生态园里种植的全部有机蔬菜，加工成干菜出口到欧洲的德国、法国、比利时等几个国家，这是一个捆绑式的长期合同，当时内地这边想要争取此机会的企业有很多，安红梅之所以能征服方老板，主要是因为她画的《赶山牛》这一幅作品。方老板对安红梅的赞赏和期许全融在了合作条款中。为了增加乡村闲散人员就业、带动家乡沂蒙山区经济发展，当时只有三十岁出头的安红梅在那段岁月中加速衰老了至少十岁。

功夫不负有心人，她得到了县政府的大力支持，被树立为劳动模范，这些名誉同时也为她创造了很多优惠条件。

位于沂蒙山深处的农业生态园占地千亩，空气质量优良，环境无污染，水质富含多种矿物元素，是种植天然有机蔬菜的世界级宝地。方老板携欧洲代表来考察，众人皆流连忘返，沉醉于沂蒙山的怀抱中。

多年来，生态园不断发展壮大，促进了当地经济的极大发展。安红梅被评为县先进代表，县委县政府推出的全县改革开放四十年先进人物光荣榜上赫然张贴着她的照片和先进事迹。

安红梅在生态园里，不管她怎么换办公室和宿舍，都把自己的卧室按照四合院里夏姐和范进的房间进行复制，她觉得这使自己有根的感觉。她记得别人曾不理解自己，怎么回到沂蒙老家反而还没有根了呢？安红梅说她也说不好，她就是觉得自己的根在北京，和四合院里的那棵石榴树扎在一起。她记得这种感觉出现在自己失去奶水后，一度非常慌张的她孤独、焦虑，那时候她才明白自己除了奶水什么都不拥有，而奶水干涸，就意味着自己的枯竭。

安红梅在北京的家里也有一间密室一样的房间常年关着，里面摆着一张豪华大画台，昂贵的笔墨纸砚齐全，画台一边的墙角处放着一个清中期的回纹如意披肩、双龙戏牡丹画缸，缸里竖立着长短不一的画轴，整间画室的墙壁上挂满了她的作品，最引人注目的一幅是她自己的书法——《大堰河——我的保姆》。范老已经记不得他送给安红梅的这件珍贵墨宝，这也等同于他再也不必知道安红梅轻而易举地把它给卖了的事实。安小安曾经捧着一本名叫《记忆的伦理》的英文书看得入迷，安红梅询问她书里讲了什么，小安就不告诉她。安红梅说，我猜猜，这肯定是一本讲记忆的意义的书，小安说："废话。"

安小安一直没有见过妈妈在她的画室里作画，她也不好奇，只要是她自己不感兴趣的东西她便不会过问。安红梅觉得自己跟女儿始终有距离，她不清楚小安整天在想些什么，小安也不愿与她分享，两人唯一的共同语言就是小安的学习成绩。十六岁那年小安早恋了，男孩十分优秀，两人在一起其实没有影响到学习，小安的英语成绩反而还有所提高。安红梅得知这件事后，采取了一种卑鄙的方法去棒打鸳鸯，就在小安高考前，她成功了。她为自己的行动沾沾自喜，也为事情做得不着痕迹感到自豪。安小安没有将悲伤表现在脸上，她还是大大咧咧地笑，排山倒海地疯，好像那个男孩从未出现过一样。无须用一生去赎罪的爱情令安红梅十分羡慕，她想，如果十七岁时没有怀孕，没有蹂躏一个无辜的小生命，如今的生活将会与现在截然不同。生命不停地吞噬，永无止境，它不在乎承载它的肉体有多痛苦，它只按它想要的去掠夺，再将夺到的一切塞进皮囊里，塞满了就让这皮囊不停地流血，或者死去。

深秋到了，沂蒙山里的枫叶红了，一片一片的红霞覆盖在山间，妖艳极了。被群山环抱的水库也落进了很多成群向南迁徙、中途休息的大雁。晚秋的沂蒙山吸引来了不少摄影爱好者和画家，他们或单枪匹马，或成伙结对，生态园里的民俗村也因此热闹起来。

一天，生态园里来了位野鹤般的小伙子，风度翩翩，气质如兰，身上的艺术气息比漫山枫叶还要浓郁。他背着一个半满的双肩书包，独自住进了民俗村。

小伙子对一草一木都倍感兴趣，或者用速写本快速临摹，或者以各种奇怪的拍照姿势把植物的最美形态尽收相机。

他住在观景区的一座二层小楼里，站在楼上向对面山上望，山光湖色，尽收眼底。白雾缭绕山腰间，大山一半在云层上面，一半在云层下面，云动而山不动，平流的白雾像是被什么说不完的故事深深吸引着。满山树林中各种鸟儿的鸣叫此起彼落，有的拖长腔，有的扬短腔，有的还打着转儿。青年自顾自地嵌入造物的妙境中，浑然不觉民俗村上上下下的姑娘们已经被他迷得神魂颠倒。

一个星期过去，这位"王子"仍没有半点退房的意思，整日早出晚归，行踪神秘。安红梅想要会一会他，打探一下对方究竟是什么人，来民俗村什么目的，顺便也可以交流艺术。她让服务员给客房打电话，询问对方第二天早上是否需要"朝霞服务"，就是民俗村凌晨会把想要观日出的游客们凑在一起，用专车拉到山顶。现在不是旅游旺季，优惠力度大。

他愉快地答应了。

山区深秋的凌晨冷风入骨，青年仍穿着单薄的 T 恤，在其他身披军大衣的游客中显得格格不入。在这辆颠簸的依维柯上，安红梅把一件军大衣递给他，说越往山顶去越冷，你穿这么薄会冻坏的。

青年说："谢谢，我不冷，昨天我刚去过山顶。"

安红梅惊讶地问，你是怎么上去的？再说，既然看过日出了，为什么还来？

青年说："这不是我登过的最高的山，也不是最险的。我爱看日出，怎么都看不够，所以今天也来了。"

安红梅问，小伙子，你是做什么的？

青年说："学生。

"学生更自由些，有寒暑假。"他补充道。

安红梅说，现在还没到放寒假的时候。

青年说："我是来为毕业作品找灵感的。"

安红梅又问，你从哪里来？

对方回：北京。

你手上这个速写本能借我欣赏欣赏吗？

对方爽快地递给了她。

怎么都是乐器？安红梅发现这个小伙子所画并非生态园中的植物，而是许多不同的乐器，有长笛、双簧管、竖琴、古筝、琵琶……

"我听女孩们议论，你明明是照着果树、冬瓜、菊花在画画。"

"是啊。"他说。

"可这些都是乐器呀。"

"我不想画它们的外形，我想画它们的声音。"

"有趣。"安红梅惊讶万分。

随即，她又问道："那么长笛代表什么？"

"黄瓜。"

"琵琶呢?"

"柚子。"

安红梅在心里由衷地赞叹,眼前这个青年该有多么丰富的内心世界。

"那你给我看看,我是什么乐器?"她忍不住问道。

青年认真观察着眼前这个风韵犹存的女人,出于本能,他被她高傲的乳房深深吸引了,他感到自己的冒犯,腼腆一笑,将视线挪开,说:"梨。"

"为什么呢?"

"那种这么圆、这么大的,黄色的梨。"他用手比画了一个围度。

"丰水梨。"安红梅说。

但她觉得有些尴尬,于是打趣道:"可能是我胖吧。"

他把头转向另一边,不准备再与她说下去。

车子进入浓雾区,像一只缓慢而警惕的锹甲。

安红梅试探地问:"我猜猜,你是央美的学生吧。"

"是的,我读博士。"

"高级人才呀!"

"不算什么人才,兴趣吧。"

只要二人对话,他的目光总是不自觉地被安红梅的胸部所吸引,他因此显得有些窘迫,安红梅识趣地闭上了嘴。

车子终于爬到了高处,剩下的要靠脚力,安红梅和司机师傅都明白,今天这些人已经无缘日出了,以他们的速度,到达最佳观景地,太阳已经升上去了。

"怎么不告诉他们?"他从身后走上来。

安红梅笑了,说人生就是这样,关键在于有奔头,你奔着奔着,直接就光芒万丈了，岂不更好。

他说："我知道，您是生态园的老板，我听他们议论过，说您原本是画家，很了不起。"

安红梅说，过奖了，我只是一个普通女人，一个平凡的母亲。

"我叫范进，有机会的话，很想同您切磋切磋。"

安红梅惊呆了，驻足在原地，她看着范进的脸，眼睛所射出的光比正在升起的太阳还耀眼。怪不得她第一眼见到他时就倍感亲切，而且那种亲切仿佛来自地心深处，巨大的引力使人难以抵挡。

"冒昧地问一下，你的母亲叫夏琚，是吗？"

"您认识她？"

安红梅一把抱住范进，她从未如此大力地拥抱过谁，她拥抱他的时候，才发现他的身体特别结实，而且特别热。

"还认识我吗？"安红梅声音哽咽。

范进摇摇头。

"梅姨，真不记得了？"

范进做出了一个比安红梅还要惊讶的表情："梅姨，真是您！"

两人坐在山顶，曙光如金身佛祖般照耀着他们，范进给安红梅讲起了家里现在的情况。

妈妈移民去了澳大利亚，在那边做铁矿和橡胶生意，和爸爸早就离婚了，他们现在各自都有了自己的家。爷爷活到九十二岁，去年走时很安详，现在的四合院只有他一个人。

"我觉得我不是他们亲生的。"范进说道。

"怎么这么说？"

"我从小就知道我不是他们亲生的，我和他们哪里都不一样，而且他们对我也越来越冷漠，好比养了条京巴，玩够了就谁也不要了。"

安红梅说："你不能这么想，天下哪有不要孩子的父母。"

"我小时候有一次偷听他们讲话，听见我妈说她当初要是不把我从这沂蒙山抱回去就好了，她说当时在医院有个妇女见她是北京来的有钱人，在这边找某个厉害的大夫治不孕不育，那个妇女就求她收养我。"

安红梅心头一惊，条件反射地重新算了一遍范进的年龄，如果他说的是真的，那他会不会是自己的亲生骨肉？

"爷爷去世前一年的时间里，他忽然想起来怎么画画了。梅姨，您知道的吧，爷爷有阿尔茨海默症，什么都忘了，但后来竟然想起来怎么画画了。不过他只画他的那把银壶，只要清醒的时候就一张一张地画，画得那叫一个棒。真的，要我说，他老人家一辈子最好的作品就是走前画的那上百幅银壶。"范进说。

"爷爷最后跟我说的一句话是，让我一定找到您。"

你真的找到我了。安红梅说着，泪如雨下。

范进说："嘿，别看中国这么大，真想找个人还是挺容易的。我一边到这里采风，一边就找到了您，多轻松。"

阳光驱散了寒冷和云雾，也带走了安红梅脸上的泪水。

范进歪着头看安红梅，双臂挂在身后，像小时候一样调皮。他说："梅姨，要不是您只比我大十几岁，我真想喊您一声妈。"

如果你遇到夏琚请告诉她，安红梅和范进在等她。

与君同游

中秋节同事送了我一袋子螃蟹。它们刚从汽车后备箱里被拎出来的时候，由于包裹着两层黑色塑料袋，所以显得毫无生气，死般静默。同事自豪地说这是他们亲自抓的，小腿和手指伤痕累累。我执意要按市场价给他们钱，他们不要，溜之大吉，只剩下我和一兜沉甸甸的螃蟹，还有一扇家门。

我把它们一股脑倒进了洗菜槽里，这下好了，它们瞬间"复活"，四处乱窜。不锈钢水槽成了它们的监狱，每一只都有八条腿，总共有八十条活跃的腿各自驮着它们褐色的身体，试图从不深的陷阱里逃脱。我拿着铁夹子防卫，一面打开水龙头意图恐吓，但是这都是徒劳，它们反而来了劲，奋勇向前，很快已经有四只掉在了地上，它们顺势逃跑，钻到了柜子底下、洗手间、卧室和未知处。

我如果去逮这几只，水槽里的那些就都要越狱了，一时间我陷入两难，很想自己能分个身出来解决这对矛盾。但是我不是孙悟空，也不会法术，我只能在脑子里想象另一个我，他质问我为何做这件蠢事，应该直接把它们倒入烧开的锅中，让水蒸气把它们变成红色，让它们在没有任何反抗机会的同时直接步入死亡。另一个我好奇我是否要饲养这些多脚生物，让它们在家中各处横行，穿我穿的衣服，睡我睡的床。

我灵机一动，抄起一瓶白酒浇了下去，随即烧水，关上厨房的门，戴上胶皮手套去捉逃跑的那几只。第一只在洗衣机后面，它一动不动，考验着我如何把粗壮的胳膊深入那个细缝。这难不倒我，我用拖布杆刺探，它果然中计，逃到墙上的时候被我一把捉住，直接下锅。我同时在细缝中发现了一把旧牙刷，它的祖宗也许是一只公元前的棕毛牙刷，随着牙齿数量的增多，它们大量繁殖，帮助人们更好地咀嚼猎物。我不记得这只牙刷是不是我的，也不好奇它主人的样貌，我把它扔进了垃圾桶，那是一会儿那些螃蟹壳的归处。

我在找第二只螃蟹的时候，思绪陷入对时间的思考。我想象着一只自然死去的螃蟹应该是什么模样。它的腿儿是缓缓舒展开来，整个身体越来越轻，最后漂浮在江河上随地球自转而破碎，还是蜷缩起来，向更深的地方沉去。第二只螃蟹在床底下，它很聪明，无论我怎么激将都纹丝不动。但这仍然不能阻止我，我用一盘蚊香轻松搞定。它受不了烟雾的刺激，只得从床底爬出，飞快地奔向窗台。我用窗帘一把将它包住塞进了塑料袋。窗帘上留下了一些黏液，我很后悔，不久前我刚刚清洗过，现在又要重新洗一遍。我反思自己做事冲动，但这个缺点很难改正。有一次人们让我种一垄菠菜，我把种子撒出去，又把它们刨了出来。

螃蟹熟了，我只能一边吃一边观察着家中各个角落，看最后那只蟹究竟藏身何处。它比前两只都要狡猾，而且应该是所有螃蟹中智慧最高的。我想，高手之间的博弈就是比谁更沉得住气，于是我慢条斯理地分割着它伙伴们的尸体，蘸一些姜醋，感慨世间珍馐。

突然，有个黑影在门口闪了一下，似乎钻出了门缝，我打开门探出头去张望，没想到最后一只螃蟹趁机溜了出去，从我的头顶飞驰而过，像动作片里表演骑摩托特技的演员，沿着楼道墙壁迅速爬向外面。一股风吹来将我反锁在门外，我没带钥匙和电话，只穿着拖鞋。我想我要出去追上它，我要把它踩在脚下，然后请人开锁，回家专门再烧一锅水，单独将它蒸熟，我要就着平时舍不得开瓶的红酒把它的壳都嚼碎咽肚。

我在社区里追踪一只螃蟹。心想着还好下水井的洞口都较小，除非它会缩骨大法，否则只能在路面上逃亡。我看到灌木丛中有闪动的微光，似乎是它光滑的壳所反射出的短暂炫目。它的壳呈褐色，一旦与泥土相混，势必要难以发现。我跳入灌木丛，踩踏着枯萎的草，这儿是不常有人涉足的领地，一个城市究竟有多少这样的板块我不知道，但它们松软、干净，像什么东西的肚皮一样富有弹性，霜露结在这里很安全，在我到来以前。

我来到了马路上。此时已经失去目标。我又顺着几家门市店向北走了几百米，行道树郁郁葱葱，像一个个骄傲的叛徒。我放弃了，同时因为家把我锁在了外面而感到愤怒。我狠狠踹了电线杆一脚，觉得今天不是中秋节而是愚人节。疼痛感从脚趾尖回流，让我瞬间想起了许多个已经过去的中秋节。

我转身，忽然一个姑娘向我走来，手里拿着麦克风，胸前挂着数码相机。

"您好，可以耽误您两分钟吗，我想采访您几个问题。"她礼貌地说。

我没有走开完全是因为她长得还算好看，出于本能。她的脸应该是今夜离我最近的月亮了，其他月亮都暗淡、模糊，而且它们都跟着别人走了。

她问道："您是自己一个人吗？"

我说："嗯。"

她说："今天是中秋节，您也是自己一个人吗？"

我说："嗯。"

她说："您为什么一个人呢？"

"我不知道。"我说。

"您是本地人吗？"

我说："嗯。"

她更来了兴致，又问："那您为什么是一个人？"

我问："你还有别的事吗？"

她放下相机和话筒，向我解释："我在经营博客，想写一篇关于'孤单'的稿子，今天出来已经采访了一些路人，但他们都有伴儿，您是第一个我想搜集的素材。"

我觉得她很无聊，正欲离去，她追上前说："我可以再问您两个问题吗？拜托了！"

我说："你问吧。"

她："刚刚您为什么要踹电线杆呀？"

我："因为东西丢了。"

"什么东西？"

"一只螃蟹。"我说。

她不觉得我说的是实话，竟然还笑了起来。

接着她说："我也刚到这个城市。"

我打算回家，正欲离去，她叫住我，说："既然我们都独在异乡为异客，不如我陪你找螃蟹吧。"

她所说的这句话如同一颗刚入嘴的泡泡糖，在咀嚼第一下的时候，甜味爆开，充满整个口腔，那是最不用为后面的食如嚼蜡而担忧的瞬间。我想起我的童年，作为一名独生子，性格内向，所以几乎没跟别的孩子产生过友谊。我沉浸在自我的世界里，有一套属于自己的戏路。对于新游戏、新话题我从不感兴趣，因为我站在真正的土壤中，我的根须蜿蜒，而那土壤只有一寸。

"我们一起找螃蟹吧？"她又试探性地问了一遍。

我说："找不到了。"

她说："那我们就去下馆子吃螃蟹。"

"我刚刚吃过螃蟹了。"

她显得很沮丧，脸红了，她试图用摆弄相机套子的手臂遮住自己的脸。我觉得有些过意不去，于是提议："我知道一个地方，外乡人蛮多，你可以去那里搜集素材。"

"哪里？"

我给她指了一个方向。可是城市太大，我的手指太短，她无法顺着我的指尖展开想象。她踮起脚，由于重心不稳栽了跟头。她坐在地上发出"嘶嘶哈哈"的呻吟，她的膝盖也许擦伤了，但她没有去查看。

"我带你去吧。"我说。

"也许我得改变今天的采访主题，我应该问问大家都做过什么愚蠢的事。"她难为情地说。

我拽住她的手臂把她拉起来，帮她检查了相机是否完好。我们像是两个背包客游历在这个城市，我注意到了一些被过去忽略掉的细节。有一家经常光顾的便利店门前的地面砖头翘起了一边，我说怎么时不时地买完东西出来会被绊一下；一棵梧桐树上面新筑了一个蜂巢，我断定肯定是新的，因为我从它的阴翳下路过好多次，从来没见过蜜蜂在附近飞；一台临时车辆占了私家车位，否则那个位子应该属于一辆白色轿车，在周围许多灰黑色车的映衬下显得格外耀眼，但是白色轿车很久都没出现过了，我几乎都忘了它存在过。

"我听说过那个地方。"女孩说，"大概在苑林路附近吧？"

她又说："活着真累。"

我点点头。

"你做什么工作？"她问我。

"不值一提。"我有些窘迫地回答。

"做自媒体也挺难的，别人都觉得不是正经工作。"

"喜欢就好。"

"你谈恋爱了吗？"她心血来潮。

我没回答。她一边看着我的脸等待我回答，一边不小心又绊了一跤，但这一次我拽住了她的外套，否则她的脸就要着地了。如果今天她的脸和腿都挂了彩那就不好了。她的脸又红了，自己笑自己，说她总是笨手笨脚，而且还是个路痴。

我打开导航，其实我不知道这个城市哪里外乡人比较多，刚才只是随口一说，有时候所有天时、地利、人和都是为了撒一个谎而准备的。要不是她提到苑林路，我还真不晓得如何收场。然而地图中显示没有这条路，还问我是不是要搜索一处名叫苑富街的地方。

"你叫什么名字？"她问我。

我没有打算向她透露个人信息，于是假装被路旁的风景吸引而忽视了她。

她像突然想起什么似的，四处寻觅，一边自言自语："对了，螃蟹。"

我则满脑子想着接下来要去的地方。大学城、施工地这两个备选答案被我自己否定了。

"我本来不想来这里的，但是阴差阳错地已经在这里生活四年了。"她说。

我拦住一位路人向其询问："您好，您知道哪里外乡人比较多吗？"

对方回答："对不起，我不清楚，不好意思。"

女孩惊讶地望着我，说："你不知道呀？"

"有点不太记得了。"我解释道,同时感觉自己有那么一丁点像骗子。

正当我们两人就要分道扬镳,她继续去搜寻目标,我即将百无聊赖地往出租屋走时,她大叫:"是螃蟹!"

她指着马路对面很远的一片区域,眼睛直勾勾地盯着前方,迈开左腿就要横穿奔腾的马路。我一把拉住她,这回拽住的是她的胳膊。她的胳膊在宽大的外套里因为细而显得空荡,不能视作"一条"胳膊,得用"一支"胳膊来形容。她依然焦急地想要到对面去追寻螃蟹,我说:"算了,算了。"

"怎么能算了呢?"她语带责备。

"怎么可能。"我说。

"怎么不可能,我看得清清楚楚,一些腿驮着一小块褐色的盖子明明就悠闲地爬过了那根路灯。"她的手指又指向了另一个方向。

"这些都是沥青混凝土铺面,一小块褐色真的很明显。"她低下头环视柏油马路,灵活地转了一圈脖子。

"到处都是灰色。"她强调。

"你眼神够好的。"我称赞。

她反驳:"根本就没有障碍物呀!"

"我觉得都是障碍物。"我一面对她说,一面望着山沓水匝的建筑物和公共空间,感到窒息。

"我以前帮人找到过一只离家出走的螳螂。"她骄傲地说。

见我诧异,她展开了回忆:"是我合租室友的螳螂。她总是忘记喂它,于是它就咬破笼子,越狱了。我室友很伤心,发誓如果要是螳螂能回来,她一定每顿饭都把它喂得鼓鼓的。我俩打了个赌,我不相信她说的,最后为了赢,我真把螳螂给找回来了。"

我笑了,觉得她是一本正经在吹牛。

"我没吹牛，你不信？不但找回来了，而且就是它，它的一条腿上有一个白色斑点，走路总是一瘸一拐的。"

"你怎么做到的？"我问。

"多容易啊，我一找就找到了。那么一大片地方就它是绿色的。"

"那么多树、草丛都是绿色的。"我还是不信。这座城市绿化很好，我无论如何也不相信一个人仅凭肉眼就可以锁定一小块移动的绿色。

她说："路和楼是灰色的，树几乎都是深色，整个城市都是暗色的。

"而螳螂绿得很鲜艳。"

她扯扯我的衣角，示意我现在是人行通道绿灯，我们应该飞奔到对面，一把将螳螂捉住，就地正法。我们不给它辩护的机会，因为我们连找到它的头并砍下的心情都没有。如果说世界上有什么生物的头很滑稽，螳螂肯定算其中之一。不像鱼和虾的头，它的头连着坚硬的肩膀，好像一个把头缩进铠甲里的骑士，我们直接判处它有罪就好了。

于是我和她走过斑马线，来到了另一个方向。现在目的地已经越来越模糊了，我完全是和一个陌生人在周旋，我不禁想到她不会是一个骗子吧？以某种高超的诈骗技巧引诱我进入某个巢穴，然后榨干我的血。我应该直接转身离开，不和她再多讲一句话。

"在那边。"她兴奋地说。

我杵在原地不动。

"走呀！"

"也许我该回家了。"我说。

"不要螳螂了？"

我觉得她脑子有问题，谁会没事闲得在大街上追踪一只螳螂呢？

"那好吧……再会。"她失意地对我说。

我以为她会缠着我不放，没想到却干脆、利落地同我道了别。这反而使我觉得难为情，似乎我是以小人之心度君子之腹了。她朝前方走去，背影变得越来越小。

我追上去，看了看腕表，说："我还有些时间。"

她很高兴，挥舞起手臂，她的手差点碰到路边那筐糖炒栗子，它们刚被炒熟，还冒着热气。在她就要掀翻那筐栗子的时候，我拉住了她的手臂。她为自己的笨拙感到脸红，这已经不是第一次了。我还没遇见过这么不小心的女孩，她是怎么长大的呢？她要历经多少磨难才能长大呢？

我向路人询问："请问您知道哪里外乡人比较多吗？"

"对不起，我赶时间。"对方摆摆手。

我又叫停一位路人，问了同样的问题。对方回答："抱歉，我真的不知道。"

我感到沮丧，不是因为没人知道那个地方，而是因为他们对我都十分客气。

她也注意到这个现象了，意味深长地说道："他们都好客气。"

"是啊。"

"今早我在地铁上给一位老人让座，他极力拒绝。"她说。

我想了想，说道："那天我买水果付账的时候钱不够，老板让我先拿回去吃，下次再给钱。"

"有一次我骑电动车被人剐蹭，对方一个劲儿地给我鞠躬，一定要带我去医院检查。"她回忆。

我说："去年，一只狗咬了我，但没出血。它的主人把它横着抱起来，照着它的后脖颈张开嘴就要咬下去。"

我说的事情显然使她难以置信，她像看一位赢家那样向我投来倾慕的眼神。我也觉得那件事很不可理喻，但它确实发生了，当时我急忙制止了狗主人，生怕狗儿因此惨死在他的獠牙下。那人提出付我赔偿金，而且如果我不收下他就不让我离开。

"后来怎么样了？"她问。

"后来他实在拗不过我，就责令他的狗向我道歉。"

"狗怎么道歉？"

"耷拉着耳朵，夹着尾巴，眼睛里流出了泪水。"

她陷入沉思，我们两人继续漫无目的地朝前走。

她问："他们为什么那么客气呢？"

正巧路边坐着一位等人的大姐，我于是又向其提出了那个问题："您好，请问您知道哪里外乡人比较多吗？"

对方用本地方言回复了一番话，由于语速快我竟然一个词都没听懂。我窘迫地看着大姐和女孩，她们两个人一起瞪大了眼睛看着我，对我摊摊手。我认为一座城市对外地人最大的见外莫过于它讲着属于它自己的语言，不在乎对方能否听懂。

"他们太客气了。"我说。

"也许我们也应该客气一点。"女孩停下来，跳到我面前，一只正在飞舞的蛾子被一面突然改变方向的后背搞晕了头，我急忙拉住她的手臂，那只飞蛾因此便撞不到她了。她果然又脸红了，这次我也脸红了。

"您好，我叫宋维。"她伸出右手要同我握手。

我的右手正插在裤兜里，她的举动使我不知所措。她的笑容非常甜美，配上仍旧微红的面颊，让我感觉夕阳降临到了我面前，有种似烫非烫的温度像旋律一样萦绕在我们两人中间。

我握住她的手，说："你好。"

"你叫什么名字？"她见我没吐露自己的名字。

"你就叫我老秦吧。"我说。

她想要问我的全名但又不好意思，其实我这么做很不礼貌，人家告诉我了人家的全名，我只告诉她我的姓氏，非常不公平。我觉得以后也不会和她再有什么交集，因此也没有必要在意什么，她的名字是她自己说出来的，我并没有询问。

她指了一个方向，告诉我那边有我想要的东西。其实我早就不想要那只螃蟹了，即使真的找到它，我也懒得审判它了，我为什么要寻找一个筋疲力竭的东西呢，它又不是一个濒死的人类，它的死不会引起任何注意，更不会有谁发现了一只无人认领的螃蟹就为此找到我头上，如果是一个孩子想必会引起足够的重视，但它不是，它在蟹族中早已成年了。没有人会问责我为什么弄丢了一只蟹，除非它烧了一栋房子。

我们拐进一处居民区，我好奇地问："难道这里外乡人比较多？"

她眨眨眼，露出神秘的一笑。

"好累啊，我们找个地方坐坐吧。"她提议。

我不想坐下来，放眼望去，最近的公共椅至少在三百米开外。我突然觉得，今天与她同游到这里已经是终点了，我真的该回家了。

"一会儿月亮该出来了，我们可以一起欣赏欣赏。"她说。

她不说还好，她一这么说，我忽然意识到时间已经晚了，不仅天黑了，整个城市也都掉了个头，把行人们前进的方向变成了回去的方向。

我有些惊恐，这是我第一次和陌生人一道走了这么远的路，竟然都找不到自己家的方向了。我盘算着怎样回去，要坐地铁几号线，或者有没有公交能直达。明天还要加班，做一只蜷缩在电脑前的乌龟，我的心不能被什么旁的事荡漾起来，我不能是小孩子，坐在秋千上就不想下来，不想再去写作业。

"走了这么久，你饿吗？我们可以一起吃顿便饭。"她再次试探性地问我。淡夜爬上她的眼尾，路灯照耀着她的眼角，使她的眼睛看起来像一座宫殿的两扇菱花窗，我则像一只麻雀。

"我真的该走了。抱歉。"我为今天没能兑现承诺感到愧疚。

"我还有事情要忙，祝你写出满意的文章。"我补充道。

这回换她一把拉住了我的胳膊，她说："那我们合一张影吧？"

这个要求一点也不过分，即使是在外旅游，同陌生人合影也不是多侵犯隐私的事，我爽快地答应了。

我们需要第三双眼睛站在我们的对立面，这样我们两个的影像才能集合到一幅画里。社区里闲人很少，大家几乎都在吃团圆饭。想找第三个人不太容易。我们遇见了一个高个子的小学生，对方怕我们是坏人，径直走开。我们又遇见了一位提着大包小裹的女士，她看起来风风火火，我们两人都犹豫了，没人敢上前和这样的女人搭话。

"她肯定不会帮我们，对吧？"宋维分析。

我说："人家哪里还有'手'啊。"

我们又锁定了一位保安大叔，刚要过去请对方帮忙，人家便被同事叫走了。

宋维望着两名保安的背影，说道："我猜这个大叔是被人请吃饭去了。"

"今天是中秋节。"我说。

她抬头看看天空，月亮肯定是出来了，但是究竟藏在哪儿，我们不得而知。当她的目光定格在一扇亮着白炽灯的窗户上时，她像一下子揪住了什么似的"啊"了一声，朝那扇窗户底下的门洞里跑去。

"等我！"她的背影冲我下达了命令。她消失在黑暗的楼道中时，"嗒嗒"的脚步声没有使声控灯亮起。我有些担忧起她的安全，她那么毛手毛脚，万一又摔跤……我想抓住她的手臂，但我不在她身旁。

我近视眼，心想她究竟看见了什么，难道是那只螃蟹爬到了这栋楼上？难道它长翅膀了？我感到脊背发凉，如果连螃蟹都厉害成这样了，我还怎么在这里生存。

宋维进去了好久仍然没出来。我在楼下踱步，夜风使我感到丝丝凉意。她去哪儿了？她干吗去了？我反复思考着这两个问题。她怎么还不出来？我向那扇窗户望了好多次，直到它被人用窗帘遮挡了起来，没有光从里面再透出来，那扇窗便和其他暗淡的窗一样，当我再抬头去寻找它时已经辨认不出了。

我的脖子仰得好痛，我看见圆圆的大月亮出现在我的头顶，又从我的头顶往另一边滑下，仿佛饶有兴趣地看着某件愚蠢的事。

已发《雨花》2021 年第 11 期

印象派

李映真不得不接受湛蓝的天空下这一连串令人心寒的事实。在牢里改造了三年，春夏时节，他第一个嗅到高墙外新绿的甜美，秋冬来临，他总是积极地扫叶铲雪，生怕监狱里滋生出萧索这种病菌。可是出来的时候，有那么一瞬间他很想转头回去。

变化还是很大的，他坐上公交车往繁华地带走，一路观察街景。平地而起好多新住宅区和商铺，时不时就能听见施工队奏响的美妙旋律，他们的大巴经常会和满载着建筑材料的重卡擦肩而过。这欣欣向荣的景象令李映真一面兴奋，一面紧张。他把手心里出的汗蹭在了大衣上。

他住进了前进大街上的一家青年旅馆，再往东走一公里就是他父亲的家。只不过父亲不想再见到他，三年的牢狱生活他也从未和父亲通过电话。就像原本是新鲜的果子，放烂了也必须扔掉一样，他最终接受了父亲已经与他划清界限的事实。毕竟自从读大学的时候母亲病逝以后，父亲娶了新的女人，他就很少回家了。在青旅的单人床上，他想象着父亲如今的样子，应该也是半头白发了。可半头白发的父亲的脸他却怎么也想象不出是什么样子。对父亲的印象，仍然停留在小时候，如果考试没有进年级前三名，父亲的脸就会拧成一团。所以，在那一团犹如旋风一般不停旋转的脸的催眠下，李映真睡着了，他感到一种从未有过的疲惫。

新的电话卡果然只起到心理上的慰藉作用，他给好友打电话，想要庆祝一下出狱，结果只有两个人过来。是他的发小，从小就一起长大的铁哥们儿。如今他错过了其中一人的婚礼，也错过了见证另一位拿到美国绿卡。这顿饭吃得李映真胃里满满的，心里塞塞的。在美国的朋友两天以后离开，结婚的朋友下星期将迎来新生儿。只有李映真不知道何去何从。

三年前，那件事还没发生的时候，李映真是一名大学老师，教现代文学。这是一个受人尊敬的职业，同时又有相对自由的时间可以搞自己的学术研究。有一天傍晚，下了班的李映真走在回家的路上，突然看见一个小流氓在欺负一个女孩子，走近一看，女孩正是自己班上的学生。他上前和小流氓理论，后来就动起了手，别看李映真是个文人，但是生得人高马大，有一身力气。尽管事后他十分后悔自己当时下手太重，但却为时已晚。

因致他人重伤之罪，李映真进了局子。令他难以接受的还不是刑罚，而是把他告上法庭的正是那天他出手相助的女孩。原来女孩和小流氓是情侣关系，那天被欺负，其实也是女孩心甘情愿的。他李映真突然冒出来破坏了人家的气氛，搅了人家的好事，还把人打进了医院，女孩岂能善罢甘休？更何况，他曾因这个女孩时常旷课而给过她不及格的成绩，这些都成了他把自己送进监狱的导火索。

如今，他已经失去了重返大学任教的资格，也失去了其他考取铁饭碗工作的机会，等待他的，是一个前所未有的残酷社会。什么叫"一失足成千古恨"，李映真算是领悟得痛彻心扉了。原本住在学校教工宿舍的他只得另觅住处，在青旅驻足几天后，他在老城区找到了一间还算合适的房子。

刚到地方还没进去看房子，李映真就打定主意不管怎样都住在这里。江南小城的老城区虽然条件落后，但却保留了古香古色的建筑韵味，小桥流水，白墙黑瓦，家家户户都在房后开辟出一块菜地发展小农经济，仿佛是钢筋混凝土深处的一片世外桃源。不过他住的地方比较偏僻，是一栋独楼，因为年代久远，周围的邻居都迁走了，而恰好政府一直没有生成对这块地的拆迁规划，所以房东就把这栋小楼分成两户租了出去。现在里面已经住进了一对夫妻，剩下的房间就以相对优惠的价格租给了李映真。

虽然外观老旧，可是房子里面也算干净整洁，卫生间是独立的，厨房公用。卧室里床、桌椅等简要家具都比较齐全，虽然是阴面，但李映真对阳光没有太多需要。其实对于他来说，能有个遮风挡雨、价格便宜的住处已经很满足了。

房东走后，李映真没有花太多时间就把新家布置好了，他的家什不多，重要的是，他没打算在这里长住。他的内心还怀有重新找到一份好工作的憧憬。到那时他就可以走出老城区，回到高楼林立的"现代社会"。李映真打定主意，现在住进这水墨画里就当是沉淀自己，这样一个安静的地方很适合整装待发。

他想和隔壁邻居打个招呼，但是人家房门紧锁，出狱以后李映真变得敏感起来，从不做打扰别人的举动。既然人家听到他搬来的动静也没出于好奇开门看看，他也就不便叨扰。路过厨房时，他发现里面摆满了锅碗瓢盆、瓶瓶罐罐，粮油米面一应俱全，看来邻居一家也是懂得过日子的人。

一大早，李映真就出去找工作，通常是晚上才回来。这样的生活持续了不到一个月，李映真却感觉自己老了好几岁。进过监狱的事实是瞒不住的，纵使自己再有才华，要么就是他看好的单位不能录用有前科的人，要么就是可以录用他的单位他却不满意。回来躺在床上，他两眼直勾勾地盯着天花板，一下都不眨。这算是他的消遣了，从小他就可以穿透墙壁或者其他阻挡他视线的东西看见外面的世界。比如透过天花板，他可以清晰地看见缠绕在月亮上的牵牛花、正在发芽的星星，或者某只神秘飞舞的精灵。这些东西就像是寒冬里的一块烤红薯，能给他提供甜蜜和温暖。

隔壁的男人每晚八点回来，这栋房子唯一的缺点就是隔音不怎么好，只要是大声说话基本每个字都能听到。男人一回来就吵吵嚷嚷，女人便去厨房热菜。李映真没见过男人长什么样，因为他几乎不到公用地带。女人则是一个四十岁上下的妇女，依稀还有一些风韵。李映真见过她的背影和侧面，在她穿围裙的时候。围裙能很好地衬托出她丰满的胸部和肥硕的屁股，尤其是女人在腰上系蝴蝶结的时候，李映真觉得这个动作十分性感。这个时候他总觉得自己是一只伏在她屁股上的茧，想要破壳而飞却总难以挣脱这厚实的温床。

不得不承认，听着隔壁吃饭的声音、男人开酒瓶的声音，李映真觉得很饿。人总是在回家以后食欲会有所增长，可是他屋里仅有的就是泡面和咸菜。他站在墙根，使出他的"看家本领"——透视，看见他们的桌上有一盘青椒炒肉、一盘香菇青菜和一碟花生米。不过，这只是他的幻想罢了。李映真摸摸肚子，要想填饱这套消化系统，唯一的办法就是尽快找到工作。

有句话说得好，上帝给人关上一扇门之后，总会为他开个窗。这话一点不假，李映真还没到倒霉到活不下去的地步。虽然犯过错，但毕竟有一身的才华。他找到了一份给网络文学平台写小说的工作，千字二百。每天的任务就是写文章，写的字越多赚的钱也就越多。这是一份既体面又相对自由的工作，没有固定的办公场所，每天只要在家里打开电脑码字就可以了。

他每天早上七点准时起床开始写作，有的时候一天能写一万字，两千块轻松到手。但是写作的内容却令他觉得没有什么营养。写快餐文学就像是在麦当劳炸鸡，确保鸡块能和食客预期的一样松脆可口就行了。主编会告诉他按照什么样的方向来写，接下去的情节怎么设计才会有更高的点击量。李映真就像是一个傀儡，负责叙述不是他心声的话语。

他与隔壁女人之间情感的建立，最开始是在一盘饺子上。写作是个体力活，李映真的胃时常处于咕噜叫的状态。一天中午他路过厨房，看见灶台上摆着一盘饺子，还冒着微微的热气。他的耳边响起了母亲还在世的声音，每当母亲煮完饺子的时候总会捞出一个肚子最大的，用嘴吹凉后递给自己，让他帮着尝尝咸淡。母亲说："这次没放太多盐，你爸这两天嗓子痛，不能吃咸。"随后，母亲的身影就化作了一只站在枯枝上的乌鸦，李映真摇摇头，把思绪拉回现实，他很想知道饺子是什么馅儿的。

"吃吧。"女人说。她来厨房刷碗，看见了口水都要流出来的李映真。她至少比他要大十岁，所以她说话的口吻就像是姐姐对弟弟那样。

女人很热情，硬把盘子塞到李映真手上，说这是昨天剩下的馅儿，今天自己包来打扫的，他不吃她也吃不了，再留着就不新鲜了。吃完把盘子搁这儿就好。李映真十分不好意思，但是实在是馋了，也就没过多推辞。饺子的味道一点也不亚于母亲包的，不用蘸醋都很好吃。他狼吞虎咽地吃，感觉似乎有只乌鸦正落在窗台上望着她。

由于隔壁男人每天很晚才回家，白天都是女人自己在家里待着。渐渐地，女人承包了李映真的午饭。反正她自己也是要吃的，多带一个人无非是多舀一盒米。女人炒好菜就分装在两个盘子里，一份自己拿进屋吃，一份扣好盖子留在灶台上，李映真什么时候饿了就自己来吃。为此李映真坚持要给女人一部分钱作为自己的伙食费，但是女人却说什么都不肯要。

于是，每当李映真出门的时候总会给她带一些礼物回来，有时是一兜水果，有时是一些洗衣粉之类的生活用品，女人倒也不推脱。这是一种无形的默契，就像两个本身关系就很亲近的人彼此之间无须客气一样。李映真在她的身上看见了一大团雀跃的绿色，像绿色的黏稠的火焰一样窜动。在这燃烧着、滚烫的温度当中，有一个看不见的胚胎状肉球在沉睡，它的心脏是一颗还没有绽开的莲花。

李映真自诩自己没有什么别的长处，唯一一点就是在与人相处的时候懂得掌握分寸。恰到好处的距离是人与人之间友谊长久的保证，这也是为什么出狱以后，他就不再联络那次聚会没有出席的人，本来人就是孤独的东西，只不过草和草之间总想要挨得紧凑一些，它们以为这样就能抵抗寒冷，殊不知冬天一来，它们就成片地死去了。所以他和女人并没有太多的交流，无非就是"好吃""真好吃""姐，我今天出门，有什么需要我带回来的东西吗"。

每天早上六点半的时候，女人就起来为丈夫准备早餐了，听着他们忙碌的声音，李映真也起来整理床铺、洗漱。他们的步调几乎是一致的，这让李有一种非常踏实的安全感，仿佛他们是一家人。随着男人出门，他也打开电脑开始工作。有时听见女人的洗衣机滚筒发出声响，他也放下手头的工作去洗衣服。他听过不少场音乐会，但都没有这种日常的旋律迷人，他们都是生活在孤岛上的人，即使彼此相隔甚远，但因为都知道自己还不是完全地孤身一人，无论做什么都会多一份勇气、多一份乐趣。李映真只感到一大朵浪拍在了自己脚上，这朵浪可能是远方某搜救援船只派来的先遣部队，也可能是海中一头垂死的大象，当象耳拍在他脚上的时候便悲愤地死去了。然而这只是他漂洗衣服时溅到自己的水罢了。

李映真不太希望晚上男人回来，就像一个平时由妈妈带的孩子，不习惯爸爸下班回家后的严肃时光。饭菜的香气从厨房飘来，比中午的时候要丰盛许多。李映真并不知道女人有没有和她的丈夫提起过自己跟着她蹭午饭这件事。他希望她没说，这应该、必须是他们之间温暖的小秘密。即使这个秘密目前已经发展到了炙热的阶段。

没错，他喜欢女人，是那种目的不纯的喜欢。他嫉妒她的丈夫，这个男人凭什么霸占着她的肉体和灵魂，整天对她吆五喝六？他只要一在家李映真就觉得气氛压得喘不过气，好像到了高原，翻过高山又是高山，直到分不清云和积雪。李映真本来不喝酒，但是每晚听到男人开酒瓶盖的声音，他也染上了喝酒的习惯。他本来也不看足球赛，但是男人看，为了和他们保持相同的步调，他也学着看球赛。不过最令他感到无所适从的是，有时隔壁夫妻间亲热的动静就像一盘大头针散落在他心里，一种拔都拔不掉的疼痛感折磨着他。

其实他大可以不用活得这么累，毕竟他们不是真的一家人，即使是一家人也不会保持相同的生活节奏。可是这种模仿就像婴儿本能地去效仿大人一样，很难控制。只有和他们在同一个时间做同样的事，李映真才有安全感。追求安全感就像酒鬼离不开酒壶一样，是会上瘾的。

不知从哪天开始，李映真在写稿子的时候，一向清晰的大脑便被女人麦黄色的健壮躯体所掩埋了。有时她只是赤身裸体地躺在床上，有时她的胸会长在腿上，有时她的头和身体分开，当他抚摸着她那没有头的躯体时，头就在衣柜里发出怪笑……他必须要做点什么来驱散这些疯狂的画面。

于是，他选择了写诗。以前在还是学生的时候他就迷恋写诗，尤其是那种抽象的诗歌，他觉得一首印象派的诗歌和一幅印象派的画作一样重要，虽然他没有凡·高的画笔，但他依然想描绘出脑子里存在的种种不可思议的画面。那么，只有靠富有跳跃性笔触的诗歌来刺激人们的眼球了。这么多年的时间里李映真不知道自己究竟写了多少首诗歌，哪怕在牢里的时候，他都整日拿个本子自顾自地写作。虽然这样使他看起来和其他犯人有很大不同，但没人拿这个事找他的茬，没人戏弄他。相反，大家都十分尊敬他，他在狱中依然被各种犯人尊称为李老师。讽刺的是，出来以后再也听不到这样的称呼了。

他发现如果以女人为创作对象那简直有挖不完的想象力和道不尽的优美辞藻。她就像那座布达拉宫，牵引着他。当写到第一百首的时候，李映真决定把这第一百首诗送给女人。当然，是在男人不在的时候。

这首诗，李映真是打印出来的。本来他是想要用钢笔工工整整地抄写一遍塞到女人房门里，但他没有这么做。他觉得自己应该隐藏点什么，不能把自己暴露得一览无余。虽然这栋楼除了他们三个人再无旁人，鬼都知道是他李映真写的，但是在这副高大的外壳下，李映真的内心还是留有一丝矜持的。他愿意干这种画蛇添足的事，只为了能够不那么直勾勾地正视自己。

出师胜利。女人并没有对李映真塞到门缝里的诗歌做出什么反感的表现。她就像没发生过任何事一样，他们之间的对话还和往常一样。唯一不同的是，在女人收到诗的第二天，她问李映真中午想不想吃红烧排骨，她天刚蒙蒙亮就去早市买了最新鲜的猪肋排。而中午吃饭的时候，女人把一整盘排骨都留给了他，那红色的酱汁和一块块弯弯的排骨美妙地呈现在盘子中，李映真看见一座由骨头搭起来的小桥横跨在被夕阳染红的河流上，远处传来一个女声呼唤他回家吃饭。像是母亲的又仿佛不是。

每天，李映真都像进行某种仪式一样给女人塞诗歌。他庆幸这个偏僻的地方走不了多远就有一个打印社，而他几乎也成了打印社唯一的常客。从打印社出来，再往南走就是菜市场，再往南则是一片空地，老人和孩子聚集的地方。这一趟路线李映真常走，也结识了几个新的朋友。他觉得自己提前过上了退休后的生活，不用在单位里明争暗斗，其实也挺舒服。这一切都要感谢女人，她似乎是他新生活的一盏明灯。

事情发生在李映真没有做好任何准备的时候。那天晚上男人很晚回来，应该是心情不好，在外面喝了很多酒。前半夜的时候隔壁静得出奇，大概是男人睡着了一会儿。李映真躺在床上，总有一种暴风雨来临前的恐惧感。他的预感向来和女人一样准确。后半夜两点多的时候，李映真就被隔壁吵闹的声音吵醒了，不知道他们因为什么事情闹得这么厉害，李映真把耳朵贴在墙壁上，就像一个头一回面对战争的孩子。李映真的脑海中浮现出一名瘦弱的叙利亚男孩的面孔，在战机轰炸了他的家以前，他还在梦乡中玩耍。

吵闹愈演愈烈，女人由喊叫变成了哭号，哭号中夹杂着尖叫，一定是男人对她动用了暴力。李映真怒火中烧，他攥紧拳头，咬着牙，他的"透视眼"能看见女人被男人拖在地上用脚狠踹，她双手护着自己的头，想要反抗却爬不起来。李映真最见不得的就是男人欺负女人，无论是谁对谁错，男人用自己生理上的优势对女人进行攻击不管怎样都是可耻的行为。他想过去帮助女人，就像三年前为那个女生打抱不平一样。

然而，他的双脚似乎被两根大钢钉死死地钉在了地上，无论如何都挪不动步。牢中的场景像一部快进的电影在他的眼前迅速播放。他明白，这是他的灵魂在发出警告：李映真，你因为多管闲事而付出的代价难道还不够多吗？莫非今天你还要重蹈覆辙？

汗水渗透了他整个后背。隔壁是一场战争，他和自己也在进行一场战争。真是讽刺，他只想在快乐的生活上和隔壁保持相同的节奏，没想到在这种时刻上天也要"成全"他。硝烟、火药、哀号在李映真的心中膨胀，如同要爆炸的春天，春天知道自己要死了，它就张开血盆大口，把它曾布施的都嚼碎咽下，不愿做个饿死鬼。

李映真一动不动，他不敢再出手相救任何人，哪怕是有人就死在他脚下。那暗无天日的监狱生活真真把他震慑住了，他就是一根被大力士掰折的钢管，硬气只剩下了毫无用处的半截。他恨自己的怯懦，那些塞给女人的诗此刻成了一把把尖刀飞向了他。突然，有人急迫地击打李映真的门，是女人，她惊恐地求他开门，求他让她进去，求他救救她。

然而李映真的双脚根本无法挪动半步，喉咙也发不出任何声音。他不知道自己是站在地狱的门外还是门里，分辨不出女人是否在逃往正确的方向。"开门！拜托了，开开门！"女人的哭喊声和拍门声令李映真感到自己仿佛飘了起来，飘起来的他看着地上一动不动的自己说："你真屄，你真恶心。"

是的，李映真感到自己此刻死了。女人短暂地敲了几下门，因为他死了没有回应，女人只好惊叫着跑到外面去了。男人像头狮子一样追逐着她，一面追一面喊："你给我站住！看我不揍死你！我让你瞧不起我，让你瞧不起我……"

李映真死而复生是在第二天下午，警察找到了他。再次见到警察，李映真的胃产生了绞痛，紧接着肠子也发出了坠痛。他急忙跑到洗手间去解大号。一只羊在厕所里冲他笑，羊还轻蔑地朝地上吐了一口吐沫。李映真不去管这些奇怪的幻象，他确实是尿了，就像一只兔子再次见到猎犬。

"同志，你不用紧张，我们是来找你了解情况的。"警察说。

李映真给二位警察倒了水，坐下来，心快要从嗓子眼里跳出来。

"什么事？"他佯装淡定地问，他知道一定是女人出事了，但他不希望听到毁灭性的大消息。

"你隔壁的女邻居今天凌晨发生了意外，她的头受到严重撞击，初步判断为不慎摔倒的时候脑袋撞上了大石头所致。现在在医院抢救，还没有脱离生命危险。我们来，就是想和你了解一下昨晚的情况。据受害者的丈夫说，她是因为精神有问题，闹着要自杀才大半夜疯了似的往外跑。她的丈夫想把她追回来，然而发现时她已经受伤昏迷了。你就住在他们隔壁，昨晚你听见什么动静了吗？"警察问。

李映真的脑子"嗡"的一声，他看见一朵血红色的烟花在自己面前炸开。他很痛，但却分不清是女人的痛还是自己的。她会死吗？恐怕凶多吉少。他自己昨晚死去的时候其实已经感知到了她那出窍的灵魂，她的灵魂不是一个人影，而是一朵茉莉花。这朵茉莉飘落在他耳边，什么都没说。

丑恶的男人在说着罪恶的谎言。李映真只需花一秒钟的时间就可以拆穿他，他只需要说出昨晚自己听见了什么，男人就得为自己的行为负责。可就是这样一个小小的分内之事，李映真也在犹豫。他看男人的面相就不是什么好人，一双蛇眼露出凶光，迟早能做出伤人之事。如果把他送进了监狱，那么他会不会报复自己？他会不会在社会上还有类似于黑道的朋友会把自己大卸八块？想到这儿，李映真只觉得心在被一股巨大的力量左右拉扯，为女人理所应当地伸张正义，还是当个怕事的缩头乌龟？

这抉择要在一念之间，不然警察会发现他的异常，这种犹豫不决通常会被视为帮凶，那就更跳进黄河也洗不清了。"我昨晚睡得早，不清楚隔壁有什么异常的情况。"李映真说。显然，他选择了当一只乌龟。

"没有听见什么吵闹的声音？"警察追问。

"我是个写稿子的人，白天任务重所以晚上通常睡得比较死。抱歉。"李映真把话说得很死，并对警察下了逐客令。

两位警察告别李映真后来到了女人的家。李映真一直站在门口，作为一名与此事毫无关系的围观群众，他好奇警察会怎么探案。

"陈雪（女人）的丈夫王国栋说她之所以会产生自杀的倾向，是因为迷上了写诗。你说，什么样的诗能把人逼疯？"警察甲对警察乙说。

听见这一句，李映真不禁打了个哆嗦。难道男人知道了他与女人之间诗歌传情的事？他们之间莫非因为这件事打起来的？可是不对啊，昨晚男人在追打女人的时候明明嘴里喊着"让你瞧不起我"，显然不是因为这种事情。不过……李映真转念又一想，也很有可能是女人读了他的诗以后变得瞧不起自己的丈夫，才惹来了这场祸事……李映真脸色煞白，他跟着两位警察进了女人的家。

警察乙："不知道啊，我也纳闷儿，从来没听说迷上写诗能把人逼疯的。不过咱不是文人，可能不理解文人的世界。不是有画家画着画着就疯了的吗，估计诗人投入得太深可能也有这种现象吧。也有可能陈雪本身就有抑郁倾向。反正陈雪的伤确实是自己不小心摔的，我看这个案子，也没有太棘手的必要。"

在桌子抽屉里，警察翻出了好多张李映真曾去打印店打印出来的印象派诗歌。二人凑到一起，大声朗读。读罢，因为每个句子都过于晦涩，两人面面相觑，无奈地摇摇头。

"完全看不出这种诗要表达什么。"警察乙说。

"你还真别说，要是让我钻到这些诗里，我也得疯。"警察甲的脸上拂过一丝轻蔑的笑。

李映真的后背直冒冷汗，他害怕警察们会发现这些都是情诗，这样他们就会推断出女人可能有情人（虽然他们之间纯洁如雪）。那么，王国栋是不是已经知道了自己与陈雪的往来？陈雪会不会已经告诉了他自己和她所进行的诗歌传情？也正是因为这样才让王国栋恼羞成怒，追打陈雪致她意外重伤？李映真越想越紧张，此刻他与自我之间的战争是要不要和警察坦白这些诗是出自自己之手，并不是陈雪因为沉迷诗歌创作所产生的抑郁倾向。

漫天飘扬的大雪覆盖了茉莉花，茉莉花痛苦地叫喊说它很冷。雪已经要将它撕碎了，它不想就这么死去，没人会在皑皑白雪中挖掘它的残肢。它得像一朵花一样有尊严地死去，死在某个金色的秋天，完整地告别。

这时，警察乙发现了陈雪的一个笔记本，打开后，里面都是用圆珠笔写的诗。她的字迹看上去很成熟，就和她的身体一样。有的诗只有几行，只写了个开头就放弃了，有的诗被整首勾掉，还有的应该是她觉得满意，特意用红笔做了星号标记。

"看不懂，比这些打印出来的还晦涩。"警察甲看了半天后说道。

警察乙看了看李映真，突然灵光一现地对他说："对了，你不是作家吗，你来帮我们看看这些诗是什么意思。"随即把本子递给了李映真。

显然，这些诗是女人平日里练习的作品。她练习写诗只有一个目的，那就是回复李映真。虽然李映真到目前为止还没有收到过任何来自女人的"回诗"，但这是因为女人还没有练习好。本子上标星号的作品可能正是她要回复给自己的，然而此刻她却正躺在医院的ICU病房当中。

这不是什么优美的句子，可能是女人也极力地想要模仿印象派诗歌的创作手法，然而才能有限，所以她的句子显得有些笨拙，也确实让人摸不清头脑。比如"听见、听不见，我不知道，你知道吗？"；"什么东西揪住我的头发，掐住我的脖子，看不见，窗户开了又关"。

"这……我也读不懂。印象派的诗歌虽然晦涩但却有明确的主题，她这个，好像没什么主题，倒像是一些梦呓。从这些梦呓里我只能看出她的内心并不快乐，好像生活始终桎梏着她。"李映真对警察说。其实，本子上的每一首诗他都知道是什么意思，那是女人在对他说的心里话。可他得装作不知道才能全身而退。

"好吧……看来真是精神有些问题了。"警察甲说。

送走警察，李映真目光呆滞地回到自己房间。他现在多了一个身份：帮凶。没错，他刚刚帮王国栋圆了谎，帮他洗清了罪恶。他让警察相信陈雪确实有抑郁倾向，从而警察会认定王国栋确实是想要追回大半夜跑出去闹自杀的妻子，结果妻子一脚踩空摔坏了脑袋，他便赶紧抱着妻子来到医院。这样，王国栋简直是个模范丈夫，不用为妻子的重伤负任何责任。前提是，他的妻子永远都不要醒来。

想到这儿，李映真哆嗦了起来。为了不让妻子醒来，王国栋会不会对尚在昏迷中的她做些什么？会不会一不做二不休把陈雪杀死灭口？如果是这样，那么自己就不是帮凶了，某种意义上是真凶。此时的出租屋就像一个宽敞的监牢，比他待了三年的那间牢房更令人感到窒息。李映真哭笑不得，女人无论醒过来还是醒不过来，对于他来说都是一场令人崩溃的审判。这件事从此再也无法与他割断联系。如果不承担法律责任就要承担道德责任，总之，他又要开始服刑了。

他晕头转向，感觉自己就要再次死去了。死了好，一了百了，不用生活在担惊受怕和无穷的自责当中。事实上，他就应该死在监狱里，作为监狱的一缕清风，消散于无形。现在的他俨然成了一个毒瘤，人见人诛才对。

就这样浑浑噩噩地过了两天。两天里李映真既没有吃饭也没有睡觉。隔壁没有人，静得可怕。他听不见任何曾经追随的生活节奏，没有女人说话的声音，没有锅碗瓢盆相互碰撞的声音，他不知道何时该吃饭，何时该睡觉。仿佛一个机器人失去了指令。

王国栋回来了。他钥匙钻入门里转动的声音刺激着李映真的大脑，机器人进入启动模式。恍惚中，李映真和男人的视线互相对上了焦。男人向他点点头，眼神里似乎有一种好兄弟间才有的默契。这让李映真不禁心生寒冷。他本应该拆穿这个男人的，可他没有，如今男人还因为自己帮忙而感激他。王国栋是回来收拾陈雪的行李的，他要到医院去陪护妻子。

"你媳妇……怎么样了？"李映真鼓起勇气问道。

"已经脱离了生命危险，也已经醒过来了。"王国栋说。

"醒过来了？"李映真一惊。

"嗯，但她不记得那晚发生了什么。医生说是人体本能地抹掉了对于创伤的记忆。"王国栋这句话显然是在给李映真吃定心丸。他就像一个胜利的王者那样居高临下地对他的忠臣进行表彰，表彰他站在自己这边是对的。

整理好行李，王国栋没有忘记那些打印出来的诗歌，他一股脑把这些A4纸塞进了垃圾桶，陈雪写在本子上的那些诗也被他撕下来扔掉了。

"挺好的本子，记点什么不好。"王国栋说完便走了。

雪一直下，似乎不掩埋掉一切就不会罢休。李映真走在这片广袤的白色中，仿佛全世界只有他一个人。没错，他就要在这冰封的天地间挖出那朵茉莉花。他不知道自己从何处来，似乎生来就困在这儿，不曾被赐予尽头。每片雪砸在他头上都是一次重击，他就在纷飞的重击中前进。盔甲丢了，长矛丢了，靴子也磨破了。他的脸已经无法做出任何表情，每一块肌肉的抽动都会耗费他大量的体力，然而他绝对不能倒下，要倒下也要倒在茉莉花的旁边。

没有了指令，李映真真的忘记了吃饭和睡觉，他不记得自己究竟有多少天处于这种状态当中了，不过这种自我惩罚式的痛苦却是能让他安下心来的唯一途径。长时间的自残模式让他眼前出现了一幅又一幅奇异的画面，比如陈雪变成了一朵茉莉花在向他发出求救信号，雪国里充斥着酒精的味道。一座房子就在他的前方，高高的烟囱冒着炊烟，那是生命的信号，可是他的脚在雪地里冻到溃烂，即使艰难地前进也无法靠近那房子。

"咯——咔——"似乎有劈柴的声音从房子处传来，但却望不到任何人影。

"咯——咔——咯咯——咔"，这不是劈柴的声音，是茉莉花。它的身体正被雪下的虫子分食，它的花瓣太脆，硌到了虫子们的牙。虫子弃它而去，那些没有被吃掉的部分正在发芽。

绿芽在雪地里纵情歌唱，那是李映真听不懂的辞藻。毕竟，重生不是属于他的。

已发《芙蓉》2017 年第 5 期

转载《小说选刊》2017 年第 10 期

一个被收留的夜晚

　　曹锐平总觉得自己曾弄丢过一个十分重要的夜晚，就像遗弃了某个已经被遗弃过一次的孩子一样，他把那个可怜的夜晚甩在了身后，在漫天大雪中决绝转身。即使他说自己不是故意的，说自己当时只是拐了个弯，那个"孩子"就不见了，他依然在每个日落时分感到愧疚和惆怅。

　　他为了避免接触夜晚，晚上一个人睡觉的时候，总会把每一盏日光灯都打开，许多无孔不钻的飞蛾和蠓虫便紧紧缠绕着灯管，那些来自黑暗的生命一口口地咀嚼着光明，刺耳的声音从曹锐平耳道传入他的梦境，使他的梦总是在做到一半的时候就变成了一只饥饿的蝈蝈，一口将他咬醒。

　　作为家中小儿子，他一直承蒙母亲的特殊照顾。哥嫂在苏北农村老家和母亲生活在一起，他们是平静的小农，平静得就像被子里的棉花，从蓬松到实诚，从雪白到泛黄，他们把唯一能走出山村的机会给了曹锐平，仿佛在晒被子的时候，他们把阳光都挤到了自己这边，于是他被点燃，成了一缕灰烬，飞往扬州。

　　在扬州，曹锐平曾是一名公务员，那种稳定的生活令他内心不安，总觉得生活太过安稳会遭受命运的惩罚。大哥比他聪明，本来应该是自己留在乡下，大哥一家在扬州过着他现有的生活，可是他们两个人生颠倒了，曹锐平觉得一到晚上就有一双眼睛瞪着自己，在背后、窗帘后、镜子后，犀利地质问他，可他每次都给不出答案。

那个夜晚是他第一次离开母亲和大哥的时候，他们三人深一脚浅一脚地走在农田里，向汽车站靠近。那晚是南方罕见的雪夜，冷风入骨。汽车站就像一个大火堆，但只能接纳曹锐平一个人。他们三人排成一字，仿佛是一个连接农田与巴士的破折号。雪是灰色的，从白天下到晚上，从白色进入黑色，它被夜晚像捉蜻蜓一样捉住，撕碎的翅膀恶作剧似的甩在了曹家人身上。曹锐平厌恶那个调皮的夜晚，即便后来他知道那个夜晚是个无家可归的孩子。那孩子总是跟着他，总想与他相依为命。

瞒着母亲辞掉铁饭碗是他这辈子干过的最后悔的事。那时他在扬州逛荡了两个月，游手好闲，像个罪人。他铺开地图，一层层在上面用红笔画圈，他想先给自己寻找一个小圈用来施展，选择一个低成本的地方去闯荡也未尝不可。最后他把目标定在了江都，红笔一挥，一滴笔油飞了出去，落在地图上，恰好浸透了这里。

在江都他与人合伙开网吧，赚了不少钱。曹锐平用其中一大部分给母亲和哥嫂盖了间二层小楼。女朋友胡夏卉家里总觉着网吧小老板不是个正经职业，不同意两人结婚，胡夏卉想了个未婚先孕的办法。他们造人的那个晚上，曹锐平感到家门口有什么东西蹑手蹑脚地离开了，兴许是那个夜晚，因为午夜突然变得格外黑，他睡了有生以来最沉的一觉。

曹锐平夹着尾巴做了两年上门女婿，岳父是个生意人，岳母在家中一手遮天。曹锐平总觉得处处抬不起头，因此迫切想攒钱买一套属于自己的房子。2008 年北京奥运会的时候，他把目光投向了运动鞋。岳父觉着这个主意好，于是把归属在胡夏卉名下的一个小厂房给他搞生产。待到几万双品牌代理生产的运动鞋卖出之后，曹锐平赚了个盆满钵满。

趁热打铁，他毅然决然入了别人的股，合伙做跨国生意。结果把钱都赔进去了不算，还欠了一百多万的债务。他也因此和岳父弄僵了关系。为尽快还债，胡夏卉把厂房租了出去。他们二人白天出去打工，晚上就住到自己家的厂房里给人家打更。当时的租户是四个合伙生产电子产品的大学毕业生。曹锐平给他们取了外号，分别是大傻二愣三狂四莽，他们年龄比曹锐平小了不少，心气儿高，他们称他为大哥，等关系熟悉了，他们也常会有意无意地奚落曹锐平，说他没有战略眼光，过于自大，否则也不会落得如此地步。

曹锐平听着，不去辩解什么，他只要一辩解，老婆就立马跳过来堵他的嘴。有时候胡夏卉还会跟这四个年轻人一同取笑他。当初二人未婚先孕的计划泡汤了，她陆续想了五六个办法才同曹锐平领到结婚证，可是证到手那天晚上，胡夏卉却哭了一宿，一边哭一边念叨"没意思""真没劲"。她的睫毛似乎粘上了什么黑乎乎的东西，她一眨，眼珠就更黑一层，眼泪就往下又淌一股。

在那段时日里，他知道那个夜晚又回来了。那孩子强壮了许多，他经常能在夜深人静的时候听见它像大人一样沉稳地在他附近踱步。它从不与其他平静的夜晚为友，它一定要独来独往。曹锐平不知道这些年它去了哪里，但如今它重新回到了他的身边，像个长大了想回到父亲身边的儿子一样。但是曹锐平仍然不能接纳它，至于原因他自己也不清楚。

2015 年的时候，曹锐平撞上了大运，厂房要拆迁建高档居民区，按面积分下来，他和胡夏卉（确切地说是胡夏卉一个人）将会得到五套面积均超过一百五十平方米的大房子。他把左手伸出来，每个指头弯一遍，把右手伸出来，每个指头弯一遍。那时候江都的房价已经过万，还可以看到持续增长态势。他算了一笔账，数字令人激动。这让他一度觉得自己是个小偷，如果把其他人的眼睛当作镜子，他一定会被里面的自己吓一跳，所以那段时日他总是避开妻子的眼睛，也有意躲避着夜晚。

曹锐平和胡夏卉两个人住一套房子就够了，剩下的四套他一直在盘算怎么办。胡夏卉说当然是租出去，每个月只收租子就能安稳生活，再也不用受苦受累地挣钱。曹锐平不这样想，这四套大房子他想做别的打算。它们不仅是财富的象征也是地位的象征，从此以后他就算是真正在江都扎稳脚跟了。作为一个外乡人他感到强烈的归属感，就像落叶掉到地上，只有赶紧把自己埋进土里才有安全感一样，一套大房子就足以使他感到不再漂泊，可以舒服地陷进某个避风区了。

当年是他要造鞋，岳父才把本来就要低价卖给别人的厂房供他使用。不管后来经营结果如何，这个工厂还是被他曹锐平给保住了，厂房保住，才有了现在的回迁五套房。可是五张房产证上都是胡夏卉的名字，没有半间房子是属于他的。胡夏卉当时下达了命令："产权不许和我抢，休想把你老妈接过来。"

曹锐平欲言又止，胡夏卉觉得自己说话太尖锐，于是缓和了一下语气："我是苏中人，比你有见识，咱家的事都听我的，保证你不吃亏。"

曹锐平委婉建议不要草率租房，他有多委婉呢？他是这样说的："江都的风不大。"

胡夏卉说："什么意思？"

曹锐平说："房子的地基都很牢。"

"你想说什么？"

"房子刮不跑。"

一天傍晚，曹锐平在回家必须经过的一片小树林里，看见胡夏卉正和一个男的亲热，他觉得那个男的比较眼熟，仔细再看，原来是因为厂房被拆时搬走的房客三狂。曹锐平没有打草惊蛇。他不但没生胡夏卉的气，反而，他觉得像是在看别人老婆偷情，一个和胡夏卉长得一模一样的人。此人同样有一头微卷长发，同样爱穿坡跟鞋。他在许多杂志、传单上见过这样的女人，廉价，有点小聪明。

曹锐平回到家里，不一会儿胡夏卉也回来了。

曹锐平说："我想用房子招商。比如把三狂召回来，他们不是在搞人工智能这种高科技研发吗？这个东西很超前，有巨大的市场潜力。咱们出房子，再少出点资金入股，与他合作。这样把房子用作开公司，价值比出租就大了。"

曹锐平天生就有经商头脑，不过这次商机的灵感却是来自小广场上的那片小树林。

胡夏卉听了曹锐平的话，茅塞顿开。她说："真的是太行了！还是老公的头脑灵光，今天有点晚了，明天我就联系他。"

曹锐平说这话时仔细观察着胡夏卉每一处面部肌肉，看它们之中谁会条件反射地抽搐。是眼角还是嘴角？他打赌是眼角，但是输了。胡夏卉的面部表情没有丝毫变化。

曹锐平心里算盘打得响，他想只要把三狂招商来合伙开公司就不愁抓不到他和胡夏卉的铁证。他倒要看看老婆每天与三狂低头不见抬头见时，脸上肌肉会不会还是平静如冬天的雪地。他想，再厚的雪都会化掉，他要像一缕春风那样等着。

事情进展很是顺利，三狂的公司正需要资金注入支持，大家一谈就成了。胡夏卉先拿出三套房子给公司办公用，另外再投三十万现金进来。这样胡夏卉可分得百分之三十的股份。

还余下一套没有装修的毛坯房子，胡夏卉把钥匙给了曹锐平。

没事儿的时候曹锐平经常去这套房里坐着，有时喝喝啤酒，有时听听音乐。他从来不关这里的窗子，就像为谁特意敞开的一样——其实他心里明白，这套房子就是为那个夜晚、那个已长成小男人的"叛逆少年"准备的。他清楚这个少年如今回到他身边，一定是十分需要他的帮助。但叛逆期的男孩脸皮薄，爱逞强，不会再像小孩子那样为了得到某样东西对大人死缠烂打。曹锐平知道这个"叛逆少年"只是想要一个家，它就像他身上掉下来的影子一样，和他一样在流浪，和他一样因为眼睛里揉进了孤独而走路时跌跌撞撞。

夜晚，曹锐平带着酒和音乐，坐在敞开的窗户底下，等着"叛逆少年"出现。但是许多个夜晚过去，其中没有一个是他在等的那个夜晚。那个夜晚的确在他身边徘徊但始终不肯进入这套房子，不肯与他对饮，也不与他同听一首歌。大多数时候都是他自言自语，有时候他也搞不懂自己那些话是不是说给那个夜晚的。

胡夏卉原来是一名小学老师，当得好好的，曹锐平鞋业做大的时候，动员她辞职了，放下老师做起了全职太太。本来她也打算相夫教子，当个贤妻良母的。可是，总有不遂人愿的事情。她因为卵巢原因，想要孩子就得做手术，但是她不想把自己展现在手术台上，她觉得如果因为这事被人开膛破肚，不划算，尤其还是为了曹锐平，似乎有那么几分不值当，但就是这毫厘决定了她的决定。

但是，胡夏卉多多少少有点感觉亏欠曹锐平。她想着把那五套楼房中的一套，过户到曹锐平名下。其实这五套楼房，都是她胡家的不动产。当初是爸爸把工厂给了曹锐平经营的。后来是政府占地，国家给的补偿，于情于理，曹锐平充其量就是个军师。

胡夏卉明白他心里藏着一个叫"贪"的怪兽。它巧舌如簧，张牙舞爪，像一泡黑色的水塘，试图侵蚀所有陆地。她和他结婚的时候，领证那天，就看见了这团黑影，但是那时候它还很小，像一颗痣一样每人身上都有，但是后来它越来越大，弥漫着，涌动着，发出饥饿的呻吟。

胡夏卉觉得在过户之前，她应当再考验一下或者说再试试曹锐平对她的"爱情深度线"。于是，就有了她和三狂在小树林里假装亲热的一幕，她确定曹锐平肯定是看见了。可是他竟然视若无睹。曹锐平像一块胆小的土，整个人都被黑暗占领了，变成黑泥，也许他自己浑然不觉，也许是黑色的把戏。

胡夏卉开启了"药罐子"生活模式，她希望通过保守方式治疗卵巢，不为任何人，只为了这个器官。每天家里都弥漫着煎煮中草药的味道，邻居调侃说你们开了家药房。有一天晚上，曹锐平看到她喝下满满一碗中药后苦得到厕所干呕，很是自责，借故走出家门，来到了他的毛坯房内。他刚坐下，就听到窗户有一种异样的响动声音，他知道正是那个夜晚。

"多年不见，你可好？"曹锐平向它问好，心情复杂。

"只是你不见我罢了。"夜晚说。

曹锐平觉得这个夜晚当真长大了，他不知道黑夜的年龄如何折算成人类的年龄，但是他觉得以这个夜晚的生长速度，它早已比自己成熟了。他决定称呼它为"夜小哥"。

夜小哥拿起酒瓶对曹锐平说："碰一杯吧。"

曹锐平碰了一下夜小哥的酒杯，自己一饮而尽，说："既然回来就别走了，这套房子是我为你留的，你看，窗户都开着，你可以自由进出。而且我也没有安装灯具，一切都是为你量身定制的。"

夜晚坐在曹锐平对面，将自己手中的酒也干了。

"我想，我马上就会有这套房子的产权了。你尽管住下来，这房子就是你的了，如果胡夏卉把她的名字更换成曹锐平的名字，我就把曹锐平的名字更换成你夜小哥的名字。"曹锐平补充道，他有点迷糊了，说的话也是车轱辘话。

"你叫什么名字？"他追问。

夜晚没有回答他。

曹锐平静静等待胡夏卉和三狂的关系发展下去，不知为何他有些盼望，甚至有点着急。有什么好像不能再给他时间了一样，虽然眼前一切都还是慢吞吞发展着，没有任何危险因素，但他仍然像一行草书般按捺不住，无法像行楷那样方正。

三狂是曹锐平给人家起的绰号。其实人家仪表堂堂，是个十足的大帅哥、小鲜肉。现在胡夏卉和三狂的公司发展迅速，主打的人工智能产品订单一张接一张。

曹锐平看到了自己的"钱景"，也看到了自己的"畏来"。很明显时机已经成熟，可是他却迟迟没有动作。他给自己找借口——目前还没有妻子出轨的切实证据。可是他自己也明白，他根本没有主动去寻找过这种证据，为了盲目，他每天回家特意绕路走，尽可能减少和胡夏卉相处的时间。

胡夏卉和三狂出差到北京去了。

晚上，夜小哥到曹锐平和胡夏卉现在居住的家里，这是它第一次来。它坐在胡夏卉经常坐的沙发上，曹锐平坐在饭桌旁。

曹锐平给双方倒满两个高脚杯的法国红酒。夜小哥嗅了嗅，红酒杯就变成了一朵被黑暗吻过的玫瑰。

"胡夏卉去北京了？"夜晚问。

"嗯，和三狂一起出差。"

"你这两枚棋子倒是没有走出你的棋盘……不过，棋局会有翻盘的时候。"

它的话让曹锐平起了一身鸡皮疙瘩。

"下棋的最高境界不是胜负分明，而是和棋，谁也不输谁也不赢。"

说完这话，那个夜晚一头钻进了高脚杯里，和玫瑰融成了一体。

曹锐平看看挂在墙上的钟表，已经是凌晨一点了。他躺在床上回想着刚才夜小哥所说的每一句话以及上次见面时他们所说的话。他突然觉得是因为自己的冷漠，才使得夜小哥从一个善良的孩子变成了一个老油条。如果自己能成为一位父亲的话，肯定教育不好孩子。

他翻身下床，把家里所有促排卵的中药一股脑丢进了垃圾桶，他觉得即使胡夏卉永远都生不出孩子也没关系。她为了支持自己的事业不惜辞去事业编，跟他一起住在蚊子和臭虫满天飞的厂房，每天洗衣做饭她全包，侄子生病她出了大部分医药费……像这样的例子举不胜举，曹锐平想着想着眼圈就红了。

胡夏卉和三狂在北京待了十天，回到家后发现自己的中药全被老公扔了，心里很是感动。她觉得曹锐平身体里那个黑夜似乎要成长为黎明了，于是开诚布公地说："老公，我要和你坦白一件事。"

曹锐平知道胡夏卉要说什么，他已经准备好怎样接她的话了。

"我和三狂的关系是假的，装给你看的。"她说。

曹锐平对这句话可没有心理预期，他以为老婆会跟自己坦白出轨的事实，然后请求自己原谅。这时候他就大声地对她说"我爱你"。可是现在胡夏卉竟然说她和三狂的关系是假的，这又是何用意？

胡夏卉说："我觉得自从有了这几套房子，你好像就变得更爱房子而不是我了。所以我就让三狂配合我，试探一下你。你看见了那一幕，对不对？"

"哪一幕？"

"就是我俩在小树林里那次。"

曹锐平让胡夏卉好好洗个澡，早点睡觉，不要想无聊的。

胡夏卉觉得这不是她预期的反应。曹锐平到底看没看见自己和三狂那一幕呢？他只说了句朦胧话，像点了个灯笼，又没把灯笼挂起来。他这种态度，是对自己失望，还是不失望？是打算计较，还是不计较？

胡夏卉说："那套房子，我要过户到你名下。"

曹锐平不吱声，像一只纱网上的瓢虫。

"怎么样？"胡夏卉追问。

曹锐平依旧没表态。

夜半时分，胡夏卉听见有声音和自己说话，起初她以为是自己在说梦话，渐渐清醒后，她发现不是这样。她汗毛倒竖，耳朵因紧张而变得高度灵敏。确实有一个声音在同她讲话，她用手机照明，把卧室和床底下检查一遍，没有小偷也没有强盗。她大着胆子又去别的房间巡视了一圈，确定每扇窗户和门都是锁上的，家里除了她和曹锐平，没有任何外贼。

胡夏卉刚一关上灯准备回床上睡觉，声音再次响起："你真的相信曹锐平吗？"

胡夏卉吓了一大跳，以至于都尖叫不出来。等她回过神来，才听明白刚才这个声音对她说的那句话的内容。

"你是谁？"她心里冒出这样一个念头，并没有真开口询问。可是这个声音似乎能听到她的心里话，说："我是一个夜晚，活在你心里。"

胡夏卉渐渐放松了警惕，原来是自己的心在和自己对话。

声音又说道："去书房，打开抽屉看看。"

她以为自己是按照内心的指引才看到抽屉里那些照片的，可实际上是夜小哥把她带到书房的。一只牛皮信封里装着几十张她和三狂在不同场合的照片，包括他们在小树林假装亲热那次。很明显这些是有人偷拍下来的，而这个人不是别人，正是曹锐平。

胡夏卉的心揪到了嗓子眼，随即夜小哥也消失了。一种巨大的恐惧感袭遍全身，一半来自对曹锐平的怀疑，一半来自她自己。照片中她看三狂的眼神充满了崇拜与爱慕，这种眼神瞒得过自己，瞒得过曹锐平，瞒得过三狂，却瞒不过镜头。

第二天，胡夏卉没有回家跟父母商量房子过户的事，也没有质问曹锐平为何会拍那些照片。一连两个月她都浑浑噩噩地生活，好像非得让自己在谎言的水里憋到肺炸才甘心。这两个月她没来月经，本来她以为自己是压力大导致的内分泌失调，可是在不经意地用了验孕棒之后，才发现自己竟然怀孕两个多月了。

曹锐平内心却没有脸上表现出来的那么高兴。有一个问题大概但凡是个男人都会疑惑——为什么自己和老婆多年不孕，她跟别人出差回家后就能怀孕了？

曹锐平已经有了确切的答案，这个孩子一定是三狂的，可能她喝的那些药正好作用在了三狂身上。胡夏卉希望他能等到孩子生下来做个亲子鉴定，到时候是不是他的就真相大白了，否则她再怎么解释也没用。

然而曹锐平不想再等。房子要等，孩子要等，怎么什么都要等？

胡夏卉和曹锐平办理了离婚。她没有将曹锐平扫地出门，也没有让他净身出户。只是那五套楼房一套都没有给他。胡家在乡下老家还有一片半山腰上买下的果园，平时都是雇佣别人管理的，现在胡夏卉把果园赠送给了曹锐平。

曹锐平虽然没有净身出户，但是却是净身出城。他来到了距离江都二百多公里的乡下，走进了他的半山坡果园，成了果树们的新主人。此时正值初夏，曹锐平在果园里搭起了一个简易的茅屋。夜里，他躺在茅屋里，能看到满天的繁星，能听到星星落到果园里摔碎的声音。

夜小哥也来了。他听到了它的脚步声，他闻到了它的气味，辨别出了它和别的黑夜不同的颜色。夜小哥和曹锐平一起睡在茅屋里，拍死蚊子后手上的血是他们中间唯一的一抹亮色。他们夜夜喝酒，聊天，巡查果园。

到了秋天，苹果树上挂满了红彤彤的大苹果，丰收在望。可是，又长大了许多的夜小哥却不容忍曹锐平和它睡在一间茅屋里了。它把曹锐平从床上给挤到了地上，又过了几个晚上，它把曹锐平从茅屋的地上给挤到茅屋外边果园的地上去了。此后，夜小哥又把曹锐平从果园的地上给挤到苹果树上去了。只要到了晚上，茅屋里和果园里的地面上就没有曹锐平的立足之地，他每天天一黑就只好爬到苹果树上去睡觉。

每天早上，曹锐平都被浸泡在露水中，露水从他的头发上、脸上流下来，就像一条小溪流经一片荒原。

已发《滇池》2021 年第 3 期

饥饿的草

　　胡倌儿看着地上的死羊，心里腾起一股火，这股火比太阳都亮，因为死羊的眼睛正直勾勾地瞪着太阳，太阳可能是害怕了，脸煞白。他仔仔细细地检查羊的死因，什么都没有发现。胡倌儿想不通，好好的羊怎么说死就死了？那四只指天的蹄子让别的羊惧怕不已。他里外里检查了一遍，得到这样的结论：

　　草吃羊了！胡倌儿望着地上的干草得出这个推断。可是草为什么吃了他的羊呢？想来想去，胡倌儿觉着是因为草不认识他，所以要吃也是最先吃他的羊。草认识陈大浪，因为陈大浪经常搂着女人往草丛里钻。草还认识王疯子，此人每天都喝得酩酊大醉，说自己杀过一个小姑娘，并将尸首埋在了野地里。村里几十户人家基本都和草有秘密，唯独他胡倌儿没有。他和他的二十九只黑羊就像天上的乌云一样，到哪儿都不怎么受待见。

　　本来是三十只羊，现在没了一只，胡倌儿不能坐以待毙。他整宿不睡，布下重重陷阱，上眼睑和下眼睑像是各长了一排锋利的牙齿。他要和吃羊的贼咬个你死我活。浓密的青草在午夜就像从大地的人中上生长出来的胡须，旁人看不清它们随鼾声的轻微律动，但是胡倌儿能看见，他从小就能。人们就是在这片草地里发现了还是婴儿的他，当时他的小手里就攥着这样一根胡子。

第二天天一亮，胡倌儿发现羊又没了一只。他惊慌失措，不明所以。没有什么东西能逃过他的眼睛，昨晚他巡逻时用了十二分力，没看见任何动物靠近，并且地上也没有血迹。难不成真是草吃了羊？大地张着嘴打鼾的时候，它的胡须缠死了一只羊，刚要塞进大地的胃里时天就亮了？胡倌儿觉得如果两只羊大地都没能消化，那肯定还会有第三只羊死去。当他慌忙往村长家赶时，路上迎头撞到了一个姑娘。

胡倌儿从未见过她，不由眼前一亮，有那么一瞬间似乎忘了羊的事。正是这一怔使姑娘驻了足。她仔细地打量着他，问："你认识我？"

胡倌儿忙看向别处，继续朝前走。姑娘一把拉住他。

"我认识你吗？"这回她换了个问法，胡倌儿摇摇头。两人互相做了个自我介绍，胡倌儿说自己的羊死了，姑娘说她是城里防疫站来的调查员，姓孙。

胡倌儿冲姑娘笑了笑，他见到好看的女人向来不敢直视人家眼睛。

"你说你的羊被草吃了？"姑娘问，难掩笑意。

胡倌儿点点头。

"走吧，我们去你家瞧瞧。"姑娘提议。

胡倌儿犹豫要不要先去跟村长汇报一声，姑娘说她刚从村长家里出来。

两个人一前一后走在茫茫草地上，炙烤感十分强烈。胡倌儿最喜欢这八月天，所有东西都蔫蔫巴巴的，活得很吃力。他经常对快要焦了的野花说："孙子，叫爷爷。"现在想来这仇恐怕草们都记下来了。孙姑娘也就二十来岁的样子，脑后扎个小辫子像羊尾巴。

姑娘说："最近有疫情，死了好多家畜。"

"它们怎么死的？"胡倌儿问道。

"病死的。"

"死的时候什么样子？"

"什么样子都有。"

"我家羊没病。"胡倌儿停下来，眼睛盯着草对姑娘说，语气笃定。

"有没有病去看看就知道了。"

"要是有病怎么办？"

"处理掉啊。"

"怎么处理？"

姑娘有点被问烦了，反问："你说怎么处理？"

到家后，胡倌儿让她先坐，自己去倒水，姑娘又开始仔细审视起他的屋子来，所有摆设的物件儿她都摸了个遍，最后把目光停留在炕上，她对胡倌儿的棉被和褥子格外关注。

"你们家就你一个人？"她问。胡倌儿点点头。

"从来没人来过？"她又问。胡倌儿摇摇头。

孙姑娘来到羊圈。黑羊看见陌生人，一个个都机警起来，这团乌云随时都可能打雷。

"死羊呢？"她问。胡倌儿本来把第一只死羊挪到了后院，可是现在它竟然消失了。

"没了……我也不知道怎么回事。"胡倌儿一脸惊讶地说。

"两只羊死后都消失了？"

胡倌儿点点头，随即补充道："我们这里没有狼。"

孙姑娘坐下来，仔细打量着剩下的二十八只羊，它们一个个都活得好好的，在胡倌儿的照料下健硕极了。

孙姑娘郑重地说："咱们得把丢了的死羊找回来，万一它们是病死的，被谁吃了肉，这疫情可就传播开了。"

"上哪儿找去？"

"先挨家挨户排查。"

这回孙姑娘走在前面，胡倌儿跟在她身后。村里几十户人家都养羊，这得排查到什么时候？他向她表达这个疑虑，孙姑娘说："万一你的第二只羊没死而是被人偷了呢？我们也正好借此机会找回来。"胡倌儿一想，姑娘说得真对。全村只有他家羊是黑色的，谁偷了一眼就能发现。

他们敲响了第一户人家的门，孙姑娘说明来意，主人家还算客套，把他们请到后院看了羊。路过厅堂时，她不住向里张望，那双滴溜转的大眼睛就像两颗长了翅膀的紫葡萄，胡倌儿发现她在张望的时候不是出于好奇，反倒像是在急促地寻找、检查什么。

到了第二户，主人家正在做午饭，让他二人自便。这下孙姑娘就像放开了似的，径直进了人家卧房，东倒西翻，还是用她那两颗长翅膀的紫葡萄不住地审视。

胡倌儿忍不住问："你在找什么吗？"

"没什么。"姑娘察觉到自己的行为不对，赶紧把翻乱的东西收拾好。

胡倌儿觉得她在说假话，她肯定是在找东西。

到了第三户，主人家就不像前两家那么客气了。尤其是听说胡倌儿要来找羊，对方直接质问他："你的意思是我偷了你的羊？"胡倌儿连忙摆手，看得出他有些惧怕这户，最后主人家只允许孙姑娘一个人进去查看，胡倌儿像根芦苇秆儿似的杵在门口。她出来时，手里拿着一枚蓝色的女士发夹。

"你偷了他家东西？这家人可不是好惹的。"胡倌儿惊讶地对孙姑娘说。

"我没偷，我这叫'取样'。"

"啥意思?"

"说了你也不懂。总之我做什么你都不要过问就是了。"

二人顶着烈日继续向前走。这是一个到处都是草、仿佛只有草的村子。在没有人以前肯定是野生动物的天堂。自从人来了,动物就都跑了,连狼也跑了。羊就在这里悠哉地繁衍开来。

他们一连走了十几户都没有查出问题羊,孙姑娘的"取样"结果倒是攒了不少——一个小记事本、一颗扣子、一根筷子,还有一些物品她用手机拍了照片,其中有一双拖鞋、一个五斗橱、一口井、某家厨房的角落等等。

胡倌儿大惑不解,他十分想知道孙姑娘究竟是何用意:"你要不说你拿它们做什么,接下来的调查就你自己去吧。"

孙姑娘没想到他会这么说,有点错愕。半晌,她问:"你为什么用这种口气和我说话?"

胡倌儿也是第一次威胁人,顿时感到一阵心虚,小声嘀咕道:"怎么了……"

"我的意思是,你和我说话的语气就好像我们两个很熟。"她说。

胡倌儿一时间说不出话来,脸涨得发红。

孙姑娘握住他的双臂,前后左右仔细打量了一番胡倌儿,就像之前他们第一次见面时那样,然后她说:"我怎么感觉以前见过你?"

胡倌儿指了指自己的脸,一头雾水。其实他仿佛也觉得在哪里见过孙姑娘,只不过实在想不起来了,于是他问:"在哪儿?"

"就在这个村子。"孙姑娘说。紧接着她眉头紧锁,神情格外严肃地问胡倌儿,"你说实话,我以前来过你们村子没有?"

胡倌儿彻底蒙了,哪有人问别人这种问题的?你自己去过什么地方自己不清楚吗?

"我怎么会知道。"他斩钉截铁地答复孙姑娘。

"你好好想想，是不是觉得我很眼熟？"姑娘不依不饶。

胡倌儿确实觉得她眼熟，所以他点了点头。怎料姑娘瞬间像只泄了气的皮球，神情萎靡。

村子不大，天黑的时候他们基本走访完所有人家了，没有任何羊有疫情。

"我们村的羊在城里十分出名，从来没发生过疫情。"胡倌儿对她讲。

"真的？"姑娘像只萤火虫似的闪了下光。她对这句话很感兴趣。

"那当然。自打我放羊以来就没听说过谁家羊病死了。"

姑娘咯咯地笑了起来，拍了拍胡倌儿肩膀，一副如释重负的样子。胡倌儿提醒她最后一户是王疯子，此人是个大醉鬼，看见好看的女人就往上扑。他家穷得叮当响，一只羊都没有。孙姑娘说不碍，没有羊也要去。

王疯子家的茅草房都快塌了也没人修理，家里没人也没锁门，着实没什么好偷的。王疯子铁定又出去打酒了。孙姑娘"例行公事"地探索起来，也不怕这个老醉鬼的东西脏了她的手。突然，胡倌儿听见她一声尖叫，像只受了惊的猫。他赶忙跑过去，发现她手里正提着一条从王疯子的脏床底下发现的女士内裤。

内裤小小的，白底（已经脏得变黄了）印着粉花，看起来像是少女穿的。孙姑娘表情惊恐，额上的汗珠从涂有脂粉的脸上流下来，像是被水淘洗后的大米粒。她的胸脯剧烈起伏，整个人仿佛一棵霜打的树苗。

"王疯子是谁？"她强作镇定地问胡倌儿。

"王疯子就是王疯子啊，能是谁？"

"他真的是疯子吗？"

"可不，他总说自己杀过人。"

"他杀了什么人？"

"听说是一个小姑娘，疯子说的话能信吗？"

孙姑娘差点没站稳，好像是听到了什么晴天霹雳。胡倌儿有些担心她，气氛格外诡异和紧张，他一时不敢开口讲话。

半晌，孙姑娘咬着牙说："我就在这里等王疯子回来。"

胡倌儿默默地站在一旁，他知道肯定是出事了，但无论是什么事他都不能让一个弱女子单独见王疯子，太危险了。难道是王疯子家里有疫情？可是他家没有羊啊！胡倌儿暗自思忖，自己的心跳也快了起来。

二人等了一个多小时，氛围越来越沉重，胡倌儿有点喘不上气来的感觉，于是他到院子里坐着，给自己点了根烟。可能是烟雾飘到了屋里，还没抽几口，孙姑娘便出来了。她在胡倌儿身边坐下，向他索要一支烟。这会儿她显然已经平静了不少。

胡倌儿实在是忍不住了，问："出……什么事了？"

孙姑娘吐出一大口烟，她的脸瞬间被一团云或者是一只拥有蓬松毛的羊给挡住了。借着这股子朦胧，胡倌儿感到她的眼睛正试图跳进自己的眼睛里、鼻孔里、嘴里。这让他浑身痒痒的，心跳加速。

烟散了，她说："我其实不是防疫站来的。"

"那你是谁？"

"我是孙雨。"

"你既然不是来检查疫情的，你挨家挨户看羊做啥？"

"我是来找人的。"

"找人？谁？"

"我妹妹。"

胡倌儿越来越好奇了，他感觉孙姑娘就像故事书里的人物一样神秘。他继续问："你妹妹怎么了？你如果要找人的话直接说找人不就得了？"

孙雨摇摇头，说："没用的，我必须得找个别的理由才可以。"

"为啥没用？"

孙姑娘不再吭声了。

为了继续接近真相，胡倌儿赶紧换了个话题，"你妹妹来我们这里了吗？"

孙姑娘没有正面回答他的问题，而是说："她是在你们这儿失踪的。"

胡倌儿吓了一跳，他还没听说过村里有关这方面的传言。

"那你妹妹是什么时候丢的？她多大啦？为啥来我们村？"他一口气连问了三个问题。

孙雨依然没有吭声，而是拿出那条脏得很的内裤，举到胡倌儿眼前。

"你说王疯子总说自己杀了一个姑娘？他说没说过那个姑娘多大年纪？"

胡倌儿摇摇头。他终于知道为什么刚才孙雨那么紧张，她应该觉得是王疯子杀害了她的妹妹。这条内裤想必就是她妹妹身上的。

他们继续抽烟，等着王疯子回来。胡倌儿心里很不是滋味，想说些安慰的话却不知道说什么好，只好说："为啥不让警察来调查？"

孙雨没有说话。胡倌儿想，待会儿王疯子回来了他就直接将他按倒在地，他要让他跪地求饶。这老贼也许没疯，没准真的是杀人犯！可是眼看天已经黑了，王疯子还是不见踪影。

抽完了两支烟他们开始抽第三支。好像只有不断往肺里灌东西才能平息他们的愤怒。孙雨突然呛了一口，使劲咳嗽了一阵后，她开始讲起她的妹妹来。

"她这么高。"孙雨把手举过头顶，向胡倌儿比量着那个女孩的身高。目测妹妹和她一样高。

"她多大了？"胡倌儿惋惜地问。

这个问题孙雨没有回答，而是说起了别的："她说要来你们这里野游，她听说你们这儿有最茂盛的草和最漂亮的花儿，我们就来这里露营了。"

胡倌儿脑海中浮现出了一幅美妙的画面。

孙雨继续说："那是八月末，秋老虎的时候。她本来应该去大学报到的，但是她却在你们这儿的草地上撒欢儿地跑，你们这里的草太旺盛、太多了，她躲进羊群里，她穿的米白色裙子和羊毛混在一起，我根本找不到她。"

"那她怎么没有去大学报到？"

"因为家里穷，她得把上学的机会让给弟弟。"

胡倌儿心头一阵酸楚。

"那天晚上我们睡在小山坡上，"孙雨用手指了指西边的一个山岗，那是胡倌儿经常去放羊的地方，她继续说，"半夜的时候我把她自己留在了那儿。"

"你干什么去了？"

孙雨眯起眼睛，像是仔细回想什么却想不起来似的。过了一会儿，她幽幽地说："我大概是去找我男朋友了。"

"你男朋友是我们村的？"胡倌儿问道。

她突然站起来并让胡倌儿也站起来。胡倌儿十分莫名其妙，她像看怪物一样上下左右地审视着他，还用手摸来摸去。胡倌儿脸涨得通红。

"你干什么？"他从牙缝里小声地挤出几个字来。

孙雨突然躺在了地上，吓了胡倌儿一跳。

"过来，压在我身上。"她朝他伸出手，示意他做一件没羞没臊的事。

胡倌儿更不好意思了，浑身发热，他低头看看自己的下体，不好意思地转过身去。他让姑娘赶紧起来。

"快点儿，别像个娘们儿似的。"孙雨催促他。

胡倌儿长这么大还没遇见过这种事，豆大的汗湿了一身。这时孙雨突然从后面拉了他一把，使他摔在了她身上。二人正好来了个嘴对嘴。胡倌儿赶紧挣扎想要爬起来，姑娘死死地抱住他。

"亲我。"她向他发号施令。见他扭扭捏捏紧张得要死，她索性主动吻了上去。几秒钟过后，胡倌儿被这突如其来的热情冲昏了头，他开始疯狂地回应，像只野兽那样。怎料姑娘却在这关键时刻使劲推开了他。

"你干什么？"她像变了个人似的，站起来一边整理自己的衣衫一边愤怒地质问胡倌儿。

胡倌儿感到臊得慌，又觉得自己很是无辜。这两种感觉混在一起就变成了愤怒。他说："不是你让我干的吗？"

孙雨给了他一记响亮的耳光，恶狠狠地说："毒死你的羊是对的。"

胡倌儿被彻底激怒了，他揪住姑娘的衣领，像拎只小鸡那样提着她："你说我的羊是你毒死的？"

姑娘露出一个邪魅的微笑，好像胜券在握的命运之神。胡倌儿恼羞成怒，有种想要掐住她脖子的冲动。但是他克制住了。他夺门而出，把孙雨一个人留在了王疯子家。他在无边无际的草丛中向自己家走去，炎热的气温没有因为入夜而降低分毫。胡倌儿走得急，没过一会儿便觉得心悸气短，头晕目眩。

村长正在他家等他回来。他是听说胡倌儿的羊死了，特意来看看的，可是羊却不见了。

"羊呢？"村长问。

"被人毒死了，不知道去哪里了。"

"你怎么确定是被毒死的？尸体都丢了。"

胡倌儿辩解道："我的羊真是被毒死的，凶手都承认了。"

"凶手？谁？在哪儿？"

胡倌儿把今天遇见孙姑娘的事从头到尾、一五一十地讲给了村长。怎料村长听完以后，脸瞬间阴沉了下来，陷入了长长的沉思。

"两年前，这个叫孙雨的姑娘在咱们村被人强奸了。"村长对胡倌儿说，他的嗓音有点像雷阵雨之前刮的风，"大半夜的，就在西边那个山岗上。"村长补充。

西边山岗上的草格外高、格外密，胡倌儿喜欢在北坡上放羊，北坡的草没有那么深。有时他也会觉得身后的南坡阴森森的，像是有什么危险的东西躲在那里。

村长说："当时势态严重，警察也来了。全村的老爷们儿都被叫去调查，但是没有一个人是凶手。你说怪不怪，她一个小姑娘，大半夜月黑风高的走山路，这不是找死吗？她家人知道她出这事以后，也是没有一个人出面。"

"村长，不对，孙雨还有一个妹妹，她说她妹妹当时和她一起来的，但是在咱村失踪了。"胡倌儿说。

"啥妹妹？警察都调查了，她家里只有她娘和她弟弟，哪儿来的妹妹。"

"可是……王疯子不是整天叫嚷自己杀过一个小姑娘，埋在野地里了吗？"

"听他放屁，他哪儿有那个胆子。陈大浪风流，警察最先调查的他，可是他有不在场证明。王疯子是第二个重点调查对象，事发时他正在家里打呼噜，那呼噜响得全村都能听见。"

胡倌儿着急了，本来就热得要昏倒的他此时感到一阵严重的眩晕。他强忍不适说："我们刚刚在王疯子家发现了一条女人穿的内裤，孙雨说那就是她妹妹的。"

"王疯子整天偷大姑娘小媳妇的内衣裤，这在咱村都见怪不怪了，你又不是不知道。"

胡倌儿想想，也对。不过他像忽然想起什么似的，一个激灵："村长，那为啥两年前孙姑娘在咱村被强奸的事情我不知道？"

"你那会儿不是去城里帮我送货了吗？你忘了，你回来的时候我还管你要发票，因为发票上的时间就是你的不在场证明。你回来后警察已经带孙雨离开咱们这儿了，我让大家不要再议论此事，不仅有辱村风，还会毁了人家姑娘。"

"那……凶手到底是谁？抓住了吗？"

村长说："我看这孩子怪可怜的，心里也一直惦记着她。后来我打电话给其中一位民警，问他凶手抓没抓住。你猜他们怎么说？"

"怎么说？"胡倌儿像兔子那样竖起两只耳朵。

"她根本没被强奸过。"

"啥？！"

"有意思吧，奇了怪了。当时孙雨那姑娘一边号啕大哭，一边描述得绘声绘色，那些细节听了都叫人臊得慌。"村长说道。

"这怎么可能？"

"怎么不可能，听说警察还检测了她身上的 DNA，结果显示根本没人碰过她。"

胡倌儿如坠云雾，孙雨对他说的和村长对他说的完全是两个不同的版本，到底哪个才是事情的真相？孙雨究竟有没有妹妹？她是不是真的在西岗上被强奸过？王疯子有没有杀人？还是村长撒了谎？这些问题一股脑涌上心头，胡倌儿眼前一黑，真的晕了过去。

等他醒来时，村长没走。就像他还是个熟睡的婴儿时，村长把他从草地里捡回来，他醒来第一眼看见的也是眼前这个老头儿。此时村长正给他扇着扇子，胡倌儿感到自己有眼泪就要忍不住了，于是他把头别了过去。

"孙雨呢？"胡倌儿急忙问村长。

"放心，你刚才中暑的时候我已经把她接到我家了。"村长说罢，用手指了指脑子，意思像是说孙雨的精神有问题。

"你丢的羊我会帮你查的，我觉得此事与孙雨无关，她一个小姑娘，就算毒死了你的羊，也没法一个人把死羊弄没。"村长说。

胡倌儿点点头，问村长："她没跟你说她妹妹的事吗？"

"只字未提。我问她这两年过得怎么样，她说她本来能在大学里读书，现在却在大学城的理发店给人洗头发。"

"那条内裤呢？"

"不知道，我没看见她拿着什么内裤。对了，她跟我说，两年前那个晚上，她是来咱村找你才出事的。"村长说，一边给胡倌儿喂了点水。

"找我？"

"对，她说她和你搞对象了。"

胡倌儿差点把喝进去的水呛出来，这都哪跟哪啊？自己明明是今天才认识这个孙姑娘的，什么时候成了她对象了？

村长捋着胡倌儿胸脯问："你跟她怎么认识的？真跟她搞对象啦？你是不是把人家姑娘怎么地了，搞得人家精神有问题？"

胡倌儿想反驳，他刚把脖子像公鸡一样抻直，他又不说话了。他的嘴好像突然被塞满了草，怎么都张不开。他眼睛瞪得溜圆，脸像是被噎得要窒息那样青筋凸起，吓得村长大惊失色。

就在村长马上就要喊救命的时候，胡倌儿缓过来了。他剧烈地咳嗽，鼻涕和痰一起呕出来，呼吸顺畅后，他感到自己满嘴都是腐烂的草的味道，不仅是烂草味，还有一股动物的尸臭，于是他又大口地吐了起来。胡倌儿一边吐，一边冷汗直冒，刚才他真真切切地感受到了嘴里有一大团草，就好像他胃里藏着好多草籽儿，一瞬间全都疯长了出来。它们像触角那样死死缠着他的舌头，堵塞了整个口腔。他刚才差点被草杀死！

待胡倌儿平静下来，他想把刚才的濒死体验告诉村长，不过他觉得村长是不会相信的。如果他信了，就意味着他还得相信孙雨可能被草强奸过，而自己的羊也不是被毒死的，是被草偷偷杀死的。但凡是个正常人都会觉得他是在说鬼话，或者是病糊涂了。

"我想见她。"胡倌儿只对村长提了这一个要求。村长叹口气，神情有些哀伤。

没过多久孙雨来了。她看见躺在床上一脸病态的胡倌儿，似乎原谅了他之前的鲁莽。她帮他换了个凉毛巾重新敷在额头，坐在床沿上。这一幕让胡倌儿觉得是那么熟悉，就像他今天第一眼见到她时那种似曾相识的感觉一样。本来他以为可能是他们上辈子认识，可是自从刚才在王疯子家抱了她，胡倌儿便觉得他们不是上辈子认识，而是这辈子就认识。他们俩从各自在不同的地方生下来，到今天相遇之前，一直远远地熟悉着彼此。

半晌，孙雨开口说："那天晚上要不是你一直搂着我，让我多陪你睡会儿，我妹妹就不会出事。"她又对胡倌儿提起了她妹妹，好像这是一个只存在于他俩中间的人物一样。

胡倌儿则觉得，既然草真能杀人、强奸的话，那么孙雨肯定也真有一个妹妹。而她妹妹可能是消失在草中的，草把她吃得彻彻底底、无影无踪，就像她从未存在过一样。

胡倌儿觉得总有人应该对孙雨说声对不起，于是他说出了这三个字。孙雨的眼泪夺眶而出，对于她来讲，胡倌儿说的"对不起"，就是承认了他俩在搞对象，承认了两年前那晚他们睡在一起，进而也就等于承认了她把妹妹自己扔在了山岗上……所以，她当真是有妹妹的。其实她来到这个村子，就是想抹去妹妹在她脑海中的影子，进而抹去对这个村子，以及自己在草丛里被强奸的记忆。她的确是被什么东西给强奸了，虽然警察告诉她那只是一个幻觉。她以"疫情"的名义检查村里的每家每户，发现可能是自己早就认识了的胡倌儿，并且与他在这个村子里共同生活过的痕迹：那些可能属于她的发夹、本子、扣子……还有那条可能是自己或者妹妹穿过的内裤，这些无比眼熟的物件本来她已经打算统统认作巧合，但是胡倌儿的一句"对不起"，却使得所有巧合都显得苍白无力了。

胡倌儿搂住她的肩膀，他觉得他们两个是唯一拒绝在黑夜中睡去的羊。现在他大概知道他的两只羊是怎么死的、为什么死不瞑目了，根本怪不得太阳。

已发《滇池》2021 年第 3 期

倒座房

一座小一进四合院从建成那天起便要死去，因为它的心被人掏空，它不能再思考，更不能说话，它的眼珠始终一动不动。东南方位巽为风，宅门立在那里保人出入平安，油黑门板两侧那红油黑字的对联上刻着小四合院的墓志铭，人们瞧着，叩几下门钹，一抬脚就忘了。野猫从房顶跳到天井，一棵石榴树的树干上因此布满了抓痕。正房的堂屋中间排放着一张八仙桌，厢房的晚辈们经常围着这桌子跑，就像外头的孩子经常围着这座小四合院跑一样。

四合院里东边那间倒座房是刘大风的，由于窗户朝北开，他看不见南面的景象，只能品味正房和东西厢房的一颦一笑。他判断几间房子的脾气不是通过里面住的人，而是建筑本身。比如东厢房的墙壁比西厢的狡猾，它们为了迎接日落，经常陷入纷争；西厢的瓦比东厢的暴躁，每当下雨时，西厢的瓦总要大声骂天，而东厢的瓦则沉默不语。正房就不一样了，它似乎知道自己生来就是主持公道的，正襟危坐，不善言谈。刘大风默默关注着这些，饶有兴趣，他感到自己的脚结结实实地踩在地上，一些尘土粘在鞋底上，被他从院子这边带到院子那边，完成生命的迁徙。

四合院的主人叫薛顶珠，薛顶珠小时候非常暴躁，整天有一股无名火需要发泄。他把堂屋里八仙桌的四条腿给锯断过，在供奉祖先的香炉里撒尿，半夜里大喊大叫，只要是与地面撞击能发出响声的东西都被他砸过。对于刘大风来说，这样的举动无疑是在残害脚下的生命，但是他不说，只是通过扫地来埋葬那些沙尘。

薛顶珠最喜欢做的事就是骑在刘大风的背上把他当马骑，他要求刘大风给他做一条马鞭，这样在骑他的时候就可以抽他屁股。刘大风的屁股为此落下了几道很深的疤，他的嘴也被缰绳勒得向右看齐。薛顶珠第二喜欢做的事就是捣蛋，有一回他避开所有人视线，神不知鬼不觉地把他刚出生的弟弟扔在了四里地外。刘大风偷听建筑的对话，它们说是村北头的残垣想要个孩子，就在薛顶珠去那边逮蝈蝈的时候，蛊惑了他。刘大风果然在残垣处发现了那个婴儿，他正在一处风吹不着、雨淋不着的墙弯里笑。

有时玩累了，薛顶珠会跑到刘大风的屋里睡觉。倒座房一共有三间屋子，刘大风住在东边那间，中间一间是仓库，西边则是茅房。薛顶珠每次霸占刘大风的床时都四仰八叉，鼾声如雷，有时他弟弟薛高中也想和哥哥一起睡，两个孩子颠倒着躺，刘大风在旁边坐着，等待他们的妈把孩子抱走。但是往往一整宿都没人来抱走他们。他们像是被遗忘了的躯壳一样，灵魂跟什么东西走了，除了鼾声，别的都不曾存在过。薛家夫妻、父母、兄弟等人伦关系在许多个这样的深夜都消失不见了，被什么东西吃掉了。刘大风知道是这座四合院张开嘴，把能咀嚼的都吞掉。他为什么知道这些不切实际的事情，大概因为他和树木一样，生长的地方都是别人的地盘，从有听觉的时候起，就要开始听。

薛顶珠有惊夜的病，不像做噩梦能叫醒，薛顶珠惊夜谁也叫不醒。他脸上冒汗，张牙舞爪，像是被什么人追赶，又像是想拉什么人一起赴死。每次他必须要抓住刘大风才能缓解，那是一种欲望得到补偿后的心满意足，要是刘大风悄悄挣脱，薛顶珠还会再来一遍。

有时刘大风一个人坐在门槛上，像是在等人，又像是守着什么。薛顶珠问他在发什么呆，刘大风说他在听别的东西讲话，他说他能听八千里远，薛顶珠便让刘大风扮孙悟空，刘大风没有那么灵巧，他出丑的时候，四合院和薛顶珠会一起嘲笑他。

"土改"前夕，刘大风听见了土地的躁动，它们集结每一粒沙，积攒每一滴雨，让所有植物的根加速生长，让所有埋葬其中的生命充分转化为新肥。它们好似一座巨大工厂，每一个齿轮都精确、蓬勃，工人们干劲十足，仿佛铆足了力气要擦拭太阳。那段时间薛家人与刘大风产生了很深的隔阂，连薛顶珠惊夜都不抓他了。

"土改"后四合院里的三间倒座房都是刘大风的了。薛顶珠帮刘大风把倒座房的窗子朝南开，再把北边的窗户填上，说这样你就不用整天瞅着我们家，你也可以看看外面了。薛顶珠变懂事几乎是一夜之间的事情，那晚他惊夜，抓什么都不好，最后刘大风来才使他恢复平静。薛顶珠他爸爸很生气，觉得刘大风才是自己儿子的亲爹，第二天他在堂屋摆好香炉，按着薛顶珠跪下，让他喊刘大风爹，薛顶珠的母亲手持一把长镰刀，架在老薛肩头，二人僵持，如同在戏台上唱戏的。刘大风回屋关上自己房门，"砰"的一声，他不再是薛家的长工了。这声"砰"，吓了所有人一跳，也包括他的倒座房，几间房子屏息静气，门不敢"吱呦"，窗不敢"呼扇"，变得森严起来。薛顶珠看见倒座房就像看见自己的老师，每当老师突然安静，就是薛顶珠屁股要遭殃的时候。从这个时候起，他对倒座房多了敬畏。

就是这么一间不大的一进四合院，因为地处薛家村和刘家村交界，因此以面积划分，南边归薛家村，北边归刘家村。刘大风的南房恰好属于薛家村，而薛顶珠和他的家人则需要每天通过薛家村宅门进入到北房所在的刘家村。薛顶珠对刘大风说："现在你是地道的薛家人，我们却成刘家人了。"他还吟了一句诗抒发心中感慨："东西南北，其修孰多？南北顺楠，其衍几何？"刘大风以为薛顶珠一定会考学做官，但他哪里也没考上。刘大风觉得薛顶珠的爸爸和薛顶珠都没能如愿，实在可惜，于是决定把随墙门的门楼改造成单檩卷棚垂花门。

刘大风手巧，不仅麻叶抱头梁向外漂亮地挑出，垂莲柱上的雕刻也是他亲自动手。檐枋和罩面枋之间的折柱和透雕花板、荷叶墩、雀替一样不落，梁架上的角背和驼峰也做出了寓意吉祥的雕饰。如果说这扇垂花门有什么不好，那就是屋面较高，与这座一进小院不怎么相适，再者恐怕就是里面住的人配不上这门了。起初薛顶珠反对刘大风瞎往薛家脸上贴金。做这个垂花门好比给死人头上插花。但是刘大风非要这么干，他说现在这房子是他的，门也是他的，除非薛顶珠以后别从这门进出，否则他不要管。

此外，刘大风还换了门扇，装了门钉。门钉横五竖五，金光灿灿。薛顶珠诧异，他说孔庙同文门的门钉是横九竖七，和皇家横九竖九差不多。再低些等级的大门门钉是横五竖七，咱们家这破院子，弄这五五二十五是什么意思？刘大风说怎么还有这些讲究，他就是觉得气派。

兴许真是垂花门带来了好运，薛顶珠的儿子薛平安生下来就机灵，会说话时就能算数，《三字经》和《百家姓》过目不忘。薛平安和他爸爸一样，越长大和刘大风越生分。有一次他问爸爸："《说文解字》曰'列中庭之左右谓之位。从人，立。朝中群臣之列位也。引申之，凡人所处皆为位。'刘大风在咱家是什么地位？"薛顶珠解释说："咱们和他不是一家，是两家。"这话刘大风不爱听，他说："我在你们家做工，从爷爷辈到孙子辈，怎么成两家人了？"

薛平安说："你是薛家村人，我们是刘家村人。"

刘大风说："都一样。"

薛平安说："不一样，你姓薛了，我们姓刘了。"

"这哪算一回事。"

"你占了我们家，你在我们家就有地位了。"

刘大风被薛平安一口伶牙俐齿撑得哑口无言。他没想霸占薛家房产，是四合院不让他走。这座宅院喜欢天井里的石榴树也喜欢刘大风，他们都在别人地盘上悄悄生长着。宅院说刘大风改造了它，和它就是一体的，如果离开，两个都会东倒西歪，哪里都站不住。刘大风不解这种逻辑。一天他锁上门，坐大巴车前往县城，越走越渴，灌进肚肠许多水也不解渴，几天后从县城回来，他已经口渴得皮肤干黄，嘴唇爆裂。在四合院里，薛家人也因为刘大风短暂的不辞而别爆发了战斗，这是薛家内部斗争，矛盾核心是刘大风的倒座房，本来他以主人的身份住在里面的时候，薛顶珠的父亲就浑身不舒服，现在刘大风用一把锁锁上了房门，老薛就更心痛了。刘大风回来时，看见他正挥舞斧子准备把倒座房拆掉，刘大风默默把钥匙掏出来，老薛顿时就没了气焰，女人们也停止了争斗。

四合院感谢刘大风救了自己一命，它用井水给他解渴，刚喝一碗，刘大风便感到身心爽快，好像水瞬间流满了每一根血管，每一颗细胞都在笑。

"你知道《击壤歌》吗？"四合院对刘大风说。这座小一进四合院吟起了《击壤歌》："日出而作，日入而息。凿井而饮，耕田而食。尧何等力？"它借机给他讲中国农耕文明如何确立了东和西的二方位空间，以及九天、九州，它赞叹中国人把留不住的时间留在了建筑里。四合院说："我的东西不和，南北也不和，就像你们人，左脚疼，右手疼，左手疼，右脚也疼，浑身难受。"

刘大风明白四合院的意思，薛家与他不和，因为北房南房被拆成了两个村；在两名薛家媳妇的挑唆下，薛顶珠和薛高中东西厢房谁看谁都不顺眼，这是东西不和。刘大风觉得自己有责任让薛家和睦，所谓家和万事兴，为此他努力撮合薛顶珠和他弟弟的关系，但只要老太太在，二人怎么都和不了。今天谁奉养母亲多花了钱，明天谁少花了钱，两家谁都不让步。刘大风专门为老大姐做了个账本，老太太吃了谁的，吃了什么，花了多少钱，每笔账都清清楚楚地记在上面。这事薛家兄弟谁也不知道，账本就藏在正房后檐下的那个废旧燕子窝里。

薛平安考上大学，去了大城市打拼，二十六七岁就已经风光无限，许是漂亮的宅门起了作用。他不再回四合院，对看望亲人似乎没任何兴趣。刘大风操办了老薛和老大姐的丧事，随后不久又送走了薛顶珠。四合院里只剩下西厢房里薛高中和他媳妇、东厢房的薛顶珠老婆贵红。正房空出来后，薛高中夫妇一心想要搬进去，贵红不同意，她说只有老大才有权利住正房，老二顶多可以搬去东厢房。鉴于薛顶珠已经去世，贵红便把薛平安"长孙"的身份搬出来，要用正房给薛平安做婚房。两家为此吵得不可开交，最后只能把薛平安叫回来主持公道。

摒弃了其他瓜分财产的手段后，两家人决定把正房和东西厢房推倒重盖，钱由一向深受老太太宠爱的薛平安出大头。刘大风心情沉重，他想阻止他们杀死四合院，但又没理由。他变成了一个多愁善感的老头儿，经常对着西厢房的窗户叹气，因为薛高中和他媳妇整天在里面吵架，那些声音从窗户里、门缝里传出来，在院子里张牙舞爪，由于四合院是对外封闭、对内开放的，所以有什么苦，这座小建筑只能自己往肚子里咽。

四合院对刘大风说："穴居时代那会儿我们没有这样的烦恼。那时我们头顶开窗子，声音、烟火，一股脑散出去，在广阔的大地上很快消失，不会再回来。后来人们把家搬到地面上来，有了墙，窗就开在墙上，墙多了，风就少了，那些东西从房子里飞出去，不愿离开。它们在我们身边游荡、寻找配偶。像是酸气和苦气交配，它们的孩子有的是怨气，有的是生气；有的是俗气，有的是正气；它们一代代繁衍，人类有了城市。但是大家都惧怕死气。死气来的时候，连我们建筑都会怕。它想掠夺什么就掠夺什么，它喜欢打破规则、制造恐慌，没人知道它从哪里来，也没人能把它赶跑。"

刘大风听着四合院的陈述，心里不是滋味。

薛平安去找刘家村大队书记商量划宅基地的事，这位书记说此事还得找薛家村大队书记商量。两位书记和薛平安凑到一起后，这事他们三人说了都不算，唯一能让薛家把四合院推倒重盖的人，只有刘大风。

原来，宅基地要符合薛家村和刘家村两个村的村容美，不能乱划，而且新盖的房子最好不要再地跨两村。薛平安自然想回到薛家村，但是刘家村大队书记还要指望这个"两村最有出息的年轻人"日后为刘家村谋福利，自然不想让他再姓回"薛"。薛家村大队书记倒是热烈欢迎薛平安落户，但如果是这样，薛家就得占去属于刘大风的宅基地，这样才能"排上排"，符合建设规划和后续管理。

薛平安备了厚礼，从未如此郑重地踏入这道垂花门。当他手上拎着大包小裹，抬头望这座垂花门时，突然发现了许多儿时未曾注意到的细节。它们如此美妙、细腻，一点也不像出自刘大风这个糙汉之手。他觉得刘大风不再是他们家的用人，而是一位被埋没的天才工匠。刘大风的形象在他眼里一下子高大起来，以至于他觉得小时候没对大风伯客客气气是件丢人的事。

刘大风知道薛平安必是有求于自己。他洗了把脸，梳梳头，照了照镜子。

薛平安回家已经快一个星期了，但他一直没有像今天这般专程来探望大风伯。他来来回回进出了垂花门许多遍，也没往刘大风屋里瞧瞧。现在两人面对面坐着，薛平安心里"咯噔"一下，他没想到大风伯已经这么老了。他是从什么时候开始老的呢？自己离开刘家村时，大风伯看起来还是健壮的。此时他佝偻着，又皱又瘦，身高也缩水了，白胡子扎进棕色的颈纹里，一动一动的，就像老白兔在覆满松针的洞口外艰难地用后腿搔痒。

刘大风和薛平安寒暄着，内容是回忆许多年前某些逗趣的点滴。刘大风说薛平安小时候很喜欢翻墙，总想爬到墙外，即使摔下来也不哭不闹，但他和他爸爸不同，他爸爸总想搞破坏，他则是总想逃。

薛平安不想拐弯抹角，恳求大风伯把倒座房的宅基地让出来，承诺新房子盖好了，一定按面积分给他一间最好的屋，给他养老送终。常年住这倒座房，身体都住垮了。刘大风说我身体好得很，而且也习惯了坐南。薛平安递上礼物，可是刘大风连看都不看一眼。他不抽烟也不喝水，姿势僵硬，一动不动地坐着，直勾勾盯着薛平安，搞得薛平安好像自己在做亏心事。

"你膝盖不是经常疼吗，关节炎，类风湿，都是住这里造成的。我妈应该早点搬到北房，把东厢房腾给我叔，让你住进西厢房，但是我劝不动她。"薛平安说道。

刘大风继续说："你小时候为啥那么喜欢翻墙呢？"

薛平安应付："想去外面玩呗。"

"可是让你从大门走，你又不出去了。"

见薛平安不出声，刘大风又问："你现在在北京住的是什么房子？"

薛平安说他住楼房。刘大风问高吗，薛平安说自己住在三楼，一共有六楼。刘大风问都什么人住在里面，薛平安说因为计划经济，是单位大院，邻居多半都是同事。他还讲到房地产市场开放的格局，很快就会有很多搞房地产的商人富起来，虽然现在国企占据了建筑市场绝大部分江山，但风一来，雨一下，一切都得变。他越讲越眉飞色舞，好像自己就是那些弄潮儿。刘大风问，你打算搞房地产？薛平安说那些都是后话，也许他会从事业单位辞职，也许不会，这个东西得看运气，当务之急是把老家的房子重新盖好，将家里人安顿好。

"大风伯，只要你把宅基地让出来，我一定给你养老送终，就像对我爸那样。"薛平安强调。

"你爸是我给送终的。"刘大风说。

"那就像对我妈那样。"

"你妈还没死呢。"

薛平安急了，他说："你这老头儿怎么这么倔呢？让你住好地方还不干，你是真没享过福。"

"我没说不同意。咱家这房子是老宅子了，尤其这个门，我舍不得。你去文物局问一问，像这样的四合院，到底能不能拆。"刘大风说。

薛平安没想到大风伯竟然能扯到文物局，这是要把他的房产坐地起价。他以为刘大风只是个老实人，什么都不懂，没想到在这儿盘算着。刘大风说，没听到文物局亲口说能拆，他无论如何都不会答应。

无奈，薛平安只好把自己家情况汇报给了文物局领导，原以为只是走个过场，谁会在乎农村一座老宅子呢？没想到文物局领导竟派了几名工作人员来实地考察。刘大风握着工作人员的手，郑重地向大家宣布："我和这座四合院，都是文物。"

薛平安当时就翻了脸："你一个老头儿，怎么就成文物了？"

刘大风说："我二十岁就给你家做长工，现在快五十年了。"

"这都什么年代了，再说，到我这一辈，我奴役你了吗？"

"你母亲，你叔，你婶儿，哪个没使唤我？"

薛平安当即把母亲和二叔叫出来对质，几人理直气壮地说："我们使唤他也是给工钱的。"

文物局一位工作人员一脸愁容地问："你们给老人家多少工资？"

贵红回答道："你算算一个人一日三餐，再加上喝药，每个月值多少钱？"

薛高中媳妇也帮衬着，她和她嫂子许多年来头一回这么团结，她说："这老头儿天天喝药，药材都不便宜，我们家薛高中一直供着。"

"喝啥药？"

"治骨头的药。"

刘大风不出声，薛平安也立在一旁不搭话。几位工作人员议论纷纷，为刘大风惋惜。他们惊叹于他的建造技术，不断称赞垂花门的巧夺天工，他们翻看刘大风的手，感慨他骨骼清奇。其中一位工作人员通过刘大风的指骨联想到了城市的马路，另一位顺势提起河南偃师二里头，说那是中国最早的城市起源。第一位工作人员说中国的城市起源是因为防御需要，所谓"國"字，里面的"口"表示人，"戈"表示武器，"横"表示土地，外面的框框表示边界，所以城市的军事效能很大。第三位工作人员插嘴，说交通决定城市的命运，另外两人反驳她，说经济和政治才是城市根本，三个人你一言我一语，又说到城市的文化。他们最终达成了一个共识：城市文化离不开乡村文化。

他们回去后，说服了领导，以这座四合院需要保护为名，搁置了薛平安的改建计划。贵红倒是没太大反应，薛高中就不同了，两口子大半辈子都没住过好房子。贵红住在东厢房，还要把正房给薛平安占着，只要她不死，恐怕永远也不会挪窝。薛高中不想和嫂子闹得太丑，只好去催促刘大风。

刘大风说你们住在西厢不亏，赡养老太太的时候，的确是你哥付出了更多。薛高中觉得莫名其妙，这和老太太有什么关系，再说他们人都没了，还搬出来说事儿？刘大风说都住半辈子了，别再改建了，省下钱做什么不好？薛高中反问："我一个农民，最大愿望就是住上好房子，不然我省钱还能做什么？"

"这宅子已经是两个村最好的房子了。"

"再住下去就塌了，把人活埋了。没准哪天晚上睡着觉就被砸死了。"薛高中说。随后他补充，"大风叔，重盖房子，不用你花一分钱，到时候还能分你一间新房，你怎么就是不同意呢？"

刘大风已经拒绝回答这个问题。这更加深了薛高中媳妇和贵红之间的争吵，她们从家里闹到家外，甚至争到村委会。她们从两人嫁进四合院时开始骂，一个说她为薛家操劳了一辈子，一个拆台说你除了好吃懒做就是扯老婆舌。一个说正房就空着呢，手脚长在你们自己身上，你们不往里搬能怨谁？另一个说我们要是真搬进去了，你还不得在那棵石榴树上吊死？我们怕搭人命，我们可不敢！

"正房就是留给平安的，我们这东厢也留给他，刘大风那倒座房到时候也得留给我儿子，统统都得留给我儿子。你们有意见，你们也生儿子啊。"贵红这话戳中了薛高中媳妇的心窟窿，她一时想不出反驳的话，气得想冲上去挠贵红。人们把她俩拉开，就像把氢气从雨里拉开，把氧气从火里拽出。

刘家村书记为平息两个女人无休止的战斗，只好叫上薛家村书记，一行人浩浩荡荡来到四合院。刘家村书记对着垂花门说："这么好的门，我在门槛上都能睡个美觉。"

薛家村书记应承："我在这房顶上能躺一天，你看看这瓦，这么多年还这么结实，没事在上面晒晒太阳，晒点萝卜干啥的，都好。"

刘家村书记进门径直走到西厢房跟前，一边打量着薛高中栽的几盆花儿一边说："人家都说西厢属阴，但你们看看这些花，开得多娇艳，老薛你家姑娘日后肯定嫁得好！"

两位书记你一言我一语，大夸特夸起这座一进四合院。刘家村书记主要夸地处薛家村的倒座房，他们走进刘大风的屋子，说倒着住也没有什么不舒服，两人来到仓房，说好好拾掇一下，把能卖的破烂儿都卖了，开发成书房多好。刘大风说，谁会把书房开在茅房隔壁呢？刘家村书记说，让书香飘到茅房去，茅房也香了。书记对刘大风开玩笑说，薛家人天天用你的茅房，也不见他们掏粪，所以下次你得收他们门票。薛家村书记主要夸地处刘家村的那些房间，他称赞刘家村书记治理得好，他提起老太太生前经常念叨刘家村书记，说划成分的时候多亏你才使得薛高中成了一名农民，本来薛家虽然地多，但基本都贫瘠，刘大风的地肥沃，薛高中承租了刘大风的地，所以才能走上正道。两位书记提议，让薛高中代表薛家和刘大风握个手。

薛高中说："不能握手，握了手，我就住不上新房了。"他媳妇在旁边戳了他一下。

这个时候刘大风听见四合院说："让他们把我拆了吧。"

"凭啥？"刘大风问四合院，但是薛高中以为他在同自己讲话，两位书记则以为刘大风拒绝他们的建议，他们按住就要发火的薛高中，把刘大风请到一旁进行思想教育，劝他以和为贵。但是进入刘大风耳朵的，都是四合院对他说的话。它感谢了他，向他道了别。刘大风流下眼泪，说："再等等，等等。"

薛高中说："不能等，一刻也不能等。"

刘大风说："肯定还有别的办法。"

薛高中说:"没别的法子。"

刘大风突然张开双臂,他在拥抱四合院,薛家村书记迎上去,回应了他的拥抱。

过了一会儿,刘大风当着所有人的面说:"你们当真要推倒重盖的话,要好好对待新房子。"

贵红说:"你怎么现在反悔了,但是人家文物局都说了,不让动了。"

刘大风说:"我把这垂花门砸了就行。"

薛高中说:"砸门有什么用,人家觉得你是古董,要保护的是你。"

刘大风没了话说。

第二天,薛家人起床后没有见到刘大风,第三天也是。

又过了一阵子,刘大风还是不知所终,但是只要倒座房还在,宅基地没跑,盖新房之事也搬上了日程,薛家人四处筹划,用忙碌隐藏对刘大风消失的忧虑。一日薛高中想把正房后檐那个旧燕子窝打下来,他爬上去,梯子摇摇晃晃,媳妇在梯子下面扶着,像一个等着大人摘果子吃的孩子。

薛高中在燕子窝里面发现了一个账本和一封遗书。账本里记载着老母亲吃用自己的每一样东西,他拿给媳妇比对,媳妇翻了两页说:"没想到老太太也记了账,还记得挺准。"

两人读完遗书却傻了,因为上面母亲白纸黑字地写着,整座四合院作为遗产,她都要送给刘大风。

两人赶紧进屋关门,议论此事决不能让第三个人知道。薛高中媳妇问薛高中,刘大风是不是早就知道老太太的意思?薛高中说他肯定不知道。

"那这东西是怎么放到燕子窝里的?"

"燕子衔的。"薛高中说罢,把账本和遗书都丢进了火盆。当火苗蹿起来时，他们感到一阵前所未有的寂静，就像什么东西远远地死去了，却又近在咫尺。

已发《山东文学》2020 年第 9 期

壁　虎

　　学校坐落在半山坡上，校园内操场边上长着一棵大梨树，树冠遮掩着半个操场。

　　苏珊从省城师范大学毕业后被分配到这所小学当上了乡村教师。面对着荒山野岭，她心里感觉荒凉。但是，当她进到校园，忽然看到大梨树的时候，她那荒凉的心上又仿佛开出了花朵。她看见梨树的每根梨枝上都挂着一二三四五六个梨，没有空枝的，每条梨枝都向下弯曲着。看得出来，这种弧度沉甸甸的。

　　等校长周大新帮她安顿好行李后，她便迫不及待地跑到了大梨树下，给大梨树画了一幅素描。还在素描的下方写了一行字："桃梨满天下"。

　　她的到来，真正改变了全校教师没有大学本科以上学历、人才层次低的问题。学校原来的三位男教师最高学历都只是中专或函授中专学历。周校长说她的到来不仅让每个教室"棚壁"生辉也让整个学校都升起了光辉，就连大梨树都"树壁"生辉了。

　　苏珊老师来了，学校原先一直想开却开不起来的课程，都开起来了。只要有时间，周校长和三位男教师都会去听她的课。她没来的时候，只有一直单身的周校长一人吃住在学校里，另外三位老师的家就在附近的村子里，学生们是走读，他们是走教。现在苏珊得住校，周校长就给她安排到了前排大教室最西头的一个单间房子里。

苏珊天天需要和周校长打交道，不过她越来越觉得校长这种男人不是她喜欢的类型，大大的头，瘦小的身材。所以，她不想和他有过多的"交集"。除了工作上之外，她不爱和他多说一句话。

她没有想到，这竟然像潮湿的天气，东西会慢慢发霉那样，她在心里对校长慢慢产生了一道自觉抵触的防线。对于这道防线，她也说不清楚是哪天筑起来的。不过，当真的有了一道防线的时候，她又不知道要防备他什么。防备他性骚扰？防备他是小人？防备他不公平？似乎都不是，是什么，她也说不清楚。于是，苏珊并没有将那道防线筑成铜墙铁壁，也没有筑成一道栅栏，筑来筑去，充其量只能算是筑成了一张蜘蛛网。虽然是轻轻的透明的透风的透雨的透声的蜘蛛网，那也是一张网。

苏珊原打算只管教好学生，当好一名人民教师，除了工作，尽量地回避着周校长。一个女人和一个单身的大龄男人交往，总不是好事情。可是，每天放学后的课余时间，学校只有他们两个大活人。再有就是偶尔飞进来的鸟和隔三岔五跑进来的狗。除此，校园里便是十分地安静，感觉时间都停止了的那种安静，谁能知道天长日久的安静有多么可怕吗？

特别在夜幕降临之后，校园融入大山黑暗之中，远处的村庄灯光若明若暗，更显出这里的沉寂。到了晚上，她没有任何可以自由活动的去处。苏珊感到压抑，白天的时间总是那么短暂，像支捻子断了的蜡烛。

再晚一些，校园就像是一只羊，在狼群里吃草。只有苏珊和周校长两个人的窗口的灯光亮着，像两只发光的眼睛，默默注视着黑暗中的远方。两处灯光一处在西，一处在东，没有任何交叉，也许无限延长至月亮上去才会发生交叉吧。

苏珊批完学生的作业，拿起一本书准备看书的时候，寂静便覆盖了她书上的每一行文字。她不用眼睛阅读，寂静就全溶化进了她的灵魂里，溶化进了她每个细胞里。寂静的夜，寂静的灯光，寂静的大梨树。"寂静"对她来说曾经是多么渴望的事情，是多么奢侈的期待。大学校园里彻夜不得安静，宿舍里几个舍友一刻没有安静的时候，那时如果要得闲，除非将自己变成一只老鼠钻进地下去。

如今夜夜安静，安静得让苏珊恐慌，让她恐惧。当寂静到极点，让她彻夜难眠的时候，她会想干脆爬到大梨树上去睡觉吧，去感受梨树的温度，去感受相互挨着的梨和梨之间的温度。

很多个晚上，苏珊会打开屋门，站在自己的门台上，向着校园的东边看远处周校长屋子里发出来的灯光，橘红色的光像是一只朦胧的橘子，酸酸甜甜地闪烁在夜的唇齿间。但是，当她换了一个角度又让目光投向远方他的灯光时，她看见从他窗口过滤出来的灯光，变成了一双温柔的大手，在轻轻地掰着橘子瓣，投喂给那些黑色的贪吃鬼。

苏珊想走近那灯光看看那温柔的光的手，哪怕向前走一步，也会看得更清楚一些，她的脚迈下了门前的台阶，忽然，她看到了自己长长的影子，灯光从身后敞开的房门里涌出来，将她的影子长长地投给了黑夜。苏珊突然想，我不是孤独的我，我有影子了，我有影子了！有影子的人怎么会是孤独的人呢？

用来充当防备的"蜘蛛网"，难以经住天长日久的寂寞侵蚀，孤独终于凝聚成一颗颗水滴，将那张"蜘蛛网"穿透了一个一个又一个的洞。

苏珊想，虽然他大了自己十多岁，可毕竟是一对孤男寡女。她未婚，他也未婚。可是，就像山坡上成片的野菊花不想和山风有任何交往一样，那是根本不可能的。

有谁能把自己变成一只蛹，躲进厚厚的茧壳里呢？只有蛹。

周校长已经是安全度过了他的"寂静"期，早已经习惯了孤独，把孤独当饭后甜点了。特别是苏珊来之后，他更是感觉不到孤独的存在了，它们像是一只搬了窝的狐狸彻底消失了。

夜静月清的时候，周校长会站在自己的宿舍门外，默默向西边的夜色张望，张望苏珊那间房子里射出来的灯光。他不方便去她屋里聊天、喝茶，也不方便请她到自己的房间里来做客。除了领导和被领导这层关系外，他觉得他和她就没有任何可交集的可能。她是出水的芙蓉，自己就是荷塘里远远地守望着芙蓉的那只青蛙。

一天夜里，他突发狂想把"我住长江头，君住长江尾，日日思君不见君，共饮长江水"给改编成了："我住学校头，君住学校尾，日日思君也见君，共饮一泉水。"

他想发短信把自己改编的诗词发给苏珊，可是几次打成短信，却都又删掉了。手机里关于她的存储，无非就是那天。

苏珊来学校的第一天晚上，周校长做好晚饭叫她吃饭。她走进后排教室东头的一间垒着一个灶台的房间，左看右看，没有看到炊事人员。她问："校长，怎么是您做饭呀？学校没有食堂吗？"

"有啊！我不就是食堂吗？"他风趣地说。

苏珊望着"食堂"不由得笑了一笑。她感觉"食堂"真是实至名归，怎么看，"食堂"都像一个大包子。

"那三位老师晚上不在这儿吃饭呀？"苏珊又问。

"他们是三十亩地一头牛，老婆孩子热炕头。"他说这样的话的时候很自然，很亲切。但是听了他的话，苏珊反倒不自然起来。

见状，他忙说："我也不会做菜，你就将就吃吧，生的就生吃，熟的就熟吃。"

从此，这句话就成了食堂每晚上必不可少的一道菜。

每天晚上，"食堂"都会做好三四个菜，摆好桌子，请苏珊过来吃饭，两个人围在同一张饭桌相对而坐，他会说上一句："生的生吃，熟的熟吃吧。"这竟然成了他的一句口头禅。苏珊很想改变周校长的这句口头禅。于是，晚饭她开始下厨。她做的全是炒菜炖菜和过油的热菜，凉拌菜和生吃的蘸酱菜一点都没有了。

可是，到了吃饭的时候，他还是一定要说上一句："生的生吃，熟的熟吃吧。"

他说的生的，就是那刚从地里拔下来不到五分钟的小水萝卜、小葱、生菜一类可直接生吃的青菜，熟的就是做熟的茄子、豆角之类的蔬菜。苏珊不明白周校长的话是不是多余的废话。可是，废话就是真理，真理就是废话。关键看废话是谁说的，真理是谁坚持的。

慢慢地，苏珊对周校长结成的心理上的那张防备"蜘蛛网"，越来越模糊不清了。专门想看的时候，还能看到一丝残存，不专门看的时候，一点点蛛丝马迹都没有了。蜘蛛网存在的时候，并没有遮挡住多少视线，蜘蛛网不存在的时候，视线却突然开阔起来。

苏珊将她亲手结成的"蜘蛛网"又亲手一丝一丝地剥掉了。

苏珊开始接受周校长的建议一起爬山，她也开始喜欢上听他讲校园有趣的事了。

他对她说："你没来的时候，有一次学校安排收学生的学杂费，我们这里家家不富裕是真的，就是有钱的也不愿意给孩子交学杂费。每个学年收学杂费，我们都像黄世仁收租子一样，反复向学生催要。我们研究分两种情况收费，一是收现金，二是实在没有现钱的就交三十斤地瓜顶学杂费，二者选其一。结果，到了最后，还是有学生家长钱也不交，地瓜也不想交。老师就只好反复催要，三年级有个孩子，就是总淌鼻涕的那个男生，回家同他爷爷要了几次地瓜，他爷爷根本就不想给，有一天，这个同学又向他爷爷要地瓜，他爷爷说：'要什么地瓜？告诉你老师，再要我就推车土去你们学校，把你们校长给埋上当地瓜。'"

苏珊听后笑了，不是这事情本身的幽默。而是他的形象，让她觉得他真的像块大地瓜。

苏珊说："校长同志，你今后可真得小心点了，不要惹着本老师，要不然，我可真的会去找那位老爷爷，推车土来把你埋上，让你变成一块大地瓜。"

苏珊没有来学校的时候，周校长带三位男教师，他们四个人在一个大办公室办公，据说是为了冬天省烤火费。平时他们四个人在办公室里除了讨论数学题，讨论拿不准读音的字词之外，基本没有什么话说，因为天长日久把应该说的话早都说没了。

苏珊来了后，办公室多了个女老师，四个男人才算从语言冬眠期复苏过来了。他们开始给苏珊讲乡下人的"土腥味"和"野性味"。开始时候只讲素的，有些话还是避讳的，慢慢地讲话的度就放开了，有些荤话犹如河水落去暴露在河床上的鹅卵石一样露了出来。

他们讲农村男女搞破鞋的事情，有的讲得有鼻子有眼的。还说现在农村男的都进城打工去了，留守在家的年轻媳妇们有的也不老实，三天两头跑出去会网友什么的，男的知道了也不敢说。你敢说敢管，人家女的就会跟网友跑了不回来了，学校就有两三个孩子是这样的产物，大家称之为"网奔生"。

每当空闲的时候，三个男老师总是给苏珊讲他们耳闻目睹的事情，讲东家长西家短。苏珊听得感觉比看报纸还好，他们就是每天的"新闻联播"和"乡村频道"，这让苏珊的生活多了一层又一层的乐趣。

月亮挂在天空，清辉洗尽校园白天的喧哗，冬去春来，校园内那棵大梨树静静地开了一树淡淡的白花，月光落在梨花上，抚摸着每朵梨花的花瓣，让梨花泛起梦幻般的笑容，经不住月光抚摸的花瓣羞涩地落到了地上，一层一层的花瓣夹着一层一层的月光，如果说这时候有人走到梨树下去的话，那么，他一定不是把月光踩进花瓣里就是把花瓣踩进月光里去的。

月亮躲进梨树上，常常是大半夜都走不出来。

确切地忘记了是从哪个晚上开始的了，苏珊夜里要去厕所的时候，就会在经过周校长的宿舍门口的时候，轻轻敲两下他的门，然后，他就会出来陪她去厕所，厕所在学校最最偏僻的东北角，夜里她要去厕所就正好要经过他的宿舍。

他必须站在离厕所不远不近的地方，远了她害怕，近了她也害怕。

时光从大梨树的花朵间无声无息地划过，夜里会有两只斑鸠鸟从远处扯破层层月光飞来，栖息在大梨树上，天一亮又悄悄飞走了。安静的校园之夜因它们的到来生动了很多，诗意了很多。

有天晚上，苏珊正要入睡的时候，突然看见了一只让人恐惧的东西趴在了她床头上方的墙壁上，她并不认识那是什么东西，她吓得"哎呀"一声，光着脚丫子撒腿就跑到了周校长的宿舍门口，她用力敲门，周校长被吓了一大跳，他以为是谁呢。

"开门，开门！"苏珊大喊着。

是苏老师，半夜来敲门肯定遇到坏人了。他没来得及穿上衣就急忙下床开门，苏珊几乎是破门而入一头扑到了他身上。

"怎么了？是不是有坏人进来了？"他问。

见到周校长，苏珊的惊恐万状已经消失了大半，他宽厚的胸膛，热热的体温，就像是惊恐的速溶剂。苏珊从中缓解过来后，她才意识到了自己的尴尬。她急忙把自己几近赤裸的上身从他赤裸的上身上抽开来。
她说："我的床头上有个东西趴在上边，吓死我了。"

周校长听了她的话才放下心来说："不用怕。"边说他边转身取下衣
架上的衣衫披在了身上。

就在他转过身去的时候，苏珊才看清自己白白的身上沾染了月光，
不仅变成了银色，还银光闪闪。她急忙把两只胳膊肘儿抱起来，挡住了
自己的胸口。

"走，我们去看看。"周校长已经穿好了衣服。

苏珊跟在他后边，胆怯地回到了自己的屋里，根本不用开灯，月光
通透地从前门照进来，照亮了满屋子。

是一只大壁虎，仍然趴在那儿一动不动。

"是一只壁虎，不用怕，这东西没有毒。"周校长对苏珊说。

他用手上去按住了它。

为了让苏珊放下心来，周校长把壁虎举起来，用力摔到了屋地的水
泥地面上。

苏珊看清了一只胖胖的丑陋的壁虎翻着肚皮在地上蹬腿儿。周校长
打开大屋门，用脚把壁虎轻轻地踢到门口，然后脚尖一用力，把它踢到
了门外很远的地方。

苏珊似乎听到了壁虎落地的声音，也看见了壁虎在门外的月光中经
历了一次不远的旅行。

苏珊依旧用两只胳膊肘儿抱着自己的胸部。

"没事了，睡觉吧。"周校长"咣当"一声用力把她的屋门给带上了。

"当当当"，踏着月光，他走了。

苏珊愣愣地站在原地，泪水无声地流出双眼。像月光无声地顺着大
梨树上的梨花滑落到地面上来一样。

苏珊稳定下情绪后，回想着刚才发生的一幕，她突然感觉到自己身上多了一种"温度"，那温度散发着男人奇特的味道，那"温度"会让胆怯瞬间消失，会让惊恐顷刻消散。她想男人原来真是一个怪物，是一个专门能够吞噬恐惧的怪物。女人原来天生就是胆小的怪物，一只壁虎竟然把自己吓破了胆。

黑夜的山野还在伺机而动，时刻准备张开大嘴，然后，让一切昆虫、猫头鹰、壁虎，和一些地鼠出来统治这个世界。

第二天一大早，苏珊就早早等待这只狼把白天的阳光和小鸟从它还挂着残渣的嘴里吐出来。当鲜活的景色出现在清晨的校园里的时候，她走出了屋门，她要到院子里寻找那只壁虎。

在门外很远的地方，苏珊看到了那只壁虎，它竟然那么地丑陋，扁扁的头，圆滚滚的身子，四只带有吸盘的爪子，长长的尾巴。

"你可真难看。"苏珊瞅着那只死去的壁虎，目光中带有一丝愤怒。接着，她伸出手指触碰了一下壁虎的肚子，滑滑的，软软的，很像是校长的肚子，她迅速缩回手指。

为了不让早早到校的淘气学生看到这只死壁虎，用它来吓唬小女生或是胆小的孩子，苏珊决定把死去的壁虎埋进土里去。还好，壁虎离茄子地很近，于是，她把它埋进了茄子地里。

那片茄子正在开放着紫色的花。个别早开的花有的已经谢花结出小茄子来了。小茄子头顶着似落还未落、似枯还未枯的茄花，嫩嫩地探出了小脑袋，胆怯地张望着这个世界。

苏珊对着被她刚刚埋掉的壁虎说："你就在这里为茄子们的成长做出你的贡献吧！"

几天之后，说不清是有意还是无意，苏珊又走进了那片茄子地，走进了埋壁虎的地方，她惊奇地发现，紧挨着的那棵茄子叶子都变得绿黑绿黑的了，茄子秆长得粗壮粗壮的，已经结出了三个大大的茄子。

从此，她有意无意间总是愿意到茄子地里去转一转，她会特意光顾那棵底下埋有壁虎的茄子。

一个傍晚，霞光覆盖了半个西天，映照着安静的校园。苏珊在大梨树下看完那一树正在发着绿光、一个劲疯长的小梨之后，绕过梨树，又走进了那片茄子地。当她走近底下埋壁虎的那棵茄子时，她忽然怔住了，那棵茄子顶层肥大的叶子上趴着一只壁虎，正抬头注视着她。苏珊这次并没有害怕，她眨眨眼，定睛细看却不见了壁虎的踪影。

之后，每当苏珊走近那棵茄子的时候，她都会发现，不是在茄子上趴着壁虎，就是在茄子叶上趴着壁虎，有一次，她竟然看见了整棵茄子秧的每片叶子上、每只茄子上都悬挂着壁虎，壁虎长长的尾巴随风摇晃着。仔细再看的时候，那棵茄子秧上却什么东西都没有了。

苏珊不知道，自己经常来看底下埋着壁虎的那棵茄子，是不是对那只壁虎的怀念？

那只壁虎虽然死有余辜，可是，如果不是它的到来，苏珊怎么会感知到一个男性肌肤的温度呢？她怎么能让寂寞走向最高的顶点时，没有长久地停留在那里，而是开始缓缓地落下去呢？

每当夜难寐，想到那只壁虎的时候，苏珊都会想起那个"温度"，都会重新感受到那个"温度"。那温度是一种可信赖的温度，那温度是一种能融化孤独的气候。

那温度很像一块烤熟的地瓜放置了一会儿后的温度，不烫手也不凉手，越攥着越热乎，不要吃它，不要放下，就想一直在手里捧着的感觉。

在壁虎事件发生的最初几天里，苏珊见到周校长的时候，脸会突然红起来，有一种被盛夏烧烤的感觉。周校长却像什么事情都没有发生过一样。在他心里那就是一阵风，刮过去就刮过去了。有谁会去想曾经吹过自己的风呢？这也许就是男人和女人的不同之处吧。

不管周校长怎么不在意壁虎事件，或者是真的只当一阵风刮过了就刮过了。可是，苏珊却不能忘却，她总是有意无意有心无心地想起他的温度。有时候那温度似火焰，有时候又像一个晴朗的冬至日。苏珊一直担心周校长会把事情告诉另外三位男老师，说不定，背后他还会把壁虎事件放大数倍讲出来，说他是如何英雄救美，说他怎么怎么"扑怀不乱"。

"那晚上真要感谢月亮啊！如果不是皓月当空，如果是月黑风高的夜晚，他就不会看到苏老师赤裸的上身了。"苏珊时常会替周校长这样想。

苏珊决定将那个"温度"储藏起来，变成一种"恒温"的记忆。

苏珊来学校第三个年头的春天，大梨树又开满密匝匝的梨花的时候，她被县教育局调走了。在她离开学校的头一天晚上，学校特别设晚宴欢送她，四个男人轮流敬了她不少酒，她也喝到了极限。

周校长说："我们这儿庙小，装不下你这大菩萨，以后我们再见你就难了，你也不能听到我们小学上课的铃声了。"

月光无声地洒落在梨花上，不能承担月光之重的梨花在黑夜里，静静地为月光下起了"梨花雨"。

月已西斜。就要触碰到西山尖了。

苏珊似醉非醉地睡着了。

月亮落下去了，夜悄悄地覆盖了一切。苏珊突然惊醒过来，惊恐万状地跑到周校长的宿舍，急促地敲响了他的房门，他慌忙开门，她破门而入，她扑在他的怀抱里，惊骇地说："壁虎爬我床头上了，老大一只！"

"没事，没事，我去捉住它就行了。"他安慰着她说。

夜虽然漆黑漆黑的，可他还是看清了她银光闪闪的上半身，他觉得自己像风，拂过了梨花簇。

"没事的，我去捉住它就好了。"他有些结巴地说道。

苏珊明显地感觉到他的温度飘散了，从自己的身上飘散了，她感觉凉意袭来，她跟在周校长身后回到自己的宿舍。

周校长替苏珊打开灯。灯光照亮屋子，四面洁白的墙壁奋力反射着灯光。

屋子里根本没有壁虎的踪影。

大梨树上的梨花已经谢尽，刚结出来的小梨，一天一个样地生长着。周校长常常站在大梨树下，回想起苏珊站在梨树下赏花的情景。

苏珊走后很长时间，周校长都在回想她肌肤的温度。那温度像刚蒸好的馒头，掀开笼屉，凉了一小会儿，手摸不烫，又暄又热乎。她的温度无时不在温暖着他的思维。每当有月亮挂在天空上的朗夜，他就会想起朦胧的月光中苏珊缥缈的轮廓，那是一对被她的手臂遮挡着的伏在窝里的斑鸠鸟，一对想飞却被她按压住的斑鸠鸟。

每每这样的夜晚，他都会感谢一次那只立了功却又被自己摔死的壁虎。他很想再见到一只壁虎，可是，却不见有壁虎再来了。

他总算有了一个发现，在学校的山后崖壁上有个石洞，那里阴暗潮湿，那是壁虎集中的地方。他去那里捉回来一只小壁虎，装进一个空瓶里养了起来。

他把瓶子放在床下，白天会单独捉些小蚂蚱、苍蝇回来喂给它。

小壁虎一天天长成了一只大壁虎，它笨拙地趴在瓶子里，眼睛转溜溜。

月光监牢

吴广厦因违犯了治安管理处罚法，要被派出所拘留七天。他很紧张，不过紧张的内容却是怎样才能维持自己的人设不崩塌。他是一名保险推销经理，花了八年的时间才在广州立住脚跟，靠着不断积累的人脉终于从三十几平方米的廉租房搬到了九十多平方米的大房子住，不料还没睡上第一宿就和邻居起了冲突，闹到了派出所。小吴想，比起房子还是面子更重要，留得柴火烧，不怕青山枯。

他在危急关头赶紧给自己的好哥们儿梁钊去电话，此人在他心中是比媳妇还要亲切的存在，二人相识于人生中最艰难的时期，一路过来相互扶持，这种感情是亲兄弟都比不了的。梁钊是个有求必应的人，吴广厦不知道别人如何评价好兄弟，反正对于他来说，梁钊就是他的活菩萨。有心事他听，有困难他帮，有乱子他清，产生的人情他归零。

今晚发生的一切他本不好意思向梁钊开口，毕竟是他自己滋的事，不能事事都像个孩子一样等着大人来帮忙解决。可是公司近期要评优，领导有意提拔他，在这种节骨眼上如果出了差错，别说升职，估计连饭碗都会保不住。此刻吴广厦的心中极其懊悔，不就是邻居家的孩子半夜打架子鼓吗，有什么不能忍让的？警察同志看见了他紧锁的眉头和蔫巴的下庭，说："现在知道后悔了？"

这句话脆得就像每天早上准时响起的闹钟，每当他睁开眼睛的时候，妻子已经在旁边直愣愣地盯着他了。自从做试管婴儿以来，她的模样就变得像个吸毒的失足女。小吴看了眼警察，什么都没回答。

打给梁钊的电话在无限志忑中接通了，就像有只手掐住了嗓子一样，小吴奋力开口道："喂？梁，那个……"

电话那头没有任何反应，但能确定有人在听。

"我因为一点事情进了局子，一周后才能回去，公司那边你能不能帮我顶一下？"

对方还是沉默。

"喂？梁，你在听吗？"小吴心头发慌，他不明白为什么梁钊今天一反常态，以前只要接通他的电话，他嘴里蹦出来的第一个字就是刚硬、热乎的。

"那个……梁，实在对不住，我本来不想给你添麻烦，但是你也知道我的情况，我不想丢了饭碗，我老婆还……反正咱们都住同一个小区，就七天，我一回去就请你喝好酒，怎么样？"吴广厦心跳得厉害，如果梁钊一直沉默，那他的全世界也就该停转了。

对方咳嗽了一声，小吴如同寒冬天里一只被点燃的烟头。他想，梁钊在听，虽然他这次对自己十分失望，可是他不会见死不救的。他天生就是个好人，骨头见不得别人受苦，如果拒绝施救他就会直不起腰，浑身的骨头都痛。小吴乘胜追击："梁，你就行行好，这次就当你帮我的最后一次，日后你弟弟发达了，你要什么我给你什么。"

良久，对方轻微地"嗯"了一声便挂断了电话。小吴在心里反复确认后，得出对方确实"嗯"了一声的结论，便放心地坐牢去了。

接到吴广厦电话的梁钊心情十分紧张，同时也特别兴奋，有点像一只刚刚进入观赏笼的蜜袋鼯。他答应了小吴的请求并且决定把这出戏演到极致——要让所有人都以为他还在照常生活，并没有突然蒸发。这是一项很富有挑战性的任务，有点像电影里的特务，既危险又酷。他梁钊是什么人？最重情义，为了兄弟甘愿赴汤蹈火，自己整日在外面忙活朋友们的事，不能说件件都能做到尽善尽美，但绝对是倾尽全力。因此"活菩萨"这个外号不是白来的。吴广厦作为最铁的一个哥们儿，虽然早已记不清求过自己多少事情，但他梁钊是那种求回报的人吗？是好人就要做到底，这不仅是他的人生信条，也是他传给儿子的做人准则。

梁钊拿出笔记本开始设计方案。首先他要做的第一件事就是悄悄潜入小吴家，不声不响地拿一套他平时穿的衣服，再搜集一些他平日里会用到的东西，比如记事本、电话册、电脑之类的东西。其次要做的……目前还没有想好。梁钊觉得能把第一步做好就等于是成功一半了。

他知道小吴家住在十六栋十七楼，逢年过节小吴经常邀请他们全家去做客。难办的是如果想悄悄潜入吴家就要趁他妻子不在的时候。他妻子年纪不大，没有工作，面容长得十分美好，只是神色苍冷，看上去好像所有人都欠她点什么似的。梁钊不太喜欢她，无论什么话题都不能使她感兴趣。他不明白广厦为什么执意要娶这个女人，难道他喜欢在阴晦的储藏室里抱着一尊雕塑？

梁钊花了一中午的时间幸运地打探到吴家对面十七楼的房子还是空着的毛坯房，这两天正准备装修，有工人陆续进入。他决定收买其中的一个，让他们同意他可以随时进入房间。这样他就可以趁机用望远镜观看吴妻的情况，她总有出门的时候，因此这个过程不会太久。梁钊以"观摩学习"的名义给其中一位工人递了包烟，轻松获得了第二天自由出入此处的机会。

第二天天一亮他就掖着望远镜来报到了，别说，这玩意儿还真好使，吴家的一切都可以清晰地映入眼帘。他一边防备着工人发现自己的举动，一边仔细寻找吴妻。奇了怪，难道她这么早就出门去了？突然，一个上半身赤裸的女人一下子出现在窗户前，吓得梁钊差点叫出声。他赶紧躲起来，不敢再看，似乎她发现了有人在望她。过了约摸五分钟，梁钊半曲着腿，把大部分身体都躲在窗台后，只露出一双眼睛继续侦查，发现她正在客厅里穿内衣。她穿内衣的动作实在是妖娆，看得他本能地直咽口水。此刻他无比后悔自己刚才为什么躲起来，大好春光全因惊吓错过了。他的大脑像匹脱缰的野马一样，在一片花香四溢的原野上奔跑，努力地奔向远处隐藏在雾中的两座山峰。这雾不来自天上而是来自他的眼睛，他本有机会看清的。

上午十点一刻，女人穿好衣服出了门。她打扮得就像一只精致的蚌，没人知道里面有没有珍珠。看样子这不是平日里去菜市场的装扮，估计她会出去很久。梁钊撒欢儿地奔向吴家，他知道广厦有个小秘密，他在家门口牛奶箱的底部钉了一个铁片儿，上面别了一把备用钥匙。因为关系好便告诉了自己，以防有什么突发状况好能相互照应。梁钊一伸手就摸到了这把钥匙，他在心里给自己打气："我不是小偷，我只是来帮忙的。"

在吴家没人的时候进入屋子，再正当的理由也显得十分紧张。他蹑手蹑脚地在客厅里转悠，茶几上有一些属于广厦的文件材料和他的工作证。书房里有一台笔记本电脑和一部男士智能手机。卧室的衣橱里他找到了一套还算合身的西装。他把衣服套在身上，拿起了工作证和那部手机后，笔记本电脑像有磁力一样吸住了他的目光。梁钊想，如果把电脑带走，估计很容易被女人发现有人偷偷入室，因此不如先在这里浏览一下。

电脑没设置密码，连 QQ 都没有密码。这个账号的头像是一个女人，而且浏览记录里只有这一个账号，看来这台电脑是吴妻的。探秘到这里梁钊本应该收手，因为他的目标只是广厦，可是就是有一股神奇的力气死死地拽住了他，仿佛不看女人的聊天记录他就会心痒难耐。"她肯定不会这么早回来。"他心想。

十分钟以后梁钊离开了吴家，他把门锁好，把备用钥匙塞回了原处。穿着一身属于广厦的衣服，他的步伐越来越沉。在女人的社交软件上他发现了很多难以启齿的秘密，现在他最想知道的事情是她为什么不设置密码。难道她不怕被广厦发现？梁钊把广厦的工作证挂在脖子上，拉低了头上的帽檐，在小区里晃了一圈。回到家他赶紧打开那部男士手机，还有三格电，奇怪的是也没有设置密码。通过登录微信等社交软件，他得知这是广厦的另一部手机，里面的通讯名单都是一些亲朋好友，和工作业务上涉及的那些人不同。其中微信聊天记录置顶的昵称是"亲爱的老婆"，可见女人在他心中的位置。梁钊带着一种毁灭性的快感肆意地翻看广厦的各种记录，然而却什么都没有发现。这就更加深了他之前的那个疑问——广厦的手机不设置密码是因为真的没有秘密，可他妻子有那么多见不得人的勾当，为什么不藏一藏？他实在是搞不明白这对夫妻。

第三天一大早，梁钊决定到广厦的公司遛一圈。他用啫喱水给自己做了一个和广厦一样的发型。巧的是他们两个的身高、身材都十分接近。为了更逼真，他戴上了一副黑框眼镜，还偷了老婆的一副双眼皮贴。至于鼻子和嘴巴，他直接戴上了一只医用口罩，就当是感冒了怕传染别人。一切准备妥当，他揣着吴广厦的手机来到了他的公司楼下。在乘地铁的时候，在人群拥挤的摩擦下，他感觉自己身上这身黑色的西装似乎长出了许多触须，刺穿他的皮肤，似乎想要扎根在他的体内。广厦的衣服有毒，不仅要让穿上它的人变成衣服真正的主人，甚至还想要在他体内衍生出成千上万个广厦。梁钊用力扯开领带，大口急促地呼吸。

他佯装熟练实则小心地找到了广厦的部门，在这幢大楼的第二十层——祥路保险公司。仿照别人的样子刷了卡之后进入办公室。人们看起来仿佛已经忙碌很久了，梁钊心生一丝内疚，自己这台机器通常要过了早上九点才能真正开始运转。他看到有些女同事浓浓的妆容也挡不住黑眼圈，可她们看起来却是那么神采奕奕。他一只手托着挂在脖子上的工作牌，时刻提醒别人和自己——我就是广厦。现在他的额头和后背有些冒冷汗，千万不要有人来跟自己搭话。然而他直直地站了五分钟，身边同事仍然没有来和他打招呼的。于是他胆子大了起来，在格子间里行走，不小心撞掉了一位同事的笔，踩掉了一根电话线，仍然没有人和他说话。梁钊觉得奇怪，广厦称自己是单位的核心人物，可事实却并不像他说的那样。他索性做了一个大胆的试验，把口罩摘了下来，他的心简直要跳出了嗓子眼，这太刺激了，那些西装长出的触须在他身体里也一下子亢奋起来，狂欢一样地张牙舞爪。可是没有人注意他。同事们没有一个抬起来看他。或者说有人瞧见了他却并没有发觉任何异常。身后一个声音突然响起："广厦，到办公室来一下。"

梁钊赶紧把口罩戴上，走进了领导的办公室。他的腿有些打战，不过这正是这场冒险最有趣的地方。

女领导四十五岁上下，满脑袋黄色小卷，短裙内异常凸起的小腿肌肉在极细的脚踝上叫嚣，像一个面蒙黑丝的劫匪。在她那苍蝇腿睫毛的后面是一双由红血丝集结而成的眼睛，就是这双眼睛吓得他赶忙低头瞧见了她的腿。

"坐。"她示意。梁钊注意到她的胸牌上写着名字，原来她姓张，叫张莉文，是这里的总经理。

"怎么戴着个口罩?"张领导问。梁钊一惊,此刻他必须得说话了,可是他与小吴的声音完全不同,一开口肯定会暴露。还好他脑子转得快,急中生智狠狠地咳嗽了几声。张领导走到饮水机前接了杯水,摆到他面前的桌上时,胸部蹭到了他的肩,还用左手摸了他的后脖颈。梁钊打了一个激灵,他觉得既兴奋又恶心。

"你升职的事情我和其他领导商量过了,他们一开始不同意,我磨破了嘴皮子才算是说服了其中两人,不过还有一个人是牛脾气,这就难办了。"她说,声音带着奇怪的调调,仿佛在唱一出带有说教意味的戏文。

梁钊不知道该说什么,只好拿起杯子来喝水,他觉得很燥。

"明天晚上松和酒店,老房间,我和你仔细商量商量对策。"说着,张领导露出了邪魅的一笑,梁钊突然感到有什么东西堵住了他的口鼻,像是一床运筹帷幄的棉被,也可能是他的口罩。总之如果他不点头或者摇头,空气就不会流通。他稍微点了一下头,生怕自己动作幅度过大。他想要那种介于点头和摇头之间的效果,给自己一丝逃跑的空隙。

"你今天的态度很是冷淡嘛。"张莉文的语气中有许多不满,她用笔敲了两下桌子,像锣鼓经里的急急风。梁钊吓了一跳,他的头不自觉地深深地垂了下去。所有的空隙一瞬间都被堵死了。

回到家他一夜失眠。原以为广厦是个光明磊落的人,现在发现他和他媳妇一个样。梁钊想吴家那阴湿的储藏室里,每天都抱着一尊雕塑的不是广厦,而是一只大蝙蝠。有洁癖的他甚至担心广厦穿的西裤是否干净,会不会上面还残留一些性病的病毒?越想他越担心,把那条黑色的西裤拿出来,翻出裆部仔细闻,越闻越觉得味道不对。于是后半夜家人都在熟睡的时候梁钊跑去卫生间猛劲儿冲洗自己。在流水声中思考着明晚还要不要再穿上广厦的衣服去赴约。如果不去,想必他的未来就葬送在自己手里了。

最后，为了贯彻自己一直以来的处事原则：好人做到底，送佛送到西，梁钊还是决定去。他想到时候见机行事，肯定有机会开溜，毕竟这种事女人还能来硬的？就是撕扯起来她也一定不是自己对手。这样暂时使个缓兵之计，还有几天广厦就出来了，剩下的交给他自己去挽救就好了。梁钊把那条西裤连夜洗了出来，挂在了阳台上。月亮像个大探照灯，他想如果月光能热乎点就好了，可以帮忙把裤子晒干。

第二天晚七点，他来到松和酒店楼下。这里很大很奢华，院子里种满了花花草草，停车区泊的基本都是五十万以上的车。他突然感觉自己还穿着这套西装有点像土老帽，尤其是脸上的医用口罩，给人一种走错路，误把酒店当医院的感觉。他心中暗自笃定，一会儿无论如何也不摘口罩。就在他准备走进大门的时候，在一棵羊蹄甲的树冠下，一个男人叫住了他。

"你不是吴广厦。"男人走到他面前，一语道破天机。此人鬓角有些白发，方脸大眼，看穿着应该是个中产阶级。梁钊心头一惊，冷汗骤渗。

"嗯，果然不是。"走近后男人又做了一次肯定的判断。

"你是谁？"梁钊下意识地后退一步，紧张地问。

男人笑了笑说："你为什么要模仿他？"

"你说什么呢，精神病。"梁钊嘀咕一句，想甩开他。

"我猜莉文一定也知道。"

"你到底是谁？"

"我是她丈夫。"

梁钊此时已紧张得说不出话来，他冒充的吴广厦本就在这男人面前抬不起头，现在又被人家知道了自己只是个伪装者，那么他来酒店究竟想和人家老婆干什么？真是有口莫辩，跳进黄河也洗不清。

"你不用紧张，我没有敌意。我只是想提醒你不要进去。"男人沉着地说道。

"为什么？"

"你自己知道原因。不要冒险。"男人说完，上下打量了一番梁钊，继而说，"麻烦转个身。"

梁钊乖乖地转了个身，眼前这个人所说的话每一句都是那么令人难以抗拒。

"你有没有感觉身体里钻进了什么？"男人问。

"什么意思？"

"比如，你穿着这套西装的时候，有没有感觉它不只是一套衣服。"

梁钊还真有这样的感觉，他觉得这套衣服就像长了触角一样，有时候会紧紧地钳着他。

"这就对了，你以后即使不再假冒吴广厦，你身体里也还是会留下这套黑色西装的影子。它会钻到你身体里，就像种子一样，多年后再长出一套来。"

梁钊觉得此人说话神神秘秘、故弄玄虚，他听不懂，也不耐烦了："你究竟要干什么？"

男人说："我可以帮你阻止它。你不是吴广厦，对吗？你为什么要引火烧身？"

梁钊哑口无言。良久才开口："那你有什么办法？"

"我认识一位朋友，他来自一个神秘的家族，也许他有办法清除你身体里的东西。你看天上的月亮。"男人示意他抬头。今夜的月亮没有昨夜的圆，但依旧很明亮。

"我这位朋友的家族就是负责打扫月亮的，如果没有他们，我们看见的月亮就是一团黑。"

梁钊瞪大眼睛望着男人，再三掂量这个人是不是精神病。

"你一定不相信我说的话。不过，你相信的那些真的可信吗？"男人说着从怀里掏出一本书递给他。梁钊接过来看，是一本叫作《酉阳杂俎》的古籍，里面的字他大多认不出。

"这是什么？"

"这里面就有记载，维修月亮的人在这个世界上真的存在。"

梁钊将信将疑地翻阅，还是只能看懂一少部分繁体字。不过看这书的印制起码有上百年了，属于老古董，把这么贵重的东西随意给人翻看，此人也许真的不简单。

"你的朋友在哪儿？"梁钊问。

"你想去找他？"

"不……我就是问问。"

"你就算去见他，他也不一定有时间见你。毕竟你比月亮难打扫多了。"

这招激将法对付梁钊果然好使："那就要看你朋友是不是真的厉害了。"

男人露出一个复杂的表情，似笑非笑。他告诉梁钊在这本书的最后一页有一行铅笔字，那就是神秘朋友的地址。

男人走后，梁钊小心地把书揣在怀里，他没有进酒店，仿佛有了什么可以放领导鸽子的巨大理由。好奇心驱使着他前往那个地址，好像着了魔一样，虽然真假难辨、吉凶难料，他还是想亲自去一探究竟。这种渴望比有人能带他去月球还要强烈。他知道自己如果不去的话将会寝食难安，哪怕这个地址是座孤坟，他也想去闻一闻上面的坟头草。

吴广厦从拘留所出来的时候，几个警员神情复杂地看着他，他们的眼像被风吹灭的蜡一样，冒着幽幽的烟，把他盯得心里发毛。警员们私语了一阵，其中一位像是被派出来的代表一样，对他说："先别急着走，有件事告诉你。"

小吴心头一沉，气氛十分紧张。

"你认识梁钊吧？"男警员问。

"认识，警官，怎么了？"

"你进来的时候给他打过一通电话吧？"

"是的，警官，怎么了？"

男警员紧皱眉头，停顿了一会儿说道："你以为当时接电话的人是谁？"

吴广厦被问得一愣，什么意思？他给梁钊去的电话，接的人当然是梁钊了。

"我们调取了你们的通话记录，你看一下。"警员说着把一份文件递给了他，上面正是几天前他与梁钊通话的内容。小吴虽然不明白究竟发生了什么，但看这架势，一定是自己又摊上了什么事。他的手心直冒冷汗，嗓子眼儿像块干抹布。

"警官，到底怎么了？"

"当时接你电话的不是梁钊，是他初中刚毕业的儿子。他儿子先是冒充了他父亲，又以他父亲的名义假冒成了你。"

吴广厦彻底蒙了，梁钊的儿子小梁，今年十五岁，现在刚好是在放初升高的暑假。回想起来小梁的身高也是一米七左右，体型和自己还真差不多。

"那孩子怎么做到的？他为什么要冒充他爸还模仿我？"小吴惊讶地问。

"你先别管这个。现在这个孩子正在医院抢救，全身重度烧伤。"

吴广厦惊得从座位上弹了起来，表情扭曲，一时间什么话都讲不出来。

"孩子被烧的原因是衣服上被撒有白磷，我们找到他的时候人已经奄奄一息了，哦对，当时他穿的就是你的西装。"

"凶手呢？"小吴激动得大喊，他不明白是谁这么丧尽天良，而且，如果孩子是以他吴广厦的身份被人痛下毒手的，那么凶手应该是冲他来的。

"目前我们还在全力调查中。另外还有一件事……你先稳定一下情绪。"警官说。

"还有一件事？"

"孩子的父亲，就是真正的梁钊，可能是因为情绪崩溃，到你家放了火。不过你妻子目前已经安全，只是……她肚子里的孩子没保住。"

吴广厦听到这个消息，忽然感到大脑像一只打着旋儿飞的白色海鸥，海水中有几条火红色的死鱼在用黑白分明的大眼珠子瞪着他——也有可能是瞪着他身后的大月亮。老婆怀孕了，她遭了这么多年罪，结果被梁钊一把火烧没了。吴广厦的眼角流出了热泪，不过他并不知道自己在哭。警官递给他张纸巾，示意他冷静。

"梁钊现在也在派出所，一切有犯罪事实的人都要为他们的罪行负责。"

吴广厦呆立在原地，此时他能听见自己体内血液流淌的声音，就和窗外的月光一样看似安静，实则汹涌，滔滔不绝。

"你暂时可以先回去，不过你仍然需要配合我们调查。我们从你的资料中没有发现你有什么仇人，你自己仔细想想，是不是曾经得罪过谁，有任何可疑的线索都不要隐瞒。"警官说。

这个问题吴广厦一时半会儿回答不上来，他每天都要接触形形色色的人，在流水中淘金的人，谁会在意水的样子？离开派出所，他打车到医院，现在他只想飞奔到老婆身边。司机师傅已经把油门轰到了七十迈，吴广厦还是嫌慢，他心急如焚，嘴上骂骂咧咧，司机师傅突然一个急刹车，说："你能替我坐牢，我就开到九十迈。"

吴广厦摇下车窗，看着一泻千里的月光，心想也许真没有什么比这白色火焰的速度更迅猛的了。

已发《青年文学》2019 年第 5 期

创作谈：小说的气象

在汉语词典里，"气象"一词除了指大气物理现象，强调天气的预示外，还有其他人文内涵，比如事物的情况、态势；一个人的格局、气度；艺术作品的风格、情韵等。写一篇小说，从某种程度来说，是给主角创造一片天，上面有风云、雨雪、虹晕、雷电等。同时在笔法上，也要讲究一种只属于作者本人的、独一无二的气质。

长篇小说重视气象的营造，往往在第一章就有或晴或阴的云团，它们缓慢变幻，包孕着能震撼人心的风景。我们读《红楼梦》，总觉得它是由许多个晴天构成的，大观园里那些青春情愫，头顶有太虚幻境照着，像太虚幻境这样的天堂，一定是云淡风轻，彩霞满天。尽管作者曹雪芹用大雪结束了一切，并在过程中穿插了阵雨一样的人物，但依旧覆盖不掉通篇的艳阳。相反，在巴尔扎克《贝姨》中，阴霾则始终笼罩在书中，这种阴郁来自一个心怀嫉妒的女人的阴谋，也来自法国资本主义社会的腐朽氛围。在巴尔扎克笔下，想成为一道光的人要么射不出去，要么伤痕累累，微弱易灭。巴尔扎克的语言是冷空气，萦绕在人物肩头，盘旋在情节节点，读者哈一口气便能结冰。

汪曾祺先生在《小说笔谈》中曾经这样形容小说与戏剧的区别：

"戏剧的结构像建筑，小说的结构像树。戏剧的结构是比较外在的、理智的。写戏总要有介绍人物，矛盾冲突、高潮（写戏一般都要先有提纲，并且要经过讨论），多少是强迫读者（观众）接受这些东西的。戏剧是愚弄。小说不是这样。一棵树是不会事先想到怎样长一个枝子，一片叶子，再长的。它就是这样长出来了。然而这一个枝子，这一片叶子，这样长，又都是有道理的。从来没有两个树枝、两片树叶是长在一个空间的。"

无论建筑还是树，涉及到空间结构，就不得不谈其气象。有的小说是完全封闭的空间，把人们都赶到一个地方，在那里进行人性的考验，比如阿加莎·克里斯蒂的名作《无人生还》，人们受到邀请，前去小岛聚会，没想到谋杀就此展开，人人生命都受到威胁，血雨腥风笼罩在小岛上，黎明就在小岛以外，但谁也接近不了。在小岛这一有限的空间内，气象就更浓厚，更能制造迷雾。有的小说是开放性空间，比如胡安·鲁尔福《我们分到了土地》中，作者写几个人从当局那儿分到了土地，可是属于他们的土地究竟在什么地方呢？几个人从早走到晚，在墨西哥广袤、炎热的苍茫大地上汗流浃背，口渴难耐，可是还没走到属于自己的土地，直到最后遇见了一个村庄，其中一个人说他走到村子不走了，其余的人接着赶路，因为他们分得的土地还在村子后面。很简单的一个故事，但是读者领略到的却是墨西哥荒原的气象。干燥不仅侵蚀着土地，还侵蚀人们的灵魂，读者会联想荒原的面积究竟有多大，为什么好不容易看到希望了，却还只是个假象。读者能感受到来自拉美的风刮在脸上，照耀过印第安人古文化的太阳不受时空限制，炙烤在读者的肌肤上。

气象要纷纭，但不是说一定要复杂，它是吊胃口的关键。张爱玲小说《封锁》，讲电车因故停下，车内的陌生人在短暂的封闭时光中暴露本性和秘密，随着电车启动，人们到站下车，匆匆分手，如梦初醒。在这篇短篇小说中，作者张爱玲没有刻意营造复杂多变的气象，人们甚至预测不到电车里的气象。突然把陌生人定格，给人猝不及防之感，可能会突然一个惊雷，也或许一直潮湿、黏腻下去。张爱玲很有智慧，她把"气压"展示出来，让读者自行品味在拥挤的低压状态中，会产生怎样的气象。不是人人都能把气压形容出来，它用在小说里比气象还要朦胧和难以把握，它包罗因果，强调单位面积，电车上的每一个座位都有相应的垂直空气柱所受到的重力，不同角色的高度、温度不同，空气在局促、梦幻的区域内流动，挑动心弦。

在我的小说《倒座房》中，我试图通过悠远的中华文明，窥探建筑于时间、于人的意义。人们需要建筑来躲避，从某种角度来说，人们的日常交流，更可能是建筑之间的沟通。我们传统文化所尊崇的儒家思想，离不开家庭观念。人们从小就被告诫出门要守规矩，不然别人就会说某某家的孩子不懂事，鲜有议论者直接说某某孩子的本名，足见以家庭为单位的建筑之分量。在这篇小说里，我把一座一进小四合院拟人化，让它直叙自己在历史中的演变及与居住其中的人的关系。在建筑内有一种气象：地主、地主后代和长工在"土改"前后身份的变化。建筑本身作为一种独立的存在，我将其抽离出来，把历史的波涛灌入其中，给这座四合院渲染上似是而非的迷离，这是建筑自己的气象，脱离了居住关系。

气象就是一部小说的格局。徐则臣《北上》，用一条河流折射出中国文化的变迁，仿佛河流用生命哺育了一个世纪，而不是具体的人。在此，人的单位被弱化，时代被强化，作家跳跃个人小单元，直面历史与自然，这是外宇宙。相反，在须一瓜小说《淡绿色的月亮》中，场景很简单，人物也不复杂，但通过对女性心理的挖掘、不断追问和疑惑，向内旋转，亦成功塑造了内宇宙。

　　写小说，无论篇幅长短，不管是扎根现实还是超越现实，作者不能脱离的始终是人与宇宙的关系，首先需要认清的是人的自然属性。这种原始生物本能不能脱离哲学所强调的第一自然（生态自然）。而气象，是最能天人合一、道法自然的。

图书在版编目（CIP）数据

艾琳的洗澡大业 / 周燊著 . -- 北京：作家出版社，
2022.11

（中国少数民族文学之星丛书·2022 年卷）

ISBN 978 - 7 - 5212 - 1993 - 7

Ⅰ.①艾… Ⅱ.①周… Ⅲ.①中篇小说 - 小说集 - 中
国 - 当代 ②短篇小说 - 小说集 - 中国 - 当代 Ⅳ.①I247.7

中国版本图书馆 CIP 数据核字（2022）第 157660 号

艾琳的洗澡大业

作　　者：	周　燊
责任编辑：	史佳丽　李亚梓
特约编辑：	翟　民
装帧设计：	孙惟静
出版发行：	作家出版社有限公司

社　　址：北京农展馆南里 10 号　　　邮　　编：100125

电话传真：86 - 10 - 65067186（发行中心及邮购部）
　　　　　　86 - 10 - 65004079（总编室）

E – mail: zuojia@zuojia. net. cn

http: // www. zuojiachubanshe. com

印　　刷：唐山玺诚印务有限公司

成品尺寸：152 × 230

字　　数：268 千

印　　张：22

版　　次：2022 年 11 月第 1 版

印　　次：2022 年 11 月第 1 次印刷

ISBN 978 - 7 - 5212 - 1993 - 7

定　　价：52.00 元